KB038518

재즈 느와르
인 도쿄

재즈 느와르 인 도쿄

초판 1쇄 인쇄 2022년 2월 18일
초판 1쇄 발행 2022년 2월 25일

지은이 이종학
펴낸이 정해종
편 집 현종희
디자인 유혜현

펴낸곳 ㈜파람북
출판등록 2018년 4월 30일 제2018－000126호
주소 서울특별시 마포구 토정로 222 한국출판콘텐츠센터 303호
전자우편 info@parambook.co.kr **인스타그램** @param.book
페이스북 www.facebook.com/parambook/ **네이버 포스트** m.post.naver.com/parambook
대표전화 (편집) 070－4353－0561 (마케팅) 02－2038－2633

ISBN 979-11-92265-09-4 03810
책값은 뒤표지에 있습니다.

이종학 장편소설

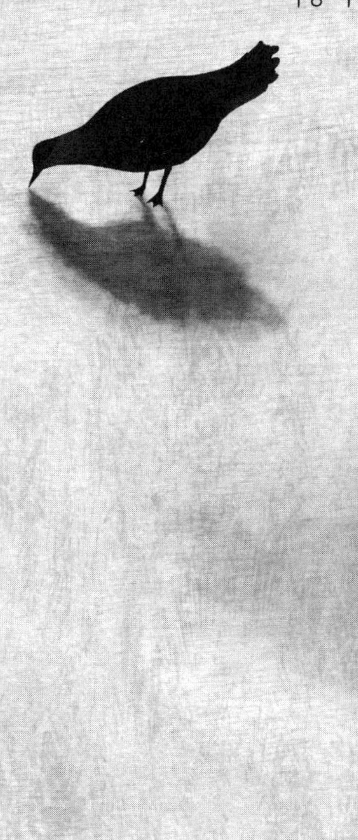

파람북

작가의 말

새로운 출사표를 던지다

"왜 그 어려운 소설을 쓰려고 해요?"

처음 소설을 출간하고 싶다는 의사를 타진했을 때, 출판사에서 이런 반응이 왔다. 자못 걱정스러운 표정이었다. 하긴 출판사의 입장이 이해가지 않는 것은 아니다. 오랜 기간 절필한 상태에서 갑자기 소설을 쓰겠다고 나타났으니, 누군들 쉬이 납득하겠는가?

지난 20여 년간, 나는 오디오 평론과 여행에 집중했다. 오디오를 평하다 보니 여행이 이어졌는지, 아니면 여행을 위해 오디오 평을 방편으로 삼았는지 모를 지경이었다. 여행은 중독 상태에 달했다. 거의 매달 해외로 나갔던 것 같다.

태생적으로 컬렉터 기질이 있는 나는, 여행지도 일종의 컬렉션으로 여겼던 것 같다. 만일 어느 지역을 방문했다고 치면, 지도를 펼쳐놓고 그 주변도 꼭 채워 넣어야 했다. 밥 딜런이나 비틀즈나 핑크 플로이드의 앨범 수집과 같다. 한두 장이라도 빠지면 밤에 잠이 오지 않으니까. 그런 식으로 차곡차곡 방문 국가와 도시의 리스트를 채웠던 것이다. 덕분에 두 달 동안 서른 번이 넘는 비행을 한 적도 있다. 한 도시에 이틀 이상 머물지 않고, 다음 컬렉션을 위해 부지런히 움직였다. 아침에 눈을 뜨면, 대체 여기가 어딘가 헷갈리기 일쑤였다.

점차 여행 패턴도 과격해졌다. L.A.에서 귀국한 지 1주일 만에 15시간 논스톱으로 뉴욕으로 향한 일도 있다. 심지어 L.A.에서 귀국한 다음 날 바로 바르셀로나 비행에 몸을 실은 적이 있다. 정말 이때는 최악이었다. 칸느의 스산한 겨울 바다를 홀로 산책하면서, 대체 내가 뭘 하고 있는 건지, 깊은 회의가 밀려들었다.

“꼭 옛날 조영남 씨 같네요.”

어느 오디오 수입상 대표가 이런 말도 했다.

“그 양반, 미국에서 지내다가 돈 떨어지면 한국에 와서 공연하고 생활비 챙겨서 다시 돌아갔잖아요. 이제 귀국했으니 여비 마련하려면 리뷰를 엄청 써야겠네요?”

물론 약간의 과장은 있다. 그래도 음악과 오디오는 여전히 나를 매료시키는 장르다. 꼭 여행의 방편만은 아니다. 게다가 소설을 잊은 적은 한 순간도 없다. 여행하는 와중에도 틈틈이 메모를 하고, 스토리보드를 짜고, 관련 지식과 정보를 공부했다. 언젠가는 꼭 소설을 쓰리라는 희망만은 절대 놓지 않았던 것이다. 그렇게 시간이 흘러갔다.

이후, 급변한 정치적 변화와 코로나 팬데믹을 겪으면서, 나는 어쩔 수 없이 국내에 남아있어야 했다. 그리고 정치적 이슈에 관심을 갖기 시작했다. 대학에서 신문방송학을 전공했지만, 실은 철학 강좌를 많이 들었다. 지속적으로 공부해왔던 분야이다. 여기에 정치 관련 서적을 탐독하고, 다양한 유튜브 방송을 찾아 들었으며, 정치에 관계하는 분들도 만났다. 이전에는 그냥 스토리나 인물 쪽에 중점을 뒀다면, 최근 몇 년간 정치 쪽에 관심을 두면서 내가 뭘 지향해야 하는지 점차 각을 잡게 되었다.

정치, 섹스 그리고 미스터리! 내 소설의 키워드를 세 단어로 압축하면 이렇게 정의하고 싶다. 최근 2년간, 무려 3편의 소설을 썼다. 초고를 완성해 둔 상태에서 이 책을 먼저 작업해 드디어 출간하게 되었다. 개인적으로 정말 뜻깊은 사건이라고 생각한다. 앞으로도 이 여정은 계속 이어질 것이다.

어느 영화에서 작가는 남의 인생을 훔치는 자라고 표현한 적이 있다. 맞는 말이다. 그렇지 않으면 그 수많은 등장인물의 삶을 어떻게 묘사할 수 있겠는가?

그간 정말 많은 곳을 다녔고 또 많은 사람을 만났다. 덕분에 한국뿐 아니라 세계 곳곳에 친구도 많이 생겼다. 그들의 삶과 인생철학과 가치관이 내게 귀중한 자양분이 되었다고 해도 과언이 아니다. 이런 인생 경험과 다채로운 모험이 축적되어야만 진짜 글을 쓸 수 있다고 나는 생각해왔다. 비록 20대 말의 젊은 나이에 신춘문예를 통해 정식 작가로 데뷔했지만, 몇 권의 책을 내고 실패를 맛보면서 이런 결론을 내렸다.

지난 20여 년간 다양한 평론을 썼지만, 한 번도 소설을 잊은 적이 없다. 그 사이 재즈 관련 서적과 술에 관한 책도 내면서 출판에 대한 감각이나 관심을 잃지 않았다. 그리고 이제야 소설을 낸다. 결국 원점으로 돌아올 수밖에 없는 운명이라고 생각한다. 그런 면에서 이 책이야말로 내 진짜 인생의 시작점이라고 생각한다. 누군가는 인생의 정리를 시작해야 하는 나이라고 하지만, 나는 다시 출발선 앞에 서 있다. 그래서 더욱 용기가 샘솟는다.

이 소설의 주인공인 박정민은 내 분신일 수도 있고, 어느 누군가의 인생일 수도 있으며, 나와 여러 사람의 욕망과 지식과 경험의 축적일 수도 있다. 아마도 독자 여러분들 중엔 그의 호기심과 일탈에서 공감을 느낄 수도 있을 것이다. 이것은 마치 판도라 상자를 여는 것과 같다. 뭔가 금지되어있기에 알고 싶고, 경험해보고 싶은 것 말이다. 그게 사람의 마음이 아닌가. 그러므로 이 소설에는 꽤 흥미로운 모험과 논쟁과 재미가 있다고 자신한다. 적어도 내 지난 20여 년의 경험이 투입되었기 때문이다.

이 소설의 최초 구상은 20여 년 전, 부지런히 도쿄를 다닐 무렵에 시작되었다. 그리고 조금씩 스토리와 인물과 구성을 다듬어왔으며, 최근에 관심을 기울여온 정치 분야와 접목하면서 한 편의 소설로 탄생하게 된 것이다. 그 긴 시간의 경험과 노력과 지식이 얼마나 깊은 내공으로 자리 잡게 되었는지는 독자 여러분의 판단에 맡기겠다.

2022년 2월 고양시 백석동에서

차례

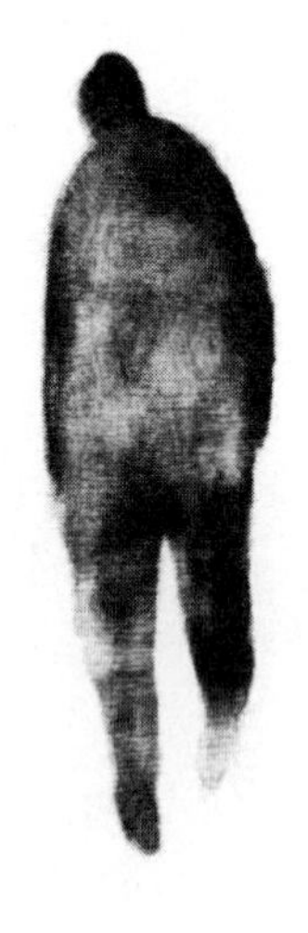

주요 등장 인물

박정민(42) 사학과 교수, 한일 근현대사 전문

황미숙(35) 정민의 아내. 유력 정치가 황민규의 외동딸

사쿠라 쇼코(35) 한국 이름은 주희. 도쿄에서 주로 활동하는 에스코트 전문

지미(51) 위너스를 운영하는 한국인. 일본과 한국 관련 비즈니스 전문. 주희도 관리함

송만섭(53) 정치학과 교수. 정민과 자주 만나 술을 마시고, 토론을 벌인다.

이영민(27) 조교. 영리하며 자기주장이 강하다.

이하나(35) 탤런트. 미숙의 절친이었음

에리카(22) 릿쿄대학의 여학생. 정민의 수호천사를 자처하며 오니 가면을 때때로 씀

디지(38)	재즈 연주자 겸 관광 가이드
미우라(41)	이케부쿠로 소재 〈디스크 유니온〉의 재즈 담당 직원
스가노 교수(64)	릿쿄대학 사학과의 학과장. 정민을 최대한 지원한다.
정 마담(36)	〈블랙 캣〉 마담. 정민의 정부
순카 치나미(36)	〈보헤미아〉 마담. 전직 AV 배우 출신
에이미(39)	일본의 작부
박수빈(9)	아들
황민규(64)	정치인. 정민의 장인어른
조인화	목사 딸. 정민의 첫사랑

I

가부키초 네온사인

1

덜컹, 하며 막 플랫폼을 벗어나 언덕으로 내려갈 때, 로프웨이 전면창으로 기다렸다는 듯 아시노호수가 펼쳐졌다. 호수라고는 하지만 제법 규모가 커서, 곧장 바다로 이어질 것 같은 모습이었다. 자신이 타고 있는 캐빈이 곧장 거대한 물웅덩이로 던져지는 듯한 느낌이었다. 정민과 미숙이 가볍게 탄성을 질렀다.

호수 한쪽에 범선 한 척이 유유히 떠갔다. 붉은색과 금색으로 치장한 외관이 무척 화려했다. 존재감도 대단했다. 마치 호수 전체를 혼자서 지배하고 있는 듯했다. 배 앞머리엔 투구를 쓰고, 창과 방패로 무장한 병사의 조각이 당당하게 걸려있었다. 실제로는 유람선이지만, 해적선이란 이름을 붙인 이유가 여기에 있는 듯했다.

갑자기 펼쳐진 이국적인 풍경으로 내던져지는 순간 아내 미숙이 그의 손을 콱 움켜쥐었다. 돌아보니 그녀의 눈 역시 휘둥그레져있었다. 둘은 누가 먼저랄 것도 없이 가볍게 웃었다. 그도 그녀의 손을 꽉 쥐었다.

정민은 의자에 등을 기대고, 천천히 발밑에 펼쳐진 호수를 내려다봤다. 잔잔한 물결이 파도치고 있었다. 조금씩 마음이 평온해졌다. 동시에 지난 10년이 파노라마처럼 빠르게 그의 뇌리를 스쳐갔다.

항상 그는 아내에게 감사했다. 고작 한일 근현대사를 전공하는 대학원생 주제에 꿈도 꾸지 못할 미인을 만났고, 정관계에서 알아주는 장인어른 덕분에 어렵지 않게 공부에 전념할 수 있었다. 지금 와서 보면, 현재 그가 재직하고 있는 대학교수 자리나, 풍부한 연구 자금, 안락한 생활 등은, 이런 든든한 후원자가 없으면 불가능하다. 꿈만 같이 흘렀던 지난 10년이었다.

만난 지 얼마 안 되어 갑작스럽게 결혼을 하고, 아파트를 얻고, 아들을 낳고, 박사학위 논문을 쓰고, 교수 자리를 잡는 등, 전쟁과 다름없는 순간순간의 연속이었다. 따라서 이번에 오로지 단둘이 갖는 짧은 여행은, 지난 10년을 성공적으로 보낸 두 사람에 대한 일종의 포상이었다.

실은 이 아이디어도 장인어른한테서 나왔다. 마침 도쿄에서 열리는 세미나 관계로 그의 출장이 확정되자, 이 기회에 아내도 동행하라고 했다. 아이는 잠시 맡아줄 테니, 결혼 10주년을 기념하는 작은 여행이라도 하라는 배려였다.

그러나 대학에 매인 몸인 데다가, 세미나 준비 관계로 정신이 없는 정민이 여행까지 세부적인 계획을 짤 수는 없었다. 이럴 땐 아내가 참 고맙다. 그녀가 알아서 항공권을 끊고, 호텔을 예약하고, 비록 1박이지만 하코네 관광까지 계획했다.

게다가 여기 하코네 투어에는 꽤 재미있는 가이드가 따라붙었다. 디지라는 친구인데, 일본에 체류 중인 한국인이었다. 나이는 30대 중반쯤. 파마한 머리가 꼬불꼬불했고, 디지 길레스피(DIZZY GILLESPIE)라고 적힌 티셔츠를 입고 있었다. 중앙에 트럼펫 그림이 요란하게 그려져 절로 재즈가 흘러나오는 듯했다.

그가 차를 몰고 오전에 신주쿠에서 두 사람을 픽업한다. 오후에 하코네에 도착해서 당일 관광을 진행한 다음, 전통 료칸에 데려간다. 여기서 1박 후, 하코네를 떠나 오후 늦게 신주쿠에 도착한다. 거기서 가볍게 쇼핑을 안내한다. 뭐, 대충 이런 일정으로 진행했다.

첫눈에도 자유분방해 보이는 이 가이드는, '디지'라는 예명을 쓰고 있었다. 실제로 그는 도쿄의 여러 재즈 클럽에서 트럼펫을 불고 있으며, 언젠가는 디지 길레스피와 같은 전설적인 연주자가 되겠다는 야심을 품고 있었다. 따라서 그에 차에는 항상 재즈 음악이 흘러나왔다. 당연히 트럼펫 연주가 중심이었다. 처음에는 시끄러웠지만, 듣다 보니 꽤 재미있었다.

정민도 가끔 재즈를 듣기는 했다. 집중해서 공연을 보거나, 음반을 모으는 취미까지는 아니어도, 감각적으로 재즈가 몸에 잘 달라붙었다. 따라서 이런 프로페셔널을 만난다는 것 자체가 즐거웠다. 아내도 그리 싫은 내색이 아니었다. 덕분에 당일 관광을 마칠 즈음에는, 세 사람 사이에 기묘한 연대감 같은 것이 형성되었다. 재즈가 큰 역할을 했을 것이다.

리 모건, 프레디 허바드, 마일스 데이비스, 클리퍼드 브라운…, 디지가 입에 올리는 빅 네임들을 보면, 세상에는 정말 대단한 트럼페터가 많았다. 이 기회에 재즈 음반을 모아볼까, 라는 생각이 들 정도다. 단, 그의 취향은 아무래도 테너색스. 다급하게 고역을 치고 들어오는 트럼펫보다는 느긋하게 중역 대에서 마음을 사로잡는 테너가 더 좋았다. 뭐, 어떤가?

낮에 하코네에 도착해서 고라역에 있는 오래된 소바집에서 점심을 먹고, 소운잔을 산책하다가 로프웨이를 타고 여기 아시노호수까지 왔다. 이윽고 해적선에 오르니 호수 주변이 붉게 물들었다. 어느덧 석양이 지고 있었다. 차가운 1월의 쌀쌀한 바람이 정민과 아내에게 몰아쳤지만, 전혀 추운 줄 몰랐다. 여전히 둘은 손을 꼭 잡은 상태였다. 누가 보면 갓 신혼여행을 온 사이로 봤을 것이다. 나이는 좀 들었지만. 실제로 두 사람은 결혼 당시 신혼여행을 가지 못했다. 10년 만에 그에 대한 보상을 하는 셈이다.

"누가 빼앗아 갈까 봐 그래요? 손바닥 닳겠어요?"

돌아보니 디지가 씩 웃고 있었다. 언제 봐도 호감을 갖게 만드는 미소였다.

"내가 길을 잃을까 봐 무서워서."

정민의 말에 아내가 가볍게 어깨를 치고는 얼른 손을 빼냈다.

"이제 곧 내려요."

"벌써 다 왔어요?"

아내의 표정에서 아쉬움이 묻어나왔다.

"그럼요. 그냥 맛만 보는 크루즈인데요. 퀸엘리자베스호가 아니라고요."

"아, 그렇군요."

"지금이 저녁 여섯 시니까 일정을 정리해보죠. 몇 개의 옵션이 있습니다. 그냥 숙소에 가는 방법이 있고, 아니면 중간에 도키노 스미카에 들러서 화려한 일루미네이션을 즐길 수 있습니다."

"당신 생각은 어때?"

정민이 아내를 돌아보며 말했다.

"그냥 당신 편한 대로 해요."

평소답게 그녀가 그에게 선택권을 줬다. 자세히 살펴보니 좀 피곤한 모습이었다.

"그냥 숙소로 갑시다."

정민의 결정에 알았다는 듯 디지가 고개를 끄덕였다. 세 사람은 배가 정박하자마자 일부러 천천히 내렸다. 여기서 숙소는 그리 멀지 않다. 굳이 남들을 앞서갈 필요가 없다.

문득 정민은 해적선을 다시 보고 싶어졌다. 슬쩍 돌아보니, 석양을 배경으로 해적선의 실루엣이 검게 나타났다. 예의 병사는 여전히 씩씩한 기세로 창과 방패를 높이 쳐들고 있었다. 그 기백이 이쪽으로 전달되는 것 같아 그는 기분이 좋아졌다.

2

뜨겁게 달궈진 무쇠 냄비에서 가볍게 김이 올라왔다. 그 위로 얇게 썬 쇠고기가 몇 장 올라갔다. 이내 치지직 소리가 나왔다. 곧 연기를 내며 고소하게 고기가 구워졌다. 그사이, 디지는 능숙하게 작은 볼에 계란을 풀어 젓가락을 빠르게 돌렸다. 정민과 아내도 따라서 달걀을 풀었다. 이윽고 기분 좋은 향을 내며 고기가 익어가자, 그 위에 가볍게 소스를 뿌린 후, 젓가락으로 집었다. 이것을 달걀에 찍어 먹으라고 권했다. 일단 정민이 먼저 맛을 봤다. 쇠고기 특유의 기름기가 생달걀과 어우러지고, 거기에 짭짤한 소스가 가미되어, 심플하면서도 풍미가 깊은 맛을 냈다.

"와우, 완전히 다른 맛이네?"

가볍게 정민이 찬탄했다.

"맛있어요."

아내도 고개를 끄덕였다.

"스키야키는 처음인가요?"

동의를 구하듯 디지가 물었다.

"몇 번 먹어본 적은 있지만…, 사실 뭐 대단한 요리라고 생각한 적은 없거든."

이곳은 하코네에서 보기 힘든 스키야키 전문점이다. 현지인이 아니면, 찾기 힘든 곳에 숨어있다. 디지 덕분에 맛볼 수 있는 것이다.

"여기 소스가 명물입니다. 아무도 흉내낼 수 없는 깊은 맛이 있어요. 제 나름 스키야키 전문점을 많이 다녔지만, 이 정도면 손가락에 꼽을 만해요."

디지가 연신 고기를 구우며 말했다. 확실히 이런 요리에 친숙한 듯, 직접 대젓가락을 들고 요리를 했다. 마치 그가 호스트라도 되는 듯했다.

어쨌든 좋다. 정민 입장에선 맛있게 먹으면 그만 아닌가?

"이런 요리에도 일본이 담겨있습니다. 분명 단순하고, 쉬운 요리인데 제맛을 내려면 어느 정도의 수행이랄까 경험이 필요합니다. 기본적으로 생활 속에서 도(道)를 추구하는 모습을 이런 데에서도 발견하죠."

디지가 연신 땀을 흘리며 말했다.

"그렇지. 차라든가, 스시, 사시미, 우동, 오뎅, 덴푸라…. 모두 한번 보면 그대로 따라 할 수 있을 정도로 단순하지. 하지만 제맛 내기가 쉽지 않아. 그 안에 깊고 무궁무진한 세계가 있으니까."

가볍게 정민이 수긍했다. 이미 정민은 디지의 형이 되었다. 그렇게 하기로 했다. 그래서 자연스럽게 반말이 나왔다.

"일본의 국기를 보세요. 가운데 붉은 점 하나. 하지만 이게 상징하는 세계는 결코 간단치 않아요."

"철학적으로 접근하면 한이 없지. 일(一)과 다(多)라는 개념으로 들어가면 말이지."

"역시 교수님답네요."

디지가 씩 웃었다.

"근데 궁금한 게 하나 있어요."

마침 아내가 무슨 생각이 난 듯 물었다.

"재즈를 공부한다는데 왜 하필 일본이죠? 남들은 다 미국에 가잖아요? 버클리음대 같은 곳에 가면 한국인이 무척 많다던데. 그런 데 졸업하면 인맥이라도 쌓을 수 있잖아요?"

"좋은 질문입니다."

기다렸다는 듯 디지가 말했다.

"사실 저는 요즘 미국에서 연주되는 재즈에 불만이 많습니다. 너무 기교적이고, 잘난 체하고, 현란하기만 합니다. 자신의 기량을 자랑하는 쪽으로만 발달했어요. 몇 비트까지 쪼개냐, 얼마나 복잡한 화성을 구축하냐, 앙상블은 어떻게 구성하냐…. 거기에 각종 민속 음악과 클래식까지 끼어들고 있습니다. 이쪽을 전문적으로 파고드는 분이 아니면, 사실 평범한 재즈 팬으로서는 공감하기가 쉽지 않습니다. 물론 테크닉만 보자면 할 말이 없습니다. 나 같은 녀석은 평생을 쫓아가도 안될 겁니다. 그러나 그게 정말 재즈일까요? 적어도 나를 매료시킨 음악과는 거리가 있다고 생각합니다."

"무슨 말인지 조금은 짐작이 가는군."

"그러다 시선을 돌린 곳이 일본입니다. 일본은 재즈 강국이지만, 좀 고풍스런 재즈, 예스럽고 케케묵었지만 결코 낡지 않은…. 그러니까 모던 재즈에 대한 향수 같은 것을 갖고 있습니다. 이것이 동양인의 감성이나 노스탤지어와 교묘하게 어우러져있습니다. 그것은 저 옛날, 재즈가 지금처럼 복잡하지 않았던 시대를 떠올립니다. 그런 재즈가 제 입맛에 맞았던 거죠."

"멋져요."

미숙이 가볍게 박수를 치며 말했다.

"언제 한번 꼭 연주하는 것을 보고 싶어요."

"실은 내일 공연이 있습니다."

"정말요?"

"뭐, 대단한 것은 아닙니다. 그냥 작은 클럽에서 소수의 애호가를 상대하는 정도입니다."

"여보, 우리 한번 가봐요."

미숙이 정민의 어깨를 쳤다. 정민이 잠시 생각하다가 고개를 흔들었다.

"내일 저녁에 귀국해야잖아."

"아, 그렇네요."

미숙이 머쓱한 표정을 지었다.

"다음에 기회가 있으면 미리 알려줄게. 좋은 자리 좀 만들어주게나."

정민의 정중한 부탁에 디지가 씩 웃었다.

"여부가 있겠습니까?"

하지만 뭔가 진한 아쉬움이 엿보였다. 하루 정도 더 있다 갈까, 그런 생각이 들었지만, 귀국해서 할 일이 많다. 여기서 선을 긋자.

"재즈는 잘 모르지만, 아무튼 이런 부분에서도 일본인의 강점이랄까 미덕이 드러나는군."

"맞습니다. 이번에는 하이볼을 드셔 보실래요?"

"하이볼?"

"네. 이것도 일본만이 생각할 수 있는 음료입니다."

"어떤 뜻에서?"

"일본인의 위장으로는 위스키 스트레이트를 소화할 수 없습니다. 하지만 서양인이 즐겨 마시는 위스키를 마시고 싶기는 하죠. 그래서 묘안을 내놓은 것입니다. 많은 일본인들이 위장 상하지 않고 위스키를 즐기게 하자. 뭐, 그런 취지에서 만든 것이죠."

"한번 마셔보고 싶어요."

미숙이 승낙하자, 곧바로 주문이 이어졌다. 잠시 후, 석 잔의 하이볼이 탁자 위에 가지런히 놓였다. 옅은 커피색을 띤 액체가 얼음과 함께 정확히 500cc 잔에 담겨있었다. 잔을 들어보니 묵직했다. 그러나 강한 알콜 느낌은 없었다.

각자 한 잔씩 들고 허공에 잔을 부딪혔다. 정민과 미숙에게 하이볼은 처음이었다. 얼음을 넣은 탓인지 일단 목넘김이 시원했고, 약간의 알콜이 기분 좋게 감지되었다.

"자네를 만나길 잘한 것 같아."

정민이 잔을 바라보며 말했다.

"이런 일상의 자잘한 것들… 재즈랄지 하이볼이랄지 좀 전의 해적선이랄지…. 어떤 외래 문명을 만나면, 처음부터 배격하지 않고, 그 장점을 잘 포착해서 일본식으로 현지화한다는 부분이 이해가 되네. 한일 근현대사를 전공한다는 사람이 여태 이런 부분을 몰랐나 반성이 될 정도야."

"너무 띄우지 마십쇼. 저야 그냥 가이드일 뿐입니다."

"아니, 오히려 가이드라서 남들이 보지 못하는 부분을 볼 수도 있어."

"잘난 체 한 번 더 하죠."

디지가 갑자기 공깃밥을 주문했다.

"한국에서는 밥을 먹을 때, 어금니를 씁니다. 숟가락으로 왕창 퍼서 한가득 넣죠. 그리고 반찬과 함께 우걱우걱 씹어 먹습니다."

"일본은 다른가?"

"시범을 보여주죠."

디지가 밥공기를 손으로 집어 입에 가져간 다음 젓가락으로 조금 퍼서 앞니로 씹었다.

"일본은 젓가락을 사용합니다. 아주 조금만 집어서 주로 앞니로 천천히 먹습니다. 말하자면 그 맛과 향과 식감을 음미하는 거죠."

"좀 쩨쩨해 보이네요."

미숙이 웃었다.

"일본 사람들이 좀스러운 것은 사실입니다."

디지가 웃으며 밥공기를 내려놨다.

3

어둠과 고요가 주위를 온통 집어삼켰다. 마치 두꺼운 담요로 방을 감싼 듯했다. 밤이 깊어지자, 기다렸다는 듯 차가운 냉기가 몰려왔다. 산속의 시간은 빠르게 어둠으로 향한다. 그리고 모든 것을 침묵으로 감싼다. 뼛속까지 잠식하는 추위와 함께.

하지만 발아래에는 전혀 다른 세계가 펼쳐지고 있었다. 지옥처럼 뜨거운 온천수가 자욱한 김을 뿜어내고 있었다. 온천 특유의 짙은 유황 냄새는 몽환적이었다. 마치 구름 위로 붕붕 떠 있는 느낌이었다. 얼핏 무섭기도 했지만, 뭔가 사람의 마음을 당기는 부분도 있었다. 어서 이쪽으로 오라고 계속 유혹하고 있었다.

정민은 조심스럽게 천천히 왼발부터 담갔다. 일종의 간 보기였다. 생각보다 뜨겁지 않았다. 추위 때문에 온몸의 감각이 마비된 탓일까? 이어서 오른발. 괜찮다. 이제 안심하고 서서히 몸을 탕 속에 밀어 넣는다. 이내 목 근처까지 물이 잠긴다. 주변으로 아무것도 보이지 않았다. 시야가 차단되자 머릿속이 단순해졌다. 조금씩 자신의 몸을 데우는 온기와는 달리, 머리 쪽은 차가웠다.

몸의 긴장이 풀어질수록, 정신은 또렷해졌다. 열기와 냉기가 어우러지며, 몸과 머리가 각각 다르게 반응해왔다. 노천욕의 특징이다. 몸은 뜨겁고, 머리는 차갑다. 이런 이율배반에 몸의 메커니즘이 갈팡질팡했다. 하지만 이내 평온해졌다. 몸과 머리가 화해한 것이다.

정민은 눈을 감고, 히노키 욕조에 머리를 기댄 채, 최대한 릴랙스했다. 어느 순간부터 사고는 정지되었고, 규칙적으로 호흡을 하면서, 신선한 공기를 폐에 집어넣었다. 완벽한 정적과 완벽한 어둠 그리고 완벽한 정지.

이때 그의 어깨를 살며시 감싸 쥐는 손길이 느껴졌다. 가볍지만 확실하게 그의 목덜미를 주무르기 시작했다. 더욱 나른해졌다. 처음 받아보는 아내의 마사지. 그 손길은 무척 부드러웠다.

그가 돌아보니 약간 그녀의 얼굴이 홍조를 띠었다. 거기에 묘한 관능미가 흐르고 있었다. 여태껏 보지 못했던 모습이었다. 아내의 숨은 이면이 서서히 드러나고 있었다.

여태껏 그는 아내에게서 한 번도 섹스를 통해 만족을 느낀 적이 없었다. 어쩌다 요구하면 마지못해 응하는 정도였다. 그것도 마네킹처럼 누워서 기계적으로 반응할 뿐이었다. 그녀의 몸은 차가웠고, 숨소리조차 죽였다. 가끔 시간(屍姦)을 하는 느낌도 들었다. 생식을 위해 어쩔 수 없이 다리를 벌린다고나 할까? 그나마 아이가 하나 태어나자, 이런 요식 행위도 끝이 났다.

요 삼 년간 두 사람이 몸을 섞은 일이 한 번도 없었다. 누가 먼저 의도한 것도 아니고, 그렇다고 서로 피한 것도 아니다. 그냥 그렇게 되어버렸다. 간혹 욕구가 일어나긴 했지만, 섹스를 부담스러워하는 아내에게 상처를 주는 것 같아 정민 스스로 피했는지도 모른다.

그러므로 미숙의 이런 적극적인 태도는 상당히 의외였다. 어쩌면 나름대로 이번 여행을 준비했는지 모른다. 뭔가 둘 사이에 변화가 필요하다는 판단을 했는지도 모른다. 아이는 이제 초등학교에 다니기 시작했다. 한시름 놓을 시점이 된 것이다.

둘은 탕 속에서 키스를 하고, 서로를 애무했다. 온천욕 때문인지 그녀의 몸이 뜨거웠다. 둘은 탕에서 나와 수건으로 가볍게 물기를 닦아낸 후, 침대로 갔다. 처음에는 괜찮았다. 그녀의 몸은 활짝 열려있었고, 반응도 뜨거웠다. 삽입을 했을 때, 가벼운 신음도 나왔다. 그는 더욱 흥분이 되었다.

그러나 여기까지. 정작 관계에 돌입했을 땐, 다시 몸이 차가워졌다. 다시 숨을 죽였다. 그는 억지로 관계를 하고 사정을 했다. 갑자기 힘이 빠졌다. 바로 그녀에게 떨어져 활짝 침대에 널브러졌다.

"고마워요."

난데없이 그녀가 말했다.

"고마워요, 정민 씨."

"뭐가 고맙다는 거야?"

"나하고 결혼해주고, 함께 살아주고, 아이를 키워주고, 이런 데 데려와주고…, 그래서 고마워요."

"그건 내가 할 소린데?"

"진심이에요."

"나도 마찬가지야."

사실 아닌가? 대답 대신 그녀는 그의 품에 파묻혔다. 그런 그녀의 등을 나른하게 어루만지며 그는 잠을 청했다. 하지만 쉽게 잠이 오지 않았다. 어느 순간 깊은 잠에 빠진 그녀를 남겨두고 난간으로 갔다. 여전히 어둠뿐이다. 그리고 냉기가 밀려왔다.

하지만 그는 가운을 걸치는 것도 잊은 채 알몸으로 멍하니 어둠에 싸인 숲과 여관을 바라봤다. 몇백 년 전에 지어졌을 듯싶은 낡은 건물은 저 멀리 숲과 이어져있었다. 그곳으로 가는 길은 꼬불꼬불했다. 중간중간 작은 등이 길을 밝혔다. 그 희미한 빛이 숲속으로 쭉 이어져있었다. 그는 그 불빛을 세다가 멈추고 말았다. 갑자기 무료해졌다. 또 허무했다.

4

다음날 정민은 릿쿄대학을 찾았다. 며칠 전 이곳 사학과가 중심이 되어, '20세기 초 동아시아의 제반 정치 상황'을 주제로, 한국을 비롯해 일본, 대만, 미국 등이 참가한 국제적인 세미나가 열린 적이 있었다. 여기서 그는 만주국에 대한 발표를 했다.

우선 만주국을 만든 인물들의 국가관이나 의도를 분석했다. 그 후 만주국이 나중에 패전 후의 일본과 5·16 이후의 한국에 각각 어떻게 영향을 끼쳤는지, 그 내용을 분석해서 발표했다. 여기서 중심인물은 기시 노부스케였다. 그와 박정희의 관계라든가, 그의 외손자 아베 신조 전 수상에 끼친 영향력까지 점검했다. 기시를 중심으로 삼으면 한일 근현대사의 복잡한 정황에서 하나의 내러티브가 완성이 된다. 그는 이 작업을 조금씩 진행하고 있었다. 만주국이란 존재를 하나의 열쇠로 삼아, 작금의 한일 관계와 전체 동아시아의 정황을 이해해 보려는 것이다. 그에 대한 반응이 꽤 뜨거웠다. 아니 이번 세미나의 하이라이트라고 해도 과언이 아니었다.

오늘은 자신을 초청해준 릿쿄대 사학과의 학장인 스가노 씨를 만나기로 했다. 점심을 먹으며 가벼운 환담이라도 나눌 예정이었다. 사실 릿쿄대는 그가 재직한 대학과 자매결연을 맺고 있다. 둘 다 성공회에 의해 세워졌다. 하지만 종교적인 색채는 최대한 자제하고 있다. 두 학교는 활발하게 학생과 교수를 교환하고 있다. 둘 다 개방적인 학풍을 갖고 있어서, 간혹 한일 관계에 엇박자가 생겨도 교류 자체에는 전혀 지장이 없었다. 일종의 라이벌 의식 같은 것도 있어서, 양 대학의 교수들이 함께 연구에 참여하는 경우 불꽃이 튈 정도였다.

정민은 스가노 씨와는 여러 차례 식사를 하고, 술을 마신 적이 있어서 개인적인 친분이 두터운 편이었다. 그래서 이번 점심도 별 부담이 없었다.

약속 장소는 대학 정문 건너편에 있는 리비에라 레스토랑. 녹차와 곁들여 나오는 화정식이 꽤 괜찮은 곳이다. 이곳 또한 몇 번 방문한 적이 있다. 입구에 들어서니 먼저 자리를 잡고 있던 스가노 씨가 반갑게 일어섰다. 백발이 성성하고, 눈가에 주름도 많지만, 군살 하나 없는 탄탄한 몸매였다. 늘 넥타이를 맨 정장 차림이다. 구두는 낡았지만, 늘 깨끗하게 닦여져있었다.

"주인공이 오셨구먼. 얼굴에 빛이 납니다."

스가노 씨가 뜬금없이 칭찬했다.

"무슨 말씀이죠?"

"교수님이 이번 세미나의 주인공이었단 말입니다. 모두 만주국 이야기만 해요."

"과찬이십니다."

"과찬이라뇨? 전 사실만을 추구하는 사학자입니다. 과장이나 거짓말에 일체 소질이 없습니다."

"어쨌든 감사합니다. 괜히 폐를 끼치지 않았나 걱정했거든요."

"폐라뇨? 갑자기 일본인처럼 말씀하네요. 그러지 마세요. 한국인은 솔직담백하지 않습니까? 우리처럼 속에 감춰두는 것을 싫어하지 않습니까?"

스가노 씨가 크게 웃었다. 그리고는 종업원을 불렀다. 당연히 점심 정식. 잠시 후, 화려하게 세팅된 식사가 나오고, 잔에 녹차가 채워졌다. 천천히 회를 한 점 한 점 음미하다 보니 어느덧 그릇이 다 비워졌다.

"언제부터 만주국에 관심을 가졌죠?"

"오래되지는 않았습니다. 정말 우연히 TV를 보다가 흥미를 느꼈습니다."

"TV에서 뭐를 봤죠?"

"60년대에 만들어진 한국 영화입니다. 뭐 대단한 작품은 아닙니다. 그저 그런 활극물이었죠. 한데 그 무대가 만주였던 겁니다."

"아하."

"나중에 조사해보니, 1960~70년대에 우리나라에서 만주를 무대로 한 영화가 많이 제작되었더군요. 주로 독립군 이야기죠. 일본 점령기 시절에 만주에 간다는 것은 독립운동을 하러 간다는 것과 같았습니다. 바로 그런 시대적 배경을 이용해서 다양한 활극물이 만들어진 것이죠. 심지어 만주 웨스턴이라는 명칭까지 얻었죠. 그래서 여러 작품을 찾아서 봤습니다. 재미있더군요. 그 안에 만주 특유의 사회 분위기나 로망 같은 것이 숨어있더군요. 그 부분에 감명을 받아서 조심스럽게 연구하기 시작한 것입니다."

"저도 영화를 좋아합니다. 한국 영화도 많이 봤죠. 하지만 만주 웨스턴이라는 말은 처음 듣습니다. 스파게티 웨스턴과 같은 종류인가 보죠?"

"대충 그렇게 파악하시면 됩니다."

"아, 그렇군요."

스가노 씨가 나직이 고개를 끄덕였다.

"사실 만주국의 존재나 위상에 대해서는, 일본에서도 그리 폭넓은 연구가 행해지지 않았습니다. 우리의 군국주의가 빚은 괴물이라는 인식이 강하기 때문이죠. 그래서 일부러 외면한 측면도 있습니다."

"만주국의 주역 중에 전범으로 재판받은 사람도 많으니까요."

"흔히 말하는 극우와도 연결되어있죠. 하지만 여기를 파헤치다 보면, 우리 내부의 문제와 맞닥뜨리게 되어있습니다. 좀 더 근본을 파헤칠 수 있는 것이죠. 그러니 함부로 접근할 수가 없죠. 우리 학계에서는 기피하는 대상이기도 합니다."

"그렇군요."

"그런데 교수님이 과감하게 이 부분을 파헤쳐서, 우리는 신선한 충격을 받았습니다. 그리고 이 만주국이 단순히 한 시대의 꼭두각시로 끝나지 않고, 지금의 한일 관계까지 연결되어있다는 부분은 매우 흥미로운 관점이라고 생각합니다. 덕분에 저 역시 만주국에 대해 새로운 시각을 갖게 되었고, '따로 연구해보고 싶다'라는 생각도 하게 되었습니다. 개인적으로 교수님에게 고마움을 표시하고 싶군요."

갑자기 고개를 숙여 그가 감사를 표했다. 정민은 가볍게 손사래를 쳤다.

"아직 저도 아는 게 별로 없습니다."

"당연하죠. 이제 시작인데요."

"그렇기는 합니다만."

"그럼 이런 제안을 하고 싶군요."

잠시 녹차를 들이켠 후 그가 말했다.

"한 일 년쯤 저희 학교에 교환 교수로 와주실 수 있을까요? 한일 현대사 정도를 한국의 관점에서 학생들에게 가르치면서, 동시에 만주국에 대한 연구도 병행하는 것이 어떨까요? 뭐 이런 제안이 난데없을 겁니다. 그러나 만주국에 대한 자료는 분명 일본에 더 많이 있습니다. 필요하면 얼마든지 구해다 줄 수 있습니다."

"제안은 감사합니다."

이번에는 정민이 고개를 숙여 감사 표시를 했다.

"하지만 지금 뭐라고 답하기 힘들군요."

"이해합니다. 지금이 1월이니까, 어차피 봄 학기는 시작되었다고 봐야죠. 다음 가을 학기를 목표로 추진해보면 어떨까요? 제가 제안하면 얼마든지 건너올 수 있잖습니까?"

"그런 프로그램 자체는 전혀 문제가 없다고 봅니다. 그냥 제 사정이죠. 제 개인 사정을 봐야 합니다."

"집안에 무슨 일이 있나요?"

"뭐, 그런 것은 아니지만?"

"아내와 같이 오면 되잖습니까?"

"아무튼 이렇게 제안해주셔서 감사합니다. 귀국하면 진지하게 생각해 보겠습니다."

"일단 오시는 걸로 알겠습니다."

스가노 씨가 멋대로 단정지었다. 일본인답지 않게, 맺고 끊는 게 확실해 보였다. 더욱 정민은 난처하기만 했다.

5

스가노 씨의 배웅을 받으며, 정민은 이케부쿠로에서 JR을 타고 신주쿠로 향했다. 그는 끝까지 JR 입구까지 따라와서 표를 끊는 모습까지 지켜봤다. 중간에 맥주를 한 병 시켜서 마시다가 이야기가 길어져서 또 한 병 시켰다. 결국 네 병을 마신 끝에 벗어났나 싶었는데, 결국 역에서 헤어질 수 있었다. 확실히 정이 깊고, 마음씀씀이가 깊은 분이다.

원래 일정대로라면 정민과 미숙은 오늘밤에 귀국해야 했다. 하지만 어젯밤에 갑작스럽게 스가노 씨의 연락이 왔고, 미숙은 미숙대로 쇼핑도 하면서 디지의 공연을 원했다. 그래서 자연스럽게 하루 더 일정을 늘렸다. 대신 디지를 가이드로 붙여 미숙을 돕도록 했다. 저녁 6시에 호텔 로비에서 만난 후, 저녁을 먹고, 디지가 일하는 재즈 클럽에 가기로 했다. 직접 디지의 연주를 들어보기로 한 것이다.

확실히 이번 여행에서 미숙은 밝아졌다. 뭐 그렇다고 평소에 어둡다는 이야기는 아니다. 늘 뒤편에 숨어서 자기 존재를 드러내지 않고, 모든 결정을 정민에게 맡기는 그녀는 요즘 보기 드문 타입이기는 하다. 외출도 별로 하지 않고, 쇼핑에도 관심이 없으며, 친구를 만나는 일도 드물었다. 가만, 그녀에게 친구가 있었던가? 아마 한두 명 정도? 그나마 본 지도 꽤 된다.

그녀 말로는 애 때문이라고 하지만, 이미 아이는 초등학교에 들어갔다. 혼자 놔둬도 잘 논다. 둘째를 가질 생각도 없었다. 정민 자신이 외동이라, 아이도 외동으로 키우는 데 전혀 문제가 없었다. 오히려 하나 더 늘어나면 불편해질 것이다.

그래도 그녀는 세상과 일정한 거리를 뒀다. 원래부터 외출을 삼가는 스타일이었는지는 모르겠다. 그녀의 여고 시절이나 대학 시절이 어땠는지 별로 아는 게 없다. 생각해 보면 이상한 일이다. 하지만 그 자신도 아내에게 별다른 이야기를 하지 않았다. 자신이 어떤 학창시절을 보냈고, 어떤 여자를 좋아했는지, 누구와 친했는지 거의 언급한 적이 없다. 10년이 넘는 세월 동안 부부관계를 유지하면서, 이렇게 서로가 서로를 모르는 커플이 또 있을까? 하지만 미숙과 지내다 보면, 이런 적당한 거리가 좋았다. 그게 격식에 맞았고, 예의 바른 행동이었다. 이런 부부도 있는 것이다.

그런 그녀가 이번 여행에서 꽤 명랑해 보였다. 자주 웃고, 가끔 탄성도 지르고, 속마음도 편하게 드러냈다. 온천을 겪으면서, 이런 태도 변화는 확실하게 감지되었다. 뭔가 그녀를 사로잡은 콤플렉스나 편견 같은 것이 약해졌다고나 할까? 그게 뭔지 잘 모르지만.

그러나 섹스라는 문제는 여전히 그들에게 큰 숙제였다. 그는 자신이 특별히 변태나 색광이라고 생각하지 않았다. 하지만 그녀의 몸을 탐하고, 함께 쾌락을 느끼고 싶은 마음은 간절했다. 매번 시작도 하기 전에 끝난 탓에 그런 갈증은 시간이 지날수록 더하기만 했다.

마치 그녀는 하기 싫은 숙제를 억지로 끝내자마자, 바깥으로 쏜살같이 뛰어나가는 아이를 연상시켰다. 도무지 몸을 섞으려 들지 않았다. 그런 생각을 하면 계속 마음 한구석이 무거워졌다. 이번 여행이라고 다르지 않았다. 잠시 장막이 벗겨지는 것 같더니, 다시 원점으로 돌아왔다. 아내와 여행을 좀 더 자주 할까? 이렇게 둘이 지내는 시간이 많아지면 뭔가 달라지지 않을까?

신주쿠역에 도착한 것은 오후 세 시경. 아직도 메워야 할 3시간이 남았다. 뭔가 소일거리를 찾아야 했다. 자연스럽게 기노쿠니야 서점으로 발걸음을 옮겼다. 특별히 찾는 책은 없지만, 구경하다가 보면 자연스럽게 몇 권 집게 되어있다. 커피까지 한잔하면, 3시간은 훌쩍 지나갈 것이다.

사실 그는 혼자 있으면, 인류 역사에서 벌어진 일에 가정법을 들이대서 여러 상상을 해본다. 어릴 적부터 혼자 해왔던 놀이다. 역사를 알면 알수록, 그런 가정은 더욱 늘어만 갔다. 또 객관적인 팩트 뒤에 숨어있는 여러 요소들을 알면 알수록, 자신의 가정이 그냥 상상만이 아니라는 생각도 들었다.

만일 히틀러가 2차 대전을 일으켰을 때, 일단 총력을 다해서 영국부터 점령했다면 전체 판도가 달라지지 않았을까? 프랑스에서 영국으로 넘어가는 바닷길은 다양하다. 이미 북구는 수중에 떨어진 판이다. 영국을 점령해버리면 미국은 참전할 길이 없다. 그다음에 소련을 쳐도 늦지 않다. 오히려 후방 걱정을 하지 않고, 독소 전쟁에 몰두할 수 있었다. 왜 히틀러는 폭격만 하다가 영국을 놔두고 말았을까?

만일 이토 히로부미가 암살을 피해 살아났다면, 일본의 대조선 정책은 어떤 방향으로 갔을까? 적어도 점령해서 식민지로 삼지는 않았을 것이다. 어느 나라를 귀속시키면, 그에 따르는 부대 비용이 만만치 않다. 새로 다리를 건설하고, 도로를 닦고, 교육을 시키고, 공장을 지어야 한다. 엄청난 돈을 쏟아붓고도 당장 나오는 게 없다. 차라리 위성 국가를 만들고, 만주에 치중했다면 결과는 어떻게 달라졌을까? 대만, 조선, 만주를 커버하는 일본 중심의 무역 블록은 가능하지 않았을까?

만일 케네디가 암살당하지 않고 재선에 성공했다면 현대사는 어떻게 변화했을까? 적어도 월남전은 벌어지지 않았을 것이다. 설령 벌어진다고 해도 그 규모는 극히 작았을 것이다. 그는 흐루쇼프와 대화를 원했지, 전쟁을 원하진 않았다. 자칫 잘못하다간 핵전쟁으로 발전할 수 있었던 것이 당시의 상황이었다. 존이 두 번을 하고, 이어서 로버트가 두 번을 연달아 했다면, 현재의 세계는 전혀 다른 모습이 되었을 것이다. 과연 어떤 세계가 펼쳐졌을까?

생각하면 할수록 흥미진진했다. 어떤 때엔 이런 공상으로 밤잠을 설친 적도 있었다. 나중에 이런 가정을 모아서 책을 써보면 어떨까, 라는 생각도 했다. 아는 출판사 사장이 적극 집필을 권한 적도 있었으니까, 혹시 나중에라도 집필할 수 있을 것이다.

여기서 한 가지 확실한 것은, 역사라는 것이 꼭 올바른 방향으로 흐르지 않는다는 점이다. 그렇지 않고서야 어떻게 그렇게 수많은 전쟁이 벌어지고, 수많은 학살이 이뤄졌으며, 수많은 왕조가 무너졌을까? 역사에서 사필귀정은 없다. 그래서 역사는 진보한다는 주장 자체를 그는 신뢰할 수 없었다. 레비스트로스가 옳았다. 사르트르의 역사주의는 역사를 하나의 재판관으로 만들었을 뿐, 인류에 보탬이 된 것은 하나도 없다. 오히려 식민 지배를 합리화할 뿐이었다. 서구 제국주의의 로망일 뿐이다.

막상 서점에 가보니 별로 눈에 띄는 책이 없었다. 하긴 수도 없이 여기를 왔다. 하루 종일 책을 읽으며 구매한 적도 많았다. 아마 도쿄에서 가장 많이 방문한 장소일 것이다. 이제는 털어먹을 만큼 털어먹은 것이다.

그러다 우연히 이 건물 맨 위에 〈디스크 유니온〉이라는 음반 전문점이 있다는 것을 알아냈다. 갑자기 재즈 생각도 나고, 음반 구경도 하고 싶어졌다. 디지를 만났으니 가능한 일이었다.

만일 그의 부친이 아니었으면, 그는 일찍부터 음악에 취미를 가졌을 것이다. 어느 정도의 컬렉션도 했을 것이다. 그러나 지독한 오디오광에 폐쇄주의가 강한 부친 덕분에 방에서 오디오를 듣는 행위 자체를 경멸했다. 대신 책을 읽었다. 그리고 교수가 되었다. 하지만 자신의 DNA에 부친의 지분이 일정량 있다. 생물학적으로 어쩔 수 없는 부분이다. 이미 부친이 타계한 지도 10년이 넘었다. 이제 자신에게 내린 음악에 대한 금기를 슬슬 해제할 때가 되지 않았나?

그간 숱하게 이곳에 왔으면서도, 정작 레코드숍에 가보니 모든 게 생소했다. 벽에는 수많은 아티스트의 사진들이 붙어있었고, 벽과 수납장에 음반이 가득했다. LP, CD뿐 아니라 이제는 존재조차 생소한 카세트테이프까지 보였다. 천장에 매달린 여러 개의 작은 스피커에서 쏟아지듯 음악이 흘러나왔다. 한눈에 봐도 오타쿠로 보이는 손님들이 자신만의 사냥감을 물색하느라 분주했다.

막상 재즈 코너를 보니, 엄두가 나지 않았다. 모두 모르는 이름뿐이었다. 어렵게 테너 색소폰 코너에 갔지만, 어디부터 손을 대야 할지 알 수 없었다. 마침 담당 직원이 말을 걸어와 몇 마디 응대해보니, 금세 그의 손에 10장 정도의 CD가 쥐어졌다. 모두 트럼펫 연주자들의 음반이었다. 클리퍼드 브라운, 마일스 데이비스, 리 모건, 프레디 허바드 그리고 윈턴 마살리스. 정작 테너색스는 근처에도 가지 못했다.

순식간에 열 장 정도를 사버리고 나니, 여기서도 할 일이 별로 없었다. 일단 매장 자체가 너무 컸고, 다루는 범위도 넓었다. 음악을 잘 모르는 그에게 이 공간은 부담스럽기만 했다. 커피나 한잔할 요량으로 밖에 나오니, 아직 네 시도 되지 않았다. 아직도 두 시간이 남았다. 자, 이제 또 뭘로 때우나?

6

사실 그에게 이렇게 빈 시간은 사치나 다름없었다. 아무튼 요 10년간, 아니 미숙을 만나고부터 단 한 번도 여유 시간을 가져본 적이 없었다. 마치 전쟁을 치르듯 하루하루를 보내는 것에 급급했다. 온 사방에 눈이 내려서, 마당도 쓸고, 거리도 쓸고, 지붕도 쓸고, 뭐 그런 식으로 치다꺼리의 연속이었다. 그러므로 막상 별 스케줄이 없는 2시간이 주어지자, 오히려 초조해졌다.

쇼윈도를 지나치고, 예쁜 가게가 나오면 슬쩍 둘러보고, 여기저기서 건네는 전단지를 받고, 지나가는 사람들을 바라보면서 걷다 보니, 확 분위기가 일변하는 지역이 나왔다. 환한 대낮인데도 뭔가 음습하고, 관능적인 기운이 맴돌고 있었다. 짧은 치마를 입은 여성들이 여기저기서 전단을 돌렸고, '풍속'이니 '안마'니 하는 간판이 연달아 나타났다. 이 공간 자체에 갖가지 욕망이 얽혀 있었다. 아, 여기가 바로 가부키초구나, 느낌이 왔다.

정민은 이 지역을 잘 모른다. 한 번도 와본 적이 없다. 그러나 막상 오고 나니, 낯설지 않았다. 아니, 뭔가 편안한 기분도 들었다. 거기엔 이유가 있다. 실은 그의 가장 큰 취미가 일본 AV였기 때문이다. 그렇다. 연구실에 있는 비밀 보관함엔 10테라 분량의 AV가 숨겨져있었다. 단순히 모으기만 한 것이 아니다. 테마별로, 아이돌별로, 시기별로 정교하게 분류되어있었다. 마치 역사를 공부하듯, AV 역시 전문적으로 접근했던 것이다.

누가 보면, 미인 아내를 데리고 사는 남자치고는 별나다면 별난 취미라 하겠다. 그렇다고 이런 취미가 상대에게 해를 끼치거나, 사회에 물의를 일으키는 내용은 아니니 큰 문제는 없다. 그러나 미숙을 생각해 보면 이상하기는 하다.

이 문제로 정민이 고민하지 않은 것은 아니다. 하지만 아이를 낳고부터 급격하게 식어버린 부부관계가 원인이라면 원인이다. 그렇다고 욕구를 풀기 위해 여자를 산 적은 한 번도 없다. 차라리 그런 편이 나을 수도 있지만, 아내를 볼 낯은 없다. 또 그런 여성을 찾을 만큼 그쪽 세계에 밝은 것도 아니다. 그래서 이렇게 정신적으로나마 탈출구를 만든 것이다.

이렇게 자위하며 걷는 사이, 누군가 그에게 전단을 한 장 건넸다. 우선 복장이 특이했다. 머리에 큼지막한 귀를 달았고, 가슴이 훤히 드러나는 비키니 차림이었는데, 엉덩이에 꼬리가 달렸다. 직감적으로 〈플레이보이〉의 버니 걸을 연상시켰다. 그리 키는 크지 않았지만, 가슴이 빵빵했고, 표정이 밝았으며, 교태가 넘쳐흘렀다.

"미남 아저씨, 잠깐만 시간 좀 내요."

아무 스스럼없이 다가왔다. 평상시 같았으면 그냥 무시했을 것이다. 그러나 순진해 보이는 그녀의 표정이 그의 경계심을 풀었다.

또한 전단지도 눈길을 끌었다. 사진 속의 여자는 가운을 반쯤 풀어 헤친 채, 무방비 상태로 침대에 걸터앉아있었다. 눈빛이 좀 흐리멍텅했지만, 얼굴 전체가 갸름하고, 입술이 도톰했다. 매우 도발적인 용모였다. 한참 잘나가던 시절의 미야자와 리에를 연상시켰다.

그러나 그뿐만이 아니었다. 그녀는 한동안 기억 저편에 묻어두었던 누군가를 생각나게 했다. 일부러 그 흔적을 지워버린 존재. 역사 왜곡에 가깝도록 일부러 망각하고, 혹 꿈에라도 나오면 소스라치게 놀라서 외면하고,

무의식의 저편으로 흘려보냈던 여성. 그는 자기도 모르게 멈칫하고 말았다.

"여긴 AV 스타들이 나오는 곳이에요."

전단을 준 아가씨가 의기양양하게 말했다.

"그럴 리가?"

"정말이에요. 저도 AV에 출연하고 있어요."

꽤 당돌하다. AV 출연이 뭐 대놓고 자랑할 만한 일은 아니지 않은가? 정민은 자신도 모르게 웃고 말았다.

"미소가 음흉해요. 응큼하네요."

"아가씨를 만나서 그런가?"

"왜요? 내가 마음에 들어요?"

"마음에 들면?"

"꿈 깨요. 난 전단 알바만 해요. 아무하고나 몸을 섞지 않는다고요."

검지손가락을 쳐들고 좌우로 흔들며 그녀가 말했다.

"그럼 이 아가씨도?"

그가 전단을 가리키며 말했다.

"당연하죠. 지금 한참 인기가 있는 여배우예요."

"이름이 뭔데?"

"에이미. 성은 몰라요."

"지금 만날 수 있나?"

자기도 모르게 이런 말이 나왔다. 그 자신부터 놀랐다.

"잠깐만요."

아가씨가 어딘가로 전화를 했다. 짤막하게 이야기를 나누더니 그에게 오케이 사인을 보냈다.

"운이 좋네요. 좀 전에 출근했대요."

아가씨가 윙크까지 했다. 하지만 그는 잠시 주저했다. 당연히 에이미가 그녀일 리는 없다. 그런데도 보고 싶었다. 에이미를 통해 그녀를 확인하고 싶었다.

"뭐해요?"

앞서가던 아가씨가 홱 돌아보며 말했다. 결국 정민은 그녀를 따라나섰다. 뭐에 홀린 듯 그녀의 꽁무니를 바라보며 걸어갔다. 혹 주변의 누가 보고 있지는 않나 싶었지만, 아무도 그를 주시하지 않았다. 조금은 안심이 되었다.

한데 꽤 걸었다. 가부키초 중심지에서 벗어나니 허름한 건물 몇 개가 나왔다. 모두 러브호텔이었다. 도쿄에도, 특히 중심부에도 이런 낡은 건물이 있나 싶었다. 가끔 그녀가 말을 걸지 않았다면, 아마도 그는 중도에 포기했을 것이다. 이런 행위 자체가 썩 내키지는 않았다. 그냥 확인만 하고 나오자, 그렇게 생각했다. 한편 그녀에게는 뭔가 사람을 편하게 만드는 구석이 있었다. 먼저 농담도 하고, 윙크도 던졌다. 밝고, 낙천적인 친구다.

"먼저 결제하고 룸에 들어가면 에이미 상이 나올 겁니다."

호텔 입구에서 그녀가 말했다.

"얼마지?"

"2만 엔. 한 시간입니다. 시간 꼭 지켜주세요."

그녀가 다짐하듯 말했다. 정민은 전단을 다시 살펴봤다. 확실히 사진 속의 그녀는 뭔가 그에게 말을 걸고 있었다. 애써 에로틱한 분위기를 연출하고 있지만, 그 공허한 눈빛 속에 뭔가 애타게 호소하는 부분이 분명히 있었다. 마치 그에게 어떤 메시지를 전달하는 듯했다. 그 요청을 그는 거부할 수 없었다.

그래. 일단 만나보자. 그는 지갑에서 만 엔짜리 두 장을 꺼내 아가씨에게 준 다음 룸으로 안내되었다.

"자네 이름이 뭐지?"

문고리를 잡다가 그가 물었다.

"왜요?"

그녀가 고개를 갸우뚱했다.

"사기 치면 찾아내려고."

"설마."

그녀가 배시시 웃었다.

"이래 봬도 이 아저씨, 무서운 사람이야. 옛날에 복싱도 했어."

"에리카. 에리카라고 해요. 이래 봬도 대학에 다녀요."

"설마…?"

"이쪽 세계에서 대학생이 얼마나 귀한지 알아요? 앞으로 꽤 유명해질 거라고요."

다시 윙크를 하고는, 그의 볼에 뽀뽀를 한 다음, 그녀가 사라졌다.

7

무대에 오른 사람은 뭔가가 다르다. 똑같은 사람도 생활에서 그냥 보는 것과 무대에 서 있는 모습을 보는 것이 다르다. 어떤 사람은 정말로 무대가 어울린다. 무대에 올라가야만 빛이 나고, 생기가 돌며, 카리스마까지 발산이 된다. 타고난 무대 체질이 있는 모양이다. 디지가 그랬다.

무대 자체는 대단치 않았다. 롯본기역 부근에 있는 〈알피(Alfie)〉라는 클럽은, 1979년에 창업해서 무려 40년 넘게 영업해온 곳이다. 40년이라면 정말 대단하지만, 그쪽 세계에서는 일반적인 수준인 모양이다.

아무튼 그런 명성에 걸맞지 않게 규모는 작았으며, 정식 연주 공간도 없었다. 바 한쪽에 피아노와 드럼이 겨우 들어차있으며 트럼펫 같은 경우는 객석 코앞에서 연주했다. 손만 뻗으면 악기가 만져질 정도였다. 다행히 정민과 미숙은 이 층 난간에 자리를 잡았으므로, 좀 더 널찍하게 무대를 내려다볼 수 있었다. 그럼에도 불구하고 디지의 기백이나 열정을 생생히 느낄 수 있었다. 첫 대면부터 인상이 남달랐는데, 역시 트럼펫을 부는 모습을 보니 딱 어울렸다.

재즈를 잘 모르는 정민과 미숙에게 이런 공연은 낯설 수밖에 없다. 하지만 안면이 있는 사람이 연주를 하니, 뭐랄까, 일종의 감정이입이 되어 자기도 모르게 열중하게 되었다. 특히, 디지의 솔로 타임이 오면 괜히 긴장도 됐다.

"전혀 딴 사람을 보는 것 같아요."

연신 탄복하면서 미숙이 말했다.

"뭔가 속은 기분이 드는군."

정민도 고개를 끄덕이며 수긍했다.

"음악이란 게, 이런 힘이 있다는 것을 처음 실감했어요."

"하루 더 연장하길 잘했어. 이런 공연을 놓쳤으면 평생 후회할 뻔했네."

"이런 음악이 있다는 걸 모르고 살았으니, 그간 뭐 하고 살았나 하는 생각도 드네요."

"그러게 말야."

"참, 스가노 씨 만난 일은 잘되었어요?"

"제안을 하나 하더군."

"무슨 제안요?"

"1년 정도 교환 교수를 하면 어떻겠냐, 그러더군."

"교환 교수?"

"그렇지. 1년 정도 도쿄에서 체류하라는 뜻이지."

"당신 생각은 어때요?"

"릿쿄대학이 우리와 자매결연해서 이런 프로그램은 낯설지 않아. 내 동료 교수들도 한 번씩은 다녀왔어. 일종의 안식년 휴가라고나 할까?"

"그래서 뭐라고 했어요?"

"생각해 보겠다고 했지. 일단 당신 의견부터 들어봐야 하니까."

"저는 갈 수가 없어요. 애가 이제 초등학교에 들어갔는데, 갑자기 전학할 수도 없고…. 친정에도 일이 좀 있고."

"그렇지."

"정 뭐하면…."

미숙이 잠시 생각한 후 말했다.

"당신 혼자 다녀와요. 좋은 기회잖아요."

"그렇긴 한데…."

정민이 말끝을 흐렸다. 그리고는 무대로 시선을 돌렸다. 이제는 객석까지 가세해서, 한껏 뜨거운 열기가 폭발하고 있었다. 눈이 부실 정도였다. 정민도 힘차게 박수를 치며 좀 전에 있었던 불쾌한 일을 잊으려고 했다.

8

정말 그런 곳에 가는 것이 아니었다. 이 지역을 좀 아는 사람이면 모를까, 그와 같은 초짜는 딱 걸려들기 마련이다.

룸 안의 분위기부터 살풍경했다. 3평도 안 되는 좁은 공간에 침대와 샤워실 하나뿐이 없었다. 반쯤 열어놓은 작은 창문을 통해 도시의 소음이 끝없이 밀려 들어왔고, 얇은 벽 너머로 들리는 옆방의 거친 숨소리도 불쾌했다. 일부러 과장하듯 여자는 숨넘어가는 비명을 질러댔다. 이런 분위기는 우울하기까지 했다. 오직 전단지 속의 여자, 에이미라는 이름의 여자, 이 여자의 눈빛이 아니었으면 일찌감치 문을 박차고 나갔을 것이다.

잠시 후 똑똑 노크 소리와 함께 문이 활짝 열렸다. 엉덩이 라인이 살짝 드러나는 짧은 원피스를 입은 여성이 안으로 들어왔다. 마치 만화에서나 본 듯, 볼륨이 엄청났다. 가슴 부분은 깊게 패인 라인으로 처리했는데, 그 경계선에 드러난 유방이 일단 거대했다. 엉덩이 부근에 끝나는 스커트 밑으로 활짝 드러난 허벅지는 건장한 역도 선수를 방불케 했다. 혈기왕성한 고릴라라 해도 무방했다.

덕분에 침대에 반쯤 누워있던 정민이 놀라서 화들짝 일어났다. 순간 그녀가 달려들어 다시 그를 눕혔다. 완력이 장난 아니었다. 그는 꼼짝할 수 없었다. 억지로 키스를 하려고 했는데, 지저분한 담배 냄새가 확 풍겨왔다. 자신이 뭔가 당하는 입장이 되는 느낌이었다.

"잠깐, 잠깐!"

억지로 그녀를 제지하며 그가 소리쳤다.

"나는 이 여성을 찾는데…."

겨우 손을 뻗어 전단지를 가리켰다.

"이게 누구죠?"

"에이미라고…, AV 배우라고 하던데?"

"내가 에이미예요."

"뭐라구?"

"내가 에이미라구요. 날 찾았잖아요."

"그럼 이것은…?"

"이런 데 처음 와요?"

대답 대신 정민이 고개를 끄덕였다.

"그래요?"

갑자기 상대를 얕보는 듯한 웃음. 순간 실내의 더러움과 역한 냄새, 각종 지저분한 이미지가 여러 겹으로 다가왔다. 그러자 그녀가 그를 풀어줬다. 그녀는 조용히 핸드백에서 담배를 꺼내 피웠다. 짙은 연기가 좁은 방안에 모락모락 피어올랐다.

"중국 사람?"

"아니."

"그럼 한국 사람?"

"국적을 왜 묻는 거야?"

"갑자기 궁금해졌어요. 하는 짓을 보니 한국 사람이네요."

"무슨 뜻이지?"

"바라는 것은 많고, 호주머니는 얄팍하고, 그러면서 까탈스럽고."

"날 놀리는 거야?"

갑자기 화가 났다.

"생각해봐요. 이렇게 잘난 여자가 뭐 할 일 없다고 이런 데서 일하겠어요? 2만 엔 줬죠? 그 돈으로 이런 여자를 사겠다고요?"

순간 정민의 얼굴이 붉어졌다. 갑자기 그녀를 바라볼 수 없을 만큼 창피해졌다. 그는 더 이상 이곳에 있을 수 없었다. 이런 데에 있는 자기 자신이 혐오스러웠다. 얼른 바깥으로 나가려는 찰나, 그녀가 등 뒤에서 웃으며 소리쳤다.

"다음에 또 와요."

어이가 없어서 잠시 그가 돌아봤다.

"저주를 퍼붓는군."

"당신은 또 오게 되어있어요."

"뭐라고?"

격분한 그가 그녀를 돌아보며 소리쳤다.

"난 당신 같은 사람을 알아. 이런 데에 또 오게 되어있어."

"날 뭘로 보고 그런 소리를 하는 거야?"

"그래요. 이런 곳에 오는 건 쉽지 않죠. 처음이 중요해요. 하지만 일단 발을 들여놓으면, 결코 뺄 수 없어요. 이 색골아."

그러면서 그녀가 또 웃기 시작했다. 도넛 모양으로 담배 연기를 만들어 그에게 확 뿌렸다. 그는 얼굴이 잔뜩 붉어져서 도망치듯 룸을 빠져나왔다. 하지만 아직도 그녀의 말이 뇌리에 남았다. 색골. 색골. 색골.

그래, 난 색골인가?

9

"무슨 생각해요?"

어느새 연주를 마친 디지가 옆자리에 앉아 물었다.

"아, 아니."

정민이 가볍게 미소지으며 얼버무렸다. 이제 실내는 스피커에서 조용한 음량으로 나오는 재즈 피아노 트리오로 채워졌다. 몇몇 테이블은 빈자리였다. 연주가 끝나자마자 썰물 빠지듯 손님들이 나간 것이다. 마침 미숙은 화장실에 간 상태. 문득 생각이 난 정민이 씁쓸하게 디지에게 전단지를 보여줬다.

"이게 뭐죠?"

전단지를 바라본 디지가 정민에게 물었다.

"가부키초에 갔다가 받았어."

"아하…!"

이해했다는 듯 디지가 웃었다.

"그래, 재미 좀 봤어요?"

은근슬쩍 디지가 물었다.

"그게 말이지…."

정민이 난처한 표정이 되었다.

"가부키초에 혼자 가다니, 대단하군요. 거긴요, 야쿠자도 당하는 곳이에요. 지갑이나 털리지 않으면 다행으로 알라구요."

"그래?"

"거참…, 다음에 올 땐 미리 이야기해요. 내가 잘 아는 데 있으니까요."

"역시 프로 가이드는 다르구먼."

"기본 아니에요?"

오히려 디지가 되물었다.

"그게 아니고…. 이 전단지의 여자, 왠지 마음을 끄는 게 있더라고. 오로지 사진만 보고 간 거야."

"그렇게 마음에 들어요?"

디지가 다시 꼼꼼히 전단지를 살폈다.

"그냥 한 번만 보고 싶어. 그뿐이야."

"좀 솔직해져 봐요."

"정말이래도."

"아마 AV 광고지에서 복사한 것 같은데…, 가만…, 이 여자, 찾아줄까요?"

"설마?"

"내 실력 알면서 그래요."

"찾을 수 있어?"

"가능할 것 같아요."

디지가 휴대폰을 꺼내 전단지의 각도를 잘 조절한 후, 셔터를 눌렀다.

"실은 말이죠, 가끔 밤에 알바도 해요. 도쿄에서 재즈 연주로 먹고 산다는 건 거짓이고, 실은 이런저런 일을 해요."

"무슨 알바인데?"

"여자를 배달한다고나 할까? 당연히 업소녀도 있고, 일반 여성도 있고, 아무 남자나 좋다는 미친년도 있고…."

"보도방이라도 차렸나?"

"호텔이나 숙박업소에서 가끔 이런 여자를 찾는 손님들이 있어요. 그럴 때 제가 배달을 가죠. 배달이란 말이 좀 뭐하지만. 뭐, 요즘은 꽤 짭짤해요. 인종도 다양해요. 필리핀 애들도 있고, 남미 애들도 있고, 가끔 한국 애들도 있어요. 물론 일본 애들도 있구요. 아마 그런 쪽에서 뒤지면 찾을 것 같아요."

"AV 배우라던데? 이름은 에이미."

"AV 쪽에선 찾기 힘들어요. 아마 이런 전단지에 나온 것을 보면, 보도방 쪽이 나을 겁니다."

"이런 일까지 하면서 재즈를 연주할 만큼 뭔가 가치가 있는 모양이네?"

"재즈니까요. 재즈 연주자에겐 재즈가 전부예요. 살인이나 강도 빼곤 다 할 용의가 있다고요."

디지의 표정이 진지해졌다.

"오늘 연주한 친구들만 해도, 별의별 일을 다 해요. 라멘 요리사도 있고, 공사장에서 막노동하는 녀석도 있어요. 당연히 이런 배달업에도 있고요. 좋아하는 재즈를 하려면 어쩔 수 없다구요."

"그렇군. 대단하네."

이제야 이해가 된다는 듯, 정민이 고개를 끄덕였다.

"뭐 칭찬받을 정도는 아니고요…."

디지가 씩 웃었다.

"사진을 보니 이 친구는 완전 S급이에요. 아무나 부를 수 있는 여자가 아니에요. 이런 여성은 스케줄도 미리 나와요. 하지만 형님이 찾는다면 한번 수소문해보죠. 형님이 그러니까 나도 궁금해지네요. 연락 드릴게요."

순간 미숙이 나타났으므로, 정민은 얼른 전단지를 집어서 주머니에 숨겼다.

7

나른한 기운이 기내에 맴돌고 있었다. 승객 대부분은 깊은 잠에 빠져 있었다. 이른 아침의 플라이트는 일정상 편리하기는 하지만 수면 부족은 피할 수 없다. 미숙 역시 마찬가지. 간밤에 서너 시간은 잤을까? 아니 거의 뜬눈으로 보냈다. 옆자리의 정민은 탑승하자마자 잠에 빠졌지만, 그녀는 그럴 수 없었다. 그래서도 안 되었다.

잠깐 방심했다. 정말 순식간의 일이다. 오랜만의 해외 나들이 탓일까? 알코올 때문일까? 지난 십 년간 죽은 듯이 보낸 자신에 대한 일종의 보상 심리일 수도 있겠다. 뭐 아무래도 상관없다. 어떻게 쌓아 올린 탑인가? 벽돌 하나하나를 섬세하게 점검해서, 혹시라도 틈이 벌어지지 않을까 고심

하면서, 정말로 꼼꼼하게 쌓아 올렸다. 어떤 비바람이 몰아치고, 폭풍우가 밀려와도 끄떡없다고 장담할 정도다. 단, 나만 실수하지 않으면. 나만 정신줄 놓지 않으면. 모든 게 내게 달렸다.

좋아. 그래. 잊어버리는 거야. 온천 따위의 일, 그냥 꿈일 뿐이야. 이 정도 갖고 흔들리면 안 돼. 어디까지나 나는 평범하고, 건실한 아내이자 엄마이자 주부야. 그래. 이게 나한테 맞는 그림이야. 맞는 역할이고.

물론 남편에게는 미안하다. 그의 욕구를 모르는 건 아니다. 하지만 이런 욕망은 부질없다. 한순간에 불타올랐다가 그냥 꺼질 뿐이다. 그보다 더 중요한 가정이 있지 않은가? 어떻게 만들고, 쌓아 올리고, 지켰는가? 이것을 위해선 못할 일이 없다. 조심하자. 매사에 긴장의 끈을 놓지 말자.

이렇게 몇 번이고 다짐했지만, 마음이 편치 않았다. 그녀를 불편하게 만드는 뭔가가 있기는 했지만, 아직은 파악할 수 없었다. 그냥 느낌이 그랬다. 그런 찜찜한 기분을 달리 풀 방법도 없었다. 그녀는 깊은 한숨을 내쉬며 창밖을 바라봤다. 밑으로 서서히 영종도의 모습이 드러나기 시작했다.

8

여행이란 것은 짤막한 꿈에 불과하다. 잠시 현실을 잊고 어느 낯선 곳을 헤매다가 다시 현실로 돌아온다. 그뿐이다. 물론 여행을 가면, 그것도 현실이다. 그러나 바로 잊혀진다. 꿈을 꿀 때 모든 상황이 리얼하지만, 깨고 나면 아무것도 아닌 것처럼. 그런 것이다.

하지만 그 경험이 강렬할수록, 꿈이 점차 현실로 변한다. 꿈이 일상생활을 잠식하는 것이다. 처음에는 모른다. 그냥 가끔씩 생각날 뿐이다. 하지만 그 횟수가 늘어나면, 어느 순간 현실에서 벗어나고 싶어진다. 현실에서는 결코 맛볼 수 없는 느낌이나 쾌감을 갈구하게 된다. 그럴 때 이런 꿈은 마수를 뻗는다. 일단 붙잡히면 벗어날 수 없다.

귀국하자마자, 정민은 장인어른 댁을 방문해서 인사를 드렸다. 일종의 귀국 보고와 같은 요식 행위를 마치고, 인근의 중식당에서 코스 요리를 먹었다. 처가를 방문할 때마다 느끼는 거지만, 참 대접이 지나치다. 거기엔 어떤 꾸밈도 있었다.

사실 10년 정도가 되면 이제 한 가족이 아닌가? 거창한 외식이나 이벤트보다는 좀 더 살갑게 다가갈 수 있는 내용이 더 중요하지 않을까? 편하게 집에서 된장찌개를 나눠먹어도 되지 않은가? 하지만 방문할 때마다 거창한 외식이 기다리고 있다. 그의 입장에서는 부담스럽기만 했다.

무엇보다 이런 요식 행위는 한 달에 한 번은 꼭 이뤄졌다. 뭐 특별한 이벤트가 있는 것은 아니다. 하지만 꼭 방문해야 할 일들이 생겼다. 누군가의 생일이나 제사 혹은 기념일. 그렇지 않으면 무슨 하찮은 구실이라도 생겼다. 그냥 편하게 생각난 듯이 전화해서 만나면 어떤가? 그러나 그런 적은 한 번도 없었다. 최소 일주일 전에 약속이 통보되고, 그에 따른 스케줄 조정이 이뤄지고, 호화로운 식당의 저녁이 기다리고 있었다.

표면적으로 등장하는 이유는 바로 장인어른 황민규의 살인적인 스케줄. 정가의 중진답게, 약속이 즐비하다. 거기엔 당의 운영에 관련된 미팅부터, 국회 참석, 재계 거물과의 약속, 골프, 동창회, 인터뷰 등 한도 끝도 없다. 그러나 신기하게도 가족 모임이라면 만사를 제쳐둔다. 요즘처럼 대선 준비로 바쁜 와중에도, 절대로 자리를 비우지 않았다. 외동딸에 대한 사랑이 이토록 강하단 말인가?

물론 자신도 외동이다. 나름 귀하게 컸다. 하지만 이 정도는 아니다.

어느 정도 거리를 두고, 뭔가 일이 생겼을 때만 간섭한다는 것이 부모님의 생각이다. 그만큼 자신의 프라이버시나 독립성을 지켜올 수 있었다. 부친으로 말하면, 차라리 타인이라고나 할까? 지금 생각하면 오히려 부친의 오타쿠와 같은 기질이 감사할 정도다.

음악과 독서와 영화를 좋아했던 부친은, 항상 자신만의 공간을 가졌다. 따라서 어느 곳으로 이사하던, 방은 꼭 세 개여야 했다. 부부의 침실과 정민의 방 그리고 부친의 취미 공간.

부친은 아무나 자신의 공간에 들이지 않았다. 그 안에는 숱한 음반과 비싼 오디오 시스템, 영화 감상용 프로젝터, 영화와 음악 관련 전문지와 서적 등이 쌓여있었다. 일인용 소파 하나를 겨우 들여놓을 정도로, 방 안에 물건이 많았다. 남들이 보면 잡동사니나 쓰레기더미라 할 정도였다. 모친 몰래 뭔가를 사 들고 오는 경우도 있었다. 만일 정민에게 들키는 날이 있으면, 대충 용돈으로 무마했다. 용돈을 위해 그는 부친을 감시하는 일도 있었다.

농협에 다녔던 부친은 오로지 직장과 집만이 전부였다. 친구가 거의 없었다. 있다고 하면 같은 취미를 나누는 애호가 정도. 대부분 퇴근하면 가족과 식사하고 나서 자신의 공간으로 숨었다. 주로 클래식을 들었는데, 옛날 영화를 보는 경우도 있었다. 무슨 일이 있어서 노크를 하면, 듣던 음악이나 보던 영화를 끄고는 문이 열렸다. 슬쩍 안을 보면 답답하기만 했다.

그가 대학에 들어와 본격적으로 역사에 몰두할 무렵, 갑자기 부친이 사망했다. 특별한 지병도 없었고, 과음이나 과식하는 법도 없었다. 지극히 건강했다. 알고 보니 고혈압이었다. 그것 한 방으로 명을 달리한 것이다.

부친이 사망하자, 모친은 지긋지긋하다는 듯, 그의 흔적을 지웠다. 오디오며 서적이며 프로젝터 등을 몽땅 고물상에 넘겼다. 순식간에 방이 텅 텅 비었다. 그 공백이 부담이 되었는지, 결국 몇 달 후, 방 2개짜리 아파트로 이사했다. 이전까지는 부친의 취미 때문에 단독 주택에 살아야 했다. 새로 이사 간 곳에서는 더 이상 부친도, 그의 취미 공간도, 그의 유물도 찾아볼 수 없었다.

따라서 정민에게 아버지의 존재 자체가 생경했다. 집에서 아버지가 하는 역할이 뭔지 도무지 알 길이 없었다. 그래서 지금도 자신의 아들 수빈과 특별한 관계를 맺고 있지 못했다. 단둘이 있으면, 아버지와 아들이라는 관계 설정이나 어떻게 행동해야 하는지가 애매하기만 했다.

그런 낌새를 녀석은 일찍부터 눈치챘다. 아주 어릴 적엔 마구 어리광을 피웠지만, 초등학교에 들어가고 나자 일정한 거리를 뒀다. 필요한 상황에만 입을 열었고, 적절하게 반응했다. 자신이 부친에게 느꼈던 단절이 지금 여기서도 재현되고 있는 것이다.

덕분에 녀석은 남들보다 조숙했다. 등교를 하거나, 숙제를 마치거나, TV를 보거나, 아무튼 스스로 알아서 했다. 자기만의 시간표를 갖고 행동했다. 또 스스로 만든 규칙도 있었다. 그게 구체적으로 어떤 것인지 물어보지 않았지만, 정민은 충분히 이해했다. 자신이 바로 그랬으니까.

반면에 같은 외동인 미숙으로 말하면 그와 정반대 스타일이다. 거의 실시간 모니터링 수준. 정민의 일거수일투족을 일체 오차 없이 관리하고 있다. 대개 아이를 낳으면, 모든 관심이 그쪽으로 가는데, 이상하게도 그녀는 정민에게 집착에 가까운 행동을 했다. 기본적으로 하루 5번 정도의 문자가 오고, 집안의 세세한 일들을 알리는가 하면, 잠시 그가 잊고 있었던 스케줄까지 상기시켰다. 비서라고 하면 거의 만점 수준이었다. 회식이라도 있는 날이면, 아무리 늦게 귀가해도 먼저 자는 법이 없었다. 그리고 회식에 누굴 만났는지, 뭘 먹었는지, 어디를 갔는지 꼬박꼬박 캐물었다.

처음에는 짜증부터 났다. 대체 뭐 하는 수작인가 싶었다. 참다못해 화를 내면, 며칠은 잠잠했다. 그러고 나서 꼭 장모님이 나타났다. 백화점에 데려가 양복을 사준다거나, 새로 오픈한 레스토랑에 간다거나, 아무튼 뭔가 회유책이 나온다. 심지어 멀쩡한 승용차를 교체해준 적도 있었다. 그러므로 며칠 후 다시 감시가 시작되면, 그로서는 보고하는 수밖에 없다. 화를 내기가 미안하니까.

하긴 그녀의 입장을 보면, 이해하지 않을 수 없다. 무엇보다 그녀 자신이 철저한 보호 관찰 속에서 자랐다. 숨이 막힐 듯한 일정과 계획 속에 관리되었던 것이다. 피아노를 배운다거나 수영을 한다거나 학원에 다닌다거나 아무튼 항상 빽빽한 스케줄 속에서 숨 한번 쉴 수 없을 정도로 살아왔다.

덕분에 특별한 취미도 없고, 죽마고우라 할 수 있는 친구도 없고, 술을 마시거나, 미식을 탐하거나, 쇼핑에 빠지는 법도 없었다. 대신 티끌 하나 발견할 수 없을 정도로 철저하게 집 안 청소를 하고, 그가 좋아하는 요리를 하고, 아이를 키우는 등 모든 신경을 가정에 쏟았다.

심지어 가전제품이 고장나거나, 차량에 뭔가 이상이 생길 경우에도 그녀가 나섰다. 벽에 못을 박거나, TV를 설치하거나, 휴대폰을 교환하는 일도 모두 그녀의 몫이었다. 복잡한 은행 업무나 세무 관련 일도 그녀가 말끔하게 처리했다. 가끔 그의 머리를 감기거나, 샤워를 해줄 때는 그녀가 아내가 아닌 엄마로 보일 지경이었다.

처음에는 반발했지만, 일단 이런 패턴이 정착이 되자, 정민으로서는 더없이 편했다. 집에 와서 일절 신경 쓸 부분이 없었다. 그냥 학교에 나가고, 강의를 하고, 연구를 하면 되었다. 오로지 자기 일에만 몰두하면 된다. 나머지는 아내가 다 알아서 한다. 과연 이렇게 헌신적인 여자가 얼마나 될까? 그렇게 생각하면 처복이 대단하다고 해도 좋다.

그러니 밖에 나가서 뭘 했는지 정도는 알려줘도 되지 않을까? 한편으로는 그를 통해, 그녀가 세상과 소통하면서 사는 것이 아닐까, 하는 생각도 해본다. 그의 시선을 통해, 그의 행동을 통해, 그의 사회적 관계를 통해 그녀는 살아가고 있는지도 모른다. 따라서 그가 교수가 되거나, 논문을 쓰거나, 뭔가 업적을 냈을 경우에 그녀는 자기 일처럼 기뻐했다. 세상 그 어떤 일보다 좋아했다. 그런 모습을 보면, 좀 더 아내에게 잘해주자, 라는 생각이 들었다.

9

"궁금한 게 하나 있습니다."

식사를 하다 말고 뜬금없이 정민이 장인에게 물었다.

"갑자기 왜 정치를 하셨죠? 원래 판사로 존경을 한 몸에 받지 않았나요?"

"판사 생활이 지긋지긋했어. 내가 뭐라고 남들을 심판하나 싶더라고."

장인이 씩 웃으며 말했다. 덩달아 장모와 미숙도 웃었다.

"또 시작했군요."

장모가 한 마디 던졌다.

"당연한 질문을 지금 하니까 좀 이상하군."

정민을 바라보는 장인의 눈길은 늘 따뜻했다. TV에서 보던 이미지와는 완전 딴판이었다. 마치 자기를 친아들처럼 생각하는 눈빛이었다.

"제가 보기에 어르신은 판사가 더 어울리거든요. 실제로 좋은 판결도 많이 했고요."

"무슨 뜻인지 알아. 남들은 그래. 뭐 정치가라고 하면 여기저기 이권에 개입해서 검은돈이나 만지고, 뒤에서 흉흉하게 음모나 짜고, 남 뒤통수나 치는….”

“대개 그렇게들 생각하죠.”

“우리 정가에서 떠도는 말이 있어. 정치가는 있어도, 정치는 없다. 자네, 정치가 뭐라고 생각하나?”

“그야 이상적인 국가나 사회를 건설하기 위한 제반 행위를 말하는 것 아닐까요?”

“정치를 영어로 폴리틱스(Politics)라고 하지. 그 어원은 뭘까?”

“폴리스(Polis). 도시 국가에서 파생된 단어죠.”

“정확하게는 폴리티코스(Politikos). 즉, ‘도시의’(civic)라는 형용사에 해당하지. 이 말을 이해하려면 경제(Economic)부터 알아야 돼. 이 말은 집안일을 말하는 그리스어 오이코 노모스(Oiko Nomos)에서 파생된 말일세. 당시 농경 사회는 집이 곧 일터였지. 곡식을 재배하고, 가축을 키우고, 와인을 만들고, 수확을 하는 등 여러 경제 활동이 모두 집을 중심으로 이뤄졌기 때문이지. 지금은 산업 사회니까 집은 사적인 공간으로 인식되지만, 그전에는 달랐지. 덕분에 집에 관계된 경제 활동과 분리된, 이것과는 관련이 없는 영역. 우리가 흔히 사적인 공간으로 여겼던 것이 바로 폴리틱스인 것이지.”

“아테네의 개념으로 말하면 그렇죠.”

“물론 동양에서 정치라는 개념은 폴리틱스와 엄연히 다르지. 동양의 정치라는 개념은 지배에 가까워. 강력한 왕권의 전통이 있으니까. 하지만 폴리틱스는 달라. 이게 꼭 국사(國事)에만 해당하는 것은 아니야. 실은 연극이나 악기 연주, 연설, 회의, 스포츠 등 여러 행위들이 어우러져있지. 올림픽이 대표적이지. 다시 말해 우리가 사적인 영역, 취미 활동이나 인문학 등에서 연상할 수 있는 여러 행위가 바로 폴리틱스라는 말이지. 그리고 각자의 영역에서 어떤 기술이나 내공을 쌓는 행위를 덕이라고 했지. 영어로 하면 버츄(Virtue). 이런 버츄가 쌓이는 것이 좋다, 라는 의미에서 선(善)이라고 칭했고. 덕이나 선을 동양에선 다르게 해석하지만, 아테네에선 그렇게 봤다네."

"그렇군요. 덕이나 선은 사실 엄청난 철학적 테마죠."

"나는 철학까지는 모르지만, 실은 이 폴리틱스라는 말에 매료가 되었네. 얼마나 멋진 말인가? 폴리틱스. 폴리티션. 뭔가 공적인 일에 자신을 투입한다는 행위. 멋있잖아? 맨날 남들 잘못이나 범죄를 판결하다가, 아예 그런 일이 발생하지 않도록 하면 어떨까 생각한 것이지. 하지만 이런 행위를 할 수 있는 사람은 일단 이코노믹스에서 벗어나야 해. 자네, 아테네 사람들이 자유를 뭘로 이해했는지 아나?"

"노동으로부터 벗어나는 것. 먹고 사는 문제를 뛰어넘는 것. 뭐 그런 뜻 아닌가요?"

"역시. 그래서 난 자네와 대화하는 게 즐거워."

장인어른이 활짝 웃었다. 그리고 잔을 들어 건배를 했다. 두 손으로 잔을 들고, 정민이 고개를 돌려서 한 잔 마셨다. '여보, 괜찮아' 하는 표정으로 미숙이 바라봤다. 그는 괜찮다며 미소지었다.

"내가 정치에 실망한 것은, 정치로 먹고살려는 자들이 많기 때문이야. 정치가 아닌 폴리틱스를 해야 우리나라에 미래가 있다고 봐. 물론 폴리틱스를 하려면 어느 정도 경제적 기반을 다져야 해. 그런 사람들이 공적인 데에 나와서 똑같은 신분의 사람들과 토론도 하고, 연극도 감상하고, 악기도 연주하고, 신체도 단련하는 것이지."

"정치를 무슨 클럽 활동으로 생각하는 것은 아닌가요?"

"그런 지적도 많이 당했지. 하지만 한번 생각해보게. 영국 의회에서 어떤 이슈를 갖고 토론하는 광경을 보면, 가발 같은 것을 쓰고 있고, 특별한 복장을 하고 있지. 마치 무슨 연극을 하는 것 같지 않나? 미국에서 군인이 죽으면 장례식을 치르지 않나? 병사들이 도열해서 허공에 총을 쏘고, 장중한 연주가 나오고, 국기로 덮은 관을 나눠서 들고…. 무슨 공연을 보는 것 같잖아. 거기엔 이런 폴리틱스의 전통이 살아 숨쉬고 있다고 보네."

"그런 점은 솔직히 부럽습니다."

"옛날 우리나라에도 그런 멋이 있었어. 상여를 끌고 간다거나, 초야를 보낸다거나, 무슨 축제를 한다거나…. 참여하는 사람 모두 일정한 역할이 있고, 공통의 불문율이 있으면서, 엄격한 예식과 해학이 있었지. 하지만 요즘 우리를 한번 보게나? 결혼식을 가봐도, 장례식을 가봐도 감동이 없어. 그냥 요식 행위에 불과해. 실은 그 근본이 바로 폴리틱스인데, 그런 게 없는 거야. 지금 우리나라 정치인 중에 제대로 연설하는 친구가 몇이나 될 것 같아? 그냥 주어진 원고 읽는 것 말고, 사람을 감동시키는 언변과 제스처를 갖춘 경우를 말하면."

"왜 우리나라에 정치가 없다고 생각하십니까?"

"정치는 경제와 섞이면 안 돼."

장인어른이 단호한 눈빛으로 말했다.

"아테네에서 폴리틱스를 하는 사람들은 서로 먹고사는 문제는 말하지도 않고, 관여하지도 않았어. 그게 불문율이지. 그보다는 좀 더 이상적이고, 공적이면서 또 국가적인 일을 추구했어. 개개인의 이해관계가 얽히면, 공적인 일은 사적인 영역으로 넘어가버려."

"하지만 현실적으로 정치라고 하면 무슨 예산을 짠다거나, 지원을 한다거나, 투자를 한다거나 온통 경제적인 내용이 대부분이지 않습니까?"

"그런 것은 경제지. 경제는 그쪽 전문가에게 맡기면 돼. 분배니 성장이니 뭐니 다 경제 쪽 이야기야. 정치는 달라. 정치는 폴리틱스가 되어야 해. 나는 그런 폴리틱스에 매료되어서 이쪽 세계로 왔지만, 지금은 좀 후회가 되기도 해. 과연 언제쯤 우리나라에서 제대로 된 폴리틱스가 실현될까? 정치와 경제가 섞이면 뭐가 되는지 아나?"

"부패가 되죠."

"그게 우리 정치의 문제일세."

잠시 두 사람은 말을 멈췄다. 이미 요리는 식을 대로 식었지만, 분위기는 더 싸늘했다.

"또 정치 얘기네요. 아무튼 이이는…."

옆에서 장모님이 한마디했다.

"이럴 때 평소 하고 싶었던 말을 하는 거지. 사위 앞에서 이런 대화도 못 해?"

장인이 슬쩍 장모를 나무랐다.

"만날 때마다 정치 이야기잖아요."

"알았어. 알았다고."

어깨를 으쓱하며 그가 말했다.

"아테네 사람들은 사적인 것, 그러니까 프라이비트(private)한 것을 뭔가가 결여된 상태로 봤어. 공적인 영역에서 활동할 때에만 비로소 삶에 의미를 갖는다는 것이지. 그래서 지금도 돈만 좀 벌면 너도나도 정치하겠다고 덤비는지도 모르겠어."

"그래도 저는 사적인 것이 좋습니다."

"그런가?"

"가끔 안사람과 시간을 보내야 하잖아요. 아이와 놀아주기도 해야 하고요."

정민의 말에 미숙이 가볍게 웃었다.

"가정적인 남자라…. 이 시대에 가장 바람직한 모습이지. 나도 마음은 굴뚝같지만 말일세…."

장인이 슬쩍 장모 눈치를 봤다. 그러자 그녀는 절레절레 고개를 흔들었다.

"자다가도 정치라고 하면 벌떡 일어나 뛰쳐나갈 양반이 무슨…."

"한 가지만 여쭙겠습니다."

조심스럽게 정민이 말했다.

"진정으로 우리나라에서 정치인이 해야 할 일이 뭐라고 생각하십니까?"

한동안 장인어른은 허공을 바라봤다.

"모르겠네, 솔직히. 지금도 그 답을 찾고 있지."

10

방학 중이라, 학교에 가도 따로 일은 없었다. 하지만 조교는 꼬박꼬박 출근한다. 이영민이라는 조교가 그의 뒤를 돕고 있는데, 눈치도 빠르고, 꼼꼼하면서, 요령도 좋았다. 전공도 정민과 같은 한일 근현대사. 한참 석사 논문을 쓰고 있고, 그 후 일본으로 건너가 박사학위에 도전할 예정이다.

처음에 그의 논문 계획을 심사할 때, 정민은 꽤 충격을 받았다. 극우라는 표현이 어울릴 정도로 과격한 주장이 담겨있었기 때문이다. 한국 정치의 중심은 우파이고, 그 계보는 이승만, 박정희, 전두환으로 이어지며, 현재는 단절된 상태다. 이런 상황을 타개하려면, 일본의 자민당 시스템을 본받아야 한다. 국가 사회주의가 갖고 있는 장점을 살려서, 제대로 된 한국의 우파를 만들어야 한다, 뭐 그런 내용이었다.

처음에는 그 내용이 부담스러웠다. 자신까지 극우로 몰리지 않을까 싶었다. 그러나 이 조교를 만나 차분히 이야기를 나누다 보니, 그 나름대로 논리정연했고 또 설득력도 있었다. 아주 극단적인 주장만 피하면, 하나의 논문으로서 자격과 가치가 있다고 봤다. 이 조교도 당초의 태도를 바꿔, 좀 더 유연하게 정리하는 데에 동의했다. 그래서 정식 조교로 일하게 된 것이다.

한 가지 흥미로운 점은, 이 조교의 평상시 태도다. 혹, 일본인이 아닐까 싶을 정도로 일본적이다. 아니 일본인이라 해도 좋다.

다시 말해, 항상 친절하고, 상대를 배려하고, 혹 피해를 끼치지 않을까 염려하지만, 한편으로는 그 속마음이 뭔지 도무지 알 수 없기 때문이다. 마치 양파처럼 아무리 겉을 까도, 속이 나오지 않는다. 대체 속에 알맹이가 있는 친구인가, 의심이 들 정도다.

뭐 일본을 집중적으로 연구하다 보면 이렇게 되는 것일까? 그럴 수도 있다. 아니면 원래 그런 것일까? 그런 것도 같다. 원래 양파 같은 성격을 가진 사람들만이 일본 쪽 연구를 할 자격이 있는 것일까?

물론 그에게도 그런 면이 있다. 어떻게 하든 자신의 실체를 남에게 드러내려고 하지 않는다. 그러나 이것을 꼭 일본적이라고 단정할 필요는 없다. 현대 사회의 많은 사람들이 갖가지 가면을 쓰고, 그때그때 어울리는 롤 플레이를 하지 않는가? 그는 지금 교수, 남편 그리고 아버지의 역할을 하고 있다. 그 각각에 충실하려고 한다. 그런 면에서 이 조교와 분명한 차이가 있다.

하지만 겉으로 드러나는 이 조교의 친화력이 워낙 좋았다. 그럴 수밖에 없다. 먼저 허리를 굽히고, 상대의 입장부터 챙기니 좋아하지 않는 사람이 없다. 그러므로 정작 그를 만나면 이런 생각은 금세 잊혀졌다.

"안녕하세요. 세미나에서 크게 한 방 먹였다면서요?"

정민이 교수실에 들어서자, 책을 정리하고 있던 이 조교가 반갑게 맞았다.

"누가 그런 말을 해?"

"스가노 상에게 연락이 왔었어요. 그분이 오히려 더 들떴더라고요."

"뭐 그렇게까지 호들갑을 떨 내용은 아닌데…."

"아무튼 여행은 어땠어요?"

"정신없이 바빴네."

"그래도 사모님과 함께했으면 쉴 틈도 있었겠죠."

"기본적으로 뭐든 섞이면 안 돼. 여행이라고 하면 아내와 가고, 세미나라고 하면 혼자 가고. 그게 원칙이야. 잠시 잊었어."

그가 고개를 절레절레 흔들며 말했다.

이곳은 그만의 공간. 정말 공들여 쌓은 성이다. 여기에 있을 때만 마음이 편하고, 자유로워질 수 있다. 그에겐 일터이면서, 연구실이고 또한 도피처이기도 하다. 이코노믹스이면서, 폴리틱스이며 또 프라이비트한 곳이다.

"참, 아까 사모님께서 잠깐 들리셨어요. 제게 선물 줄 게 있다면서."

역시 아내답다. 그의 주변 사람까지 꼭 챙긴다. 그가 학장과 만나는 사이에 들린 모양이다.

"그렇군."

"이렇게까지 신경 써주지 않아도 되는데요."

그래도 녀석은 싫지 않은 표정이다.

"내가 자리 비운 사이에 별다른 일은 없고?"

"어제 송 교수님이 들리셨어요. 귀국하면 한 잔 하자던데요?"

송 교수는 정치학 쪽이다. 프린스턴에서 박사학위를 딴, 완전 미국통이다. 이 대학에서도 간판급에 속한다. 가끔 TV에도 나가고, 신문에 칼럼도 쓴다. 전공은 다르지만, 서로 죽이 잘 맞아 가끔씩 어울리는 사이다. 단, 나이가 정민보다 열 살 정도 많아서, 가끔 선배 행세를 할 때가 있다. 형 동생 하는 처지는 아니라 그게 가끔 부담이 되기는 한다.

송 교수 세대는 80년대 학생 운동권의 핵심에 속해 있다. 따라서 기본적으로 체제 비판적이고, 삐딱한 구석이 많다. 현 정권에서 요직을 차지할 것이란 전망이 있는데, 정작 본인은 별 관심이 없어 보인다. 뭔 자리가 있으면 인사청문회라는 절차가 있고, 일 처리 과정에도 수많은 난관이 도사린다. 시민단체라든가 SNS라든가 아무튼 복잡하고 또 지겹다. 자기는 그런 행정 쪽으로는 젬병이라고 늘 손사래를 친다. 하지만 기본적으로 야심이 많은 사람이라 언제 정부 쪽 일에 관여할지 모른다.

송 교수 역시 알면 알수록 복잡한 인간이다. 기본적으로 낙천적이고, 낭만적인 구석도 있어서 술친구로 좋지만, 의외로 권위주의적인 모습도 있다. 다른 한편으로는 운동권 논리에 열심이기도 하다. 내부적으로 워낙 이율배반적인 요소가 많아 본인 자신도 헷갈리는 모양이다. 그런 점이 어쩌면 정민의 관심을 사로잡았는지도 모른다.

그나저나 그의 머릿속엔 어제저녁 장인이 한 말이 일종의 화두처럼 맴돌았다. 정치가는 있지만 정치는 없다. 폴리틱스란 과연 무엇인가? 왜 그가 법조계에서 정치인으로 변신했는지, 그 변을 처음 들었다. 하지만 과연 그런 순수한 마음뿐일까? 뇌물 수수나 이권 개입과 같은 일에 장인이 일절 자유롭다고 과연 말할 수 있을까?

그도 듣고 보는 게 있다. 장인을 타락한 정치인이라 폄훼하고 싶지는 않지만, 정치와 경제를 교묘하게 섞는 재주가 탁월했다. 그렇지 않으면, 현재 자신이 누리는 여유와 사치를 어떻게 설명할 수 있을까? 그렇게 보면, 그도 장인과 공범인 셈이다.

문득 서가를 정리하고 있는 이 조교를 바라봤다. 학기 중에는 숨 쉴 틈도 없이 바쁘다. 이것저것 신경 쓸 일이 많다. 강의 준비나 시험, 채점 등은 물론이고, 각종 요구사항도 체크해야 한다. 하지만 지금은 방학 중이다. 특별히 할 일이 없다. 그럼에도 그는 꼬박꼬박 여기에 나와 일하고 있다. 틈만 나면 책을 다시 배열하고, 목록을 만들고, 컴퓨터에 입력해둔다. 덕분에 자료 찾기가 한결 수월해졌다. 개인적으로 고맙다.

그러나 이 조교 입장에선 그럴 이유도 있다. 무엇보다 정민이 수집한 방대한 자료에 대한 궁금증이다. 명색이 학문을 한다는 입장에서는, 어떤 자료든 다양하고, 많을수록 좋다. 더구나 비검을 소장한 검객처럼, 정민만이 모아둔 희귀한 자료는 누구라도 탐낼 만했다.

사실 이 자료들을 모으느라, 정말로 많은 시간과 정력을 투자했다. 현재 소장 자료의 절반 이상이 일본에서 사온 것들이다. 숱한 대학 출판물과 논문들, 기사들이 교수실의 3면 벽을 가득 채우고 있다. 정말 뻔질나게 기노쿠니야와 같은 대형 서점부터 간다의 숱한 중고 책방들에 이르기까지 몽땅 훑어서 모은 것들이다. 개인 소장가를 찾아서 애원하다시피 뺏어온 것도 있다. 당연히 전공이 같은 이 조교로서는 하나같이 탐낼 만한 것들이다. 방학 중에도 굳이 여기에 나와 정리에 몰두하는 것에는 다 이유가 있는 것이다.

순간 정민이 휴대폰이 울렸다.

"여보세요."

저편에서 익숙한 목소리가 들렸다.

"무사히 귀국했습니다. 이상 무!"

정민의 말에 저쪽에서 웃음소리가 났다.

"오늘 시간 있어요?"

"없더라도 만들어야죠."

"아 참, 사모님한테 여쭐 걸 그랬네. 어차피 결정권은 저쪽에 있잖수."

"이거 왜 이러십니까? 서로 비슷한 처지에."

아내한테 쥐여사는 걸로 말하면, 송 교수나 정민이나 피장파장이다. 대충 약속을 만들고 휴대폰을 끄자마자 벨이 울렸다. 통화 버튼을 누르니, 미숙이 나왔다.

"오늘은 일찍 들어올 거죠? 당신이 좋아하는 갈비찜 만들 건데."

당황하는 정민을 보고 슬쩍 미소지으며 이 조교가 나갔다.

II

"정치와 폴리틱스라…. 재미있는 화두군요."

발렌타인을 온 더 록으로 해서 송 교수가 한 잔 들이킨 후 말했다.

"더구나 그 말이 다소 행적이 의심스런 노회한 정치인 입에서 나왔다? 허허허…."

"장인어른은 빼고 말하죠."

정민도 같은 술을 마시며 말했다.

"아, 미안. 미안하오. 하지만…."

"화제를 바꿀까요?"

"아니, 정말 좋은 지적입니다. 생각 좀 해봅시다."

〈블랙 캣〉 안은 꽤 조용했다. 그리 크지 않은 사이즈에 바 중심으로 레이아웃 되어, 손님들끼리, 혹은 정 마담이라는 오너와 자연스럽게 어울릴 수 있는 분위기가 연출되어있었다. 천장에 매립한 몇 개의 보스 스피커에서는 항상 재즈가 흘러나왔다. 주로 피아노 트리오였다. 무슨 인터넷 방송을 아예 통째로 트는 모양이다. 편안하면서도 지루하지 않게 배려한 셈이다. 이른 시간에 둘이 만난 덕분에, 아직 정 마담은 보이지 않았다. 그녀를 보좌하는 바텐더가 정민이 있는 코너 반대편에 있는, 몇 안 되는 손님들을 서빙하고 있었다.

"가끔 학생 운동을 했던 시절을 생각해 봅니다. 그때 나는 어떤 가치를 위해 그런 운동을 했을까? 그때 내가 추구한 사회는 대체 어떤 모습이었을까?"

멍하니 허공을 바라보며 송 교수가 말했다.

"이른바 운동권이라는 말은 요즘에는 점차 화석이 되어 가는 것 같더군요. 이제는 청산해야 할 적폐로 몰리고 있죠. 정말 그래야 된다고 생각합니까?"

"운동권이란 말 자체에 문제가 있다고 봅니다."

"어떤 문제를 말하는 거죠?"

"거기에는 어떤 행위, 그러니까 반정부 데모나 전단 살포, 대자보 활용 등, 구체적인 행동이나 강령이 포함되어있는 것은 사실입니다. 그러나 지향점이 없습니다. 어떤 사회를 건설하겠다는 구체적인 목표나 이상이 결여되었던 것이죠. 그냥 민주화? 민주화가 뭐죠?"

"당시에는 민중 민주주의를 지향했죠. 이것도 옛날 용어인가요?"

"사실 운동권이 처음부터 끝까지 어떤 단일한 이념을 지향했다고 보지는 않습니다. 여러 파벌이 있으니까요. NL과 PD뿐 아니라 다양한 입장이 있었던 걸로 압니다. 그런 가운데 일부 조직이 급격하게 정치 조직화되어 이제는 하나의 정치 세력이 되었다는 데에 비극이 있다고 봅니다."

"비극이라? 좀 심한 표현 아닙니까?"

"저는 비극이라고 봅니다. 당사자들뿐 아니라, 일반 국민에게도요. 사회를 구성하는 데엔 정치만 있는 것이 아닙니다. 경제도 중요하고, 그밖에 교육, 언론, 사법, 국방, 엔터테인먼트 등 수많은 요소가 연결되어있죠. 그것을 민주화라는 하나의 테마로 다 엮는다는 발상 자체가 마음에 들지 않아요."

"사실 운동권에 어떤 로망이나 애국심 같은 것으로 들어온 친구들이 꽤 많았어요. 만주에서 독립 운동하는 기분이라고나 할까요? 하지만 결국 살아남은 것은 나처럼 영악하거나 좀 독한 친구들이라고나 할까? 하지만 민주화 투쟁에서 운동권이 한 역할은 분명히 있다고 봅니다."

"인정합니다. 지금의 우리 사회가 이들에게 큰 빚을 지고 있다는 점은 아무리 강조해도 지나치지 않죠."

"그러나 세상이 바뀌었다?"

"뭐, 그런 셈이죠. 어떤 이념이든 이상이든 결국 변화하거나 사라지기 마련 아닌가요?"

"씁쓸하군요."

"뭐 운동권 근처에도 가지 못한 제가 이런 말을 해서 미안하긴 합니다."

"아, 그런 뜻은 아닙니다."

가볍게 송 교수가 웃었다.

"예전에 일본에서 벌어졌던 일인데, 어느 광고 회사에 도쿄대 나온 친구가 응모한 적이 있습니다. 일명 도다이(東大)라고 부를 만큼, 이곳을 나온 사람들의 프라이드가 대단하긴 하지만, 과연 현실에서 얼마나 능력이 있냐는 또 다른 문제가 아닐까요? 잠깐 상황극을 연출해보죠. 제가 뭐라고 질문하면, 교수님은 나는 도다이 나왔습니다, 라고 대답하면 됩니다."

정민이 웃으며 말했다.

"좋습니다."

"앞으로 우리나라의 광고 시장은 어떻게 변화할 것 같습니까?"

"나는 도다이 나왔습니다."

"우리 회사에 지원한 이유나 포부가 있으면 말해주세요."

"나는 도다이 나왔습니다."

"당신은 어떤 특기가 있습니까?"

"나는 도다이 나왔습니다. 하하하…. 황당하군요."

"이번에는 나는 운동권 출신입니다, 라고 답해주세요. 앞으로 우리나라 주택 시장은 어떨 것 같습니까?"

"나는 운동권 출신입니다."

"일본과의 대외 관계에 대해 어떻게 전망하십니까?

"나는 운동권 출신입니다."

"4차 산업이 몰고 올 변화에 대해 어떤 준비를 하고 있습니까?"

"나는 운동권 출신입니다."

"무슨 뜻인지 알겠죠?"

"할 말이 없군요. 정곡을 찔렀습니다."

"공직에 출마한 사람을 두고, 저 양반은 참 착하다, 성실하다 혹은 운동권 출신이다, 보수 꼴통이다, 광신도다 뭐 이런 평을 합니다. 하지만 그게 전부가 아니죠. 실제로는 어떻게 일을 제대로 할 수 있냐가 더 중요하지 않을까요?"

"이념이나 개인적인 정서가 엮이면, 정작 중요한 부분을 놓치게 되죠."

"그렇죠. 어떤 자리에 간다는 것은, 그 자리에서 행할 수많은 행정적인 절차와 요건을 이해하고 또 처리할 수 있다는 의미도 됩니다. 바로 이 행정적인 능력이 제일 중요하지 않을까요?"

"두말하면 잔소리죠."

12

"내가 나온 프린스턴대학은 말입니다…. 좀 묘한 구석이 있어요."

원래 송 교수는 미국 유학 시절에 대해 거의 말하지 않는다. 그러나 오늘은 달랐다. 스스로 잔에 술을 따르고는 단숨에 비워버렸다. 꽤 마초적인 모습이었다.

"사실 대학을 하나의 기업으로 본다면, 이른바 돈벌이가 되는 학문이 있습니다. 예를 들어 로스쿨이나 의대, 경영대 등이 그렇죠. 거기에 대학병원까지 설립하면 그야말로 대박이죠. 잘 알겠지만."

"그렇죠. 그래서 우리 대학도 오랜 기간 의대 설립을 원해왔던 거고요."

"프린스턴 정도가 되면 당연히 이런 학과들이 있을 거라 생각합니다. 놀랍게도 없습니다."

"그래요?"

"오로지 순수 학문만을 표방합니다. 경제학, 정치학, 철학, 자연과학 등이 주류죠. 한 마디로 사회에 나가 써먹을 수 있는 학문과는 거리가 있습니다. 그러나 여기에 바로 대학의 이상이 있다고 나는 생각합니다."

"흥미롭군요."

"사실 대학 시절이라는 것은, 어떤 면에서 아테네 사람들이 추구했던 폴리틱스를 연마하는 시기라 할 수 있습니다. 인생에서 유일하게 먹고 사는 문제를 벗어나 자기가 하고 싶은 것을 마음껏 해볼 수 있기 때문이죠. 클래식을 듣거나, 악기를 배우거나, 다른 언어를 배우거나, 칸트를 읽거나…. 아무튼 취업이나 스펙 쌓기와는 전혀 무관한 것들을 합니다."

"적어도 제가 대학에 다닐 때까지 그런 기풍은 있었습니다."

"정말 이 시기가 중요한 게, 나중에 졸업해서 열심히 일하게 되는 원동력이랄까, 이유가 제공된다는 겁니다. 왜 돈을 벌고, 왜 출세해야 하나? 왜 회사를 설립하고, 왜 이윤을 남겨야 하나? 그 이유는 바로 이런 대학 때 했던 취미나 즐거움으로 요약됩니다. 그리고 그런 것이 바탕이 되어 사회적인 선행으로 연결되고요."

"그럼에도 대학 서열을 따지면 항상 하버드와 1, 2위를 다투죠. 그런 이유가 있었군요."

"인문학 콘서트다 뭐다 한때 유행을 탄 적이 있죠. 그런 모습을 보면 좀 슬퍼집니다. 대부분 대학 때부터 먹고 사는 공부만 하던 사람들이 갖는 환상이기 때문이죠. 대학 때 이런 즐거움을 맛본 사람은 굳이 남들이 권하지 않아도 스스로 찾아냅니다. 계속 음악을 듣고, 독서를 하고, 영화를 보고, 선행을 합니다. 그러나 요즘 대학을 봐요. 의대, 법대, 경영대, 각종 이공대 등등, 솔직히 직업 학교와 다를 바 없죠."

"그나마 이런 교육을 받고 나와도 취업 자리는 거의 없고요."

"이래저래 불행이죠. 왜 대학이 존재해야 하는가가 사회적인 이슈가 되고 있는데, 정말 중요한 것을 놓치고 있다고 봅니다. 나는 폴리틱스란 말로 답변하고 싶군요."

"그런 점 때문에 교수님은 프린스턴에 지원한 겁니까?"

"브룩 쉴즈."

"예?"

"어릴 때 내 이상형이었거든요. 그분이 프린스턴 나왔습니다. 혹시 직접 볼 수 있지 않을까 싶어서 지원했죠."

"하하하…."

정민과 송 교수는 한동안 크게 웃었다.

"자, 술이나 한잔합시다."

송 교수의 제안으로 둘이 건배를 한 후 술잔을 비웠다.

"나는 박 교수와 술 마실 때가 제일 즐거워요."

"저도 마찬가지입니다."

"이런 말이 있습니다. 제일 경계해야 할 친구는 바로 쓰레기차와 같은 녀석이라고."

"쓰레기차라뇨?"

"뭔가 감정적으로, 심리적으로 잔뜩 짐을 지고 있는 사람을 말합니다. 그게 너무 무거워서 누구라도 만나면 일부라도 떼어내서 넘기려고 합니다. 조금이라도 자신의 짐을 더는 게 목적이죠. 그러다 보면 상대는 원치도 않게 덤터기를 쓰는 꼴이 됩니다."

"무슨 말인지 이해가 됩니다."

"물론 그렇다고 내가 박 교수에게 짐을 던다는 뜻은 아닙니다. 우리 같은 사람은 항상 머릿속이 복잡하고, 신경이 곤두서 있습니다. 말이든 뭐든 일정하게 풀어야 합니다. 다행히 우리는 학과가 다르고, 연령대도 달라서 서로 경쟁할 필요가 없는 사이입니다. 이렇게 술 한잔하면서 서로 편하게 털다 보면, 쓰레기 더미를 자연스럽게 치우게 되는 것이죠."

"아니 일방적으로 털어도 됩니다. 저는 송 교수님한테 많이 배우고 있다고 생각하니까요."

"과찬입니다. 오히려 배우는 것은 제 쪽이죠."

송 교수가 손을 흔들며 강하게 부정했다.

"그나저나 내가 정계로 나가는 점에 대해선 어떻게 생각합니까?"

"저는 반대입니다."

정민이 단호하게 말했다.

"지금 정치판은 폴리틱스가 아니라 이코노믹스입니다. 온갖 음모와 비리와 이권이 개입해 있습니다. 거기엔 여야가 따로 없습니다. 이념이나 정책은 허울에 불과할 뿐, 실제로는 자기 뱃속 채우기에 혈안이 되어있죠. 선거 때나 방송 출연 때에만 자신의 소신이나 정견을 발표합니다만, 어차피 구호에 불과합니다. 여기서 나만 깨끗한 척, 나만 고상한 척 해봐야 웃음거리밖에 안 됩니다. 그간 많은 교수들이 정계로 갔죠? 심지어는 당을 만들고, 대선에 출마까지 했습니다. 근데 그 결과가 어땠나요?"

"교수님들도 문제가 많아요."

언제 왔는지 정 마담이 끼어들었다. 오늘도 역시 어깨가 드러난 블랙 드레스 차림. 딱히 용모가 뛰어나지 않지만, 뭔가 사람의 마음을 끄는 매력이 있는 여성이다. 살짝 검게 그을린 피부에 탄력이 넘치는 몸매. 모르긴 몰라도 매일 필라테스나 짐에서 몇 시간씩 땀을 흘릴 것이다. 그렇지 않고야 이런 상태를 유지할 수 있을까? 특히 웃을 때 드러나는 섹시함은 항상 시선을 끌었다.

"우리가 무슨 문제가 있다는 거죠?"

송 교수가 흥미롭다는 표정으로 말했다.

"모두 왕자병 환자들이에요."

"뭐라구요?"

"몰라서 물어요? 세상에서 자기가 제일 잘났잖아요. 자기가 제일 멋지고, 제일 옳고, 제일 공정하다고 생각하잖아요."

그 말에 송 교수와 정민 모두 대꾸할 수 없었다.

"저도 정치인은 좀 아는데, 교수라고 하면, 일단 고개부터 절레절레 흔들어요. 현실을 몰라도 너무 모르고, 그냥 자기주장만 강하다는 거죠. 자리는 욕심내는데, 일에는 관심이 없다. 그냥 자신의 이미지와 지위를 상승시키는 코스프레 정도? 그러다 안되면 다시 학교로 돌아가면 되니까. 안 그래요?"

송 교수와 정민은 계속 할 말이 없었다.

"한번 생각해보세요. 정치 쪽에 오래 굴러먹던 사람들을 그냥 만만하게 보잖아요. 시정잡배와 다를 바 없는, 그냥 무식하고, 드잡이나 일삼고, 이권이나 탐내는 부류. 하지만 상대는 프로라구요. 정치꾼이란 말이에요. 왜 그들이 교수를 찾겠어요? 다 필요하니까 그런 것 아녜요? 그런데도 교수들은 자신이 잘나서 떠받들어 준다고 생각하죠. 대학과 정치판은 전혀 달라요. 야구와 축구만큼이나 달라요. 안 그래요?"

사과를 깎고, 포도를 닦는 와중에 그녀는 할 말을 다 했다.

"이거, 반박할 여지가 없네."

송 교수가 가볍게 혀를 찼다.

"사실이 그렇지 않나요?"

"물론 그렇기는 하지만…. 그래도 우리는 단골 아냐? 손님을 왕처럼 모셔야 하는 게 아니냐구?"

"치사해요."

정 마담이 눈을 흘겼다. 그 모습 또한 매력적이었다.

"오늘도 당했군."

송 교수가 정민에게 술을 권하며 말했다.

"이렇게 늘 당하면서도, 또 여기에 오는 나는 대체 뭐람?"

그 말에 정민과 정 마담이 가볍게 웃었다. 잠시 후, 송 교수가 화장실에 간 사이, 정 마담이 정민의 잔에 술을 따랐다. 그러면서 기습적으로 그의 손을 콱 움켜쥐었다. 놀란 정민이 그녀를 바라봤다. 순식간에 그녀의 표정이 바뀌어있었다. 뚫어지게 그를 바라보는 시선에는 뭔가 강렬한 유혹의 기운이 담겨있었다.

"다음엔 혼자 와요."

무슨 명령이라도 내리는 듯했다.

"밤늦게."

그의 손을 움켜진 그녀의 손에 힘이 더욱 들어갔다.

"알았어."

자기도 모르게 정민이 대답했다.

"약속해요."

"알았다고."

"알았어요."

그녀가 그의 손을 놓자마자 막 화장실에서 돌아온 송 교수가 자리에 앉았다. 그리고는 뭔가 생각난 듯이 말했다.

"그러니까 나 같은 사람은 정치판에 가면 안 된다는 거지?"

13

2월에 들어오자 점차 업무가 많아졌다. 강의도 준비해야 하고, 일정도 짜고, 신입생 관리도 해야 했다. 만주에 관한 정식 논문도 시작한 단계다. 이번에는 아예 강의로 만들어서 연구와 병행할 참이었다. 새로운 테마로 강의를 하는 것은 아무튼 흥분도 되지만, 그만큼 일도 많았다.

대학의 시스템은 일정한 패턴이 있다. 2월에는 2월의 일, 3월에는 3월의 일이 있다. 농사짓는 것과 같다. 그래도 매년 2월이 되면, 바쁘고 짜증나고 힘들지만, 한편으로는 설레기도 한다. 긴 겨울잠에서 깨어난 것과 같다. 오래전에 갓 대학에 들어왔을 때 느꼈던 기대와 흥분에 통하는 부분이 분명히 있다.

그러던 어느 날, 아내가 뭔가 특별한 요리를 준비했으니 일찍 오라는 연락이 왔다. 빨리 일을 마무리짓고 귀가해보니, 식탁 한가운데에 질그릇 냄비가 휴대용 가스버너 위에 놓여있었다. 아내는 한참 야채를 써는 중이었다.

"이게 다 뭔가?"

정민의 질문에 그녀는 대답 대신 지시를 했다.

"숟가락하고, 젓가락 먼저 챙겨요. 수빈이 불러다 앉히고."

일단 아들을 불러서 맞은편에 앉힌 후, 테이블 세팅을 했다. 아들 녀석도 궁금한 모양인지 연신 엄마와 질그릇 냄비를 번갈아 바라봤다.

"특별 요리예요. 스키야키."

그제야 감이 왔다.

"요즘 공부 좀 해봤어요. 하코네에서 먹은 정도는 아니겠지만, 일단 시도는 해봐야죠."

그리고는 버너의 불을 켜고, 냄비를 달구고, 고기부터 준비했다. 그사이 정민은 세 개의 작은 볼에 하나씩 계란을 깨서 넣은 후, 조심스럽게 휘저었다.

이윽고 익은 고기 위에 소스를 뿌리고, 계란에 찍어 먹으니 점차 하코네 생각이 났다. 그날 밤, 그녀는 유달리 흥분했고 또 뜨거웠다. 마치 다른 사람 같았다. 가끔 그 생각을 하면, 자연스럽게 발기가 될 정도였다. 물론 귀국 후에 둘이 몸을 섞은 일은 없었다. 다시 섹스리스 부부로 돌아간 것이다.

막상 가족이 한데 모였지만, 별로 할 말은 없었다. 게임기에 빠져있는 수빈을 혼내는 정도. 그래서 하는 수 없이 식당 한쪽에 설치된 작은 TV를 켰다. 여러 연예인들이 나와서 웃고 떠드는 예능 프로였다. 문득 MC를 보는 여성이 낯익었다.

"저 친구, 하나 아냐? 이하나?"

그 말에 미숙이 TV로 시선을 돌렸다.

"맞네요."

잠시 두 사람은 TV를 보며 식사를 했다.

"재를 보니 내가 참 한심해 보여요."

"무슨 소리야, 그게?"

"어쩜 저렇게 변함이 없을까요? 데뷔할 때와 똑같잖아요. 나이를 거꾸로 먹는 것 같아요."

"다 화장빨이야. 성형빨이고."

"아녜요. 잰 뭔가 특별해요. 어릴 적부터 남달랐어요."

사실 이하나라는 MC는 미숙의 고등학교 동창이다. 같은 중학교와 고등학교를 다닌 탓에 조금은 친했던 모양이다. 그런데 고교 2학년 무렵, 하나가 일종의 길거리 캐스팅이 되어 영화에 출연하고, TV에 얼굴을 내밀면서 완전히 다른 세계로 진입했다. 아내와는 지구와 화성 사이의 거리보다 더 멀어진 것이다.

엄밀하게 말하자면, 하나는 시대를 이끌 만한 주역 감은 아니었다. 그러기엔 좀 평범했다. 귀여운 여동생의 이미지라고나 할까? 달리 싫어하는 사람도 없지만, 그렇다고 열렬히 빠져드는 팬도 없다. 시대를 리드하려면, 뭔가 강력하고, 눈에 띄는 뭔가가 있어야 한다. 당연히 호불호도 분명히 갈려야 한다. 그런 면에서 하나는 뜨뜻미지근했다.

그러나 눈치가 빠르고, 예의도 바른 데다가, 입담도 좋아, 단순히 연기에만 머물지 않고, 조금씩 활동 반경을 넓혀갔다. 덕분에 음반도 몇 장 냈고, 다이어트 책도 냈으며, 지금 이렇게 MC로도 활동 중이다. 상당히 질긴 생명력이다. 그런 면에서 진짜 프로 연예인이다.

하긴 같은 여자 입장에서는 부러울 부분도 있을 것이다. 그다지 키도 크지 않고, 글래머한 몸매도 아니며, 얼굴도 남들보다 훨씬 예쁜 편이 아니다. 그런데도 오랜 기간 연예 활동을 하고 있다. 질투심이 날 만도 하다. 처음부터 아예 비교가 불가능한 존재가 있기는 하다. 정윤희, 황신혜, 김태희, 한예슬…. 누가 이들에게 질투하겠는가?

스키야키는 처음 시도한 것치고는 꽤 훌륭했다. 하코네 정도는 아니지만, 누구라도 만족할 수준은 되었다. 아마 아내의 성격을 봐서는, 혼자서 몇 번 시도는 했을 것이다. 어느 정도 자신을 납득시켜야만 행동에 옮기는 그녀가 아니었던가?

아내가 설거지를 하는 사이, 잠깐 아들과 놀아주고, TV의 토론 프로그램을 보고 하는 사이에 밤 11시가 되었다. 먼저 침대에 누워 뒤척이는 사이, 잠옷으로 갈아입은 아내가 화장실에서 나왔다. 실내엔 작은 보조등만 켜져있어서, 아내의 바디 라인이 엷은 잠옷을 통해 실루엣으로 포착되었다. 어느 정도 살집이 붙고, 관능적인 기운이 자연스럽게 흘러나오는 몸매였다.

객관적으로 보면, 아내의 몸매는 좋았다. 하반신이 길고, 엉덩이도 볼록 솟았으며, 가슴 크기도 적당했다. 피부도 하얗고, 매끄러웠다. 가끔 아내의 뒷모습을 보거나, 옷 사이로 드러난 가슴을 보면 가끔 흥분을 한다. 지금도 그랬다. 하코네 온천 생각이 나면서 살짝 흥분이 밀려왔다.

침대에 걸터앉아 자세를 잡은 정민이 아내를 불렀다. 잠시 머뭇거리다가 천천히 그녀가 다가왔다. 정민히 가만히 치마 속으로 손을 넣자, 탄력있는 허벅지가 만져졌다. 그 감촉이 너무 좋았다. 서서히 엉덩이로 옮겨서 애무를 시작했다. 아내에게서 가벼운 신음소리가 흘러나왔다. 그는 그녀의 음부에 얼굴을 들이밀고 꽉 껴안았다. 어느새 그녀의 몸은 뜨거워져있었다.

"오늘 괜찮지?"

정민이 나직이 물었다. 그러나 그녀는 반응이 없었다.

이윽고 그녀의 손이 그의 어깨를 잡고는 뒤로 밀쳤다. 강한 거부의 몸짓이었다. 그는 황당한 표정이 되어 그녀를 올려다봤다. 그녀는 아무런 감정이 없는 표정을 짓고 있었다. 마치 이 행위 자체가 모욕적이라는 태도였다.

순식간에 성욕이 사라졌다. 화도 났다. 억울했다. 대체 이게 뭔 짓이람! 우리, 부부 사이가 아니었나? 그녀를 차갑게 외면하고, 정민이 침대에 벌렁 드러누웠다. 잠시 후, 그의 옆에 누운 미숙이 조용히 말했다.

"미안해요…. 요즘 몸이 안 좋아요…."

"당신 말이야, 정말 이래도 되는 거야?"

참다못해 그가 역정을 냈다.

"미안해요…."

자꾸 한숨만 나왔다. 그러자 조심스럽게 그녀가 일어서서 베개를 들고 문 쪽으로 향했다. 의아한 표정으로 정민이 돌아봤다.

"오늘은 수빈이 방에서 잘게요"

짤막하게 말하고, 그녀가 문을 열고 사라졌다. 다시 한숨이 나왔다. 이리저리 뒤척이는 사이 갑자기 가부키초에서 만난 에이미가 떠올랐다.

"너는 색골이야!"

그 말이 가슴 깊이 각인되었다. 그래, 그럴지도 몰라. 문득 그를 뚫어지게 바라보던 정 마담이 떠올랐다. 저 음탕한 눈빛과 깊은 가슴골, 육감적인 몸매가 그의 머릿속을 온통 헤집고 다녔다. 온갖 망상이 밀어닥쳤다.

그는 자리에서 일어나 베란다로 갔다. 거기엔 샌드백이 설치되어있었다. 고교 시절부터 그는 샌드백을 쳤다. 꽤 진지하게 도장에 나간 적도 있었다. 지금도 가끔 새도복싱을 하거나, 정식으로 샌드백을 친다. 꽤 오랜 시간 치다 보면, 열도 나고, 땀도 흐르고, 뭔가 내부의 욕망 같은 것이 자연스럽게 연소되는 느낌을 받는다. 그는 오랜만에 전신이 흠뻑 젖을 때까지 샌드백을 두드렸다.

14

이튿날 아침에 출근한 정민은 책상 서랍부터 뒤졌다. 다행히 가부키초에서 받은 전단이 그대로 있었다. 천천히 그녀를 다시 바라봤다. 미야자와 리에를 연상케 하는 희고, 눈부신 피부. 커다란 눈망울. 유혹적인 도톰한 입술. 다시 봐도 뭔가가 그의 마음을 강렬하게 끌어당기고 있었다. 그리고 그녀는 누군가를 강력히 상기시켰다.

조인화. 그는 가볍게 중얼거렸다. 그리고 눈을 감고, 의자에 몸을 파묻었다.

그녀의 존재를 가슴 깊이 묻어둔 것은 정확히 10년 전이다. 바로 미숙을 만난 시점이다. 그녀에게 매료되어 사랑을 느끼고, 데이트를 하고, 결혼을 결심한 순간, 그때까지 그를 옥죄고 있던 인화라는 여성은 조용히 사라졌다. 흔적도 없이 뇌리에서 자취를 감췄다. 아니, 존재 자체가 없었던 것이다.

그러다 갑자기 가부키초에서 그녀를 만났다. 그녀는 전단 속에 있었다. 물론 에이미라는 AV 여성과 인화는 전혀 다르다. 나이도 다르고, 직업도 다르고, 국적도 다르다. 하지만 마치 같은 사람처럼 보였다. 그리고 서서히 그녀에 대한 기억과 아쉬움과 갈망이 되살아났다. 동시에 이런 감정은 에이미라는 여성을 만나고 싶다는 욕구로 대체되었다.

에이미만이 갖고 있는 독특한 분위기와 눈빛. 그게 대체 뭔지는 모르겠지만, 어쨌든 그녀의 정체는 확인해 보고 싶었다. 그녀의 음란한 자태 속에 숨어있는 뭔가 미스터리하고, 위험하면서, 도발적인 느낌을 거부하고 싶지 않았다. 그것은 동시에 그의 과거로 안내하는 여정이기도 했다. 과거 어느 지점에서 정지되어버린 자신의 욕구와도 연결되어있기 때문이다.

역사를 전공하는 학자로서 정민이 생각하기에, 세상은 논리적이고, 이성적이며, 타당하지 않다. 오히려 이율배반적이고, 모순투성이이며, 혼돈으로 가득 차있다. 그런 불완전한 상황이 어떻게 보면 역사를 지탱하는 원동력이 된다. 때로는 전쟁을 불러일으키고, 때로는 혁명을 발생시키며, 때로는 대공황에 휩싸이지만, 그럼에도 꾸역꾸역 세상은 전진하고 있지 않은가? 그게 흥미롭다.

18세기의 프랑스를 보자. 일반적으로 이성이 주목받던 계몽주의 시대로 알려져있다. 실제로 디드로와 달랑베르의 백과전서파부터, 루소, 몽테스키외, 볼테르 등 숱한 철학자가 등장하지 않았던가?

당시 18세기는 절대 왕정의 시기였다. 심지어 계몽주의자들을 지탱하는 수많은 연구소나 아카데미가 이런 군주정에 의해 운영되었다. 게다가 계몽은 쾌락을 불러왔다. 신의 압제와 도그마에서 벗어난 일반 시민들에게 성적인 자유와 방종은 어쩌면 필연적인 현상일 수도 있었다.

정민에겐 어릴 때부터 궁금했던 서가가 하나 있었다. 바로 이 시기에 나온 각종 리포트와 소설 등을 모은 곳으로, 프랑스 국립도서관의 희귀본 보관실에서 지옥(Enfer)이라는 책 시렁으로 알려져있다. 수백 아니 수천 권의 자료가 모여있을 것이다.

발자크, 플로베르, 위고 등이 묘사했던 18세기 프랑스 사회가 전부는 아니다. 그것은 표면적일 뿐이다. 그 진면목은 이런 기록을 통해 보다 명확하게 드러날 것이다. 만일 불어를 배웠다면, 이런 서적을 구하려 애썼을 것이다. 아마 언젠가는 사냥에 나설 수도 있다.

사실 프랑스 혁명을 몰고 온 것은 루소나 볼테르의 저서가 아니다. 이런 음서들이다. 여기서 묘사된 신부나 왕이나 귀족의 음탕한 모습에서 시민과 농민들은 분개했다. 그들의 도덕적 타락, 특히 마리 앙투아네트는 넘치는 음욕을 주체하지 못해 시동생과 놀아난 것으로 기술되었고, 많은 사람들이 그 말을 믿었다. 단두대에 그녀를 올렸을 때, 도덕적인 갈등을 겪은 사람이 많지 않았던 이유인 것이다.

흔히 AV라고 불리는, 일본만의 독특한 문화. 거기에도 당연히 일본 사회 이면의 욕망과 어둠이 도사리고 있다. 이것은 어떤 문명이든 가질 수밖에 없는 그림자다. 빛이 강할수록, 그림자는 깊어진다. 당연히 형태는 달라도, 미국에도 중국에도 한국에도 있다.

이런 AV 문화를 이해하려면 결국 풍속 산업을 알아야 하고, 나아가서 더 은밀하고, 위험한 세계로 가야 한다. 물론 끝도 없이 파고들 수는 없다. 어느 순간에 위험천만해진다. 어느 지점에서 스톱해야 할지, 잘은 모르겠다. 그러나 일단 궁금하지 않은가?

정민은 이런 AV를 통해 자신의 숨은 욕망을 마주해왔다. 어느 때엔 버스에서 OL을 공략하는 치한이 되고, 어느 때엔 며느리를 탐하는 파렴치한 시아버지가 된다. 뭐 어떤가? 심지어 내가 여성이 되어 레즈비언 행위를 하거나, 수많은 남자들에게 둘러싸여 부카케를 당할 수도 있다. 뭐 어떤가? 이런 욕망 자체를 죄악시하거나 묻어둘 수는 없지 않은가? 게다가 남에게 피해를 주는 것도 아니잖은가? 그 자신의 숨은 놀이요, 도락일 뿐이다. 혹시 아는가? 마치 계몽주의 시대의 음서처럼, 이런 AV가 일본 사회의 어둠과 관련해서 소중한 자료의 가치를 갖지 말란 법도 없다.

정민은 그때 방문했던 업소가 AV에 출연한 여성들 중심이라는 것을 기억했다. AV 쪽으로 알아볼까? 지금 여기서 시도할 수 있는 것은, 자신이 가진 자료를 바탕으로 추적하는 것뿐이다.

그러나 현실적으로 불가능한 작업이기는 했다. 일단 AV 배우가 얼마나 많은가? 대략 현역으로만 1만 명 정도가 추산되고 있다. 아마추어까지 합치면 무려 3만 명! 심지어 매년 2천 명 이상이 데뷔하는 실정이다. 심지어 80세에 데뷔한 할머니도 있다. 사진만 보고 여기서 어떻게 에이미라는 이름의 그녀를 찾을 수 있을까?

작품으로 검색해도 쉽지 않다. 불법 비디오와 인터넷까지 합치면 매년 2만 편 이상이 만들어진다. 그나마 요즘은 불황이라 그렇고, 십 년 전에는 그 두 배 정도의 규모였다. 이 또한 난망할 따름이다. 카리브해에 가서 난파한 보물선을 찾는 편이 나을 것이다.

한동안 웹 서핑을 하면서, 일본 AV 쪽 사이트를 여럿 훑었다. 도무지 답이 나오지 않았다. AV 쪽으로 추적했다간 시간이 어마어마하게 들 것이고, 답을 얻으리란 보장도 없다.

문득 디지가 생각났다. 고급 에스코트 서비스. 다양한 콜걸의 배달. 이 쪽이 빠르다. 자기도 모르게 휴대폰을 꺼냈다. 잠시 후, 저쪽에서 디지가 나왔다.

"여보세요?"

"아, 교수님. 반가워요. 잘 지내세요?"

밝고 명랑한 기운이 여기까지 전해졌다.

"언제 봐도 힘이 넘치는군."

"뭐요. 머리가 나빠서 복잡한 걸 싫어하다 보니 이런 겁니다. 좋은 편으로 생각하면 그게 다 좋은 거 아니겠습니까? 하하하…."

"지난번에 구매한 CD 좀 듣다 보니, 갑자기 생각이 나서…."

실은 그것들은 서재 한구석에 처박아 놓고, 아직까지 쳐다보지도 않았다.

"좋죠. 처음에는 어렵지만 조금씩 듣다 보면 좋아질 겁니다."

"그렇지. 그러길 바라네."

잠시 공백이 이어졌다. 사실 디지 쪽에선 웬 난데없는 전화인가 생각할 것이다.

"근데 언제 한번 건너오지 않을 겁니까?"

침묵을 깨고 디지가 말했다.

"그래야지. 재즈 클럽에도 가고 싶고, 스키야키도 먹고 싶고…."

"가부키초는 안 됩니다, 교수님."

"그렇지. 하하하…."

녀석은 완전히 이쪽 속마음을 꿰뚫고 있다. 하긴 서비스직 종사자가 아닌가.

"참, 지난번에 말했던…."

지나가는 말로 디지가 툭 건드렸다.

"뭐였죠?"

"왜 전단지에 나왔던…."

"아하…!"

서로 일부러 모르는 척, 눈치만 살피고 있었다.

"한번 수배해볼까요?"

"그럴까…? 근데 그게 좀…"

"왜요? 뭐 걸리는 게 있어요?"

"그것은 아닌데 굳이 그런다는 게…"

"솔직해지자고요, 교수님. 한번 재미보는 거 어때요? 같은 남자로서 전 다 이해합니다."

그 말에 조금 안심이 되었다.

"스케줄이 맞으면 오세요. 세미나 핑계를 대도 좋고."

"그렇지. 그래."

오히려 저쪽에서 체면을 세워주고 있다. 어디 그뿐인가?

"안주인께는 비밀로 해둘게요. 사실 별일도 아니잖아요."

"그렇지. 그래."

"그럼 부지런히 사진 돌려보겠습니다. 여기저기 의뢰하다 보면 답이 올 겁니다. 기대해도 좋아요."

"잠깐, 계좌번호 좀 줘."

"왜요?"

"그래도 일인데, 공짜로 부려먹을 순 없잖아."

"괜찮습니다. 이것은 제 일이기도 한데요?"

"아냐. 내 마음이 편치 못해서 그래."

"그럼 문자로 보낼게요."

대충 통화를 끝냈다. 문자를 확인해보니, 농협 계좌가 떴다. 그는 PC

를 이용해 50만 원을 보냈다. 처음에는 100만 원을 넣을까 하다가, 좀 오버하는 것 같아 반만 넣었다. 나중에 혹 에이미를 찾게 되면, 나머지 50만 원을 넣자고 결정했다.

갑자기 힘이 솟았다. 지난밤의 불쾌한 기분이 완전히 사라졌다. 얼른 PC를 끄고, 이 조교를 불러 업무 지시를 내리는 그의 목소리에는 오랜만에 활기가 넘쳤다. 덕분에 이 조교는 잠시 당황하고 말았다.

15

이후 두 달이 흘렀다. 새로 학기가 시작되고, 학생들 관리하랴, 강의하랴, 정민은 아무 경황이 없었다. 그러다 사학과 교수들과 점심을 먹고 교수실에 돌아오니, 이 조교의 낯빛이 어두웠다. 교수실 안의 분위기와 공기도 무거웠다. 이상한 일이다. 슬쩍 안을 살펴보니 화가 잔뜩 난 아내가 자신의 책상 앞에 서 있었다. 아뿔싸. 모든 서랍이 열린 상태였고, 책상 위에는 여러 개의 하드디스크가 어지럽게 놓여있었다.

눈치를 챈 이 조교가 재빨리 사라진 사이, 정민이 문을 닫고, 깊게 숨을 들이킨 다음, 천천히 그녀에게 다가갔다.

"지금 내 방을 뒤진 거야?"

그 말이 그녀를 더욱 자극한 모양이다. 얼굴이 더욱 붉어졌다.

"이게 다 뭐예요?"

"뭐긴."

"이게 다 뭐냐니까요?"

그러면서 모니터 화면을 돌렸다. 일본 AV 관련 웹사이트가 나왔다.

확 부끄러움이 밀려왔지만, 그보다 화가 앞섰다.

"내 허락도 없이 이렇게 마구 뒤져도 되는 거야?"

"정말 대단하군요. 난 당신이 이런 사람인 줄 몰랐어요."

"이런 건 취미일 뿐이야. 내 은밀한 사생활이라고. 당신한테 일일이 보고할 이유도 없고, 이해를 구할 생각도 없어."

"포르노가 무슨 취미예요? 이런 건 변태나 하는 짓이라구요."

"변태? 지금 말 다했어?"

순간 이성을 잃은 정민이 크게 소리쳤다.

"어떻게 이런 영상을 볼 수가 있어요? 이게 다 뭐냐니까요!"

"이런 게 뭐가 어때서? 그보다 당신, 지금 날 무슨 취급했는지 알기나 해?"

"허락 없이 서랍을 뒤진 건 죄송해요. 하지만 컴퓨터에 이런 영상이 있을 줄 몰랐어요. 하드 디스크에 보관된 양을 보고 정말 놀랐어요. 당신, 진짜 정민 씨가 맞아요?"

"이런 영상 좀 봤다고 내가 사회적으로나, 개인적으로나 뭐 해를 끼친 게 있어? 뭐 잘못한 게 있냐구? 어디 있으면 말해봐!"

"그야…."

"나도 해소가 필요해. 정신적인 해소가. 육체적으로는 어차피 안 되는 거잖아. 당신, 잘 알지 않아? 나도 육체적으로 해결이 되면, 이런 것 다 갖다 버릴 수 있어!"

그 말에 그녀가 움찔하더니 결국 나직이 흐느꼈다. 그 모습이 약간 안쓰럽긴 했지만, 그는 여전히 화가 풀리지 않았다. 아무리 부부 사이라도 넘지 말아야 할 선이 있다. 그녀는 그 선을 분명히 넘었다. 이것만큼은 참을 수 없다.

"나가!"

버럭 그가 소리쳤다.

"네?"

놀란 눈으로 그녀가 바라봤다.

"나가라니까!"

그의 기세에 눌려, 그녀가 주춤주춤 문 쪽으로 향했다.

"내가 경고하는데 말이야…."

씩씩거리며 그가 그녀를 노려봤다.

"네 허락 없이 다신 여기에 들어오지 마. 뭘 건드리거나, 살펴보지도 마. 집에서도 마찬가지야. 네 서재에 얼쩡거리지도 마. 내 사적인 공간엔 코빼기도 비추지 마! 알았어? 알았냐구?"

그녀는 너무나 놀란 듯 멍하니 서 있다가, 이윽고 눈물을 훔치고 밖으로 나왔다. 문이 조용히 닫혔다.

순간 온몸에 힘이 빠진 정민이 의자에 털썩 주저앉았다. 아무것도 눈에 들어오지 않았다. 심장이 마구 뛰고, 식은땀이 나고, 머릿속은 누가 잔뜩 헤집은 듯 마구 흔들렸다. 화도 나고, 부끄럽기도 하고, 미안하기도 했다. 하지만 한편으로 속 시원하기도 했다. 정말 하고 싶었던 말을 했다. 이런 복잡한 감정의 소용돌이는 처음이다.

전혀 예상 밖이다. 이런 기습을 받을 줄이야. 포르노건 뭐건 이것은 완전히 내 사적인 영역이다. 이것을 그녀가 마구 뒤집어놓고. 비난까지 했다. 도저히 용납할 수 없다. 아무리 부부라고 해도 지켜야 할 선이 있다. 그녀는 그 선을 넘었다.

물론 그녀 입장에서 보면 화를 낼 만도 했다. 아니 어떤 한국 여자도 마찬가지일 것이다. 다만 그 방법이 잘못되었다.

아니, 지금에 와서 그런 잘, 잘못을 따질 수 있을까? 이런 상황을 어떻게 풀어야 할까? 마치 좀 전에 벌어진 일이 현실이 아닌, 무슨 환영이나 백일몽 같았다.

그때 갑작스런 휴대폰 벨 소리가 허공을 갈랐다. 무슨 운명의 종소리처럼 그를 화들짝 놀라게 하는 당찬 사운드였다. 통화 버튼을 누르니, 활기찬 디지의 음성이 그의 귀를 장악했다.

"안녕하세요, 형님. 지난번에 말한 분 있잖아요, 한국 여자였어요. 다음 주에 온답니다!"

16

억울했다. 분했다. 배신감이 밀려온다. 온몸이 부르르 떨리고, 심장이 마구 요동친다. 한 걸음 한 걸음 뗄 때마다 힘이 쑥쑥 빠진다. 어떻게 학교를 나왔는지 모르겠다. 이 조교의 부축을 마다하고, 한걸음에 교정을 빠져나왔다.

그 순간, 짧지만 강렬한 현기증이 밀려왔다. 미숙은 벽에 손을 기댄 채, 한동안 꼼짝하지 못했다. 지나가는 행인들이 힐끔힐끔 그녀를 바라봤지만, 아무도 다가오지 않았다. 오히려 무슨 화라도 입을까, 멀리하는 모습이었다. 그렇게 시간이 흘렀다. 어느새 눈물조차 말라버렸다.

다시 기력을 회복하고, 그녀가 천천히 걸음을 옮겼다. 수도 없이 거닌 길이지만, 오늘따라 낯설기만 했다. 서점과 문방구와 카페와 레스토랑으로 이어진 상가는 마치 좀 전에 새로 지어진 듯했다. 간판과 상호와 주인들도 모두 생경해 보였다. 갑자기 다른 차원으로 건너가, 다른 풍경을 대하는 듯했다. 평행 우주론이 바로 이런 것일까?

그녀는 여기에 속하지 않았다. 그냥 이방인이다. 누구도 그녀에게 신경 쓰지 않았다. 마치 투명 인간이라도 된 듯이, 그들의 시선이나 기척을 전혀 느낄 수 없었다. 그녀는 황망히 걸음을 재촉했다.

순간 피로가 밀려왔다. 어딘가에서 한숨 돌리고 싶었다. 잠시 앉아서 커피라도 마시고, 조금 쉬고 나면 혹 기운을 차릴 수 있지 않을까?

하지만 눈에 띄는 카페들은 이른바 대형 체인점들뿐이다. 규모가 크고, 손님으로 가득 찼으며 또 시끄러웠다. 이런 곳에 혼자 들어가고 싶지 않다. 그냥 카페 그 자체. 작고, 손님이 없고, 조용한 곳. 뭐 그런 곳이 없을까?

잠시 걸음을 멈추고, 주위를 다시 둘러봤다. 조금씩 현실감이 돌아왔다. 다시 이 거리가 예전의 익숙한 분위기로 바뀌고 있었다. 방향 감각이 돌아왔고, 조용했던 주위가 이제 소음으로 서서히 채워졌다. 덩달아 그녀의 마음도 천천히 가라앉고 있었다. 문득 눈앞에 2층 창가에 걸린 〈블랙 캣〉이란 간판이 들어왔다. 〈블랙 캣〉?

가만, 저기는 남편의 단골이잖아. 술집으로 알고 있는데? 하지만 실내에 조명이 들어온 것을 봐서, 낮에도 영업을 하는 모양이다. 아마 낮에는 커피나 차를 팔고, 저녁에 술을 팔지 않을까?

자신도 모르게, 그녀는 〈블랙 캣〉으로 향하는 좁고 가파른 계단으로 향했다. 문을 열고 들어서자 진한 커피 향이 밀려왔다. 낮에는 카페로 운영되는 모양이다. 그녀와 같은 또래로 보이는 여성이 웃으며 다가왔다. 몸매가 뛰어났다. 적당히 볼륨도 있고, 탄력도 넘쳤다. 지속적인 운동으로 관리했을 것이다. 또 자신감도 묻어났다.

문득 미숙은 그녀가 정 마담이라는 사실을 상기했다. 몇 번 남편의 입에서 그녀에 대한 이야기가 나왔다. 그러나 이토록 육감적이고, 매력적인 여성이란 말은 없었다. 남편이 바라는 것이 바로 이런 여성일까? 그래서 육체적인 쾌락과 만족을 경험하고 싶은 것일까? 남자란 동물은 원래 그런 것이 아닐까?

"혹시…. 정 마담이라고…?"

창가에 자리를 잡으면서 미숙은 자신도 모르게 그녀에게 물었다.

"네, 전데요. 혹시 절 아세요?"

약간 거리를 둔 모습이었다. 하긴 그럴 것이다. 이곳에 자리한 대부분의 손님들이 어린 학생들이었다. 이런 30대의 여성 혼자 오는 경우는 무척 드물지 않겠는가? 그래서 정 마담이 직접 서빙하는 것일지도.

"저는 모르지만, 남편은 잘 알아요?"

"교수님이세요?"

"네."

"혹 누구라고 물어봐도 될까요?"

"사학과 박정민 교수."

"아, 그럼 부인 되시겠네요."

정 마담이 활짝 웃었다. 덩달아 미숙도 마음이 놓였다. 말없이 고개를 끄덕였다. 그러자 그녀가 호들갑을 떨며 맞은편에 앉았다.

"이렇게 미인이신 줄 몰랐어요. 정말 박 교수님은 복도 많아요."

"뭘요…. 그냥 평범한 주부일 따름인데요."

"그렇지 않아요. 일반적인 미인 수준을 훨씬 넘어섰어요. 대단해요."

"자꾸 비행기 태우지 말아요. 그냥 지나가다 궁금해서 들렀을 뿐이에요."

"잘 왔어요. 뭐라도 드시죠. 커피? 맥주?"

"그냥 커피로 할게요. 따뜻한 걸로."

그러자 정 마담이 직원을 불러 커피를 주문했다. 잠시 뜸을 들였다가 그녀가 물었다.

"오늘따라 힘이 없어 보이네요. 무슨 일 있어요?"

"그렇게 보여요?"

"이런 장사만 10년째예요. 저희 가게에 들어오는 손님이 어떤 상태인지 본능적으로 알 수 있다니까요."

"그렇군요."

그녀가 찬찬히 미숙을 훑어봤다. 그 눈길이 매우 진지하고 또 깊었다.

"고립되어있군요."

뭔가 결정을 내린 듯 그녀가 말했다.

"네?"

"고립되어있어요. 완전히 외톨이네요."

"…."

미숙은 아무 대꾸도 할 수 없었다.

"친구도 없고, 취미도 없고, 관심사도 없고…. 그냥 가정에만 신경 썼죠? 안 좋아요. 정말 안 좋아요."

"주부가 가정에 신경 쓰는 게 뭐가 안 좋다는 거죠?"

"자신부터 지켜야죠."

"네?"

"가정도, 아이도, 남편도 결국 다 일장춘몽이에요. 헛된 꿈이라고요. 내가 없으면 그것들도 없어요."

정 마담이 알 듯 말 듯 미소를 지으며 말했다.

"자신을 지키지 못하면 어느 순간 지치게 돼요. 극심한 피로가 몰려오고, 회의가 들죠. 그럴 때 정말 답이 없어요. 탈출구도 없고, 미래도 없고, 희망도 없죠. 난 다 경험해봤어요. 그래서 잘 알아요."

자기도 모르게 미숙은 깊은 한숨을 내쉬었다.

"맥주가 먹고 싶어요. 한 병 주세요."

17

호텔 앞에 조성된 작은 일본식 정원은 따스한 햇살을 받아 한껏 아름다움을 뽐내고 있었다. 인공 폭포 한쪽에 서있는 벚꽃 나무는 완전히 만개해서, 분홍색 꽃망울이 매혹적인 기운을 발산하고 있었다. 빨간색 구름다리 밑으로 꽤 드센 물줄기가 흘러가 눈앞의 폭포로 이어지고 있었다. 인공으로 조성된 구조물이지만, 바로 그런 이유로 어떤 미학이 느껴졌다. 한편 이 폭포 덕분에 이곳 뉴 오타니 호텔은 남다른 유명세를 자랑하고 있다.

정민의 눈에는 아무것도 들어오지 않았다. 앞으로 한 시간이 남았다. 계획대로라면 그녀는 디지와 함께 이곳에 와서 체크인을 할 것이다. 그때 잠시 짬이 난다. 직접 그녀를 볼 수 있다.

왜 자신이 여기까지 왔는지, 그 이유는 솔직히 모르겠다. 그냥 전단지의 사진 때문일 수도 있고, 그동안 억눌러온 자신의 뒤틀린 욕망 때문일 수도 있고, 막연히 아내에 대한 반발심 때문일 수도 있다. 그게 뭐가 됐든, 이제는 중요하지 않다. 일단 여기까지 오지 않았는가. 어쨌든 그녀를 봐야 한다. 이름도 모르고, 나이도 모르고, 국적도 모른다. 하지만 보고 싶다. 꼭 봐야만 한다.

그녀가 인화일 리는 없다. 당연하다. 인화는 이미 고인이다. 십 년 전에 죽었다. 그 죽음과 함께 그의 의식에서도 그 존재는 안개처럼 희미해졌다. 그러나 완전히 잊혀진 것은 아니다. 그리고 여기, 에이미로 다시 나타났다. 그것도 정말 우연히.

이럴 때는 담배 피우는 사람이 부럽다. 그냥 하릴없이 배회하면서 몇 개비 태우다 보면, 한 시간 정도는 훌쩍 지나간다. 물론 그도 담배에 의지한 적이 있었다. 담배를 피워야만, 머리가 맑아지고, 일이 손에 잡혔다. 하루에 한 갑 정도는 기본이었다. 물론 결혼과 함께 그런 호사는 꿈도 꿀 수 없게 되었지만.

생각해보면 결혼과 함께 그의 삶 전체가 바뀌어버렸다. 함께 술을 마시고, 가끔 클럽에 갔던, 약간 불량기가 있었던 친구들은 모두 퇴출당했다. 경제 사정이 좀 어렵거나, 자제력이 없는 친구들도 철퇴를 맞았다. 무엇보다 장인어른과 반대되는 정치 노선을 가진 친구들은 아예 발을 붙일 수가 없었다.

대신 그 자리는 동료 연구자라든가, 담당 교수, 장인어른 등으로 대체되었다. 아무튼 연구를 하고, 논문을 쓰고, 학위를 받고, 교수 자리를 얻는 일련의 프로세스에서 뭔가 걸림돌이 될 만한 것들은 차례차례 효과적으로 제거되었다. 그에게 어떤 프로그램이 실행되어서, 오로지 목적을 향한 효율적인 방법론과 접근법만 승인된 셈이다.

어떤 면에서 이런 방식은 그에게 익숙하기도 했다. 비록 평범한 중산층 출신이지만, 외동아들이란 덕분에 누릴 만한 것은 꽤 누리고 살았다. 어릴 적부터 자기 방이 따로 있었고, 장난감이나 옷을 누구와 공유한 적은 한 번도 없었다. 또 자신만의 프라이버시도 철저하게 존중되었다. 함부로 방문을 열고 부모가 들어온다거나, 밥상머리에서 쓸데없는 잔소리를 하거나, 아무튼 그 어떤 간섭이나 침해가 없었다. 심지어 초등학교에 들어갈 때부터 자신만의 TV와 PC가 주어졌다. 상당한 자율권이 부여된 것이다.

대신 뚜렷한 일탈이나 반발은 허용되지 않았다. 꼭 지켜야 할 것들은 무슨 수를 쓰더라도 지켜야 했다. 초등학교에 들어와 한번 저항한 적이 있었는데, 그때 호되게 회초리를 맞았다. 워낙 아프게 때렸으므로, 지금도 종아리에 그 기억이 생생하게 살아있을 정도다.

그다음부터, 뭔가 잘못하면 이렇게 맞는다는 생각을 하게 되었다. 아니, 머릿속에 단단히 각인되었다.

다행인지 모르겠지만, 어릴 적부터 책을 읽거나, 영화를 보는 등, 혼자 지내는 취미를 갖게 되었다. 운동이라고 해도, 달리기나 수영과 같은, 오로지 혼자 할 수 있는 쪽에 끌렸다. 우연히 복싱을 알게 되어 지금까지 꾸준히 샌드백을 친다. 만일 축구나 야구, 농구 등 단체 운동을 했으면, 친구도 여럿 사귀었을 것이다.

그러나 이런 데에 도통 관심이 없었으므로, 그는 늘 외톨이였다. 그래도 좋았다. 주변에 자신과 같은 녀석들이 좀 있었으므로, 그들과 어울리면 됐다. 함께 극장에 가거나, 게임을 빌려주거나, 뭐 그런 식으로 교우관계를 맺었다. 이런 자신의 성장 과정을 볼 때, 교수 자리는 천직이나 마찬가지였다.

만일 미숙을 만나지 않았으면 어떻게 되었을까? 절대 상상하고 싶지 않다. 아마 초등학교 교사 정도로 만족했을 것이다. 뭐, 그런 쪽도 나쁘지 않다. 순수하게 교육자의 열정을 갖고 있다면, 어린아이부터 상대하는 편이 옳다. 인간이라는 것은 그 근본부터 잡아주면, 중간에 어떤 환란을 맞이해도, 올곧게 성장할 수 있다. 국가나 인간이나 초반이 중요하다.

그러나 아무리 둘러봐도 자신에겐 그런 열정이나 자질이 없다. 아마 그럭저럭 해나갔을 것이다. 그런 데에서도 역시 주변을 맴돌면서, 알기 쉬운 역사 이야기나 했을 것이다.

어쩌면 그게 자신에게 어울릴지도 몰랐다. 고작 학교 선생 정도가 맞을 것이다. 확실히 교수라는 자리는 그에게 부담이 되고, 어색하기도 했다. 강의 중에 눈망울이 초롱초롱한 학생을 만나면, 순간적으로 창피했던 적도 있다. 왠지 무면허 의사가 시술하는 느낌도 들었다. 단, 여기엔 그가 숨을 공간이 있다. 혼자만의 프라이버시를 지키고, 은밀한 취미 생활을 남에게 들키지 않을 수 있다.

이렇게 쌓아올린 자신만의 성이 고작 전단지 한 장으로 위험에 처했다. 어찌 보면, 말이 되지 않는다. 정상적으로 생각해보면, 여기에 오지 말아야 했다. 그냥 한국에 남아, 아내와 관계 개선을 시도해야 했다.

그럼에도 그는 디지의 전화를 받자마자, 아내에게 상의도 하지 않고, 대뜸 도쿄로 건너왔다. 그냥 문자 메시지로 출장간다는 내용을 전달했을 뿐이다. 귀국하면 앞으로 어떤 일이 벌어질지 상상이 되지 않는다.

그러나 이미 루비콘강을 건넜다. 비행기에 탄 순간, 되돌아갈 수 없게 된 것이다. 그런데 이상하게도 마음 한편은 편해졌다. 뭔가 우쭐해지는 기분도 느꼈다. 그래, 그래서 어떡할 건데? 뭐, 이런 식의 느낌이었다.

초등학생 이후 처음 해보는 일탈이다. 거기엔 묘한 위험과 스릴이 숨어있다. 어쩌면 이런 기분을 더 즐기는지도 모르겠다. 또 한편으론 어떤 숙명이 있는지도 몰랐다. 인화와 연결된, 아직 채 끊지 못한 뭔가가 남아 있는 것이다. 이쪽은 이쪽대로 정리해야 한다.

이런 생각을 하다 보니 어느새 약속시간이 다 되었다. 마침내 디지에게서 문자가 왔다.

〈5분 안에 도착합니다.〉

갑자기 마음이 바빠졌다. 어느새 땅거미가 밀려와, 주위가 어두워졌다. 하나둘 가로등이 켜지고 있었다. 그 많던 손님들도 거의 사라졌다.

그는 재빨리 구름다리를 건너, 호텔 정문으로 향했다. 환한 미소를 지으며, 직원들이 그를 맞이했다. 회전문을 지나고 나니, 눈앞에 검은색 벽이 우뚝 가로막았다. 그 한가운데에 두꺼운 흰색 원이 그려져있었고, 그 앞으로 화려하게 치장된 꽃들이 산처럼 쌓여있었다. 그 권위적인 인테리어는 마치 허가받지 않은 사람은 입장하지 마시오, 라는 경고처럼 보였다.

잠시 멈짓한 찰나, 누가 왼편으로 안내했다. 그쪽으로 가보니 저 멀리 리셉션이 보였다. 서둘러 발걸음을 옮겼다. 마침 리셉션 맞은편으로 의자가 몇 개 보였다. 자리에 앉아 숨을 고르고 시계를 살폈다. 곧 도착할 시간이다. 심장이 방망이질했다. 입안이 타들어갔다. 손이 떨릴 정도의 긴장감이 밀려왔다. 1초, 1초가 왜 이리 긴지 도무지 끝을 모를 정도였다.

이내, 코너를 돌아 이쪽으로 향하는 디지가 보였다. 그 뒤로 검은 선글라스 차림에 화사한 붉은색 코트를 입은 여성이 모습을 드러냈다. 정민은 자기도 모르게 자리에서 벌떡 일어나, 가벼운 탄성을 질렀다. 가볍게 몸이 떨렸다.

18

몇 달 만에 다시 찾은 가부키초는 여전히 인파로 가득했다. 주말이라 이자카야며, 레스토랑이며 호프집 대부분이 만원이었다. 서서 먹는 라멘집조차 길게 줄이 늘어설 정도였다. 여기저기서 전단지를 건네거나, 호객을 하는 사람들이 달라붙었다. 거기엔 야키니쿠집도 있었고, 러시안 스나쿠도 있었으며, 홀딱 쇼도 있었다. 오로지 먹고, 마시고, 푸는 공간. 고도의 자본주의 사회가 낳은 쾌락과 향락의 절정.

그러나 정민은 일체 한눈팔지 않았다. 식욕조차 없었다. 머릿속은 온통 좀 전에 호텔 로비에서 봤던 여성의 이미지로 가득 차있었다. 그 충격으로 자신도 모르게 여기까지 왔던 것이다.

디지의 뒤를 따라 나타난 그녀는, 디지가 대신 체크인을 하는 사이, 정민 쪽으로 다가왔다. 그의 옆에 조용히 앉아 수속이 끝나기만을 기다렸다. 커다란 선글라스로 얼굴을 가렸지만, 눈부시게 하얀 피부와 도톰한 입술은, 그녀가 바로 전단지 속의 주인공임을 직감하게 했다.

정말 강력한 존재감이었다. 아무리 감추려 해도, 그녀가 내뿜는 독특한 기운은 실내의 공기를 미묘하게 변화시켰다. 물론 대부분의 사람은 이런 변화를 감지하지 못한다. 여권을 내밀고, 예약을 확인하고, 키를 받고, 자신의 룸을 향해 캐리어를 끌고 갈 뿐이다. 등 뒤에 앉아있는 그녀의 존재감 따위를 느낄 겨를이 없다.

그러나 정민은 분명히 느꼈다. 그녀가 나타나자마자 뭔가가 미세하게 바뀌었다는 것을. 그리고 이런 만남이 그에게 얼마나 치명적일지 충분히 감지할 수 있었다. 하지만 절대 도망갈 수 없다. 에리카에게 전단지를 받고, 에이미에게 당하면서, 결국 흘러흘러 여기까지 왔다.

참 묘했다. 분명 인화의 느낌도 났지만 동시에 무척 생경했다. 물론 낯선 인물이 맞다. 에이미는 인화가 아니다. 하지만 그 안에 인화의 모습이 조금 묻어있으면서, 전체적으로 달랐다. 그리고 놀랍도록 매력적이었다. 현실에 이런 여성이 있다는 것 자체가 믿어지지 않았다.

그런데 힐끔힐끔 자신을 바라보는 정민을 그녀는 전혀 개의치 않았다. 오히려 이런 시선에 익숙한 듯했고, 그 한편으로는 즐기는 듯도 했다. 아무튼 전혀 표정의 변화가 없었다. 그냥 꿋꿋하게 등을 펴고 앉아서 차분히 디지의 수속 과정을 바라볼 뿐이었다. 덕분에 주변의 시간조차 멈춰버린 것 같았다.

이윽고 디지가 체크인을 마쳤다. 그리고 돌아서서 그녀에게 가볍게 손을 흔들었다. 그 손짓을 보자마자 그녀가 천천히 자리에서 일어섰다. 정민은 엉거주춤, 디지와 그녀를 번갈아 바라봤다. 그러다 어느 순간 심장이 멎는 듯, 꼼짝할 수 없었다.

갑자기 그녀가 고개를 돌려 그를 바라봤다. 아니, 정확히 뭘 봤는지는 모르겠다. 선글라스 너머로 눈이 감춰져있었으므로, 정민의 등 뒤, 뭔가 다른 것을 바라봤을지도 모른다. 아무튼 몇 초간, 그녀는 정민을 향해 고개를 돌렸다. 그러다 휙 고개를 돌리고 갑자기 리셉션을 향해 총총 걸음을 옮겼다. 하지만 그 짧은 순간의 시선은 그를 옴짝달싹하지 못하게 했다. 디지를 따라 사라진 후에도 그는 한동안 뭔가에 포획된 듯 꼼짝할 수 없었다.

"좋았어요? 이름이 사쿠라 쇼쿄. 그런데 일본인 같지는 않네요."

얼마 후, 디지에게서 문자가 왔다. 여권을 갖고 체크인 수속을 했으니, 이름 정도는 알았을 것이다. 사쿠라 쇼코? 에이미가 아니다. 쇼코였다.

아무튼 큰 수확이다. 이제 다음 단계. 그녀가 출연한 작품을 찾아보자. 본명을 알았으니, 좀 더 검색 범위가 좁혀졌다. 그래서 처음 그에게 전단을 나눠준 에리카를 만나기 위해, 이곳 가부키초를 다시 찾은 것이다.

워낙 독특한 복장을 하고 있어서, 에리카를 찾기가 어렵지 않을 것이다. 정확히 그 자리도 기억하고 있다. 그렇게 생각했다. 하지만 거리를 걷다 보니, 바니 걸 스타일이 의외로 많았다. 대부분 늘씬했고, 볼륨도 있었다. 그에 비하면 에리카는 어린애와 같았다. 일단 목표로 한 지점에 가보니 그녀는 보이지 않았다. 오늘은 결근한 것일까?

한 시간 정도를 서성거렸지만, 그녀는 보이지 않았다. 이윽고 오후 여덟 시가 넘어가자, 점차 지쳤다. 갑자기 허기가 밀려왔다. 마침 골목 안쪽에 하카타식 라멘을 하는 가게가 보였다. 그제야 저녁 식사가 생각났다.

어슬렁거리며 가보니 입구에 자판기가 있었다. 대충 돈코쓰 라멘과 교자와 맥주를 시켰다. 이런 곳의 장점은 서빙이 확실하고 또 빠르다는 것이다.

대충 카운터 바에 자리를 잡고, 맥주 한 잔을 비우자, 라멘과 교자가 신속하게 나왔다. 정말 정신없이 땀을 흘리며, 빠르게 비웠다. 중간중간 맥주를 마시다 보니, 라면을 다 먹을 즈음, 맥주도 동이 났다. 오늘따라 맥주가 맛있었다. 한 병 더 주문할까 하다가, 가게를 나왔다. 아마 자판기가 아닌 종업원이 있는 시스템이었으면, 한 병 더 마셨을 것이다.

다시 어슬렁거리며 주위를 둘러보니, 드디어 작고 통통한 토끼가 보였다. 엉뚱한 에이미를 소개한 점에서는 화가 났지만, 그래도 이렇게 다시 보니 반가웠다. 그녀도 그를 알아봤는지 두 손을 위로 올리고 기쁘게 흔들었다. 그리고는 냅다 이쪽으로 달려왔다.

"어서 와요. 오랜만이에요."

마치 단골이라도 만난 표정이었다.

"잘 지냈어?"

자기도 모르게 정민도 웃음이 나왔다.

"그럼요. 언제 또 오시나, 많이 기다렸어요."

"그래?"

"그럼요."

"참…."

뭐라 할 말이 없었다. 이런 관계를 어떻게 해명해야 할까? 여기는 초밥이나 돈카쓰를 파는 곳이 아니다. 그러나 인간관계만큼은, 지극히 정상적이고, 심지어 뭔가 정 같은 것이 담겨있다. 일본인에게 장사라고 하면, 상품의 종류나 도덕성은 아무런 문제가 되지 않는다는 말인가?

"이번에도 에이미를 찾을 건가요?"

"아니, 그건 아니고…."

그가 가볍게 손사래를 쳤다.

"그럼 마른 타입을 좋아하세요?"

"그게 아니라…."

"그럼 날 찾아온 거예요?"

씩 웃으며 그녀가 말했다.

"물론 마음이야 그렇지만…."

딱 잘라서 부정할 수는 없는 노릇이었다. 순간 그녀가 와락 그를 껴안았다. 누가 옆에서 보던 아무런 상관이 없다는 몸짓이었다. 실제로 누구도 관심이 없었다. 다만, 정민은 뭔가 가슴 한쪽이 뜨거워지는 것은 느낄 수 있었다.

"하지만 안 돼요. 아시죠?"

그의 품에서 벗어난 그녀가 그를 올려다보며 경고하듯 말했다.

"알아."

다행이다 싶었다. 그리고 품에서 전단지를 꺼냈다. 순간 그녀의 눈이 토끼 눈처럼 커졌다. 바니 걸이 진짜 토끼가 되고 말았다.

19

좁은 실내에는 온갖 상품 광고와 포스터와 찌라시가 가득했다. 모두 풍속업에 관련된 것들이었다. 그리고 두어 명의 상담사들이 노련하게 손님들을 접대하고 있었다.

여기는 기본적으로 성매매에 관한 정보가 유통되는 곳이다. 간판에는 〈무료 안내소〉라고 쓰여있지만, 실제로 그들이 하는 일은 길거리의 삐끼들과 하등 다를 바가 없었다. 단, 특정 업소에 얽매이지 않고, 보다 체계적이고 종합적인 정보를 제공하는 점이 달랐다. 그러나 일단 손님이 확보되면, 아마 삐끼처럼 해당 업소에서 일정한 수수료를 챙길 것이다. 뭐 그런 것을 나무랄 수도 없잖은가?

정민은 자신이 이런 곳까지 발을 들여놓을 줄, 전혀 생각도 못 했다. 하지만 그가 원하는 자료를 에리카가 찾는 사이, 어딘가에서 기다려야 했다. 일반적인 관계라면 인근의 카페나 바에서 기다리는 편이 맞다. 하지만 그녀는 아르바이트 중이다. 어떻게 하든 손님을 끌어야 한다. 그러니 이런 곳으로 데려올 수밖에 없는 것이다.

정민이 에리카에게 원한 자료는 딱 하나다. 바로 전단지에 있는 사진의 원본이다. 아마도 사쿠라 쇼코가 출연한 DVD 표지에서 복사해서 전단지에 썼을 것이다. 그는 원본이 필요했다. 거기에 출연한 그녀의 모습도 궁금했고, 왜 지금 이런 일을 하는지도 알고 싶었다.

하지만 생각보다 에리카는 빨리 나타나지 않았다. 미리 1만 엔을 건넸는데, 잘못한 것 같다. 실제로 원본을 찾지 못할 수도 있다. 그럼 1만 엔만 날리는 셈이다. 그러나 뭐 상관없다. 내가 할 수 있는 것은 다 해보자.

그사이 안내소의 직원은 힐끔힐끔 그의 눈치를 살폈다. 뭔가 걸리기만 하면 당장 치고 들어올 태세였다. 그 음험하고, 짐승 같은 눈빛이 자신의 몸에 꽂혀 있는 것을 정민은 충분히 감지할 수 있었다. 빨리 이곳에서 벗어나고 싶었다.

이렇게 초조하게 기다리는 사이, 드디어 에리카가 나타났다. 문이 열리고 토끼의 귀가 보이는 순간, 에리카임을 직감할 수 있었다. 그리고 기쁘게도 그녀의 손에 DVD 한 장이 들려있었다.

"여기 있어요."

의기양양하게 그녀가 DVD를 건넸다.

"고마워."

자기도 모르게 정민이 활짝 웃었다. DVD를 받자마자 표지를 보니, 예의 쇼코가 보였다. 왠지 가슴이 뭉클했다. 근데 뭔가 이상했다. 뭔가 허전한 것이다. 서둘러 DVD를 열어보니 내용물이 없다.

"암만 찾아도 없더라구요."

정말로 미안한 표정이 되어 에리카가 말했다.

"아니, 알맹이가 없을 수가 있나?"

"그러게 말이에요."

무척이나 난처한 표정이었다.

"혹, 마음에 들지 않으면 그냥 돌려주셔도 돼요. 1만 엔은 반납할게요."

그러는 그녀의 손에는 좀 전에 자기가 줬던 1만 엔짜리 지폐가 들려 있었다.

"아, 됐어."

일단 한숨이 나왔다. 급속하게 표정이 어두워지는 그를 살피다가, 그녀가 조심스럽게 말했다.

"혹시…. 괜찮으시면 연락처 줄 수 있어요?"

그 말에 그가 잠시 망설였다.

"퇴근하고 다시 찾아볼게요. 지금은 근무 중이라 경황이 없거든요."

잠시 고민해봤다. 교수라는 자신의 신분이 알려지는 것은 피해야 했다. 하지만 그녀를 바라보니 별 탈은 없을 것 같았다.

"휴대폰 있으면 줘봐."

이래서 에리카의 휴대폰에 자기 번호를 입력하고, 통화 버튼을 눌렀다. 이윽고 그의 휴대폰이 진동했다.

"내용물을 찾으면 1만 엔을 더 줄게."

정민의 말에, 그녀가 함박웃음을 터트렸다. 지금 기분 같아서는 10만

엔도 아깝지 않았다. 다시 그녀의 뜨거운 포옹 세례가 이어졌다.

신주쿠에 있는 호텔로 돌아와, 일단 탁자 위에 DVD를 내려놓고, 샤워부터 했다. 호텔에서 제공하는 가운을 걸치고, 냉장고에 있는 캔 맥주를 꺼냈다. 뚜껑을 따고, 거품이 죽기를 기다렸다가 천천히 음미하듯 마셨다. 그리고 DVD를 찬찬히 살펴봤다.

〈대형 신인의 초 데뷔작〉이란 타이틀이 눈에 띄었다. 표지에 쇼코만 있는 것으로 보아, 그녀의 단독 주연작인 것 같았다. 발매한 지 벌써 5년이 되었다. 좀 전에 봤던 모습과 좀 차이가 났다. 그런데 5년 전의 그녀는 인화와 더욱 흡사했다. 그가 전단지를 받고 인화를 떠올린 것은 바로 그 때문이다. 만일 인화가 살아있어서 지금 만난다면 현재의 쇼코와 얼마나 흡사할까? 모를 노릇이다.

실제로 뒷면에 배치된 몇 장의 사진에도 쇼코만 있었다. 비키니 차림으로 활짝 웃거나, 루즈 삭스 차림으로 운동을 하거나, 얇은 가운을 걸치고 침대에 누워 있는 모습이었다. 남자와 정사를 벌이는 컷도 두어 장 보였다. 남자의 벗은 등만 보였으므로, 실제로 그가 누군지는 알 길이 없었다. 아니, 알 필요도 없었다.

전체적인 콘셉트는 아이돌 계통이라 해도 좋다. 하긴 이 정도 클래스면, 업계나 팬들 모두 난리가 났을 것이다. 나름대로 이쪽 전문가라고 생각하는 정민이다. 어지간한 스타급은 대부분 알고 있다.

그러나 그의 정보망에 그녀는 전혀 포착된 바가 없다. 배우 이름도 낯설었고, 메이커도 처음 보는 것이었다. 위너스(Winners). 제품 모델 넘버는 002. 아마 자주 제작이나, 마이너 쪽일 것이다. 제작사를 설립한 후, 두 번째로 만든 작품이 바로 이것일 터이다.

정민은 아이폰 XR을 꺼내, DVD의 앞뒷면을 정교하게 촬영했다. 그리고 대충 야후 재팬에 들어가 검색했지만, 예상한 대로 아무 정보도 나오지 않았다. 운이 좋게 내일 에리카한테 연락이 오면 더 바랄 나위가 없겠지만, 만약도 생각해야 한다.

다행히 내일 하루는 더 시간이 있다. 혹시 몰라 릿쿄대학의 스가노 학장과 저녁 약속도 해놨다. 이번 출장에 대한 나름대로의 변명거리는 만들어놓은 셈이다. 아무튼 선수들이 가는 AV 전문점을 뒤지다 보면, 적어도 위너스에 대한 정보만이라도 얻을 수 있지 않을까? 그런 생각을 하며 두 번째 캔을 땄다. 그리고 가운을 열었다. 한참 발기한 자신의 성기가 보였다.

그는 침대에 누워 재킷을 이리저리 살펴보며 수음을 했다. 그리고 예전의 기억을 더듬었다. 그 기억은 고교 시절의 어느 공간, 정확히는 교회 뒤의 정원으로 향했다.

목사 딸로 중학교 졸업 무렵까지 그 누구보다 조신했던 그녀가 갑자기 고교생이 되자마자 날라리로 변했다. 그리고 어떤 남자와 뜨거운 키스를 교환하고 있었다. 사내의 손은 그녀의 치마 속으로 들어가있었다. 허리춤으로 올려진 치맛자락 사이에 드러난 하얗고 두툼한 허벅지는 마치 클로즈업처럼 그때 그의 시야에 포착되었다. 그렇게 강한 시각적 충격은 이후 한번도 받아본 적이 없었다.

안타까웠다. 아쉬웠다. 갈증이 났다. 원망이 났다. 무서웠다. 화가 났다. 초라했다. 그때 숱한 감정이 빠르게 몰려왔다가 사라졌다. 그 무엇보다 자신을 당혹시킨 것은 강렬한 성적 충동. 낯선 남자에게 유린당하던 그녀의 모습. 눈은 감겨있었고, 입술은 벌려져있었으며, 두 다리 사이로 부지런히 남자의 손길이 왔다갔다했다. 그녀는 그 상태로 절정에 올랐다.

왜 하필 그 시간에 교회 뒤에서 그런 일이 벌어졌는지 이해가 되지 않는다. 아니, 일부러 그가 보라고 그녀가 그런 짓을 했는지도 모른다. 시간이 흐르면 흐를수록 그런 의도가 맞다고 생각되었다. 그 때문에 그는 좌절도 하고, 화도 나고 또 울기도 했다. 나중에 알고 보니 상대는 같은 고교에 다니던 녀석이었다. 꽤 싸움을 잘했던 불량한 녀석이었다. 그렇다. 그녀는 그의 애인이 된 것이다. 그 이후, 그는 복싱 도장에 다니기 시작했다.

지금 다시 그 모습이 떠올랐다. 햇살은 반짝이고, 잘 꾸며진 정원은 조용했으며, 그 한구석에서 그녀는 누군가의 손길에 의해 절정에 달했다. 그리고 그 역시 지금 절정에 달했다.

20

제작사를 알고, 여배우 이름을 알고, DVD 재킷까지 구했다고는 해도, 막상 실물을 구하려고 하니 막막하기만 했다. 일단 인터넷부터 검색했다. 발매된 지 5년이나 지났으므로, 중고를 취급하는 전문점을 찾아야 한다. 신주쿠와 아키하바라를 중심으로 했는데도, 꽤 많은 숍이 나왔다. 일단 호텔 인근의 AV 전문점부터 찾았다.

일단 도토루에서 모닝 커피를 마신 후, 열 시 반경에 점찍어둔 곳으로 향했다. 흡사 뭔가 중대한 일을 처리하러 가는 듯, 어떤 비장함이 묻어나왔다. 숍은 지하에 있었다. 좁은 계단 양편으로 각종 AV물 포스터가 덕지덕지 붙어있었다. 문을 열고 안으로 들어가자, 산더미처럼 진열해놓은 각종 DVD와 블루레이가 시야를 가득 메웠다. 숨이 막힐 정도로 어마어마한 양이 비치되어있었다. 한꺼번에 자신에게 덤빌 듯한 기세여서 감히 엄두가 나지 않았다.

힐끔 카운터를 보니, 두꺼운 뿔테 안경을 끼고, 수염을 덥수룩하게 기른 청년이 새로 들어온 제품들을 열심히 분류하고 있었다. 마치 매장 내에 손님이 없어서, 조심스럽게 다가갔다.

"저, 실례합니다."

정민의 말에, 그가 잠시 돌아봤다.

"뭐 좀 찾는데요…."

그러면서 주머니에서 쇼코의 DVD를 꺼냈다.

"혹시 이거 구할 수 있을까요?"

잠시 DVD를 살펴본 그가 고개를 흔들었다.

"이런 거 없어요."

"그런가요?"

"네."

실망한 정민의 눈치를 살피면서 DVD를 되돌려주던 그가 말했다.

"꼭 이 작품이어야 하나요?"

"꼭은 아니지만…. 혹 같은 여배우라고 하면…."

"제작사나 여배우나 다 처음 보는 것들입니다. 마이너에서 소량으로 찍었을 겁니다."

"그렇군요."

실망한 정민의 표정을 살피던 직원이 손으로 한쪽을 가리켰다.

"저쪽 코너에 자주 제작사들 작품이 있으니 살펴보세요. 아마 발품을 많이 팔아야 할 겁니다."

하면서 다시 자기 일에 열중했다. 혹시나 하는 심정으로, 정민은 그쪽 코너에 갔다. 역시 한쪽 벽 가득 수많은 소프트가 전시되어있었다. 그 방대한 양에 보는 것만으로도 질려버렸다. 아무리 이 분야의 전문가라고 해도, 도저히 자신이 원하는 것을 찾을 수 없으리라. 가벼운 한숨이 나왔다.

주로 자주 제작사의 제품들은 마이너한 취향을 다루고 있었다. 전문 여배우가 아닌 아마추어들 중심이었고, 도촬이나 노출, 자위, 여고생, OL, 간호사, SM, 레즈비언 등 테마도 다양했다. 단순히 다리만 보여주거나, 오줌을 누거나, 다양한 코스프레를 하는 등, 평범하지 않은 내용을 다룬 작품도 많았다. 꼼꼼하게 제목만 살펴보는 것만 해도 꽤 많은 시간이 흘렀다. 그러나 역시 쇼코의 작품은 없었다.

혹시나 싶어 아이돌 쪽으로 가봤다. 이제야 낯익은 얼굴들이 나왔다. 미카미 쇼코, 모모노기 카나, 야마기시 아이카, 미타니 아카리, 이나바 루카, 린네 토우카, 키노시타 히마리…. 모두 메이저 제작사를 배경으로 승승장구, 잘 나가는 친구들이다. 혹시나 싶어, 더 살펴봤더니 개인적으로 좋아하는 마츠유키 카나에, 미츠이 히카리, 사쿠라 네네 등도 보였다. 아마 평상시라면 몇 장 구매했을 것이다. 인터넷으로 다운받아서 보는 것과 차원이 다른 영상과 사운드가 나올 것이다. 그러나 지금은 이런 여배우들에게 신경쓴다는 것 자체가 불경하게 느껴졌다.

신주쿠에서 두어 군데 숍을 더 둘러봤지만, 별 소득은 없었다. 아무도 위너스라는 제작사나, 쇼코라는 여배우의 존재를 몰랐다. 아니 무시했다. 그런 건 너 혼자 알아서 찾아보라는 투였다. 문의하는 쪽에서 민망할 정도였다. 한 곳에서는 좀 미안하기도 해서 히카리의 작품 하나를 사고 말았다.

대충 점심을 먹고, 아키하바라로 건너갔다. 문득 전철 안을 가득 메운 사람들을 둘러봤다. 대부분 평범한 소시민들이었다. 옷차림도 수수하고, 예의도 발랐다. 혹, 눈이라도 마주치면, 저쪽에서 먼저 웃으며 고개를 끄덕였다. 이런 모습만 보면, 일본이라는 나라는 지극히 정상적이고 또 모범적이다. 그러나 베일을 한 겹 벗기면 상상도 하지 못할 세계가 나온다. 어찌 보면 그게 인간이라는 존재 자체의 모습일 수도 있다. 모두 겉보기와 다르다. 모두 자기만의 욕망과 망상과 꿍꿍이를 갖고 있다. 그 이면을 탐구한다는 행위가 한편으로는 흥미진진하고, 또 한편으로는 두려웠다. 이쯤에서 그만둬야 하지 않을까?

이윽고 아키하바라에서 제일 큰 숍을 방문한 순간, 그의 경계심은 그냥 허물어지고 말았다. 한국에서는 마이너 내지는 언더로 취급되는 AV의 세계에 이쪽에서는 당당히 하나의 상품으로, 장르로 심지어 메이저로 자리잡고 있다. 이쪽 세계를 드나든다고 해서 누가 뭐라고 하지도 않고, 이상한 눈초리로 바라보지도 않는다. 그는 묘한 해방감을 느꼈다.

기본적으로 정민은 호기심이 많고, 뭔가에 몰두해야만 하는 성격이다. 이미 이쪽 분야를 나름대로 파헤쳐 다고 자부했다. 그러나 늘 남을 의식했다. 절대로 들키면 안 되는 뭔가 금기의 세계였던 것이다.

하지만 이곳에서는 단순 AV로 끝나지 않았다. 각종 성기구며, 코스프레 관련 제품도 팔았다. 천천히 둘러보려면, 하루도 모자랄 지경이었다. 시험삼아 성기구 쪽을 들렀더니, 얼굴이 화끈해질 정도였다. 각종 딜도, 안마기, 자위 기구는 기본이고, 수갑이나 채찍 등 SM 관련 제품도 많았다. 유명 AV 여배우가 촬영 중에 입었던 속옷을 자필 사인과 함께 팔기도 했고, 아마추어 여성들의 팬티도 보였다. 물론 그녀의 실제 착용 사진도 부착되어있었다. 여고생들의 부루머까지 전시되어있었다. 얼굴이 화끈해질 정도였다.

시간이 흐르자 조금씩 이쪽 분위기에 적응이 되었다. 일단 이런 곳에 들어오면, 오로지 자신이 욕망만 따르면 된다. 일단 들어오지 않았는가? 들어와서 이러쿵저러쿵한다면, 아예 들어오질 말아야 한다. 그리고 일단 들어왔으면, 자신의 욕구에 해당하는 제품들을 꼼꼼하게 찾으면 된다. 그뿐이다. 게이나 레즈비언, 하드코어 등도 여기에서는 별문제가 되지 않는다. 아니, 변태일수록 가격이 높아지고 또 환영받는다. 이런 종류의 욕망에도 등급이 있고, 버츄가 있고, 내공 점수가 부과된다. 그런 세계다.

본격적인 AV 소프트 쪽을 가보니, 상품으로서 당당히 팔리는 현장이 나왔다. 뭘 감추고, 눈치 보고할 필요가 없다. 마치 백화점과 다름이 없다. 외투를 사거나, 운동화를 찾거나, 특정 브랜드를 구하는 것과 차이가 없다. 심지어 작은 모니터들이 여기저기 설치되어 다양한 영상을 보여주고 있었다. 코너를 돌 때마다 새로운 형태의 정사와 숨넘어가는 듯한 소리가 맞이했다. 각종 신음과 함성과 아우성이 마구 뒤섞여 정신이 혼미할 정도였다.

이곳은 신품뿐 아니라 중고도 상당히 갖추고 있었다. 테마별로 잘 정리가 되어있어서, 뭘 찾기가 편했다. 그러나 역시 독립 제작사 쪽에도 위너스는 없었다. 아이돌을 뒤져봤지만, 쇼코는 나오지 않았다.

이렇게 계속 허탕을 치자, 힘도 빠지고, 의욕도 약해지고, 점차 자신이 바보짓을 하고 있다는 생각도 들었다. 이런 식으로는 도저히 찾을 수 없다. 하지만 그런 한편으로는 이런 공간에서 뭔가 안도감을 느끼는 자신을 발견할 수 있었다.

사실 신주쿠나 아키하바라는 한두 번 방문한 것도 아니고, 이런 숍의 존재를 모르는 것도 아니다. 이전에도 몇 번 들어가려고 했다. 하지만 뭔가 석연치 않았다. 자신을 납득시킬 어떤 동기나 목적이 없었다. 그래서 그냥 짧게만 발을 들여놓고 얼른 뺐다.

하지만 이번에는 분명한 목적이 있다. 아니, 여태까지 살아오면서 가장 강력하게 원하는 물건이다. 지금 심정 같아서는 지옥에라도 들어갈 것이다. 그래서 이런 곳까지 왔다. 막상 와보니 그동안 꾹꾹 억누르고, 무시했던 자신의 욕망이 보다 분명해졌다. 그리고 그런 욕망을 여기서는 아무도 신경 쓰지 않는다. 특별히 권장하지도 않지만, 그렇다고 무시하지도 않는다. 밥을 먹거나, 배변을 하는 것과 다름없다. 마치 어떤 면죄부를 발부받은 기분이 들었다.

실제로 성기구 코너에서, 각종 딜도나 자위 기구를 살피며 구매를 고민하는 커플도 봤고, 특정 여배우의 DVD를 잔뜩 사가는 오타쿠 비슷한 녀석도 봤다. 하지만 누구도 신경 쓰지 않았다. 정민 자신도 서서히 무감해졌다. 남이 뭘 하던, 그게 나와 무슨 상관이 있는데? 가서 훈육이라도 할 것인가? 웃기는 일이다.

순간 쇼코가 몹시도 보고 싶어졌다. 지난밤의 모습이 계속 뇌리에서 떠나지 않았다. 왜 그때 선글라스를 끼고 있었을까? 왜 온통 얼굴을 가리고 있었을까? 왜 굳이 디지에게 체크인을 부탁했을까?

그러다 자신을 향해 고개를 돌린 그녀의 얼굴이 떠올랐다. 일체 감정이나 동요가 없는, 무심하면서 멍한 모습. 선글라스에 가려진 눈빛이 어떤 상태였는지 알 수도 없고, 그때 뭘 바라봤는지 짐작도 할 수 없다. 아마 그를 주시했을 수도 있고, 혹은 그 뒤에 있는 뭔가에 주목했을 수도 있다.

아무튼 덕분에 그녀의 얼굴 전체를 바라볼 수 있었다. 생각할수록 신비하고, 미스터리하다. 그런 그녀를 다시 보고 싶다.

하는 수 없이 휴대폰을 꺼내 디지를 찾았다. 그러나 응답이 없었다. 5분쯤 매장을 서성일 즈음 휴대폰에서 진동이 느껴졌다.

"형님, 바빠서 전화를 못 받았어요."

여전히 그의 목소리엔 활기가 가득했다.

"어젯밤에 고마웠어. 따로 표시를 못 했네."

"뭘요…."

이쪽 눈치를 훤히 알고 있으리라.

"하필 선글라스를 껴가지고…. 답답했죠, 형님?"

"뭐 그렇게 신경 쓸 필요 없어. 그런 걸로 족해야지."

"아직 귀국 안 했죠?"

"내일 아침에 돌아가."

"전 오늘도 쇼코 양을 돌보고 있어요."

갑자기 녀석이 한없이 부러워졌다.

"왜요? 부러워요?"

눈치 한번 빠른 놈이다.

"그래. 부럽지."

"이따 저녁에 한번 기회를 만들어볼게요. 그래도 한번 제대로 봐야 하지 않겠어요?"

"물론 그러면 좋지."

자기도 모르게 정민의 목소리가 커졌다.

"알겠습니다, 형님. 이따 연락드릴게요. 그럼."

녀석은 너무나 나를 잘 파악하고 있다. 그런 생각이 문득 들었다. 격의없이 형 동생 하다 보니 진짜 형제가 된 듯했다.

이후 숍을 나와 하릴없이 아키하바라 거리를 거닐었다. 각종 코스프레 차림의 여성들이 전단지를 주거나, 호객 행위를 했다. 주로 젊은 층이 타깃이었다. 확실히 가부키초와는 분위기가 달랐다. 각종 게임기와 액션 피겨와 컬렉터스 아이템을 파는 곳이라, 오타쿠 스타일의 젊은이들이 많았다. 그런 친구들을 잡기 위한 여러 업종이 성행하고 있었다. 게임이나 망가에 문외한인 정민이지만, 아무튼 이런 풍경은 흥미로웠다.

사실 아무런 기약없이 디지의 전화를 기다리는 것은 무척 지루했을 것이다. 다행히 스가노 씨와 저녁이 예약되어있다. 순간 가벼운 안도감이 밀려왔다.

21

스가노 씨와 만난 곳은, 아키하바라에서 멀지 않은 간다 지역이다. 중고 서점이 많기에, 그 에게는 친숙한 공간이기도 하다. 거기에서 주로 현지인들이 많이 가는 이자카야에서 만났다. 평범한 인테리어에, 안주의 가격이 높지 않고, 다양한 일본주가 비치되어있었다. 평소 스가노 씨다운, 서민적인 체취가 물씬 풍겨나는 곳이었다.

"아무튼 생각지도 못한 전화를 받고 정말 기뻤습니다."

몇 차례 술잔이 돌고, 꼬치구이를 먹고 나서, 스가노 씨가 말했다.

"갑작스럽게 도쿄를 방문한 이유가 있습니까?"

"뭐, 그냥 학장님하고 술 한잔하고 싶어서 왔습니다."

억지로 둘러댔지만, 그는 더 이상 캐묻지 않았다.

"요즘 한국 많이 시끄럽죠?"

"항상 정치가 문제죠. 언제나 용광로 같답니다."

"솔직히 말하면, 그 모습이 부럽습니다."

"부럽다뇨? 가당치도 않습니다."

"그냥 박 상 입장을 생각해서 하는 말이 아닙니다. 이것은 진심입니다."

"글쎄요…."

"아마 잘 이해가 되지 않을 겁니다. 그러나 요즘 일본의 상황을 보면, 제 말뜻을 조금은 이해할 수 있을 겁니다."

그러면서 정민의 잔에 술을 따랐다. 정민도 그의 잔에 따랐다.

"일본은 죽어가고 있습니다."

천천히 술잔을 들이키는 스가노 씨의 표정이 무척 어두웠다.

"광화문에서 데모를 하건, 유튜브에서 막말 방송을 하건, 국회 앞에서

1인 시위를 하건…. 어쨌든 애국심이 있으니까 그런다고 생각합니다. 물론 다 순수하지는 않겠죠. 그러나 대부분은 진심어린 마음으로 그렇게 행동한다고 봅니다. 서로 입장은 다르지만, 아무튼 기본적인 애국심이 없으면 누가 그렇게 나서겠습니까? 하지만 여기는 아무런 움직임이 없습니다. 아무 관심도 없고, 아무 계획도 없습니다. 그냥 일본은 잘 사는 나라, 안정된 나라, 평화를 사랑하는 나라, 정도로만 포장되어있습니다. 그리고 그 누구도 그 포장을 풀려고 하지 않습니다. 왜일까요?"

"글쎄요?"

"무서우니까요."

"무섭다뇨?"

잠시 고개를 갸우뚱하다가 정민이 말했다.

"모두 진실을 알고 싶어 하지 않는군요."

"맞습니다. 그냥 덮어놓고, 대충 치워버리려는 겁니다. 굳이 내 손을 더럽히고 싶지 않은 것이죠."

"이해가 갑니다."

"더 무서운 일이 있습니다. 누군가 진실을 밝히기 위해 뭔가를 말하거나 혹은 쓰면, 한순간에 매장당하는 곳이 바로 일본입니다."

"왜요? 일본에도 양심적인 지식인이 많잖아요?"

"정말 그럴까요?"

스가노 씨가 침울한 표정으로 말했다.

"일본 회의라고 알아요?"

"일본 회의? 들어는 봤습니다. 실제로 일본을 움직이는 단체라고 합니다만…. 자민당의 지지기반이기도 하고…."

"단순히 정치에만 힘을 발휘하는 것이 아닙니다. 종교계, 언론계, 학계 등을 다 망라하죠. 요즘 들어와 더 통제가 심해졌습니다. 자기들과 의견이 같지 않으면, 소리소문없이 배척합니다. 서클 바깥으로 쫓아내는 거죠. 이런 와중에 양심적인 지식인?"

"무슨 말인지 이해가 갑니다. 사실 저도 관심이 있어서 일본 회의에 대해 좀 알아본 적이 있습니다."

"아하, 그렇군요."

갑자기 스가노 씨의 얼굴이 환하게 바뀌었다.

"여러 우파 단체가 연합한 형태더군요. 생장의 집이라는 신흥 종교 단체의 교주 다니구치 마사하루를 중심으로 해서, 우파 저널리스트, 시민운동가 등도 보이고, 신도 계열도 참여하고 있더군요. 자민당 의원의 90% 이상은 이쪽 소속이라고 봐야겠죠. 아베 신조 전 총리라든가, 스가 요시히데 현 총리, 고노 다로, 이시바 시게루, 아소 다로…. 모두 이쪽 소속이죠. 민주당에도 있고, 지방 의회에도 있고…. 내막을 알면 알수록 공포심이 밀려오더군요."

"일본회의를 모르고 현 일본에 대해 이야기하는 것 자체가 넌센스죠."

"뭐, 이런 우파 모임이나 결성 이유에 대해 뭐라고 이야기하고 싶지는 않지만…. 여기에 숨어있는 종교색이 좀 문제라고 봅니다."

"어떤 면에서 그런가요?"

"서양의 르네상스를 보십시오. 중세의 종교 중심에서 벗어나 인간의 합리적인 이성을 표방해서 결국 근대를 연 것 아니겠습니까? 사실 어떤 나라건, 어떤 시대건 당대를 움켜쥐고 있는 수구파 내지는 국수주의가 있기 마련입니다. 우리나라엔 위정척사라는 움직임이 있었고요. 하지만 일본은 메이지 유신을 통해 영리한 방식으로 신문물을 받아들이고, 서구 합리주의를 포용했습니다. 그런데 이제 와서 다시 종교 쪽으로 간다? 마치

국학에서 말하는 고대 일본의 세계를 일종의 에덴동산으로 보고, 그곳으로 회귀해야 한다는 이야기죠. 그렇다면 메이지 유신 이후 일본이 걸어온 길은 뭐가 됩니까?"

"정확히 봤습니다. 이렇게 종교가 바탕이 되어 정치에 관여하게 되면, 종국에는 비합리적이고, 비이성적인 결정이 나오게 됩니다. 종교는 종교에서 그쳐야 하는데, 도가 지나칠 경우 국가에 치명적인 해를 끼칠 수가 있습니다. 저도 그 점이 무척 염려스럽습니다."

"사실 역사를 살펴보면, 항상 수구파와 개화파의 싸움으로 귀결이 되는 것 같습니다. 그 중간에 동도서기파가 있기는 하지만 대부분 소수고요. 그리고 결국 수구파가 이깁니다. 설령 개화파가 이기더라도 다시 수구파 쪽으로 기울어지죠. 지금의 이란이나 사우디, 이집트, 인도를 보세요. 다시 종교 쪽으로 회귀하고 있지 않습니까?"

"일본은 결국 재무장하고, 군국주의로 갈 겁니다. 아마 박 상은 그럴 리가 없다고 생각하겠지만, 저는 곳곳에서 그런 징후를 봅니다. 그 생각을 하면, 도무지 견딜 수가 없습니다. 잠을 자다가도 벌떡 일어납니다."

"재무장은 언젠가는 할 것이라고 생각하지만…. 글쎄요?"

"과거 1980년대에 일본 상품이 전 세계를 휩쓴 적이 있습니다. 한데 지금을 봐요. 가전? 컴퓨터? 디스플레이? 조선? 철강? 대체 뭐가 있죠? 그나마 자동차 정도? 그마저도 위태로운 상황입니다. 내수 시장이 버텨주고 있지만, 급속한 인구 감소를 생각하면, 곧 내수로 버틸 수 없는 상황이 옵니다. 그나마 해외 자산과 투자로 흑자의 경상수지를 기록하고 있지만…. 글쎄요…."

"그렇군요…."

잠시 침묵이 이어졌다.

"제 관심사는 젊은이들입니다. 이 친구들이 깨어나야 합니다."

갑자기 진지한 표정으로 스가노 씨가 정민을 바라봤다.

"하지만 우리의 시스템으로는, 솔직히 저를 포함한 우리 교수들은 진실을 말할 수 없습니다. 그냥 에둘러서 표현하거나, 암시를 주는 정도에 그칩니다. 아는 놈만 알아라. 왜냐구요? 쫓겨나지 말아야 하니까. 어떻게 해서 쟁취한 자리인데 감히 걷어차냐? 그래서 박 상 같은 분이 절실하게 필요합니다. 외국인은 해당되지 않으니까. 외국인이 뭐라고 해도 어찌할 수가 없으니까. 그래서 박 상 같은 분이 우리 학교에 와서, 우리 아이들을 제대로 깨우쳐줬으면 합니다."

지금 단계에서 예스냐, 노냐 답할 순 없다. 하지만 스가노 씨의 의도가 뭔지는 확실히 깨달을 수 있었다.

"아마 여기서 실제로 거주하다 보면, 정말 많은 부분을 새롭게 볼 겁니다. 잠깐 들러서, 자료를 구하고, 술 마시고 가는 것과는 차원이 다를 겁니다. 한일관계 전문가라고 하면, 1년 정도는 체류해봐야 하는 것 아닐까요?"

"잘 알겠습니다."

공감한 듯 정민이 고개를 가볍게 끄덕였다. 이윽고 술자리를 마치고 스가노 씨와 헤어지자마자, 기다렸다는 듯 그의 휴대폰이 진동했다.

"형님, 이쪽으로 빨리 올 수 있어요?"

저편에서 디지가 다급하게 소리쳤다.

22

황급히 택시를 타고 정민이 도착한 곳은 롯폰기 힐스라는 지역이었다. 거대한 개미 동상이 버티고 있고, 그랜드 하얏트 호텔과 TV 아사히와

도호 시네마가 몰려있는 곳이 메인이라면, 게야키자카 도리로 나눠진 옆의 지역에 레지던스가 있다. 그 레지던스 부근에는 고급 맨션과 부티크가 즐비했다. 보스, 아르마니, 루이뷔통 등의 명품점이 손님과 숨바꼭질을 하듯 숨어있다. 디지가 말한 곳은 그 지역에 있는 바였다. 다행히 바 앞에서 디지가 기다리고 있어서 쉽게 찾을 수 있었다. 계산을 마치고, 택시에서 내린 정민이 일단 그와 반갑게 악수를 했다.

"이거 엉뚱한 주문을 해서 미안하네."

정민이 계면쩍은 표정으로 말했다.

"남자끼리 왜 이래요?"

슬쩍 디지가 윙크를 던졌다.

"저 안에 있는 모양이지?"

바 입구를 바라보며 그가 말했다.

"네."

디지가 짧게 대답했다. 정민이 마음을 다지고 바로 들어가려는 순간, 디지가 잠시 제지했다.

"형님, 이런 말을 해서 좀 그런데…."

잠시 그가 머뭇거렸다.

"그냥 이쯤에서 빠지는 게 좋을 거 같아요."

"무슨 말이야, 그게?"

"느낌이 안 좋아요."

"느낌이 안 좋다니?"

"실은…. 실은 요 이틀 저 아가씨를 모셨잖아요."

"그랬지."

"도무지 정체를 모르겠어요. 저도 눈치 하난 남들보다 빠른 편인데….

이 여자, 대체 무슨 속셈인지 알 수가 없네요. 만나는 사람들도 종잡을 수 없고, 하고 다니는 짓도 의심쩍고…. 어젯밤엔 꽤 유명한 정치인을 만나다니…. 오늘 낮엔 중견 탤런트와 밥을 먹고…. 지금은 돈 좀 있어 보이는 작자와 술 마시고 있어요."

"그래?"

그럴수록 정민은 더 관심이 갔다.

"이 여자, 위험해요. 굉장히 위험해요. 실물을 보면 눈이 돌아갈 만큼 예쁜데, 하는 짓은 요상하기 그지없어요."

"그 정도야?"

그럴수록 궁금증이 이는 것이 당연했다. 그런 마음을 아는지 디지가 피식 웃었다.

"담배 있어?"

문득 정민이 말했다.

"담배 피우세요?"

"필요할 때만."

주섬주섬 디지가 호주머니에서 작은 담뱃갑을 꺼냈다. 일본에서만 판매되는 쇼트 호프. 정말 오랜만이다. 불을 붙여서 한 모금 깊게 들이마시니 조금은 마음이 편해졌다. 하지만 약간 현기증도 밀려왔다. 이렇게 천천히 한 개비를 다 피울 동안 두 사람은 아무 말도 하지 않았다.

바 안에서는 여전히 흥겨운 음악이 흘러나오고 있었다. 가끔 사람들이 웃는 소리도 들렸다. 아무리 생각해봐도 그냥 평범한 바의 모습이었다. 별다른 위험이 감지되지 않았다.

"조심하세요, 형님."

정민의 눈빛을 보고 감을 잡은 디지가 확인하듯 말했다.

"전 분명히 경고했어요."

그리고는 멀리 사라졌다. 이제 혼자 남았다. 계속 망설여졌다. 하지만 정작 쇼코를 직접 볼 수 있다는 유혹을 떨쳐낼 정도는 아니었다.

자, 들어가 보자. 힘차게 문고리를 쥐고 활짝 열었다. 순간 화려한 조명과 떠들썩한 분위기가 그를 확 사로잡았다.

마침 무슨 파티나 모임이 벌어지는 듯했다. 남자들 대부분이 정장 차림이었고, 여성들도 드레스 복장이 많았다. 검은색으로 통일된 인테리어. 중앙에 커다란 바가 있었고, 구석에 몇 개의 테이블이 보였다. 한쪽 벽은 유리로 장식되어있어서 실제 크기보다 커 보였다. 천장이 높은 탓도 있으리라, 거기엔 작은 스피커가 여러 개 설치되어있었다. 흥겨운 빅 밴드 재즈가 분위기를 한껏 끌어올리고 있었다. 마치 뉴욕에라도 온 듯한 풍경이었다. 하긴 외국인도 많이 보였다.

정민은 재빨리 주변을 살폈다. "ㄷ"자 형으로 만들어진 카운터 바 한쪽에 쇼코가 보였다. 어두운 분위기 속에서 그녀만 홀로 반짝반짝 빛나는 것 같았다. 아주 쉽게 그녀를 찾을 수 있었다. 이번에는 선글라스를 끼지 않았다. 머리를 뒤로 묶고, 가슴이 약간 드러난 흰색 원피스를 입고 있었다. 그 흰색이 정말 눈부시게 시선을 사로잡았다.

한편 그녀의 옆에는 기름을 발라 머리를 단정하게 빗은 중년 신사가 앉아있었다. 조끼까지 제대로 착용한 모습이었다. 두 사람은 오랜 연인처럼 조곤조곤 나직이 말하면서 가끔 화이트 와인을 마셨다. 마침 그녀 주변에 자리가 하나 비었으므로, 일단 앉고 봤다. 가까이 갈수록 좋은 것이 아닌가. 하지만 너무 가까이는 곤란했다. 딱 적당했다.

바텐더는 외국인이었다. 그것도 금발에 푸른 눈. 자기도 모르게 그는 하이볼을 주문했다. 잠시 후, 커다란 잔에 하이볼이 나왔다. 얼음이 가득

해서, 한잔 들이키자마자, 속이 다 시원해졌다.

사실 정민은 이곳으로 오는 택시 안에서 한 가지 계획을 했다. 그것은 최대한 근접에서 그녀를 촬영하는 것이다. 그가 가진 아이폰 XR은 동영상 기능이 특히 좋다. 문제는 들키지 않는 것이다. 그래서 일부러 잔이 큰 하이볼을 고른 것이다. 디스플레이 창을 잔 쪽에 놓고 가리면, 누구도 촬영 중이라는 것을 모를 것이다.

다행히 실내는 혼잡했고, 서로 웃고 떠드느라 바빴다. 쇼코 역시 고개를 돌려 남자와 대화에 몰두하고 있었다. 잠시 주위를 살피고, 바텐더가 저 멀리 가 있는 사이, 그는 자연스럽게 카메라를 켜서, 잔에 밀착시켰다. 조심스럽게 줌을 당기니 그녀의 상반신이 멋지게 포착되었다. 그는 녹화 버튼을 눌렀다.

한동안 그녀의 모습이 잡혔다. 그러나 그녀는 고개를 돌린 채, 남자와 대화에 열중하고 있었다. 그러므로 정면을 볼 수 없었다. 점차 조바심이 났다. 주변 사람들이 자신을 감시하는 듯했고, 바텐더도 의혹의 눈초리로 바라보는 것 같았다. 그는 오로지 그녀의 정면을 담고 싶었다. 그뿐이다.

그런 소망을 알았는지, 그녀가 문득 고개를 돌렸다. 잠깐 그를 발견하고 놀라는 듯한 표정을 지었다. 아니, 그가 놀라서 그녀가 그런 것으로 착각할 수도 있다. 그녀가 그를 알 턱이 없지 않은가. 정확한 내용은 모른다. 옆의 남자가 일어나서 바로 그녀를 데리고 나갔기 때문이다. 정말 순간적으로 그녀는 그를 의식했고, 그 부분이 짧게나마 표정에서 드러났다. 아니면 뭔가 다른 일 때문인지도 모른다. 어쨌든 그는 그녀의 정면을 성공적으로 담았다. 그것만으로도 대만족이었다.

23

귀국하고, 한동안 정민은 학교 일로 바빴다. 중간고사를 처리하고, 논문 준비를 하고, 학교 축제에 참석하는 사이, 어느새 장마철이 왔다. 덕분에 한동안 스가노 씨의 제안이라든가, 쇼코에 관련된 일은 잊을 수 있었다.

여전히 아내와는 냉전 상태. 이미 각방을 쓰는 지경까지 왔다. 아니, 정민이 안방에서 쫓겨난 셈이다. 덕분에 서재에서 이불을 펴고 자게 되었는데, 뭐 나쁘지 않았다. 하루에도 서너 차례 걸려오는 전화나 문자 폭탄까지 벗어나니, 이런 냉전도 괜찮다는 생각까지 들었다.

그러던 중, 비가 몹시 쏟아지는 밤에 미숙이 조용히 문을 열고 서재로 들어왔다. 막 자리에 누운지라 정민의 정신은 아직 말똥말똥했다. 그녀를 발견하고 그가 자리에서 일어나려는 찰나, 재빨리 그녀가 제지했다. 그리고 그의 입을 손으로 막았다. 한동안 침묵이 흘렀다. 창밖으로 비 오는 소리만 들릴 뿐이었다.

갑자기 그녀가 그의 잠옷을 풀어 헤쳤다. 그리고는 가슴과 배를 조용히 애무했다. 젖꼭지도 만졌다. 나중에는 혀로 간지럽혔다. 그가 뭐라고 하려는 순간, 다시 입을 막았다. 그리고는 서서히 손을 밑으로 뻗어 한껏 발기된 성기를 만졌다. 처음에는 천천히 애무하다가, 이윽고 입을 사용했다.

전혀 예상치도 못한 기습 공격. 처음에는 당황했지만, 이내 그는 쾌락의 늪에 빠져들어갔다. 이날따라 그녀의 손과 혀는 매우 현란하고 또 정확했다. 마치 오랜 기간 단련시켜 온 듯했다. 너무나도 생경한 모습이라 마치 꿈을 꾼 것 같았다. 순간 급격한 파도가 밀려왔다. 가벼운 신음소리를 내며 그는 사정하고 말았다.

그녀는 준비해둔 물수건을 꺼내 꼼꼼하게 성기와 그 주변을 닦았다.

이런 일련의 행위가 마치 어떤 클리닉에서 치료를 하는 것과 같았다. 정민은 환자고, 미숙은 의사다. 일종의 병원 놀이를 한 것이다.

"그간 곰곰이 생각해봤는데…."

갑자기 허공을 바라보며, 그녀가 건조한 어투로 말했다.

"한 1년 정도, 당신이 도쿄에 머무는 것도 괜찮을 것 같아요. 그동안 너무 정신없이 달려왔잖아요. 우리에게도 안식년 휴가가 필요하지 않겠어요?"

24

〈블랙 캣〉 안에는 여전히 활기가 감돌고 있었다. 듀크 엘링턴의 웅장하면서 신명나는 음악이 BGM으로 실내를 채웠으며, 정민의 일행 외에도 여러 손님들이 보였다. 카운터에 자리가 없어서, 일부 손님들은 서서 술을 마셨다. 금요일 저녁이라 그런지, 오늘따라 유난히 손님들이 많았다. 다행히 〈환송회〉의 명목으로 모인 정민 일행은 미리 예약했기 때문에 카운터 구석을 편안하게 차지할 수 있었다.

여기 일행 속에는, 정민과 송 교수 외에 이 조교도 있었다. 당연한 일이다. 게다가 정 마담까지 가세했으므로, 무척 편안한 자리가 되었다. 특히, 송 교수는 마치 자기 일처럼 정민의 교환 교수 일을 기뻐했다. 부러움 반, 시샘 반이라고나 할까? 덕분에 제일 많이 술을 마셨고, 제일 먼저 취했으며, 제일 말이 많았다.

"근데 말이죠, 박 교수…."

위스키가 채워진 잔을 들어 빙빙 돌리며, 송 교수가 말했다.

"이건 순전히 내 관점이기도 하고, 편견일 수 있는데…. 아무튼 난 일본 애들, 참 이해가 안 돼요. 뭐랄까, 브레인 워싱(brain washing)이 되었다고나 할까, 아니면 순박하다고나 할까? 어떤 분야를 살펴봐도 천편일률적이에요. 맨 위에 우두머리가 하나 있고, 그 밑으로 줄줄이 꼬붕들이 따르죠. 아무튼 몇 놈만 모여도, 계급 사회가 형성된다 이거예요. 내가 미국에서 유학할 때조차도 그런 모습을 많이 봤습니다. 끼리끼리 뭉쳐 다니면서 서열을 매기고, 주종 관계가 형성되고, 무슨 일이던 팀 중심으로 움직이고, 정말 웃기지 않습니까? 아마 그래서 지금까지 덴노를 모시는지도 모르겠고…."

"그렇죠. 맞습니다."

정민이 순순히 인정했다.

"일본에 갔을 때, 내가 제일 놀란 게 뭔지 알아요?"

"글쎄요…?"

"성의 상품화. 정말 섹스에 미친 놈들 같더군요. 큰 거리마다 풍속 산업 관련 업소들이 즐비하고, 뭔 놈의 AV를 그렇게 많이 찍는지…. 가임 여성으로 따지면, 200명 중 한 명이 AV에 출연한다는 통계가 있더군요. 심지어 편의점에서조차 음란 만화와 화보집을 파니…. 거의 섹스에 미친 거 아닙니까?"

"AV가 뭐죠?"

갑자기 정 마담이 끼어들었다.

"어덜트 비디오."

이 조교가 간단하게 답했다. 그 대답에 정 마담이 깜짝 놀랐다.

"음란 비디오를 그렇게 많이 찍어요?"

"어디 찍다 뿐인가? 심야 방송 보면 AV 여배우들이 많이 나옵디다. 무슨 예능 버라이어티에도 나오고…. 자신의 성 경험이며, 좋아하는 체위며,

어떤 자위 기구를 쓰는지 등등 정말 낯 뜨거운 이야기 많이도 합니다."

"세상에…. 창피하지도 않나요?"

"아무튼 돈만 되면, 그게 직업이 되고, 일단 직업이 되면 프로가 돼야 하는 거지. 그게 일본 애들 직업 정신이라고. 도덕이나 윤리 그런 것 없어요. 그런 거 보면, 무뇌아들이 아닌가 싶어요. 수치도 모르고, 역사의식도 없고…."

쯧쯧 하면서, 송 교수가 술잔을 비웠다.

"그게 꼭 일본에만 해당되나요?"

갑자기 이 조교가 끼어들었다. 기본적으로 술이 약한 친구라, 이런 곳과는 거리가 멀다. 하지만 자리가 자리인지라, 오늘따라 꽤 마셨다. 상당히 얼굴이 붉어져있었다.

"우리는 어떻고요? 광우병 파동 보세요. 미국 소 먹으면 죽는다고 모두 뛰쳐나왔잖아요. 교수님, 미국에서 소 많이 드셨죠? 근데 뭐 이상 있어요?"

이 조교의 느닷없는 공격에 잠시 송 교수가 당황했다.

"우리나라 사람들처럼 쉽게 흥분하고, 쉽게 뭉치는 경우가 또 있을까요? 근본적인 과학적 데이터조차 믿지 않잖아요."

"광우병이야 뭐, 여러 정치적 이해관계가 있으니까…."

송 교수가 말을 흐렸다.

"어디 광우병뿐이에요? 최근에 너무나 사건이 많아, 일일이 열거하기도 힘드네요. 최근의 한일관계만 놓고 얘기해보죠. 기본적으로 1965년에 맺은 한일 청구권 협정이 잘못되었다는 거잖아요. 굴욕적인 협정이니까 다시 맺어야 된다는 거잖아요."

"당시 우리 정부가 돈이 급해서, 대충대충 넘어갔다고 보는데…?"

"아닙니다. 절대 아닙니다."

이 조교가 고개를 절레절레 흔들었다.

"요즘 제가 이쪽 부분을 중점적으로 공부해서, 감히 교수님에게 설명드릴 수 있습니다."

"그렇게 이 조교가 말하니, 궁금해지는군."

그러면서 송 교수가 이 조교의 잔에 술을 따랐다. 두 손으로 이 조교가 술을 받으며, 말을 이었다.

"1965년의 협정을 이해하려면, 1951년에 있었던 샌프란시스코 조약부터 알아봐야 합니다."

"종전 후, 연합국과 일본 사이에 맺은 협정이지. 여기서 일본이 어느 선까지 전쟁의 책임을 지고 또 배상해야 하는지…. 그런 것들이 결정되었지."

"여기서 우리가 놓친 게, 바로 우리의 지위입니다. 우리가 전승국입니까?"

"그건 아니지."

"그럼 식민지 피해국이겠네요?"

"그렇지 않은가?"

"아닙니다. 우리는 전승국도 아니고, 식민지 피해국도 아닙니다."

"그럼 뭐라 말인가?"

"일본에서 분리된 지역. 그러니까 2차 대전까지는 일본과 한통속이 되어 연합국과 싸웠다고 본 것이죠."

"그게 말이 되나?"

"이렇게 보면 됩니다. 예를 들어 2차 대전에서 독일이 승리했다고 칩시다. 그럼 영국에 대해 보상금을 요구할 겁니다. 그때 스코틀랜드나 아일랜드를 어떻게 취급할까요? 우리와 대만이 이런 경우에 해당하는 것이죠."

"미처 몰랐네."

송 교수가 깊은 한숨을 쉬었다.

"우리는 당연히 피해국이라고 생각하지만, 연합국 쪽 입장은 달랐습니다. 또 배상 액수에 대해서도 말이 많은데…. 실은 이런 이유로 우리가 일본에게 청구할 돈이 별로 없다는 겁니다."

"그것은 또 무슨 소리인가?"

"샌프란시스코 조약에서, 우리의 독립을 승인하긴 했지만, 청구권에 대해서는 한일 양국이 협약해서 정해라, 이렇게 애매하게 처리한 겁니다. 그럴 수밖에 없죠. 우리가 피해국이 아닌데, 일본에게 배상 판결을 내릴 수 없잖아요. 그러자 일본이 들고나온 것이 역청구권입니다."

"역청구권?"

"일본이 전쟁에 지면서, 어쩔 수 없이 한반도에서 물러날 수밖에 없었습니다. 그때 한반도에 남긴 각종 공장과 시설물, 재산, 주택…. 뭐 그런 것을 돌려 달라, 이렇게 나온 것이죠. 1946년의 기준으로 볼 때, 한반도 전체에 52억 불 정도의 재산 가치가 남겨져있었습니다. 그중 22억 불이 남한에 있었고요. 이런 역청구권을 인정해 버리면, 오히려 우리가 배상해야 할 처지였습니다. 결국 미국이 개입해서, 역청구권은 없던 일로 되었지만요."

"국제 관계란 게, 참 복잡하지."

"박정희 정부 시절에 와서 따져보니까, 우리가 일본에서 받아낼 돈이 실은 7천만 불 정도에 불과했습니다. 정말 한심했죠. 당시 우리는 7억 불을 요구했습니다. 미국의 대일본 압박을 교묘하게 이용한 겁니다. 결국 무상 3억 불, 유상 2억 불이라는 액수로 귀결이 됩니다. 우리 입장에서는 청구권의 개념이고, 일본 입장에서는 경제협력 자금의 개념이었습니다. 이 또한 서로 해석이 달랐다는 거죠."

"이 액수에 대해 자네 생각은 어떤가?"

"적절했다고 봅니다. 당시 피해국으로 분류되었던 필리핀이 5억 5천만 불을 받았으니까요."

"그런가? 좀 애매하긴 한데…."

"그러나 그 액수만 보면 안 됩니다. 미국 입장에서는, 냉전이라는 상황에서, 한국이 빨리 경제적으로 자립해야 한다고 봤습니다. 그게 자신들한테 유리하니까요. 그러기 위해서는, 일본의 협조가 절실했습니다. 전 세계를 운영해야 하는 미국 입장에서는, 한국만 따로 관리하기가 힘들었습니다. 그래서 일본이 적극적으로 도와야 한다고 본 것이죠. 한강의 기적 이면에는 이런 국제적 역학 관계도 게재되어있던 것입니다."

"역청구권은 전혀 생각하지도 못했네."

순순히 송 교수가 인정했다.

"교수님이라고 세상 모든 일을 다 알 순 없잖아요."

정 마담이 송 교수를 향해 미소지으며 말했다.

"그렇긴 하지만…."

송 교수가 고개를 절레절레 흔들었다.

"이 조교 덕분에 새로운 사실을 알게 되었네. 참 흥미롭군. 사실 박 교수가 일본에 간다니까 처음에는 질투심이 나더군. 하지만 곰곰이 생각해보니, 정치학자로서 일본을 연구하는 것은 어쩌면 당연한 일이야. 우리 주변에 가장 큰 영향력을 미치는 나라가 어디야? 미국, 중국 그리고 일본이잖아. 일본은 아주 가까운 나라지만, 우리가 모르는 게 많아. 정치 체제도 다르고, 역사도 다르고, 그 친구들, 참의원과 중의원이 뭘 하는지, 수상이 어떤 역할을 하는지, 그 기본부터 잘 모르잖아. 아무튼 박 교수, 미리 가서 터 좀 잘 닦아놔요. 이렇게 정 마담처럼 예쁜 마담이 있는 바도 찾아놓고…."

그러자 모두 일제히 웃었다. 그렇게 환송회 자리가 마무리되었다. 계산을 마치고, 일행이 밖으로 나가는 찰나, 정 마담이 살짝 정민의 뒤를 따랐다. 그리고는 남모르게 얼른 손을 잡았다. 정민이 돌아보니, 그녀가 의미심장한 눈길을 던졌다. 자기도 모르게 그는 그녀의 손을 힘차게 움켜쥐었다. 물기가 감도는 젖은 손을.

II

이케부쿠로 오리엔테이션

I

아내의 허락과 함께 모든 일이 빠르게 진행되었다. 이 조교와 며칠 밤을 새운 덕분에 기말고사의 평가를 일찍 처리할 수 있었고, 행정적인 처리도 대충 마무리지었다. 그사이 아내는 인터넷으로 집을 알아봤다. 그녀 역시 일본어를 좀 한다. 릿쿄대학 자체가 이케부쿠로 역 부근에 있고, 주변에 커다란 주택가가 있어서, 렌트를 구하는 것은 어렵지 않았다.

정민이 집에 돌아오면, 미숙이 몇 개의 숙소를 보여줬고, 각각의 장단점을 설명해줬다. 그냥 '학교에 가까우면 된다' 하고 정민은 생각했다. 그러나 마치 자신이 사는 것처럼 미숙은 꼼꼼하게 체크에 체크를 더 했다. 결국 세 개의 옵션으로 줄인 후, 직접 방문해서 정하기로 했다. 당연히 미숙도 동행하기로 했다. 정민은 부담스러웠지만, 뭐 어쩔 수 없지 않은가? 미숙은 아내이자 친구이자 또 보호자가 아닌가?

7월 중순, 무척이나 더운 여름의 정점에서 두 사람은 이케부쿠로를 찾았다. 일단 호텔에 며칠 묵으면서, 숙소를 정하고, 생활용품도 사기로 했다. 숙소의 경우, 두 번째로 찾아간 곳이 마음에 들었다. 학교에서 멀지 않아 도보로 출퇴근이 가능했고, 시내 중심지답지 않게 주변이 조용했다.

총 다섯 개 층으로 된 작은 건물에, 층마다 하나의 숙소가 자리하고 있어서, 사생활 보호라는 측면에서 우선 유리했다. 정민에겐 4층이 할당되었다. 1LDK 스타일로, 거실, 침실, 부엌 등이 잘 배치된 곳이었다. 부엌 자체도 작지 않았지만, 그와 면한 거실이 꽤 크게 자리잡고 있었고, 별도의 침실엔 킹사이즈 베드와 함께 큼지막한 붙박이 옷장이 달려있었다. 신혼부부가 살아도 될 만큼, 수납공간이 넓었다.

특히, 거실 한쪽 면이 통유리로 되어있는 데다가 베란다도 제법 크게 설치되어있었다. 덕분에 두 사람 정도가 차를 마실 수 있는 공간이 나왔다. 말하자면 전망이 좋은 노천카페인 셈이다.

무엇보다 마음에 든 것은 화장실. 기본적으로 욕실과 변기가 각각 분리되어 정말 사용하기 편하게 만들어졌다. 전체 면적은 그리 넓지 않았지만, 직접 생활하면 꽤 여유로울 공간 배치였다. 4층이라고는 하지만, 건물 자체에 작은 엘리베이터가 설치되어있어서, 출입 또한 용이했다.

숙소를 정하자마자, 두 사람은 호텔에서 나와, 바로 입주했다. 여기서도 각방 쓰는 것은 여전했다. 미숙은 침실에서 잤고, 정민은 거실을 이용했다. 밤에는 별거 상태였지만, 해가 뜨면 같이 움직였다. 생각해보면 좀 묘하기는 했다. 냉탕과 온탕을 오가는 기분이었다.

하지만 그는 이런 방식이 편하게 느껴졌다. 한집에 살면서, 잠자는 시간 정도는 떨어져있는 것도 괜찮지 않은가. 실제로 결혼 생활을 오래 한 부부일수록, 각방을 쓰는 확률이 높아진다. 남편이 심하게 코를 곤다거나, 여자가 너무 예민하다거나, 서로 잠자고 깨는 시간이 다르다거나, 아무튼 따로 지내면 서로 편한 부분이 많은 것이다. 서양의 귀족들이 각방을 쓰는 것과 무관하지 않다.

정민은 1년 후에 귀국하면, 이참에 서재를 새롭게 꾸며서, 정식으로 작은 침대도 들여놓고, 1인용 소파도 구비하겠다고 결심했다. 슬쩍 이런 마음을 비쳤더니, 미숙 역시 환영했다. 그가 없는 사이에 아예 작업을 해놓겠다는 제안까지 했다. 이상하게도 교환 교수 자리를 수락하면서, 모든 일이 수월하게 풀리는 듯했다.

이케부쿠로 지역은 크게 둘로 나뉜다. 역에서 동쪽 출구로 나가면, 선샤인 빌딩을 비롯, 굵직굵직한 건물들이 번듯하게 들어차있다. 빅 카메라, 라비, 야마다 전기 등은 물론, 파르코, 세이부, 도부 등 엄청난 백화점

체인들이 몰려있다. 과연 대도시의 도심다운 위용을 실감할 수 있다.

반면 서쪽 출구로 나가면, 릿쿄대학을 중심으로 상가와 주택가가 가지런히 펼쳐져있다. 역 주변에 일종의 먹자골목도 있고, 〈로망스 거리〉라는 유흥가도 보였다.

"좋겠네요. 먹을 곳도 많고, 갈 곳도 많아서…."

저녁에 이 지역을 들어본 미숙이 한 마디 던졌다. 뭔가 뼈가 있는 말이었다.

"사 먹는 음식이 뭐 그렇지…."

슬쩍 정민이 말을 흐렸다.

"그렇다고 당신이 직접 요리하겠어요?"

가볍게 그녀가 눈을 흘겼다.

"닥치면 다 하게 되어있어."

"과연 그럴까요?"

미숙이 피식 웃었다. 그러다 우연히 골목길에 들어섰는데, 커다란 AV 전문점이 갑자기 나왔다. 화려한 불빛에 유혹적인 눈빛의 배우들이 아우성을 치는 모습이었다. 당연히 미숙은 아예 눈길도 주지 않고 지나쳤고, 그는 속으로 위치를 암기했다.

2

숙소를 정했다고 해서, 일이 마무리된 것은 아니다. 오히려 시작이었다. 여기서 정민은 생활에 이토록 많은 장비와 준비가 필요한지 처음 알았다. 물론 기본적으로 숙소는 빌트 인 방식으로 만들어졌다. 냉장고, 에

어컨, 세탁기, TV, 소파, 침대 등이 모두 구비되어있었다. 기본적인 냄비와 식기, 프라이팬도 보였다. 얼핏 보면 아무것도 필요한 게 없었다.

이럴 때 직접 살림을 하는 아내가 큰 힘이 되었다. 정민이 놓칠 수밖에 없는 세세한 것들을 모두 그녀가 커버해줬다. 나중에 알고 보니 장인어른이 상당한 액수의 돈을 내놓은 모양이다. 이번에도 그의 신세를 진 것이다. 덕분에 그는 몇 가지 괜찮은 아이템을 손에 넣을 수 있었다.

일단 휴대폰에 유심을 끼웠다. 이제 일본에서도 자유롭게 쓸 수 있게 된 것이다. 노트북을 새로 샀다. 아내가 통 크게, 얼마 전에 출시된 맥북 프로 16인치를 사줬다. 어디 그뿐인가? 오디오도 장만해줬다. 미숙이 직접 고르기엔 시간이 없었으므로, 그냥 통장에 일정한 액수를 넣어줬다. 그 숫자를 보자 왠지 마음이 뿌듯했다. 자신의 오디오를 구비한다는 생각에 괜히 마음이 설레었다.

그밖에 몇 개의 식기, 냄비, 프라이팬 등을 구했고, 커피 머신과 전기 밥솥도 샀다. 신오쿠보에 있는 코리아타운 가서 각종 식료품도 구매했다. 간장, 된장, 고추장 등은 기본이고, 불고기 소스라든가 순두부찌개 소스 같은 것도 놓치지 않았다. 역시 미숙답다.

이렇게 숙소를 얻고, 쇼핑을 하다 보니, 일주일이 후딱 지나갔다. 매일 매일 뭔가를 사들이다 보니 일종의 중독성을 느낄 수 있었다. 지나가다 예쁜 가게만 봐도 들어가고 싶어졌으니까. 또 자기도 모르게 뭐 빠진 것이 없나 점검하게도 되었다. 이전까지 한 번도 관심을 두지 않았던 생활의 여러 소소한 기구와 장비가 모두 새롭게 다가왔다.

"참, 한 가지 잊은 게 있어요."

스포츠 용품 매장을 지나면서 미숙이 멈춰 섰다. 순간 그는 가볍게 새도 복싱을 하며 미소지었다. 마침 적당하게 스탠드에 매달린 샌드백을 발견할 수 있었다. 베란다에 설치하면 딱 좋았다. 역시 그녀는 뭐 하나 놓치는 법이 없었다.

이렇게 가구와 전자기기와 자질구레한 것들을 완비하면서, 문득 정민은 신혼 시절이 생각났다. 처음 둘이 살았던 곳은 17평짜리 아파트였다. 여기처럼 1LDK 스타일이었다. 거실 겸 큰 방이 하나, 입구 쪽에 작은 방이 하나, 그 사이에 화장실과 부엌이 있는 구조였다.

돌이켜보면 비좁긴 했지만, 상당히 행복했다. 둘 사이에 다툼도 많았고, 오해도 있었지만, 그러면서 점차 서로를 이해하게 되었다. 불과 10년 전의 일이다. 그리고 지금은 보다 큰 아파트에 살지만, 실질적인 별거에 들어갔다. 왜 이렇게 되었을까 생각해보지만, 어떤 결론도 낼 수 없었다. 산다는 게 이런 미스터리 투성이가 아닐까?

마지막 날, 두 사람은 백화점을 거닐다가 문득 멈춰 섰다. 빅토리아 시크릿이라는 속옷 전문점이 보였다. 전면에 아주 도발적인 붉은 색의 팬티와 브라 세트가 보였다. 정민은 자기도 모르게 거기에 시선이 갔다. 그 눈치를 챘는지, 아내가 혼자 안으로 들어갔다. 잠시 후, 빅토리아 시크릿 마크가 담긴 작은 박스가 손에 들려있었다. 굳이 내용물이 뭔지 물어볼 필요도 없었다.

그 후, 두 사람은 로망스 거리에 가서, 와규를 먹었다. 작은 고기 접시 하나가 2천엔 가까이 나왔지만, 언제 또 이런 곳에 올까 싶어서, 마음껏 시켰다. 중간에 주인이 서비스로 한 접시 줄 정도로, 정신없이 양껏 먹었다. 아니 과식했다. 술도 많이 마셨다. 조금은 마음을 터놓을 수 있는 분위기가 되었다.

"고마워. 여러모로 챙겨줘서."

진심을 담아 정민이 말했다.

"뭘요…."

미숙이 가볍게 고개를 저었다.

"요 며칠, 이렇게 둘이서만 함께 지내다 보니 옛날 생각이 많이 나더구먼. 우리, 신혼 초 말이야."

"당신도 그랬어요?"

갑자기 그녀가 활짝 웃었다.

"당신도 그럼?"

정민도 환하게 웃었다. 그리고 건배를 했다. 한동안 신혼 시절을 이야기하며, 웃고, 박수를 치고 하는 사이, 뭔가 서로가 놓치고 있었던 부분이 생각났다. 그렇다. 결국 섹스 문제 아닌가? 이것만 빼면, 정민은 모든 게 만족스러웠다. 아니, 행복했다.

하지만 둘 사이에 이 문제를 술안주로 삼을 수는 없었다. 서로 진실은 알아도, 입에 올릴 수는 없었다. 아마도 시간이 좀 더 가거나, 아니면 영원히 묻어두거나, 뭐 그런 식으로 전개될 것이다. 둘 사이에 존재하는 엄청난 장벽은 결코 무너지지 않을 것이다.

그날 밤, 무척이나 비가 많이 쏟아졌다. 그리고 거실에서 혼자 뒤척이는 사이, 침실 문이 열렸다. 돌아보니 미숙이 보였다. 그녀는 빅토리아 시크릿의 팬티와 브라 차림이었다. 어둠 속에서도 그 존재가 강렬할 만큼 도발적인 디자인과 색깔의 속옷이었다.

둘은 조용히 애무를 하고, 천천히 섹스를 했다. 여전히 아내는 큰 반응은 없었지만, 새로 산 속옷 때문인지 그는 매우 흥분했다. 나중에는 신경 쓰지 않고 격렬하게 그녀를 안았다. 그녀는 아무런 반응도, 저항도, 신음도 없이, 흡사 마네킹처럼 그를 상대했다. 절정이 끝나자 조용히 사라졌다. 마치 꿈만 같은 정사였다.

다음날 정민이 일어났을 때, 아내는 이미 나가고 없었다. 이른 아침 비행기라 거의 잠을 못 자고 나갔을 것이다. 그야말로 도망치듯 사라진 것이다. 그래도 식탁 위에는 샌드위치와 오렌지 주스와 샐러드가 놓여있었다. 역시 아내답다.

그리고 그 옆에, 작은 박스가 두 개 보였다. 하나는 빅토리아 시크릿의 속옷 세트 또 하나는 콘돔 박스였다. 잠시 멍해졌다. 이게 뭘 의미할까? 지금부터 적당히 놀아도 된다는 뜻일까? 그러나 딴 살림은 안된다, 아이는 만들지 마라, 뭐 그런 뜻일까? 아니 반대로, 일종의 경고일 수도 있다. 혼자 있다고 딴생각 품었다가는, 끝장을 볼 수 있다, 뭐 그런 식의 해석도 가능하다.

하지만 지금은 아무 생각도 하고 싶지 않다. 드디어 이렇게 혼자만의 공간을 갖고, 혼자만의 생활을 시작하자, 여러모로 홀가분해졌다. 뭔가 일이 발생하면, 그때 가서 고민하면 된다. 여름에 굳이 난로를 살 필요가 없는 것처럼.

느긋하게 샌드위치를 먹고, 주스를 마셨다. 그러다 보니 커피가 생각났다. 그러다 보니 커피 머신에 눈이 갔다. 꽤 큼직한 녀석이다. 원두를 넣고 버튼을 누르면 알아서 갈고 커피를 뽑아낸다. 그러나 소리가 꽤 클 것이다. 아침부터 부산을 떨고 싶지 않았다. 그래, 지금은 드립 커피로 가자. 시간을 들여 제대로 만들어 마시자.

커피를 마시면서, 맥북을 꺼내 인터넷을 연결하고, 한국에서 썼던 아이폰 XR과 연동시켰다. 빠른 속도로 맥북이 돌아갔다. 또 한 잔의 커피를 만들어서 마실 즈음엔 완전한 연동이 이뤄졌다. 정민은 동영상 쪽으로 향했다. 당연히 단 하나의 파일만이 나왔다. 그것을 클릭하자 영상이 나왔다. 화면 전체를 채우는 모드로 바꾸자, 상대적으로 시야를 가득 사로잡는 영상이 튀어나왔다.

그렇다. 바로 거기, 롯폰기 힐스 안쪽에 자리 잡은, 시끄럽고, 혼잡한 바의 내부다. 그리고 저편에 그녀가 앉아있다. 고개를 옆으로 돌린 채, 그녀는 동행한 남자와 대화 중이었다. 이제야 제대로 그녀의 얼굴을 관찰할 수 있었다. 그는 서서히 심장이 뛰는 것을 느꼈다. 마치 그곳으로 다시 타임 슬립한 듯했다.

이윽고 그녀가 이쪽을 돌아봤다. 아주 짤막한 시간이지만, 그녀의 정면 얼굴이 화면을 가득 채웠다. 그는 정지 버튼을 두고, 그녀를 찬찬히 바라봤다. 실물이 아닌 영상임에도, 그의 마음을 끄는 뭔가가 저 안에 있었다. 그녀는 태연함을 가장해서 그를 쳐다보는 듯했고, 그 무심한 듯한 시선이 어떤 면에서 그를 주목하는 듯한 느낌도 줬다. 그리고 무엇보다 아름다웠다. 세상에 이렇게 아름다운 여성이 있을까 싶을 정도로 그 미모는 그의 마음을 온통 휘어잡았다.

그는 커피가 식는 줄도 모르고, 계속 화면을 응시했다. 정지시킨 화면 속의 그녀는 이 세상의 존재가 아닌 듯싶었다. 과연 내가 저 공간에서 그녀와 함께 있었나 의문이 날 정도였다.

어느 순간 그녀가 뭐라고 그에게 속삭이는 듯했다. 마치 그의 이름을 부르는 듯했다. 아니, 뭔가 간절하게 SOS 신호를 보내는 듯도 했다. 화들짝 정신을 차리고 보니 가벼운 환각이었다. 하지만 마치 그녀가 직접 말을 건 듯 생생하기만 했다. 갑자기 그는 가벼운 전율을 느꼈다. 언젠가 그런 경험이 있다. 바로 인화였다. 그녀도 그때 그에게 S.O.S.를 보냈다. 하지만 그는 외면했다. 그럼 지금은…?

3

"너희들은 짐승만도 못한 존재들이다."

작은 강의실을 가득 채운 학생들을 향해, 정민이 선언하듯 말했다. 싸늘한 반응이 여기저기서 감지되었다. 본격적인 강의의 첫 시간. 호기심이 가득한 눈빛을 여기저기서 발견할 수 있었다. 오랜 시간 강단에 서다 보면, 어떤 감 같은 것이 온다. 지금이 그랬다. 이 학생들을 대상으로는 충분히 자기가 하고 싶은 말을 해도 된다는 느낌이 왔다. 그는 말 돌리지 않고 자신의 생각을 그대로 전달할 결심을 했다.

"물론 내게는 여러분 한 명 한 명이 모두 소중하고, 가치 있다고 생각하지만, 이 국가, 일본을 움직이는 권력자들은 그렇게 생각하지 않는다. 이게 바로 여러분들이 처한 현실이다."

당연히 여기저기서 수군거리는 소리가 들렸고, 눈을 휘둥그레 뜬 학생도 보였다. 얼굴이 잔뜩 상기된 녀석도 보였다.

"이거, 말이 너무 심하지 않습니까?"

누군가 벌떡 일어나서 소리쳤다.

"진짜 너무 하십니다. 사과하십시오."

또 한 친구가 일어나 소리쳤다. 강의실 전체가 술렁거리면서, 폭력적인 기운이 가득했다. 원하는 대로 진행되고 있었다.

"조용히 좀 해요."

"일단 더 들어봅시다."

자정을 요구하는 소리도 여기저기서 들렸다. 하지만 정민은 태연한 표정으로 학생들을 바라봤다. 그래. 이런 반응이 와야 강의할 보람이 있지.

"계속 이야기해 볼까?"

장내가 잠잠해지자, 그가 말을 이었다. 그러면서 칠판에 커다란 사각형을 그리고, 그 안에 큼지막한 원을 그려 넣었다.

"이게 바로 일본의 국기다. 여기서 원이 상징하는 것이 뭘까? 스모를 보면 쉽게 알 수 있다. 안과 바깥. 즉, 인사이드와 아웃사이드. 그럼 안과 밖이 뭐가 다른가? 혹 이런 말 기억하는가? 오니(도깨비)는 밖으로, 복은 안으로. 안은 화(和), 그러니까 질서와 평등이 존재하는 이상적인 공간이다. 이것은 다시 말해, 여러분이 인사이드에 속해야만 행복해지고, 사람 대접을 받는다는 뜻이다. 그렇지 않은가?"

대부분의 학생들이 고개를 끄덕였다.

"이런 구분은 생활 곳곳에서 발견된다. 섬을 보자. 일본의 섬은 시마라고 하고, 외국의 섬은 도라고 부른다. 쓰시마와 하와이 도. 이렇게 구분한다. 선박을 봐도 그렇다. 일본의 선박은 마루, 외국의 선박은 호다. 타이타닉 호. 이것은 다시 말해, 밖의 세계, 외부의 세계에 대해서는 여러분들이 무의식적으로 차단하고, 관심을 끊겠다는 뜻이 된다. 안과 밖을 확연히 구분하는 것이다."

학생들을 한번 둘러본 다음 그는 계속 말을 이어갔다.

"만일 누가 무슨 잘못을 했다 치자. 그게 안에서 벌어지는 일이라면 사죄를 하고, 심지어 자살까지 한다. 어떻게 하든 죗값을 치루려고 한다. 하지만 밖에서 벌어지는 일에는 무책임하다. 관심도 두지 않는다. 대동아 전쟁 때 벌인 수많은 잘못과 죄악에 대해 사죄하지 않는 것이 대표적인 일이다. 이런 구분은 때로는 모순을 불러온다. 체르노빌 사태 때 그렇게 민감하게 대응하던 일본이 정작 후쿠시마 원전 사고가 났을 때, 왜 다른 반응을 보였나? 한 번이라도 외국에 사죄한 일이 있는가? 오히려 일본산 생선을 한국이 사주지 않는다고 불평만 했다."

학생들 모두 잠잠했다. 점차 표정이 어두워져갔다.

"그러나 여러분들이 착각하는 것이 있다. 바로 이 원이다. 열심히 노력하고, 위에서 하라는 대로 하고, 그렇게 체제에 순응하면 이 안에 들어갈 수 있다고 생각한다. 과연 그럴까?"

정민은 원을 지우고, 대신 작은 점 하나를 그려넣었다.

"이게 현실이다. 전체 인구의 1%, 아니 0.1% 정도만이 이 안에 들어간다. 여러분들 대부분은 절대로 이 안에 들어갈 수 없다. 그런데 잘만 하면, 들어갈 수 있다는 착각, 그게 바로 일본의 권력자들이 여러분들에게 심어준 환상이자, 꿈이자, 동화이자, 기만이다."

점점 강의실의 분위기가 무거워졌다. 동시에 학생들의 눈빛이 진지해졌다.

"진짜 기만은 일본이 민주주의 국가라는 것이다. 얼핏 보면 그렇다. 언론의 자유가 있고, 다당제를 실시하고, 선거를 통해 정권이 바뀐다. 그러나 한번 자세히 들여다보자. 역사를 공부한 내게, 일본은 막부 시대 이후 변한 것이 거의 없다. 덴노를 전면에 내세운 것 외에 뭐가 달라졌는가? 막부 시대의 영주들은 지금의 대기업이나 정치가로 바뀌었다. 선거? 하나 마나다. 늘 자민당이 이기니까. 그 자민당 소속 의원의 30%가 세습 권력이다. 그들이 실질적으로 자민당을 장악하고 있고, 일본이라는 국가를 움직이고 있다. 언론의 자유? 개소리다. 사전 검열이 엄연히 존재한다. 보도 통제도 많고, 절대로 언급할 수 없는 대상도 존재한다. 이런 불문율 속에 언론이 자유로운 듯 보일 뿐이다. 더 무서운 게 뭔지 아나? 일본 회의다. 이 단체가 일본의 핵심을 장악하고 있다. 여기엔 자민당뿐 아니라, 야당 의원들도 속해 있다. 종교계, 학계, 언론계, 재계 등 전 영역에 걸쳐 일본 회의의 입김이 작용하고 있다. 그런데도 일본이 민주주의 국가인가?"

어디선가 나직이 흐느끼는 소리가 들렸다. 구석에 앉아있는 여학생 몇이 분한 듯 눈물을 흘리고 있었다.

"더 무서운 걸 이야기해주지. 어느 나라 헌법이건, 제1조는 국가의 주인이 누구인가를 명시하고 있다. 미국이나 한국과 같은 민주주의를 표방하는 나라는, 그 주인을 국민으로 규정하고 있다. 당연하다. 국민이 국가의 주인이고, 국가의 모든 행위와 결정은 국민을 위한 것으로 기준을 삼아야 한다. 링컨의 게티즈버그 연설을 보자. 국민의, 국민에 의한, 국민을 위한 정부. 그게 민주주의다. 그러나 일본은 어떤가? 진짜로 국민이 국가의 주인인가?"

잠시 정민이 학생들을 찬찬히 둘러봤다. 모두 긴장된 표정이었다.

"덴노다. 덴노가 일본의 주인이다. 이게 바로 일본 헌법의 핵심이다."

그 말에 모두 충격을 받고, 멍한 표정이 되었다.

"이것은 다시 말해, 국가가 여러분들을 위해 봉사하고 존재하는 것이 아니라, 덴노를 위해 여러분들이 존재하는 것이다. 즉, 여러분들의 존재 이유는 오로지 덴노에게 봉사하기 위함이다. 이것이 바로 일본의 실체다. 저 원 안에는 오로지 덴노와 그를 보좌하는 권력자들만이 들어갈 수 있다. 여러분들은 어림도 없다. 꿈도 꾸지 마라. 이제 이해가 되는가?"

일본의 실체에 대한 정민의 강의가 이어질수록, 실내의 분위기는 무겁게 가라앉았다. 줄곧 눈물을 흘리는 학생도 몇몇 있었다. 난생처음 당하는 쇼크에 모두 멍한 상태였다. 그럴수록 정민은 강도를 더했다. 오랜만에 강의하는 기분이 제대로 났다.

이윽고 강의를 종료하는 벨이 울렸다. 모두가 힘없이 자리에서 일어나, 밖으로 나갔다. 결국 엉엉 우는 친구도 보였다. 그런 학생들을 보는 정민도 마음이 편치 않았다. 막연하게나마 예상은 했지만, 그 반응은 상상

이상이었다. 너무 심하게 말했나, 라는 생각도 들었다. 하지만 어쩌랴. 누구나 진실을 원하지만, 진실 그 자체는 무자비하고, 잔인하며, 거침이 없다. 그래서 아픈 것이다. 그 진실을 통과하지 않으면, 결코 세상을 제대로 볼 수 없다. 또 제대로 된 인간도 될 수 없다.

순간 누가 그의 등을 두드렸다. 돌아보니 환하게 웃고 있는 여학생이 보였다. 어딘가 낯익은 얼굴이지만, 바로 기억이 나지 않았다.

"선생님, 저예요. 저 모르시겠어요?"

"글쎄…?"

이때 그녀가 두 손을 머리 위로 올려 토끼의 귀 모양을 그렸다. 그때야 그의 기억이 돌아왔다.

"에리카?"

"이제 기억해요?"

"아니, 네가 어떻게 여기에?"

"지난번에 제가 대학생이라 말했던 것 같은데요?"

"그랬었나?"

"그럼요. 저 여기에 다녀요. 릿쿄대학교의 학생이라고요."

"그래?"

"선생님 강의를 들었어요. 정말 깜짝 놀랐어요. 지금도 심장이 마구 두근거리고, 다리가 후들거려요. 정말 분해 죽겠어요."

"뭐가 분하다는 거야?"

"일본. 일본 사회. 일본 정치인. 일본인. 아무튼 몽땅 다."

"너무 그러지 마. 그래도 세계 3위의 경제력을 자랑하는 나라야. 일부러 어두운 면만 지적했을 뿐이야."

"여기는 처음이죠? 그 전에 뵌 적이 없어요."

"오늘 첫 강의야. 교환 교수로 왔지."

"그럼 우리 학교를 잘 모르겠네요?"

"당연하지 않아?"

"따라오세요?"

씩 웃으며 그녀가 먼저 발걸음을 옮겼다.

"왜?"

정민이 의아한 표정으로 물었다.

"오리엔테이션. 이래 봬도 우리 학교, 꽤 괜찮다고요."

4

정민은 느닷없이 에리카의 안내를 받아 대학교 구석구석을 훑을 수 있었다. 막상 여기에 와보니 생각보다 릿쿄대학의 위상이 높은 것을 깨달았다. 이른바 "마치(MARCH)"라고 해서, 메이지, 추오대학 등과 더불어 도쿄 5대 명문 사립대에 속했다. 단, 순전히 문과 중심이어서, 공대가 없다는 점이 아쉬웠다. 미션 계통이지만, 성직자 양성과는 상관없이 오로지 학문 탐구에 열심이고, 높은 영어 실력을 요구한다는 점, 다소 개방적인 분위기가 정민의 마음을 끌었다. 특히, 우리의 윤동주 시인이 이곳 영문학과에 다녔다는 점도 플러스로 작용했다.

흔히 모리스관으로 불리는 본관은 고풍스런 서양식 건물로, 상단 중앙에 커다란 시계가 배치되어있어서 자연스럽게 눈길을 끌었다. 더구나 담쟁이넝쿨이 덮여있어서, 나름대로 운치를 더했다. 유럽의 어느 작은 대학교에 온 듯한 기분을 줄 정도였다.

이런 곳에서 에리카를 만날 줄 누가 상상이나 했을까? 정민은 내심 그녀를 다시 만나 반갑기도 했지만, 가부키초의 일도 있고 해서, 솔직히 불안감도 들었다. 그러나 그녀는 전혀 내색하지 않았다. 오히려 본관의 담쟁이넝쿨을 만지며 생글생글 웃을 뿐이었다. 묘한 친구다.

"이곳엔 전설이 하나 있어요. 수험생이 여기에 와서 넝쿨을 만지면 꼭 합격한대요. 저도 그 말을 듣고, 시험 치기 전에 여기 와서 만진 적이 있어요. 희한하게도 그 덕분에 합격이 됐어요. 완전히 기적이라고요. 원래 실력대로라면 어림도 없었어요. 주변 사람들 모두 놀랐지만, 가장 놀란 건 저였어요."

"지금 전공이 역사학인가?"

"네."

"역사에 관심을 가진 친구들이 별로 없는데…."

"점수가 낮잖아요. 어떡하든 릿쿄대학생이 되고 싶었거든요."

"그렇군."

하긴 사람들은 주로 학교를 따지지, 학과에는 관심이 없다. 현명한 전략이다.

"우리 학교 출신으로 유명한 영화감독이 꽤 있어요. 구로사와 기요시, 아오야마 신지, 스오 마사유키…. 거기엔 이유가 있어요. 1970~80년대에 하스미 스게히코라는 저명한 영화 평론가가 여기서 영화를 가르쳤대요. 그 덕분에 여러 유명 감독이 나오게 된 거죠. 릿쿄 뉴 웨이브라는 말까지 있다니까요."

생각보다 똑똑했다. 가부키초에서 봤던 모습과는 딴판이었다.

"근데 아까 좀 너무했어요."

"뭘?"

"여기 학생들은 좀 다르거든요."

"어떻게?"

"이런 말이 있어요. 릿쿄는 게이오에서 떨어진 남자들과 조치에서 떨어진 여자들이 오는 대학이라고. 이른바 도련님과 아가씨들이 꽤 많아요. 나 같은 서민은 별로 없어요. 나름 상류층이라고 생각하는데, 선생님이 짐승만도 못한 놈들이라고 하니까 열 받지 않겠어요?"

"아하…."

정민이 계면쩍게 웃었다. 그런 생각은 해본 적이 없다.

"그래도 내 신념은 바꿀 생각이 없어."

"저도 응원할게요."

그녀가 두 주먹을 불끈 쥐고 말했다.

"계속 일본의 권력자들을 혼내주세요. 사실 일본인 교수들은 그럼 마음이 있어도 입 밖에 낼 수 없거든요. 그냥 암시만 할 뿐이죠."

"학생들이 그런 내용을 좀 아나?"

"우리를 너무 바보로 보는 것 아니에요?"

"아, 그건 아니고…."

"학식은 짧고, 읽은 책도 적지만 눈치란 게 있잖아요. 그래도 가끔 나라 생각도 하고, 국제 정세도 둘러본다고요."

"그렇게 말해주니 힘이 되는군."

갑자기 시계를 바라보며, 그녀가 미안한 표정을 지었다.

"알바 시간이 되었네요."

"아…."

어딘지 말을 안 해도 한다. 이런 부분을 내색하지 않는 그녀가 마음에 들었다.

"근데 말이죠…. 아베 전 수상 알죠?"

"그럼."

"그 안사람이 아베 아키에 씨인데, 우리 학교 출신이에요. 의외로 유명인이 많아요."

가볍게 경고의 사인을 보내고, 그녀가 종종걸음으로 사라졌다. 그 말의 여운이 참 진했다. 이때 그의 호주머니에서 강한 진동이 느껴졌다. 얼른 휴대폰을 꺼내, 통화 버튼을 누르니 스가노 씨가 나왔다.

"축하해요. 단단히 한번 먹였더군요."

환하게 웃고 있는 그의 얼굴이 보지 않아도 연상되었다.

"이거 완전히 스타 탄생. 온통 박 교수 얘기뿐이에요. 부러울 정도랍니다."

"비행기 태우지 마세요. 부끄럽습니다."

"강의를 신청하는 학생들이 폭주해서, 강의실을 바꾸려고 합니다. 완전히 스타덤에 올랐어요. 앞으로도 기대 많이 하겠습니다."

긴 한숨이 나왔다. 생각보다 엄청난 반응이다. 부담도 됐지만, 또 한편으로는 기뻤다. 이왕 이렇게 된 것, 갈 데까지 가보는 거야. 이 기회에 평소 일본에 생각했던 것들을 모두 풀어놓기로 하자. 그렇게 마음먹으니, 발걸음도 가벼워졌다.

5

스가노 씨의 말엔 일체 거짓이 없었다. 다음 강의 때부터 진짜로 강의실도 바뀌었고, 학생 수도 많아졌다. 꽤 큰 강의실인데도, 수많은 청강생들까지 몰려들어, 바닥에 주저앉거나, 창가에 서 있는 친구도 보일 정도였다. 정식 수강생들마저도 좀 늦으면 자리가 없었다.

정민은 처음으로 마이크를 들고 강의를 했다. 조교가 붙어서 장내를 정리하거나, 학생들을 관리했는데, 왠지 신이 나 보였다. 이것도 장사라면 장사다. 손님이 밀려들수록 좋은 게 아닌가. 그리고 그 옆에서 에리카도 도왔다. 마치 완장이라도 찬 듯, 다른 학생들에게 거침없이 지시를 내렸다. 늘 맨 앞자리를 확보했고, 필기도 열심히 했으며, 집중해서 강의에 몰두했다. 보면 볼수록 알 수 없는 녀석이었다.

강의가 진행될수록 일종의 팬클럽도 생겼다. 교탁 위에 선물들이 쌓이는 모습에서 알 수 있었다. 굳이 나는 누구라고 밝히지 않았지만, 일본인다운 조심성으로 신중하면서도 확실하게 지지를 보내고 있는 것이다. 그 선물 중에는 초콜릿도 있고, 화과자도 있으며, 가끔 꽃도 보였다. 에리카는 항상 백합을 준비해왔다. 백합은 이 학교를 상징하는 꽃이다. 에리카 자신이 릿쿄대학생이라는 점에 상당한 자부심을 갖고 있다는 뜻도 된다.

덕분에 정민은 더 신경 써서 강의 준비를 했다. 여태껏 역사를 강의하면서 대부분 반쯤은 조는 녀석들만 상대하다가 드디어 제대로 된 학생들을 만났다는 느낌에 절로 신이 났다. 당초 일종의 휴가 개념으로 여기에 왔지만, 오히려 도서실에서 보내는 시간이 더 많아졌다. 그리고 언제부터인지, 그의 자리에 도시락이 놓였다. 누가 보낸 건지는 바로 알 수 있었다. 에리카가 보낸 것이다. 내용을 보면, 일반 편의점이나 도시락집에서 사온 것은 아닙니다. 직접 만든 것이다. 아마도 아침 일찍 일어나, 상당한 공을 들여 만들었을 것이다. 솜씨가 뛰어나 계란말이나 쏘시지 볶음은 정말 맛났다.

그러는 한편 정민은 에리카가 부담스럽기도 했다. 물론 딱히 그에게 피해를 주거나, 쓸데없이 신경을 쓰게 하지는 않았다. 아니 오히려, 그의 시선을 피해 신속하게 도시락이나 백합을 놓고 갈 뿐이었다. 혹시라도 마주치면 가볍게 인사하고, 빠르게 사라져버렸다. 아니 도망쳤다는 표현이 맞다.

하지만 가끔씩 그녀의 시선을 느꼈다. 강의실에서, 도서관에서, 구내식당에서. 가끔 학교 밖에서. 어떤 순간에는 스토킹을 당한다고 느꼈지만, 또 한편으로는 이해가 갔다. 적어도 그녀는 그의 수호천사를 자처하고 있었다. 일종의 보디 가드인 셈이다. 일본인은 뭐 하나에 꽂히면 끝까지 간다. 오타쿠 문화가 발달할 수밖에 없는 나라다. 그 자신이 잠시 표적이 되었을 뿐이다. 뭐, 예쁜 여학생의 관심을 받는다는 것이 그리 나쁠 리가 없잖은가.

사실 그의 과격한 발언이나 강의 내용이 일부 학생들을 자극할 수도 있고, 그 때문에 신체적 위해도 받을 수 있다. 충분히 가능한 시나리오다. 아마도 그녀는 이런 부분을 염려했을 것이다. 그런 쪽으로 생각하면 고맙기도 했다. 무엇보다 도시락의 내용이 충실했고, 맛도 좋았다. 가끔 그런 선물을 받으면, 마치 집밥을 먹는 기분이 들었다. 그래, 그냥 좋은 쪽으로 생각하자. 그렇게 결론을 내렸다.

이렇게 한 달 정도 시간이 흘렀다. 돌이켜보면, 그는 한 번도 혼자 살아본 적이 없었다. 늘 가족과 함께였다. 물론 어릴 적부터 자신만의 공간이 있었고, 결혼하고 나서도 서재라는 독립된 영역을 확보하고 있었지만, 기본적으로 누군가와 함께 생활했던 것이다.

당연히 지금처럼 혼자 지내면서, 생활의 모든 부분을 스스로 커버한 적은 없다. 처음에는 꽤 힘들었다. 정기적으로 청소를 하고, 빨래를 하고, 밥을 짓고, 반찬을 사오고, 정리를 하고…. 게다가 강의 준비까지. 정말 하루 24시간이 모자랄 정도였다.

그러나 한 달 정도 지나자 점차 요령이 생겨서, 효율적으로 스케줄을 관리할 수 있게 되었다. 그러고 나자 여러모로 편했다. 일단 누구의 지시나 눈치를 볼 필요가 없다. 오로지 자신의 결정으로 모든 부분을 컨트롤하게 된 것이다. 즉, 온전히 24시간을 자기 마음대로 쓰게 된 셈이다. 이렇게 본격적인 독립을 하고 나니, 자유 시간도 생겼고, 일종의 해방감도 느꼈다. 가끔 아내와 아들 생각이 났지만, 그나마도 조금씩 희미해져갔다.

쉬는 시간에는 음악, 그것도 재즈에 몰두하자, 이렇게 결심을 했다. 아버지에게서 받은 DNA가 서서히 꿈틀거리고 있었다. 생각해보면 여기는 오디오와 음악의 천국이다. CD와 LP가 지천으로 깔렸다. 작은 스테레오 장치를 장만해서 소박하게 듣는 것 정도는 자신에게 허용해도 좋지 않은가.

마침 이케부쿠로역 부근에 디스크 유니온이라는 음반점이 있었으므로, 가끔 구경 삼아 갔다. 처음부터 마구 달려들 생각은 없었고, 마치 뜨거운 탕에 들어가듯 일단 발가락부터 담가봤다. 그리고 다리를, 손을 나중에 몸통을 담글 생각이었다.

재즈 파트를 담당한 친구는 미우라라는 이름을 갖고 있었는데, 잔뜩 헝클어진 머리에 수염을 길게 길렀다. 얼핏 보면 인도에서 수행하는 도사의 필이 났다. 말수도 적었고, 태도도 불친절했다. 일본인은 친절하다고 했는데, 그 작자는 전혀 딴판이었다. 오히려 손님을 쫓는다고나 할까? 하지만 그가 추천하는 음반에는 전혀 실수가 없었다. 짤막하게 요약해서 음반 소개를 했는데, 실제로 감상할 땐 매우 유용했다.

처음 재즈 코너에서 녀석을 만났던 일이 가끔 기억났다. 그만큼 개성이 강한 친구였다. 사방 벽을 가득 채운 것도 모자라 홀에 가득 CD장으로 꾸며진 실내. 정말 재즈 CD로 압살될 지경이었다. 거기에 한쪽 구석에 진열된 LP는 어떻고? 그 광경에 질려있다가 조심스럽게 근처에 있는 점원에게 말을 건넸는데, 그가 바로 미우라였다.

"재즈를 들은 지 얼마나 됩니까?"

다짜고짜 그가 캐물었다.

"얼마 안 되었습니다."

정민이 솔직히 말했다. 이런 곳에선 괜히 잘난 척할 필요가 없다.

"얼마라는 게 구체적으로 얼마라는 거죠?"

마치 취조하는 듯한 태도였다.

"글쎄…. 한두 달쯤?"

"소유한 음반은 몇 장이나 되죠?"

"글쎄, 몇 장 안 됩니다."

점차 그의 표정이 험악해졌다.

"정확히 몇 장이냐고요?"

"글쎄요? 한 스무 장?"

"어떤 장르를 좋아하십니까?"

"장르라뇨? 재즈에도 장르가 있나요?"

"재즈를 듣고 싶긴 한 겁니까?"

"당연하죠. 그러니까 여기에 온 것 아닌가요?"

정민도 은근히 화가 치밀었다.

순간 녀석이 가게 이곳저곳을 뒤져가며 빠르게 10장 정도를 골랐다. 마일스 데이비스, 빌리 홀리데이, 듀크 엘링턴, 다이애나 크롤 등 낯익은 이름들이 보였다.

"일단 이런 것부터 들으세요."

"네?"

"보아하니 초급인 것 같은데, 그럴 경우 이런 것부터 듣는 겁니다. 괜히 상급 코스를 기웃거리다 결국 포기하고 말거든요."

"재즈 감상에도 초급기 있고, 상급이 있습니까?"

"초급, 중급, 고급. 그다음엔 컬렉터스 아이템. 대충 이렇게 체계가 잡혀 있습니다. 초급이라고 해도 여러 부류가 있습니다. 선생님의 경우, 최소한 이지 리스닝은 넘어선 것 같아서 이런 음반을 소개한 겁니다."

"아, 그렇군요."

역시 일본이구나. 다도나 유도처럼 재즈도도 있는 모양이다.

"참, 오디오는 뭘 쓰시죠?"

"아직 좀…."

"스피커는 뭐죠?"

끝도 없는 녀석의 질문 세례에 갑자기 정민의 얼굴이 붉어졌다.

덕분에 그의 소개로 오디오도 일사천리로 장만했다. L82라는 모델명을 가진 작은 JBL 스피커에 일본 남쪽 구마모토에서 전설적인 장인이 만든다는 바쿤의 7500이라는 도시락만 한 앰프 그리고 티악의 CDP로 일단 라인업을 짰다. 미우라가 아니었으면 바쿤은 알지 못했을 것이다. JBL과 궁합이 좋아 재즈를 즐기기엔 더없이 좋다고 했다.

막상 숙소에다 설치해서 들어보니 전혀 과장이 아니었다. 시원스런 심벌즈와 공격적인 트럼펫 그리고 두툼한 베이스. 그야말로 재즈의 맛이 뭔지 바로 감을 잡게 해줬다. 덕분에 강의가 끝나면 역 부근에서 식사를 하고, 디스크 유니온을 들렀다가 바로 숙소에서 재즈 삼매경에 빠졌다. 역시 부친의 유전자는 살아있었다. 그 자신이 이렇게 빠르게 오디오와 음악에 몰두하게 될 줄이야.

한번은 디지에게서 연락이 와서, 디스크 유니온에서 만난 적이 있다. 그런데 디지가 미우라를 알아봤다. 예전에는 신주쿠 지점에서 일했다고 한다. 당연히 그도 좋은 음반을 많이 추천받았다고 한다. 다음에 셋이 한

번 뭉치자는 말까지 나왔다.

아무튼 디지는 교환 교수로 이곳에 온 정민을 적극 환영했다. 게다가 본격적으로 재즈 음반을 모으는 모습에 놀라기도 했다.

"이참에 LP도 모아보지 그래요."

이런 권유까지 할 정도였다. LP? 관심은 있지만, 아직 때가 아니다. CD로도 충분히 만족한다. 일단 사양했다.

"나중에 LP 모으게 되면 알려줘요. 제가 가진 거, 다 드릴게요. 지금 처치 곤란이거든요. 그렇다고 숍에다 팔 생각은 없어요. 진짜 원하는 사람이 있으면 줄 거예요."

한동안 재즈 이야기를 하고, 음반 정보를 교환하고, 학교에 대해 설명하다 보니, 시간이 빨리 흘러갔다. 이케부쿠로에서 지하철을 타려던 디지가 머뭇거리다가 결국 속마음을 털어놓았다.

"지난번에 본 쇼코라는 아가씨 있잖아요. 며칠 전에도 연락이 왔어요."

"뭐라고?"

"며칠 운전기사가 되어줄 수 있냐고요."

"그래?"

"하지만 거절했어요."

정민은 잠자코 침묵을 지켰다.

"느낌이 안 좋아요."

"그렇군."

"그럴 땐 도망쳐야 돼요. 절대로 엮이면 안 돼요."

마치 정민에게 주의를 주는 듯한 말이었다.

"근데 한 가지 궁금한 게 있어. 어떻게 내가 가진 전단지의 주인을 찾게 된 거야? 아무리 프로라고 하지만 쉽지 않았을 텐데…."

평소에 궁금했던 사항을 정민이 물어봤다.

"사방에 정보를 흘렸어요. 이래 봬도 네트워크가 꽤 넓고, 확실하다고요. 그래도 꽤 시간을 잡아먹었어요. 결국 아는 녀석한테 연락이 왔어요. 그 녀석이 사진을 보내줬는데, 한눈에 알아봤죠."

"그렇군. 역시 프로는 못 속여. 아마추어는 아마추어일 뿐이야."

아무튼 오랜만에 쇼코 이야기를 듣자, 마음이 흔들렸다. 디지는 다음 지하철을 타고 마치 아무 일도 없었다는 듯 환하게 웃으며 손을 흔들었다. 하지만 그는 웃을 수 없었다. 그냥 아무 생각도 나지 않았다.

쇼코가 도쿄에 온다.

쇼코가 이곳에 온다는 뜻은 과연 뭘까? 모르겠다. 그냥 으레 하는 일 때문이겠지. 그런데 왜 나는 가슴이 설렐까? 다시 그녀를 볼 수 있을까? 먼발치에서나마 바라볼 수 있을까? 하지만 현실적으로 이번에는 디지의 도움을 받을 수 없다. 또 요구할 수는 없다. 덕분에 괜히 분했다.

그냥 집에 돌아가고 싶지 않았다. 이날따라 외로움이 밀려왔다. 어차피 주말이라, 다음날을 걱정할 필요는 없다. 술을 마시고 싶어졌다. 문득 〈블랙 캣〉과 같은 바가 없을까, 하는 생각이 들었다.

일단 동쪽 출구로 나왔다. 집으로 향하는 방향과 반대편으로 향했다. 혼자서 하릴없이 걷다 보니, 작은 골목이 잇달아 나왔고, 거기에 꽤 큼지막한 AV 숍이 보였다. 〈메이지 쇼텐〉. 즉 메이지 서점이라는 뜻이다. AV 영상과 성인용품을 팔면서도, 상호에 서점을 붙인 점이 흥미로웠다. 총 6개 층에 걸쳐 다양한 아이템이 진열되어있었다. 지난번에 아내와 스쳐 지나친 곳이 바로 여기였다. 아무 망설임 없이 안으로 들어갔다.

그중 2층에 가장 손님이 많았다. 여기엔 유명 여배우와 메이커의 제품이 중심이었다. SOD, 댄디, E-BODY, 프레미엄, 스위치, Natural High,

로켓 등 익숙한 메이저 제작사들의 신작이 즐비했다. 그 중간중간에 유부녀, 여사원, 시아버지, 스와핑, 아이돌 등 인기 있는 테마의 작품들도 틈을 비집고 전시되어있었다.

그러나 이런 데에 별 흥미가 댕기지 않았다. 하릴없이 여러 층을 돌아다니며 시간을 보냈다.

이곳 지하에는 성인용품이 가득했고, 3층엔 신인, 난파, 로리타 등을 테마로 한 AV물이 있었으며, 4층에는 마이너 제작사들이 보였다. 일단 기가 질릴 정도로 양이 많았다. 도저히 한 번에 볼 수 있는 내용이 아니다.

정민은 대충대충 훑어보면서 2층에 다시 왔다. 근데 로리타 코너에서 익히 아는 얼굴을 만났다. 바로 스가노 씨였다. 그는 뚫어지게 로리타 물을 훑고 있었다. 그 눈매가 무척이나 매니악했다. 평소 소탈하고, 친절한 모습만 보다가, 이런 눈매를 보니 매우 당황스러웠다.

그냥 모른 체하고 돌아서려는데, 스가노 씨가 그를 발견했다. 그리고는 무슨 동지를 만난 양, 친근한 미소를 보냈다. 절대로 거부할 수 없는 미소. 어쩔 수 없이 정민은 엉거주춤, 그에게 고개를 숙여 인사했다. 마치 이런 곳에 몰래 들어왔다가 담당 교사를 만나 뻘쭘해진 학생과 같았다. 그러나 스가노 씨는 훈계를 하지 않았다. 오히려 동지를 만난 듯 반갑게 그의 손을 꽉 움켜쥘 뿐이었다.

6

정민은 스가노 씨를 따라, 인근 빌딩의 7층에 있는 작은 바에 갔다. 아니, 거의 납치 수준이었다. 뭐가 신났는지, 그는 연신 웃는 표정이었다. 바의 이름은 〈보헤미아〉. 안에 들어가니, 마치 〈블랙 캣〉에 온 것처럼, 구조가 비슷했다. 커다란 "ㄷ"자형 카운터 바를 중심으로, 여러 손님들이 둘러앉아 술을 마시고 있었다.

바의 주인으로 보이는 여자 역시 정 마담을 연상시켰다. 나이도 비슷했고, 미모라든가 풍기는 분위기도 비슷했다. 단, 이쪽이 좀 더 풍만했다. 깊이 가슴이 패인 드레스를 입고 있었는데, 묵직한 유방이 시선을 사로잡았다.

아마, 저게 이 집의 세일즈 포인트인 모양이군, 그렇게 정민은 생각했다. 하지만 그녀는 꽤 교양이 있어보였고, 손님을 응대하는 태도도 꽤 능숙했다. 프로의 냄새가 났다. 스가노 씨는 이곳의 단골인 듯, 그녀가 각별하게 맞이했다.

"인사해. 이쪽은 지금 우리 학교에서 최고의 스타야. 한국에서 온 박 교수."

스가노 씨가 그녀에게 정민을 소개했다.

"반가워요. 저는 순카 치나미라고 해요. 그냥 순짱이라 불러주세요."

그녀가 손을 내밀어 악수를 청했다. 정민이 자연스럽게 그 손을 잡았다. 온기가 느껴지는 예쁜 손이었다. 피부의 촉감도 부드러웠다. 단지 손만 잡았을 뿐인데, 뭔가 은밀한 기운이 전달되는 느낌이었다. 색기가 자연스럽게 흘러나왔다.

"반갑습니다."

카운터 구석에 자리잡은 스가노 씨와 정민의 맞은편에 순짱이 자리잡았다. 이미 보관 중인 술이 있는 듯, 잠시 후 반쯤 마신 발렌타인 21년산이 나왔다. 순짱이 빠르게 잔에 따랐다. 그리고 얼음을 적당히 부었다. 이어서 가볍게 건배를 했다.

"참, 순짱, 좀 전에 어디서 박 교수를 봤는지 알아?"

능글맞게 스가노 씨가 말했다.

"글쎄요…. 서점 아니겠어요?"

"서점은 서점인데 말이야…."

그 말에 정민의 얼굴이 화끈거렸다.

"아, 박 상도 그럼…?"

눈치를 챈 그녀가 정민을 바라보며 미소지었다.

"박 교수, 창피할 필요 없어요. 여기서는 아무도 뭐라고 하지 않습니다. 사실 이 친구도 AV 업계 출신입니다."

그가 순짱을 가리켰다.

"네?"

정민이 깜짝 놀라 그녀를 바라봤다. 하지만 그녀는 태연했다.

"한 4년 활동했어요. 50편 정도 찍었나? 순카 치나미로 검색하면 옛날 작품 좀 볼 수 있을 거예요."

"그래요?"

"나름 꽤 인기가 있었어요."

그녀는 거리낌이 없었다.

"솔직히 그전에는 풍속 산업 쪽에 있었는데, AV 쪽이 훨씬 대우가 좋더라고요. 눈 딱 감고 3년만 고생하자. 그렇게 해서 모은 돈으로 이 가게를 오픈한 거예요."

"대단합니다."

정민은 진심으로 감동했다.

"그래도 아무거나 막 찍진 않았어요. 그냥 아이돌 쪽으로 소프트하게 갔죠. 욕심이 많은 친구들은 하드 코어로 갔다가, 약에 손대고, 호빠에 발을 들이밀고, 뭐 그런 식으로 탕진하다가 무너지고 말아요. 그런 친구들에

비하면 비록 손에 쥔 돈은 적어도 나름 알뜰하게 관리했다고 생각해요."

"그렇군요."

"AV 업계에서 일한다고 다 창녀 취급하면 안 돼요. 자리를 잡은 친구들은 전문적인 직업의식도 있고, 구체적인 목표도 있어요. 저처럼 짧게 일하고, 악착같이 모아서 가게 차린 친구들이 꽤 돼요. 미장원을 차리거나, 스시집을 열거나, 부모의 가게를 돕거나…. 팬들도 그런 친구들은 많이 응원해줘요. 저 역시 초창기에 팬들이 많이 찾아줘서 빨리 자리잡을 수 있었어요."

문득 정민은 자신이 초라하게 느껴졌다. 그는 대부분의 AV를 불법 다운로드로만 봤다. 정품으로 사본 적이 없다. 왠지 순짱과 같은 친구들의 호주머니를 강탈한 느낌이 들었다.

"하지만 이것도 다 옛날이야기예요. 지금은 경쟁도 치열하고, 지망생도 많고, 시장은 반토막에 또 반토막이 났어요. 불황도 불황이지만, 불법 다운로드가 문제예요. 고생 고생해서 나름 열심히 찍었는데도 며칠 지나면 인터넷에서 공짜로 나도니까요."

"기본적으로 AV를 쓰레기 취급합니다. 애들 교육에 문제가 되고, 왜곡된 성 관념을 심어주고, 변태를 부추기고…. 모두 그렇게들 보죠. 순짱도 알지만 나는 로리타 물을 좋아해요. 그러나 그것은 어디까지나 취향의 문제지, 실제로 내가 어린애들을 건드린 적은 없어요. 오히려 이런 작품을 보면서 욕구를 해소한다고나 할까? 분명 순기능이 있어요."

"저, 뭐 하나 여쭤보고 싶은데…."

문득 생각이 난 듯, 정민이 말했다.

"풍속 산업이란 게 정확히 뭡니까?"

그 질문에 스가노 씨와 순짱이 씩 웃었다. 그리고는 순짱이 스가노 씨의 어깨를 툭 치고는, 다른 손님들 쪽으로 갔다. 지금부터 알아서 하라는 암시였다. 이 자리에서 구태여 스가노 씨의 풍속 산업 강의를 들을 필요는 없으리라.

"풍속 산업이라면 나도 할 말이 많습니다."

예의 환한 미소로 스가노 씨가 말했다.

"그것도 역사학의 소재인가요?"

"아, 뭐 거창하게 나갈 생각은 없고…."

가볍게 웃으며 스가노 씨가 말했다. 그리고는 건배를 제의했다.

"예전부터 관심이 있어서 기회가 될 때마다 조사도 하고, 칼럼도 쓰고, 논문까지 냈죠. 나름대로 전문가에 속합니다."

"그런 쪽도 연구합니까?"

"역사가에게 다루지 못할 소재는 없죠."

"그야 그렇지만…."

"에두아르트 푹스라고 알아요?"

"알죠."

"그분은 결혼, 연애, 섹스를 다룬 《풍속의 역사》를 썼습니다. 그것 갖고 누가 뭐라 합니까? 성이나 매춘의 역사를 다룬 책도 얼마나 많습니까? 미셸 푸코를 봐요. 《성의 역사》라는 장대한 저서를 남기지 않았습니까? 우리 사회에서 풍속 산업은 매우 큰 비중을 차지하고 있기 때문에, 역사가로서 당연히 다룰 만하지 않을까요?"

"그렇군요. 제 생각이 짧았습니다."

"그건 그렇고, 우리의 풍속 산업은 좀 특이한 데가 있어요. 그게 좀 일본스럽습니다."

"일본스럽다?"

"매춘만 따져보면, 당연히 고대까지 거슬러 올라갑니다. 아마 한국이나 다른 지역도 마찬가지일 겁니다. 그때 등장하는 존재가 무녀(巫女)입니다. 신의 말씀을 전달하는 존재죠. 신의 말씀 자체를 일반인이 이해할 수는 없어요. 그것을 해석해주는 중간자가 필요합니다. 그게 바로 종교의 탄생과 관련되어있죠. 아무튼 신의 말씀이나 계시를 일반인이 이해하려면, 무녀와 만나서 성적인 교접을 갖습니다. 섹스를 통해, 절정에 치달을 때 느끼는 해탈을 통해, 신의 말씀을 몸으로 느끼는 거죠. 아니, 신과 교접하는 것이죠. 그게 매춘의 시작입니다."

"맞습니다. 고대 종교에서 이 부분을 곡해하면 크게 당황하게 되죠."

"당시는 농경 사회였기 때문에, 아이를 낳는 행위가 무척 중요했습니다. 아이 하나하나가 다 노동력이고 돈이었으니까요. 잘 알겠지만. 당연히 섹스도 신성시되었죠."

"맞습니다. 순전히 육체적 쾌락만 추구하는 요즘의 매춘과는 기본적으로 다르죠."

"헤이안 시대부터 가마쿠라 초기까지, 우리에겐 유녀(遊女)라는 존재가 있었습니다. 말하자면 여행자를 대상으로 숙박업소에서 매춘을 한 것이죠. 나중에는 막부에서 이들의 존재를 인정하고 세금까지 징수했답니다."

"흥미롭군요."

"박 교수는 혹시 유곽(遊廓)의 기원이 뭔지 알아요?"

"잘 모릅니다."

"도요토미 히데요시가 이런 숙박업소와 유녀들의 관리를 편하게 하려고, 하나의 지역에 몰아넣었습니다. 그것을 '곽'(郭)이라고 불렀죠. 이게 나중에 유곽이 된 것입니다."

"아하, 일종의 집창촌이군요. 그런 곳들은 우리나라에도 많았습니다."

"제일 인기가 높았던 곳은 에도에 있었던 요사와라(吉原)였습니다."

"요시와라는 저도 좀 들어봤습니다."

"당시 요시와라에서 제일 인기가 좋은 여성을 태부(太夫)라 불렀습니다. 요즘으로 치면, 국민 아이돌이라고나 할까요? 당연히 화대가 엄청났습니다. 요즘 시세로 치면, 하룻밤에 500만 엔 정도 했으니까요."

"대단하군요."

"그러나 에도에는 요시와라만 있는 것이 아니었습니다. 공적으로 인정받지 못한 업소들도 많았습니다. 무려 190개 이상이었죠. 그밖에 온천에서 몸을 파는 유나(湯女)도 있었는데, 오늘날 소프란도의 원조죠. 메이지 유신 당시 요시와라를 비롯, 유녀들을 고용한 유녀옥이 전국에 545개소나 있었고, 총 52,000여 명의 유녀들이 활동했습니다."

"그렇군요."

"그 후, 매춘을 근절하기 위한 조치가 나오고, 그에 맞서 다른 형태의 업소가 나오고…. 이런 시소게임이 진행되다가 1958년, 매춘 방지법이 나옵니다. 그 이후, 직접적인 섹스는 허용되지 않고, 유사 성행위만 인정되는 풍속 산업의 시대가 열린 겁니다."

"제가 알기로는 소프란도에서는 섹스가 허용되는데요."

"그래서 일본스러운 겁니다. 법률상으로는 안 된다! 절대 안 된다! 단, 손님과 여종업원 사이에 눈이 맞아 섹스를 했다, 이런 것까지 관리할 수는 없지 않느냐. 그런 것은 그냥 넘어가겠다. 뭐, 그런 거죠. 군대를 두면 안 되는 나라에서 자위대를 양성하는 것과 다름없지 않습니까?"

"아하…."

"엄밀히 말하면, 풍속 산업은 매춘이 아닙니다. 그냥 유사 성행위를 서비스 하는 곳이죠."

"그렇군요."

"핀사로, 이메쿠라, 갸바쿠라, 호테토루, JK 리프레, 헤르쓰, 에스테, 노판다방, 데리헤루…. 정말 한도 끝도 없는 업태들이 나오고 있습니다. 이에 관한 책이나 자료도 많이 나와 있고요. 관심 있으면 한번 찾아봐요. 내가 모은 자료도 보여줄 수 있고. 한마디로 요지경 속입니다. 일본의 또 다른 숨은 모습을 발견할 수 있을 겁니다."

"이야기만 들어도 벌써 질려버립니다."

"근데 박 교수…. 한참 좋을 때인데…. 어떻게 참고 지내요? AV 갖고는 한계가 있지 않아요?"

갑자기 스가노 씨가 은밀한 표정으로 나직이 말했다.

"그냥 뭐…."

또다시 정민의 얼굴이 화끈거렸다.

"저 친구 어때요?"

슬쩍 순짱을 가리켰다.

"프로 중의 프로입니다. 이왕 욕구를 배출한다고 하면, 프로한테 맡겨요. 왜 프로인지 알게 됩니다. 생각 있으면 말해요."

"아, 아직 그 정도로…."

"교수라는 직업을 가진 사람이 제일 금기시해야 하는 것이 뭔지 잘 알잖습니까? 행여 여학생과 눈이 맞아버리면, 정말 난감합니다. 한국인 교수가 일본인 여학생을 건드렸다? 이것만큼 언론의 좋은 먹잇감이 어디 있겠습니까? 그런 경우엔 내가 도울 길이 없어요."

"당연하죠."

잠시 정민은 순짱을 바라봤다. 큼지막한 유방이 다시 그의 시선을 사로잡았다. AV 출신이라는 점도 호기심을 자극했다. 그런 정민의 표정을 보고, 스가노 씨가 특유의 미소를 짓기 시작했다. 한데 이번에는 좀 음험한 느낌이 묻어있었다. 정말 속을 알 수 없는 양반이었다.

7

집안 청소를 하지 않은지 벌써 일주일이 되어간다. 조금씩 곳곳에 먼지가 쌓이는 모습이 보인다. 거실에 놓인 커다란 검정색 탁자 위에 쌓인 얇은 먼지층이 대표적이다. 아마 소파며, 침대며, 책장이며, 가전제품이며, 컴퓨터며, 잔뜩 먼지를 뒤집어쓰고 있을 것이다.

세탁실에도 빨래가 가득하다. 세탁기 안은 물론, 세탁함까지 가득 채웠다. 심지어 빨랫줄에 걸린 의류조차도 며칠째 방치되어있다. 최근에 다리미를 쓴 적이 얼마나 될까?

싱크대 안에도 식기와 냄비가 가득하다. 주걱이며, 숟가락, 젓가락, 국자, 포크, 나이프 등도 여기저기 흩어져있다. 가스레인지 위에는 기름을 잔뜩 먹은 프라이팬이 두 개나 방치되어있다. 어느새 음식 냄새 같은 것이 가볍게 집안에 맴돌고 있다. 얼핏 보면, 어느 순간 집주인이 외출하거나 아예 손을 놓은 듯 보였다. 아니면 파출부가 일주일째 파업 중이거나.

여기에 또 하나의 닦지 않은 컵이 식탁 위에 오른다. 이미 서너 개의 컵이 커피찌꺼기를 가득 머금은 채 흩어져있다. 심지어 원두 가루도 보인다. 설탕 가루도 보인다. 그러나 말끔하게 정리될 기미가 없다. 아니 더 먼지가 쌓이고, 가루가 더해질 것이다.

미숙은 전기 포트의 물이 끓기만 기다리며, 멍하니 허공을 바라보고 있었다. 완전한 의욕 상실이다. 전혀 일이 손에 잡히지 않는다. 요 일주일째, 커피나 마시고, 컵라면이나 끓여먹은 정도. 그마저도 억지로.

아이가 학교에서 오면, 짜장면이나 피자를 시켜줬다. 옷도 갈아입히지 않고, 샤워도 시키지 않았다. 그냥 자기가 알아서 하라는 식이었다. 밤늦게까지 TV를 시청해도 그냥 놔뒀다. 녀석이 처음엔 당황했지만, 이제는 적응이 된 듯, 자기가 알아서 시켜 먹고, 숙제하고, 혼자 놀다가, 침대로 들어간다.

점차 미숙은 하나씩 손을 놓았다. 이렇게 포기하는 것이 늘어갈수록, 걱정거리도 줄어들고, 마음도 편안해졌다. 정민이 일본에 간 후, 마치 마음에 커다란 구멍이 뚫린 듯했는데, 이제는 그런 공백이 하나의 여백이 되어, 점차 평온해졌다. 이런 것을 멸집이라고 하나? 이렇게 집착과 욕심을 버리고 나니, 아직 깨달음이 뭔지는 모르겠으나, 마음이 편해지는 것은 확실히 느낄 수 있었다.

덕분에 체중도 좀 늘었다. 얼굴빛도 좋아졌다. 눈빛도 온화해졌다. 어느새 잘 웃고, 대충 무시하고, 때로는 그냥 넘기는 자신을 발견할 수 있었다. 긍정적인 변화다. 그녀는 그렇게 생각했다. 이것은 다시 말해, 정민의 존재가 그녀에게 얼마나 큰 부담이었는지, 그에 대한 방증이다. 일종의 안식년 휴가라고 자위했는데, 오히려 잘됐다.

가끔 그에게서 연락이 온다. 릿쿄대학에서 꽤 인정받는 모양이다. 표정도 밝았고, 건강해 보였다. 이 상황에서 굳이 자신이 나설 필요는 없다. 그냥 놔두자. 때론 이런 포기나 체념도 필요하다.

하지만 가끔씩, 불안감이 엄습해온다. 갑자기 악몽을 꾸거나, 식은땀을 확 흘리는 경우가 있다. 정확한 이유는 모른다. 그냥 느닷없이 그런 상황이 밀어닥치는 것이다. 그럴 때면 심장이 마구 요동치고, 손이 떨린다. 아마 얼굴빛도 엉망일 것이다. 그리고 이런 불안감은 절대로 사라지지 않을 것이다. 앞으로도 계속 정민과 산다면 말이다.

이윽고 전기포트에서 반응이 왔다. 커다란 아우성이 들렸다. 그리고 딸깍. 그녀는 좀 전에 사용한 컵에다 대충 커피 가루를 넣고, 물을 따랐다. 이리저리 잔을 돌려, 커피가 풀어지게 한 후, 입에 갖다 댔다. 천천히 들이마셨지만, 아무 맛도 없었다. 아무 향이나, 느낌도 없었다. 그냥 커피니까 마실 뿐이었다. 바로 지금, 커피를 마시는 일 외에 달리 할 일도 없었다. 귀찮다. 모든 게 귀찮다. 어디론가 훌쩍 멀리 떠나고 싶은 마음뿐이다.

8

저녁 시간에 외출한 것이 얼마 만인가? 미숙은 조심스럽게 〈블랙 캣〉의 계단을 올라갔다. 안에서 음악 소리와 손님들 웃는 소리가 들렸다. 그 소리만으로도 마음이 편안해졌다. 어느새 그녀는 가끔씩 이곳을 찾았다. 혼자 카운터 구석에 앉아 칵테일 한두 잔을 하면, 그간 곤두섰던 신경이 좀 무뎌지는 것 같았다. 오늘 하루 오랜만에 집안 청소를 했다. 미뤄둔 빨래도 했고, 설거지도 말끔하게 처리했다. 장도 봤고, 몇 가지 기본 반찬도 만들었다. 아이에게 일찍 저녁을 주고 나니 오랜만에 마음이 상쾌해졌다. 그리고 여기 생각이 났다. 이곳 바텐더가 타주는 마가리타가 꽤 맛있다. 그 생각이 간절해졌다.

안에 들어오니 정 마담은 보이지 않았다. 오늘따라 시끄러운 팝 음악이 공간을 채울 뿐이었다. 또 원래 자신이 앉던 곳은 다른 사람이 차지한 상태. 카운터 석에 남은 자리라고는 중앙에 하나만. 그 주변 모두 남자 손님들로 채워져있었다. 그녀가 안에 들어서자마자, 모두의 시선이 그녀에게 향했다. 잠시 망설이다 그녀는 빈자리에 앉았다.

"뭘로 하시겠어요?"

바텐더가 주문을 받으러 왔다.

"늘 마시던 걸로."

미숙이 말하자 가볍게 묵례하고 떠났다.

남자들은 다시 시선을 거두고, 각자의 화제로 돌아갔다. 누구는 학교 이야기를 했고, 누구는 정치 이야기를 했다. 프로 야구도 소재에 올랐다. 아, 이런 이야기를 하는구나. 엿듣고 싶지 않지만, 그녀는 귀에 들려오는 여러 소리에 귀를 기울이며, 남자들의 세계를 조금은 이해하려고 했다. 왜 그들은 정치며 스포츠며 섹스에 열광하는 것일까? 그게 그렇게 대단한가? 아냐, 그렇다고 맨날 신이나 철학이나 진리에 몰두하는 것이 옳은 것일까? 오히려 이렇게 세속적인 모습이 더 인간적인 것이 아닐까? 잘 모르겠다.

마가리타가 오자, 그녀는 잔을 들었다. 순간 누가 자신의 잔으로 그녀의 잔을 가볍게 부딪쳤다. 돌아보니 그녀 왼쪽에 앉은 남자가 건배를 제의하고 있다. 그녀는 짐짓 모른 체하고 술을 마셨다. 하지만 그는 시선을 거두지 않았다. 그녀보다 몇 살은 위로 보이는, 말쑥한 정장에 깔끔한 헤어 스타일의 사내였다. 얼굴은 길고 갸름했고, 수염을 짧게 기르고 있었다. 이목구비가 뚜렷하고, 꽤 잘생긴 모습이었다.

"혼자 오셨나요?"

남자는 거침없이 다가왔다. 그녀는 무시했다.

"여기서 몇 번 봤습니다. 늘 혼자더군요."

역시 그녀는 묵묵부답.

"저도 혼자 왔습니다. 아무 이야기나 할 테니, 듣고 싶으면 듣고, 싫으면 관두세요."

천천히 술을 마시며 그가 말했다.

"저는 컴퓨터 프로그래밍을 합니다. 꽤 잘나가는 직장에 있습니다. 연봉도 많죠. 뭐, 내가 잘났다고 으스대고 싶은 마음은 없습니다. 그냥 내 신분 정도는 밝혀두는 편이 좋아서요…."

"난 가정주부예요."

미숙이 말을 끊었다.

"아이가 하나 있고, 남편도 있어요. 여긴 친구 가게라 가끔 와요. 혼자 술 마시는 것 좋아해요. 불륜이나 외간 남자에 대한 관심은 일절 없고요."

"아하…!"

남자가 한 방 먹었다는 표정으로 씩 웃었다.

"지금 섹스를 구하는 것은 아닙니다. 그냥 말동무가 필요할 뿐이죠."

"사양하겠어요."

"저는 여행도 많이 다녔고, 책도 많이 읽었습니다. 그간 여러 여성도 만났고요. 그런데 참 이상한 것이, 도대체 여성에 대해 알 수가 없더군요. 대충 보면 정말 단순한 것 같은데, 조금만 깊이 들어가면 도무지 알 수가 없어요. 나름대로 지성을 쌓았다고 생각하지만, 대체 그녀들이 무슨 생각을 하는지, 뭘 원하는지, 뭘 원망하는지…. 도무지 알 수가 없습니다. 더구나 요즘은 페미 시대라고 하네요. 입을 잘못 놀렸다간 국회의원이건 기업체 회장이건 모두 사회적으로 매장이 되는 시대입니다. 정말 희한하지 않아요?"

"당연한 것 아닌가요?"

미숙이 싸늘하게 말했다.

"그동안 남자들이 여자에게 한 짓을 생각해봐요."

"그렇게 나오면 할 말이 없습니다. 우리가 당해도 싸다고 생각해요. 하지만 요즘은 좀 너무한다고 봐요. 과연 앞으로 정상적인 남녀 교제가 가능할까 의구심이 들 정도로."

"난 페미는 아니에요. 관심도 없고요."

미숙은 바텐더에게 또 한 잔을 주문하며 말했다.

"그러나 댁이 꼭 알아야 할 게 하나 있어요."

"뭐죠?"

"진심."

"진심?"

"진실이 아니라 진심. 사실 여성은 진실엔 별로 관심이 없어요. 오로지 그 남자의 진심에만 관심이 있죠. 남자들은 늘 진실을 추구하고, 객관성을 중시하는 것 같아요. 여자들에게 그건 그리 문제가 되지 않아요. 저 사람이 얼마나 날 진심으로 사랑하고, 아껴주는가. 그게 관건인 거죠."

"아, 그렇군요."

남자가 탄복한 듯, 가볍게 박수를 쳤다.

"그런데 좀 애매하군요. 진심을 어떻게 알죠?"

"여자는 말이죠…."

바텐더에게 두 번째 잔을 받아서 입가로 가져가며 미숙이 말했다.

"바로 알아요. 본능적으로."

"그런가요?"

"예를 들어 애완견이나 고양이를 봐요. 사람을 가립니다. 누가 날 좋아하고, 누가 날 싫어하는지 바로 알아요. 여자 역시 마찬가지예요. 남자들은 숱한 거짓말과 기만과 허언으로 여자를 속일 수 있다고 생각하죠. 그냥 달콤한 말로 유혹하고, 어떻게 하든 욕망을 채우려 해요. 여자가 그걸 모른다고 생각해요?"

"이거, 얼굴이 화끈거리는군요."

"꼭 여자만이 아니라, 세상일이 다 그래요. 뭐든 진심으로 대하면, 진심으로 응해옵니다."

"만일 그 진심이 훼손되면? 그 진심이 중간에 바뀌거나 혹은 사라지면?"

"그게 문제예요."

허공을 바라보며 미숙이 말했다.

"바로 그게 문제예요."

"그렇군요."

남자는 인사를 건네고 사라졌다. 그녀는 연거푸 서너 잔을 더 들이키며 자신이 한 말을 곰곰이 생각했다. 대화를 하다 보니 그녀는 자신이 무슨 문제로 고민하는지 알게 되었다. 조금씩 머리가 맑아지는 느낌이었다. 술을 마시면서 이렇게 정신이 갈수록 또렷해지는 것은 처음이었다.

9

"오늘은 너희들에 대해서 이야기해 보겠다. 어디까지나 내 관점이고, 외부인의 시선이기 때문에 틀릴 수도 있다. 아니 틀리기를 바란다. 또 틀리면 어떤가? 내 지적 속에서 얻을 건 얻고, 버릴 건 버려라. 또 내 관점이 틀렸으면 통렬하게 비판해라."

정민이 마이크를 들고, 장내를 찬찬히 둘러보며 말했다. 상당히 강의실이 넓었지만, 여전히 꽉 들어찬 상태다. 수강생뿐 아니라, 청강생도 많았기 때문이다. 심지어 게이오나 와세다대학에서도 온다고 했다. 당연히 맨 앞자리에 에리카가 보였다. 여전히 짧은 치마를 입고, 섹시하게 꼰 다리로 하얀 허벅지가 환하게 빛나고 있었다.

"흔히 너희들 바로 윗세대를 유토리라고 부르고, 너희는 사토리 세대라고 부른다. 명칭이야 어떻게 됐든, 여러 가지 공통점이 있다. 뭣보다 사토리 세대로 오면서, 많은 문제들이 더욱 심화되었다. 가장 큰 문제는, 지극히 개인적이고, 자기중심적이며, 미래에 비관적이라는 점이다."

정민은 칠판에 유토리와 사토리라는 단어를 썼다.

"잘 알겠지만, 사토리는 일종의 깨달음을 뜻한다. 즉, 득도했다는 이야기다. 이렇게 득도를 해버리면, 만사가 귀찮고 또 하찮게 여겨질 뿐이다. 뭘 해도 의미가 없고, 가치도 없다. 그러니 어떤 소재에도 흥미를 갖지 못한다. 신문도 안 보고, TV도 없고, 술 담배도 하지 않으며, 자동차도 사지 않는다. 독서를 하거나, 음악을 듣는 취미도 없고, 도박이나 게임에도 관심이 없다. 70대 노인보다 외출 횟수가 떨어진다는 통계도 나왔다. 연애? 결혼? 딴 세상 얘기다. 그러지 않은가?"

이 질문에 아무도 대답하지 않았다. 점차 분위기가 무거워져갔다.

"가장 심각한 것은, 정치적 무관심이다. 젊은 층의 경우, 투표율이 30% 이하다. 네 명 중 한 명이 투표할 뿐이라는 거지. 이 점에 대해 어떻게 생각하나?"

맨 앞에 앉은 학생들에게 마이크를 들이댔다. 한 명씩 대답이 돌아왔다.

"뭘 해도 바뀌는 게 없잖아요."

"공휴일이니까 차라리 놀러 나가는 게 나아요."

"우리 일본은 기본적으로 안정적인 나라입니다. 굳이 변화가 필요 없죠."

"지금 정권이 잘하는데, 뭐 하러 바꿉니까?"

"일본은 뭘 해도 바뀌지 않아요. 내 한 표로 할 수 있는 게 없어요."

모두 부정적인 답이 나왔다. 예상한 일이다. 하지만 일부 학생들은 놀란 표정이었다. 설마 이 정도일 줄은 몰랐으리라.

"나는 여러분들에게 혁명 투사가 되라고 권하는 게 아니다."

물을 한 잔 마신 후, 찬찬히 학생들을 둘러보며 그가 말했다.

"지금 당장 일본이 망하거나, 문제가 생길 일은 없다. 경상수지도 흑자고, 산업의 기반 시설도 튼튼하고, 당연히 여러분들에게도 일자리가 넘쳐난다. 약간의 스펙만 쌓으면 언제든지 취직할 수 있지. 자, 이런 일본의 현 상황에 대해 만족하는 학생들은 손들어 보게나."

놀랍게도 아무도 손을 들지 않았다.

"옆 사람 눈치 볼 필요 없어. 그럼 이렇게 하지. 자, 다들 눈을 감아. 눈 감은 상태에서 손을 들어봐. 누구 보는 사람이 없으니까, 소신껏 손을 들어봐. 지금 일본에 만족한다고 생각하는 친구들은 주저하지 말고 의사 표시를 하라고."

그럼에도 손을 드는 학생들은 거의 없었다. 구석에 앉은 몇 명만 주저하다가 손을 들 뿐이었다.

"자, 이제 눈을 뜨고, 좀 더 큰 관점에서 바라보자. 솔직히 말해서, 일본의 미래는 밝지 않아. 이건 내 사견이 아냐. 세계적인 석학들이 공통적으로 진단하는 내용이기도 해. 더욱 우려하는 것은, 이른바 군국주의적 경향이야. 단순한 재무장이 아니라, 과거 대동아 공영권을 주장하던 시절로 되돌아가자는 것이지. 이것은 지극히 위험한 발상이야."

잠시 침묵이 흘렀다. 조금 뜸을 들였다가 강의를 계속했다.

"여러분들이 불확실하고, 불길한 미래를 예감하면서도, 무기력하게 대응하는 데에는 근본적인 이유가 있다고 생각해. 역사학자로서 내가 보는 견지에서는, 일본이 세 번 정도 변화할 기회가 있었어. 그런데 모두 좌절되었지. 이런 무기력증의 근본 원인이 바로 여기에 있는 것이야."

정민이 확신에 찬 얼굴로 계속 말했다.

"그 첫 번째가 13세기 말에 있었던 여몽 연합군의 침입. 정말이지 제대로 한 판 붙었다면 일본이 어떻게 되었을지 아무도 몰라. 아마도 몽골군의 점령으로 끝났을 거야. 당시 최고의 군대였으니까. 다행히 가미카제라는 태풍의 도움으로 위험에서 벗어날 수 있었지. 이때부터 일본은 신이 지켜주는 나라, 라는 생각을 하게 됐어. 이게 나중에 군국주의를 합리화하는 명분이 되었고. 두 번째는 맥아더. 2차 대전이 끝나고, 미군이 점령했을 때, 아주 큰 변화가 가능했었지. 덴노를 폐하고, 완전한 민주주의를 실천할 수 있었어. 많은 일본인들이 희망을 갖게 되었어. 드디어 지긋지긋한 군국주의가 끝나는구나. 그런데 어떻게 되었지?"

그러자 누가 큰 소리로 말했다.

"도로아미타불이 되었죠."

일제히 학생들이 웃었다. 정민도 웃으며 말했다.

"맞아. 이내 역주행이 이뤄졌지. 전범들이 풀려나 다시 정부의 요직을 장악하고, 재벌들도 속속 복귀했어. 그 체제가 지금까지 이어지고 있고. 하지만 최근에 세 번째 기회가 있었지. 그게 뭔지 아나?"

정민의 질문에 역시 아무도 대답하지 않았다.

"2009년에 있었던 민주당의 승리야. 무려 54년 만에 자민당 집권의 시스템을 무너트렸지. 당시 민주당이 추구했던 정책들은, 객관적으로도 상당히 바람직했다고 봐. 환경을 중시하고, 신사 참배를 중단하고, 과거사에 대해 진정한 사과를 하고, 평화를 바탕으로 한 동아시아 국가들과의 관계 개선을 시도하고. 아무튼 여러 문제가 많았던 민주당이었지만, 정책 자체는 신선했고, 또 기대를 갖게 해줬어. 우리나라에서도 관심을 갖고 주목했지. 물론 처음 정권을 잡은 사람들이라 당연히 시행착오가 많을 수밖에 없었지. 문제는 국민들이야. 그들이 참아주지 않았었던 거야. 게다가 기득권을 가진 자들의 반발도 심했지. 늘 바람 잘 날이 없었어. 그러다 쾅, 동일본 대지진이 터진 거야. 그것으로 끝. 정말 어렵게 잡은 세 번째 기회마저 날아갔지. 그러니 이렇게 무기력할 수밖에. 나라도 그랬을 거야."

여기저기서 한숨이 터져나왔다. 분위기는 더욱 무겁게 가라앉았다.

"나는 이 단계에서, 여러분들이 시작해야 할 운동이 하나 있다고 생각해. 정말 아무것도 아닐 수 있고, 반대로 절대로 안 될 수도 있는 거야. 그것은 헌법 개정과 관련이 있으니까."

역시 장내는 조용했다.

"평화 헌법을 버리자, 재무장을 하자, 보통 국가가 되자. 뭐, 그런 개정을 하자는 게 아냐. 국가의 주인이 덴노가 아닌 국민에게 있다는 거, 그 부분부터 바꾸자는 거지."

그러자 가볍게 탄성이 터져나왔다. 특히 에리카의 눈이 활짝 커졌다. 정민은 여전히 엄숙한 표정으로 말했다.

"지금 집권층은 보통 국가가 되자고 하면서, 재무장을 거론하지. 아니 국가의 소유권이 덴노에게 있고, 국민은 덴노에게 봉사하기 위해 존재한다는, 그런 전제를 가진 나라가 무슨 보통 국가인가? 이런 전제하에서 군대를 양성하면 보통 국가가 되는가? 물론 덴노의 권한을 제한하고, 국민의 권리를 보장하는 등, 헌법 전체를 놓고 보면 큰 문제는 없어. 하지만 바로 첫 번째 문장, 그러니까 국가의 주인을 덴노로 정한 것, 이것을 바꾸지 않으면 일본의 미래는 없다고 봐. 그렇다고 덴노를 없애자거나 제도 자체를 폐지하자는 뜻은 아냐. 그 부분을 나 같은 외국인이 간섭할 수 없지. 하지만 이렇게 국가의 소유주가 국민이라는 것, 그러므로 덴노도 국민에게 봉사하는 존재다, 바로 이것부터 명시하면 차근차근 많은 부분이 바뀔 수 있다고 봐."

그러자 여기저기서 가벼운 박수가 터져 나왔다. 갑자기 학생들의 표정이 밝아졌고, 눈물을 흘리는 친구도 보였다. 정민도 마음 한구석이 뜨거워지는 것을 느꼈다.

"메이지 유신을 하면서, 덴노를 앞세운 데에는 나름대로 이유가 있었다고 봐. 그것은 급격한 변화에 대한 반작용이지. 모든 것을 서구 중심으로 바꿔가는 와중에 상대적으로 전통에 대한 중요성을 실감한 것이야. 특히 국민을 다스리기 위해선 어떤 전략이 필요했어. 이것은 하이 모던의 스피드를 조절하고 또 일종의 브레이크를 거는 작업이기도 해. 그래서 불교를 억압하고, 신토를 전면에 내세우고, 덴노의 존재를 새롭게 부각시킨 것이지. 그것은 나중에 대동아 전쟁의 명분이 되고. 즉, 서양의 근대적인 가치에 대한 일본 전통의 순수함과 우수성을 지켜가자는 것이지. 그러나 결과가 어땠지? 두 방의 원폭. 쾅쾅! 그리고 맥아더의 등장."

고개를 절레절레 흔들며 정민이 말했다.

"내가 말하고 싶은 것은, 바로 그 시점, 패전 후에 모든 것을 재정비하려고 했던 1945년의 시점으로 돌아가서, 여기서부터 새롭게 시작해야 한다는 것이지. 정식으로 국민의 정부, 제대로 된 민주주의를 실현하자는 거야. 모던에 대한 반작용으로 덴노를 앞세운 시스템은 더 이상 유효하지 않아. 이제는 새로운 프레임이 필요한 것이지. 물론 너무 늦었어. 1945년에 적용했어야 할 체제가 아직도 보류 중인 셈이지. 아직도 일본은 제대로 된 민주주의를 경험하지 못하고 있어. 그러니까 민주주의에 제대로 된 기회를 줘보자고. 그 몫은 온전히 여러분에게 달려있어."

이윽고 강의가 끝나고, 학생들이 모두 나가고, 정민이 가방을 정리하는 사이, 누가 조심스럽게 다가왔다. 돌아보니 에리카였다. 얼굴이 온통 눈물투성이였다.

"고마워요, 교수님."

그녀의 말에 그가 상냥하게 미소지었다. 잠시 그녀가 주위를 둘러보고, 뭔가 고민하다가, 이윽고 주변에 아무도 없자, 가방에서 작은 상자를 하나 꺼냈다. 그리고 그에게 건넸다.

"이게 뭐지?"

"DVD예요."

"응?"

"집에 가서 혼자 보세요. 혼자만."

다소 수줍은 표정으로 말하고, 도망치듯 사라졌다. 으레 그랬듯이.

10

강의실에 혼자만 남게 되자, 정민은 차분하게 박스를 열었다. 안에는 정말 DVD 한 장만 들어있었다. 원본이 아닌 복사본이었다. 거기엔 어떤 제목이나 설명도 없었다. 공 DVD와 다름이 없었다.

대체 이 안에 뭐가 있을까? 혹시 쇼코가 나온 작품은 아닐까? 여러 정황으로 봐서, 그럴 공산이 높았다. 어쨌든 에리카와 자신은 쇼코 때문에 알게 되었다. 그리고 아직 숙제가 남아있었다. 지금 그 숙제를 푼 것일까? 그동안 온갖 연출과 수소문을 통해, 드디어 쇼코의 작품을 수배한 것일까? 물론 확신할 순 없다. 안의 내용물을 보기 전까지는.

일단 DVD를 볼 수 있는 정치가 필요했다. 그의 집에는 이와 관련된 플레이어가 없다. 아마도 이케부쿠로역 부근에 있는 빅 카메라를 방문해야 할 것이다. 가전제품 전문점이라, DVD를 볼 수 있는 기계 정도는 팔

것이다. 다행히 오늘 회식이 그쪽 지역에 있다. 미리 가서 플레이어를 사고, 회식에 참석하면 된다.

가만, 요즘 이상하게 저녁 약속이 많다. 같은 사학과 교수들은 물론이고, 대학의 행정이나 인사 관련 직원들과도 어울렸다. 타 대학의 교수들도 만났다. 점차 만나는 사람들의 범위가 넓어지고 있었다.

학교에서는 벌써 다음 학기 강의에 관한 이야기가 나돌고 있다. 현재는 일주일에 두 번 정도 강의를 하는데, 일종의 세미나와 같은 형태다. 하지만 다음 학기부터는 두세 개의 정규 과목을 맡겼으면 하는 눈치다. 교환 교수의 자격으로 온 그에게, 이것은 파격적인 제안이다. 거의 정교수에 필적하는 대우다.

정말 내가 스타가 된 것일까? 가끔 정민은 그렇게 자문해본다. 강의실의 크기나, 참석하는 학생들의 수나, 뜨거운 열기를 감안하면, 이 부분을 부정할 순 없다. 거기엔 아마도 외국인 교수라는 장점이 작용했을 것이다. 일본인 교수라면 절대로 입에 올릴 수 없는 내용을 그는 다루고 있다. 이 부분을 일본인 교수들이 모르고 있을까? 아니다. 자신보다 더 잘 알고 있을 것이다. 다만, 말을 못 할 뿐이다. 그 짐을 정민에게 떠넘긴 것이다.

그런 면에서 스가노 씨의 예상이 확실하게 적중했다. 그리고 알게 모르게, 뒤에서 상당한 지원을 했을 것이다.

사실 대학이라는 것은, 기본적으로 학문을 연마하는 곳이지만, 동시에 비즈니스도 관련되어있다. 일단 학생들이 많이 찾아야 하고, 기본 정원을 맞춰야 한다. 거기서부터 사업이 시작된다. 문제는 학생 수가 급격히 감소하고 있다는 점이다. 일본 전역에서 문을 닫는 초중고가 느는 시점에서 대학이라고 온전할 리 없다. 이럴 때 제일 좋은 것은 스타의 영입이다. 대학에 간판이 몇 명 있으면, 그들을 보고 학생들이 찾아온다.

좀 지나친 상상 같지만, 요즘 스가노 씨의 행동이 수상하다. 가끔 저녁을 사고 꼭 〈보헤미아〉에 데려간다. 그리고 순짱을 부른다. 몇 번 보게 되니, 순짱도 태도가 변했다. 정민의 팔짱을 끼거나, 볼에 뽀뽀를 하거나, 허벅지를 터치하는 등, 점차 친밀도를 높였다. 어쩌면 순짱을 현지처로 두고, 아예 릿쿄대학에 눌러앉으라는 뜻은 아닐까? 이런 심한 상상도 가능한 형국이었다.

아무튼 단순하게 생각하자. 한 번에 한 가지씩. 솔직히 막상 스타가 되니까, 이 대학에서 지내기가 너무 편하다. 한국과는 딴판의 대접이다. 출세를 했다고 봐도 좋다.

일단 학교에 들어서면, 서로 먼저 아는 체를 하고, 먼저 접대하려고 한다. 커피든 식사든, 상대편이 당연히 계산한다. 학생들도 살갑게 다가온다. 함께 기념사진을 찍은 적도 몇 번 있다. 다음 학기 정도가 되면, 팬클럽도 생길 수 있다. 정말 요즘처럼 행복할 시절이 또 있었던가? 역사를 전공한 것이 이런 기쁨을 주다니, 정말 자다가도 벌떡 일어날 지경이다. 덕분에 가끔씩 히죽히죽 웃는 자신을 발견하기도 한다.

그는 소중히 DVD를 가방에 넣은 다음, 휴대폰을 꺼냈다. 실은 조교에게 부탁해서 좀 전에 강의에 열중하는 자신을 찍어달라고 부탁했다. 그 사진을 받아서 아내에게 전송했다. 건강하게 잘 지내고 있다는 보고까지 했다. 바로 엄지 척 마크가 왔다. 좋다. 일단 숙제 끝. 그는 홀가분한 심정으로 가방을 들고, 힘차게 강의실을 빠져나갔다.

11

정민이 숙소에서 돌아온 것은, 새벽 1시가 넘어서였다. 생각보다 과음을 했다. 또 스가노 씨의 농간에 놀아났다. 아예 오늘은 발톱을 드러내기까지 했다.

형식상의 회식을 마치고, 사학과 교수들을 모두 돌려보낸 후, 스가노 씨는 정민만 데리고 〈보헤미아〉에 갔다. 그러자 익숙하게 순짱이 그의 옆에 앉았다. 언제부턴가 그들은 카운터 대신 창가에 마련된 테이블에 앉았다. 그럴 경우, 순짱은 보조 바텐더에 카운터 석을 맡기고, 이쪽으로 왔다. 사실 이 테이블은 구석에 숨어있어서, 카운터 쪽 손님들에게는 보이지 않는다. 그들의 등 뒤에 마련되어있기 때문이다. 덕분에 순짱과 정민은 조금씩 농밀한 터치를 하게 되었다. 오늘은 아예 딥 키스까지 했다. 연인 사이라 해도 좋을 정도다.

"아예 순짱과 살림을 차려요. 세상 뭐 별거 있나?"

스가노 씨가 모르는 척 한마디 던졌다. 아하, 그런 거였구나. 바로 그거였어. 정민은 속으로 웃으며 더욱 키스에 몰두했다. 뭐, 이렇게 사는 것도 나쁘지 않다. 일단 즐기자.

그렇게 시간을 보내고, 휘청휘청 혼자 걸어서, 숙소에 왔다. 미리 빅카메라에 들리지 않았으면, 가방 안에 담겨있는 이 DVD를 보지 못했을 것이다. 그는 단순히 DVD 플레이어를 원했지만, 상점에는 재고가 없었다. 아니 아예 만들지 않는단다. 대신 블루레이 플레이어를 권했다. 이것을 사면 DVD뿐 아니라, 블루레이도 볼 수 있다고 했다. 아무튼 좋다. 마침 LG에서 나온 가벼운 녀석이 있어서 구매했다.

거실에 들어오자마자 재빨리 재킷을 벗고, 블루레이 플레이어를 TV

와 연결했다. 연결법은 극히 간단했다. HDMI 단자만 찾아서 꽂으면 된다. 이윽고 DVD를 넣었더니, 잠시 후 영상이 나왔다. 그런데 뭔가 이상했다. 쇼코가 나오지 않고, 여러 커플이 차례로 나오는 소프트였다. 이른바 비비기 시리즈.

메이커는 위너스. 모델 넘버는 035. 벌써 35번째 작품이 나왔나?

비비기의 콘셉트는 단순하다. 친구나 선후배 사이의 남녀가 돈 준다는 말에 현혹되어, 촬영에 응한다. 그럼 특정한 장소에 가서 남녀가 비비기 게임을 한다. 처음에는 옷을 입고, 남자가 누운 가운데 여자가 그 위에 올라타서, 상대의 성기를 자신의 성기로 비빈다. 별 자극이 없으므로, 이들 남녀는 가볍게 웃거나 농담을 한다. 애초에 연인 사이가 아니니 이렇게 시작은 단순하고 또 장난과 같다.

하지만 추가로 돈을 지불하면, 남녀는 팬티 차림이 된다. 그러다 보다 진지해져서 결국 팬티까지 벗고 보다 적극적으로 서로의 성기를 비빈다. 삽입은 하지 않고, 오로지 비기기만 한다. 그러다 보면 점차 흥분하게 되어있다. 그 과정이 흥미롭다.

갑자기 잡담을 멈추고, 얼굴 표정이 바뀐다. 둘 다 뜨거워진 상태에서 가볍게 신음 소리도 낸다. 그러다 흥분을 못 참은 여성이 남자의 성기를 잡고는 자신에게 삽입시킨다. 뭐, 그런 콘셉트다. 단순하고 유치하지만, 재미는 있다. 점차 열기를 더해가는 과정에서 배우들은 헛웃음도 터트리고, 창피함도 느끼면서, 흥분도 된다. 그러나 뭔가 끌리는 구석이 있어서 차츰 몰두한다. 그러다 섹스에 이르는 것이다.

그렇게 서너 커플을 보는 사이, 눈에 익은 여자가 나타났다. 흰 블라우스에 빨간 미니 스커트를 입은 아가씨. 약간 통통하면서 눈부신 피부. 그렇다. 에리카였다. 확실히 다른 여자애들보다 앳되어 보였고, 나름 매력이 있었다. 처음에는 장난으로 시작하면서, 웃기도 하고, 잡담도 했다. 늘상 봐오던 모습이었다. 그러다 팬티를 벗고는 점차 진지해졌다. 모자이크 처리가 되어 성기는 보이지 않았지만, 헤어 정도는 볼 수 있었다.

막상 화면으로 뜻하지 않게 에리카를 보자, 정민은 적잖이 당황스러웠다. 그리고 이내 흥분이 되었다. 드디어 에리카가 남자와 한 몸이 되었다. 섹스를 시작한 그녀는 전혀 다른 사람이 되었다. 적극적으로 남자를 탐하고 또 즐겼다. 진심으로 섹스를 좋아하는 모습이 충분히 감지되었다.

나중에 체위를 바꿔 남자가 위에서 누를 때, 그녀는 두 다리로 강하게 그를 조였다. 너무나 세게 조인 나머지, 남자의 표정이 일그러졌다. 그러면서 강력한 쾌감을 느끼는 듯했다. 그녀도 마찬가지.

자신도 모르게 정민은 자위를 시작했다. 이것은 너무나 자연스럽고, 본능적인 반응이었다. 혼자 산다는 점이 이럴 땐 너무 편리했다. 이윽고 그녀의 절정과 함께, 그도 무너져 내렸다. 그래도 흥분이 가시지 않았다. 절정에 도달할 때의 에리카의 표정. 뭔가를 갈구하고, 뭔가에 도취된 듯한, 단순하면서도 복잡한 모습이 내내 그를 사로잡았다.

샤워를 하면서, 대체 그녀는 왜 자신에게 이런 DVD를 보냈을까 자문해봤다. 달리 답은 떠오르지 않았다. 다만, 이제 두 사람만의 게임이 본격적으로 시작되었다는 느낌은 확실히 왔다. 그다음 강의 때, 에리카는 여전히 맨 앞자리에 있었다. 예의 흰 블라우스와 빨간 미니스커트 차림으로. 그 당당함은 평소와 너무 달랐다. 마치 갑과 을이 바뀐 것 같았다. 정민은 얼른 시선을 돌리는 수밖에 없었다. 빨리 비비기의 영상이 머릿속에서 지워지길 바라면서.

12

대체 뭘 강의했는지 기억이 나지 않을 정도로, 정민은 경황없이 시간을 보냈다. 학생들은 계속 의아한 표정이었는데, 중간에 필기를 중단하거나, 창 쪽으로 시선을 돌리는 녀석이 있었다. 그러나 어쩔 수 없다. 자꾸 에리카의 신경이 갔다. 저 짧은 치마와 탐스런 허벅지 그리고 음욕이 가득한 눈빛.

가끔 그녀는 다리를 벌렸고, 그때마다 하얀색 팬티가 드러났다. 결국 정민은 아예 다른 곳을 바라보며 강의를 하는 수밖에 없었다. 그래도 가끔 그녀에게 시선이 갔는데, 그럴 때마다 그녀는 유혹해왔다.

여학생의 유혹은 그에게 낯설지 않다. 그렇다고 늘상 벌어지는 것은 아니다. 몇 년에 한 번, 그것도 주로 시험에 관련해서 그런 도발이 이뤄진다. 주로 교수실을 찾아와, 간접적으로 메시지를 보낸다. 말 그대로 몸으로 성적을 받겠다는 태도다.

물론 한 번도 응한 적이 없다. 그것은 독이 든 성배와 같다. 일단 손을 대면, 결코 빠져나올 수 없다. 당연히 교수 자리 자체가 흔들린다. 조용히 사직서를 내는 교수들은 겉으로 내색하지 않을 뿐, 대개 이런 일과 관련되어있다. 어떻게 해서 이 자리에 왔는데, 그런 유혹에 넘어간다는 말인가?

그러나 지금 에리카는 아주 위험한 제안을 하고 있다. 이것은 시험 성적과도 관련이 없고, 따지고 보면 교수 자리와도 관계가 없다. 그냥 손을 뻗으면 된다. 바로 저 앞에 에리카가 있으니까. 그래서 횡설수설, 정신없는 강의가 이어졌다. 그리고 대충 마무리했다.

깊은 한숨을 내쉬고, 강의 노트를 정리하는 사이, 썰물 빠지듯 학생들이 사라졌다. 다행히 에리카도 보이지 않았다. 문득 안도감이 밀려왔다.

잠깐 백일몽을 꾼 것 같았다. 지극히 비현실적이고, 비상식적인 순간이 지나갔다. 화끈거렸던 얼굴이 서서히 제자리로 들어왔다. 들뜬 가슴도 안정이 되었다.

하지만 더 이상 학교에 있고 싶지 않았다. 다행히 저녁 약속이 없었으므로, 그는 천천히 강의실을 빠져나갔다. 중간에 카페에 들러 아메리카노를 한잔 마셨다. 일부러 아이스로 시켰다. 이곳은 도서관 건물 안에 숨어있는 〈튤리스 카페〉라는 곳이다. 그리 크지 않지만, 항상 재즈가 흘러나오고, 커피 원두와 케이크도 함께 팔고 있다. 그래서 가끔 혼자서 찾는다. 오늘도 어김없이 재즈가 나왔다. 조용한 피아노 트리오였다.

하지만 머릿속엔 여전히 에리카의 얼굴과 허벅지 그리고 지난 밤의 DVD 영상이 마구 혼재되어 남아있었다. 특히, 두 다리로 강하게 남자의 허리를 감싸고, 절정으로 치닫는 표정은 그를 다시 흥분하게 만들었다. 가볍게 커피 잔이 떨렸다.

다시 정신을 차린 그는 마음을 가다듬고 음악이 몰두했다. 건반의 터치 하나하나, 두툼하면서 경쾌한 베이스의 움직임, 브러쉬로 스네어를 쓰다듬는 세밀한 플레이 등에 점차 마음이 평온해졌다. 언제부터인가 조금씩 재즈가 귀에 들어오기 시작했다. 그 나름의 묘미와 뉘앙스를 체득해가는 과정이 무척 재미있었다. 문득 쓴웃음이 나왔다. 지금 내가 뭐 하는 건가? 뭐 이런 일로 흔들리고 있는가? 잊자. 잊어버리자.

계산을 마치고, 조금은 마음이 진정되어, 천천히 집으로 향했다. 원래는 도보로 20분쯤 걸리는 거리지만, 일부러 쇼윈도를 바라보고, 하릴없이 행인들을 쳐다보고 하다 보니, 30분쯤 걸렸다. 문득 집 앞에 낯익은 모습이 눈에 들어왔다. 예의 흰 블라우스와 빨간 미니스커트. 그렇다. 에리카가 장바구니를 들고, 활짝 웃으며 그를 기다리고 있었다. 다시 가슴이 철렁했다.

"안녕하세요, 교수님."

고개를 깍듯이 숙이며 에리카가 인사했다.

"아니, 여기를 어떻게?"

"저녁 준비를 했어요. 스키야키. 좋아하시죠?"

"저녁?"

"교수님한테 저녁 한번 꼭 대접하고 싶었어요. 사실 처음에 가부키초에서 만났을 땐 뭔가 이상한 사람이라고 생각했거든요. 그런 사람들만 오니까요. 물론 교수님이 그렇다는 것은 아니지만. 그런데 강의를 들으면서, 조금씩 생각이 바뀌었어요. 그래서 감사 표시를 하고 싶어요."

그래도 정민이 망설였다.

"교수님, 한 번만…."

갑자기 그녀가 그의 팔짱을 끼고 애원했다. 주변 사람들의 시선도 있고 해서, 어쩔 수 없이 정민은 문을 열고, 그녀를 받아들였다. 일단 엘리베이터를 타자, 좀 안심이 되었다. 4층 버튼을 누르자, 급히 문이 닫혔다.

"고마워요, 교수님."

갑자기 그녀가 그의 볼에 뽀뽀를 했다. 그리고는 활짝 웃었다. 하지만 그는 웃을 수 없었다.

이윽고 현관문을 열고 정민이 먼저 들어갔다. 뒤따라온 에리카가 호기심 가득한 눈빛으로 집 안을 둘러봤다.

"이런 곳에서 지내는군요. 어떻게 사는지 궁금했어요."

"잠깐 묵는 곳이니까. 혼자 살기는 좋아."

안으로 들어온 그녀가 바닥에 장바구니를 내려놓고, 여기저기 구경을 했다.

"어머, 맥북 프로 16인치네? 이거 한번 꼭 써보고 싶었는데."

얼굴에 부러움이 가득했다. 그럴 때는 확실히 애 같았다. 그러다 하이파이 쪽으로 갔다. 스피커를 만져보고, CD를 살폈다.

"재즈를 좋아하나 보네요?"

"그냥, 뭐."

정민이 멋쩍게 웃었다.

"저도 재즈 좋아해요. 음악 좀 들려줘요. 그사이에 제가 저녁 준비할게요."

"그런데 내가 여기 사는 걸 어떻게 알았지?"

"비밀."

"뭐야, 그게?"

"실은 예전에 몰래 뒤를 밟은 적이 있어요."

"뭐라고?"

"놀라지 말아요. 좋아하는 사람이 생기면 그러는 거 아닌가요? 가끔씩 생각이 나고, 갑자기 보고 싶고, 그러다 뒤를 밟고…."

"어이가 없군."

"좋으면서 뭘 그래요?"

그의 눈치를 보며 그녀가 키득거렸다.

"사람 갖고 놀지 마."

"갖고 놀기는요? 그냥 저녁 한 번이라고요. 넘겨짚지 말아요. 알았죠?"

"남을 설득하는 능력은 타고났군."

정민이 앰프와 CDP의 전원을 켜고, 음반을 골랐다. 그리고 보니 꽤 많은 CD가 쌓여있었다. 모두 미우라가 골라준 것이다. 나중에 입문서를 보니 이른바 명반으로 대접받는 앨범들이었다. 그중에서 테너 색스가 자신의 취향. 마침 소니 롤린스가 보였다. 능숙하게 CD를 삽입하고, 플레이 버튼을 눌렀다. 신명나는 리듬과 함께 강력한 파워의 테너 색스가 나왔다.

"멋져요, 교수님."

야채를 씻으면서, 그녀가 환호했다. 정민은 냉장고에서 캔 맥주를 두 개 꺼냈다. 하나는 에리카에게 주고, 또 하나는 자신이 마셨다. 확실히 그녀는 손이 빨랐다. 음반 한 장을 다 듣고, 이번에는 스탠 게츠를 넣는 찰나, 저녁 준비가 끝났다.

예상보다 스키야키는 맛이 있었다. 아니, 상당한 솜씨였다.

"한동안 스키야키 전문점에서 일한 적이 있어요. 그때 많이 배웠죠."

"아하."

"제가 재주가 좀 많은 편이에요. 온갖 알바를 다 했거든요."

"그렇군."

"대학을 6년째 다니고 있어요. 휴학해서 돈 벌고, 복학해서 다니다가, 다시 휴학하고…. 대략 1년 일하고, 1년 공부하는 식이에요."

"집에서 일체 도움을 받지 않는 모양이네."

"오히려 제가 도와야 해요."

"그래? 부친이 무슨 일을 하시는데?"

순간 그녀가 어두운 표정으로 고개를 절레절레 흔들었다. 뭔가 사정이 있는 모습이었다.

"무슨 뜻이지?"

"제가 어릴 적에 실종되었어요. 지금까지 연락이 없죠. 어머니도 일찍 여의었고요. 쭉 할머니 손에서 컸어요. 당연히 지금은 일을 하지 못하세요. 그래서 내가 조금씩 돕고 있어요."

"아, 그렇군."

그제야 저간의 사정이 이해되었다.

"안 해본 일이 없어요. 알바라면 지긋지긋할 정도예요. 뭐, 할 수 없죠. 나만 그런 건 아니니까…."

"자네 같은 대학생이 많은가?"

"한국도 그렇지 않아요?"

"그렇지. 비슷해. 하지만 일본은 일단 졸업하면, 취업은 보장되잖아."

"경기가 좋아서 그런 건 아니에요."

어느덧 식사가 끝났다. 빠르게 식기를 정리하며, 그녀가 말했다.

"사실 지금 일본은 억지로 끌고 간다고나 할까? 아베가 들어와서 돈을 마구 찍어댔어요. 그 돈으로 움직이는 셈이에요. 그 뒷감당으로 스가만 죽어나가고 있어요. 취업만 해도 그래요. 베이비 붐 세대 알죠? 그 사람들이 매년 200만 명 정도 은퇴를 해요. 반면에 새로운 노동 인구는 매년 100만 정도밖에 되지 않아요. 자리가 남아돌 지경이죠. 그렇다고 노동 환경이 좋아지거나, 월급이 오르거나, 전문성을 키워주거나 뭐 그런 건 아니에요. 억지로 꿰맞춰야 하는 정도? 황당하죠. 차라리 이렇게 알바나 하면서, 학교 다니는 편이 나아요. 저는 일단 대학원까지는 가려고 해요."

"현실을 이야기하면, 한국이나 일본이나 우울하긴 마찬가지야."

"그러네요. 따지고 보면."

"그래."

한동안 적막한 시간이 흘렀다. 그럼에도 그녀는 떠날 기색이 없어 보였다. 문득 생각난 듯 씽긋 웃으며 말했다.

"우리 할머니, 좀 재미있어요."

"어떻게?"

"무녀에요. 지금도 가끔 굿판을 펼쳐요."

"그래?"

"그럴 때 진짜 장난 아니에요. 접신할 때 표정 보면 진짜 무서워요. 평소에는 늘 자상하고, 따스한 분인데, 그럴 땐 전혀 딴사람이 된다니까요."

"무녀가 원래 그렇지 않나?"

"할머니 때문인지는 몰라도, 나한테도 그런 기운이 있는 것 같아요."

"설마…."

"실은 가부키초에서 교수님을 처음 봤을 때, 그때는 교수님인지 몰랐지만, 아무튼 상당히 끌렸거든요. 어떻게 하건 알고 지내고 싶다, 그렇게 생각했어요. 요즘 보기 드물게 깨끗하다고 할까, 순수한 기운이 맴돌고 있었거든요. 절대 이런 곳에서 얼쩡댈 분이 아니다. 뭐 한두 번 방종은 하겠지만, 결국 제 갈 길을 갈 사람이다, 이렇게 봤어요. 그러다 나중에 다시 찾아왔을 때 얼마나 기뻤는지 몰라요."

"그러니까 내가 자네의 기운에 끌려서 또 찾아왔다 이거군."

"꼭 그런 것은 아니지만."

"혹시 바에서도 일한 적 있어?"

"그럼요."

"하이볼이라고 있지? 만들 줄 알아?"

"당연하죠."

재빨리 식탁을 치운 그녀가 냉장고 쪽으로 갔다. 그리고는 냉동실에서 얼음부터 꺼냈다.

13

하이볼 역시 만족스러웠다. 에리카는 이쪽 분야에 확실히 소질이 있었다. 정민과 에리카는 나란히 소파에 앉아 하이볼을 마시며 재즈를 들었다. 이번에는 쳇 베이커다. 중간중간 감미로운 노래를 곁들인, 전체적으로 나른하면서 섹시한 분위기의 음악이 나왔다.

"이렇게 작정하고 재즈를 들어본 건 처음이에요. 잘 모르겠지만, 꽤 매력이 있는 것 같아요."

조금씩 하이볼을 마시며 그녀가 말했다. 술이 세지 않은 듯, 얼굴이 금세 상기되어있었다.

"나도 잘 몰라. 우연히 트럼펫을 부는 디지라는 친구를 알게 되어서, 본격적으로 듣기 시작했지."

"디지는 외국 사람이에요? 미국? 흑인?"

"아니, 한국 사람. 디지 길레스피라는 뮤지션을 좋아해서, 디지라는 애칭을 사용하고 있어. 여기서 가이드도 하고, 알바도 하면서, 무대에 서고 있지."

"멋지네요. 한번 가보고 싶어요."

"그래. 나중에 한번 데려갈게."

"고마워요."

활짝 웃던 그녀가 문득 자신의 입술을 그의 입술에 포갰다. 천천히 그러면서 감미롭게 키스를 해왔다. 느닷없는 어프로치에 잠시 정민이 당황했지만, 이내 키스에 열중했다. 둘은 오랜 시간에 걸쳐 깊고도 격렬하게 서로의 입술과 혀를 탐닉했다.

점차 호흡이 거칠어졌다. 그녀가 천천히 그의 가슴을 애무하고, 사타구니 쪽으로 손을 옮겼다. 하지만 그가 가만히 그 손을 잡고 막았다. 그녀가 그에게서 떨어져 소파 끝부분에 앉으며, 숨을 골랐다. 잠시 정적이 흘렀다.

"어제 준 DVD 봤어요?"

문득 그녀가 물었다. 그건 나직이 고개를 끄덕였다.

"궁금하지 않아요? 왜 저런 영상을 찍었는지?"

"당연히 궁금하지."

"대학에 들어와서 애인이 한 명 생겼어요. 후지야마라고. 꽤 좋은 가문 출신이에요. 나같이 야마가타라는 산골 출신하고는 아예 배경 자체가 달라요. 하지만 어찌어찌 같은 동아리에 있다 보니 사귀게 되었어요. 나중에 알고 보니, 완전 개망나니더라구요. 나하고 섹스한 걸 몰래 찍어서 친구들하고 돌려보고, 그러다 협박까지 했어요. 자기 친구들하고도 섹스하라고. 그것을 또 찍고 싶다는 거예요."

"미친 새끼."

"그래요. 완전 미친놈이죠. 어떻게 하면 저런 새끼한테서 벗어날까 하다가, 아예 AV에 나간 거예요. 그러자 녀석의 관심이 식더군요. 그다음부터 연락이 없어요. 아마 어느 순진한 친구를 또 협박하고 있겠죠."

"경찰에 가지 그랬어?"

"경찰?"

그녀가 피식 웃었다.

"꿈도 꾸지 말아요. 상대는 좋은 가문의 자제예요. 난 시골 출신이고. 뭐, 서로 합의해서 찍은 건데, 왜 그러냐. 연인끼리 그런 장난도 못 하냐? 그런 식으로 나올 게 뻔해요."

"설마."

"일본은 아직도 철저하게 남성 중심의 사회예요. 또 꼰대가 우대받고요. 잘 알잖아요."

"그렇긴 하지."

정민이 가볍게 고개를 끄덕이며 수긍했다.

"이렇게 다 털어놓으니까, 속이 편하네요."

"제작사를 보니까 위너스던데…."

"맞아요. 제가 알바하는 업소도 위너스 소유예요."

"그럼 위너스에서 제작한 영상에 나온 배우들이…?"

"전 매춘한 적 없어요. 다른 배우들은 그래도."

"그렇군."

"아직도 그 여자 DVD를 찾고 있어요?"

정민은 아무 말도 하지 않았다. 그러자 그녀가 씩 웃었다.

"에이미랑은 어땠어요? 유방 큰 여자 좋아하는 남자도 많던데…."

"그 얘긴 하고 싶지 않아."

"지금 말이에요…."

갑자기 스스로 가슴을 쓰다듬으며, 그녀가 말했다.

"교수님하고 섹스하고 싶어졌어요."

"안 돼."

단호하게 그가 고개를 저었다.

"그럼 부탁이 있어요. 지금부터 나를 쭉 봐주세요. 절대로 시선을 돌리지 말아요."

그러면서 천천히 빨간 스커트를 걷어 올렸다. 탐스럽고, 탄력있는 하얀 허벅지가 갑자기 드러났다. 그녀는 천천히 팬티를 내리고, 음부에 손을 가져갔다. 그리고 자위를 시작했다.

너무나 당돌한 행동에 정민은 깜짝 놀랐지만, 시선을 돌릴 수 없었다. 그녀는 그를 주시하며, 빠르게 손가락을 움직였다. 점차 호흡이 거칠어지고, 나직하게 신음소리도 나왔다. 덩달아 그의 심장도 빠르게 뛰었다. 입안이 타들어갔다.

이윽고 절정과 함께, 비명을 지르며 그녀가 그의 품에 쓰러졌다. 그는 그녀를 꽉 껴안았다. 한동안 그런 상태로, 둘은 꼼짝도 하지 않았다. 그는 머릿속이 하얗게 되어서, 아무 말도 할 수 없었다.

"고마워요."

잠시 후, 그의 품에서 떨어져나간 그녀가 말했다. 이윽고 팬티를 입고, 옷매무새를 다듬은 그녀가 가방을 집고는 문 쪽으로 갔다. 그러더니 힐끔 그를 돌아봤다.

"비밀번호 좀 알려줘요."

"무슨 비밀번호?"

"여기 말이에요."

그 말에 잠시 그가 멈칫했다.

"왜요? 알려주기 싫어요?"

"내 사정 알잖아. 나는 교수고, 그쪽은 학생이고."

"선을 넘는 일은 없을 거예요. 약속해요. 또 남들 눈에 띄지 않게 다닐게요. 만약 문제가 되면 포르노에 출연하는 내가 다 책임지면 돼요. 나 같은 저질이 순진한 교수를 꼬셨다. 이렇게까지 나오는데 계속 발을 뺄 거예요?"

"6789."

그가 체념하듯 말했다. 그러자 그녀가 싱긋 웃고는 문을 열고 나갔다. 갑자기 실내가 텅 빈 것 같았다. 그만큼 그녀의 존재감이 강했을까? 그는 다른 CD를 찾아서 플레이어에 넣고, 에리카가 가르쳐준 대로 하이볼을 만들기 시작했다. 하지만 여전히 가볍게 손이 떨렸다. 온갖 상상이 복잡하게 그의 머릿속을 헤집었다.

14

언제부턴가 에리카와 기묘한 동거가 시작되었다. 지금부터 함께 살자거나, 어떤 약정을 한 것은 아니다. 자주 들락거리다 보니, 가끔 자고 가게 되었고, 그 횟수가 점차 많아졌다. 물론 한 침대에서 자는 것은 아니었다. 정민은 침실에서, 에리카는 거실에서 각각 따로 잤다. 물이 천천히 스며들 듯, 그녀의 존재도 자연스럽게 이 공간에 녹아들었다. 나중에는 혹 그녀가 없으면, 어색할 정도가 되었다.

처음에는 단순히 빨래를 하거나, 요리를 만드는 정도였다. 물론 청소도 했다. 확실히 여자의 손길이 구석구석 닿다 보니, 집안 전체가 단정하고 또 깨끗해졌다. 여기저기 벗어놓은 옷가지나 바닥에 구르던 맥주 캔 같은 것이 일체 보이지 않았다. 먼지가 쌓이는 일도 없었다. 냉장고에는 정성스럽게 만든 반찬이 가득했고, 옷장에는 셔츠며 바지 등이 잘 정리되어 보관되었다. 확실히 에리카는 여러 면에서 요령이 좋았고, 일 처리가 확실했다.

정민은 몇 번이나 그녀에게 돈을 주려고 했다. 그녀의 노동에 확실하게 보답하고 싶었다. 하지만 그녀는 완강히 저항했다. 그냥 자신이 하고 싶어서 하는 일이니, 절대로 돈을 받을 수 없다고 했다. 결국 가끔 함께 외출을 해서, 좋은 레스토랑이나 재즈 클럽에 가는 것으로 합의를 봤다.

얼마 후 주말이 되자, 정민은 그녀를 재즈 클럽으로 초대했다. 마침 디지에게 연락이 와서, 얼굴도 볼 겸, 그녀에게 공연도 보여줄 겸, 롯폰기로 갔다. 마침 금요일이어서, 축제라도 벌어진 듯, 거리거리마다 인파가 가득했다. 흑인들이 끝없이 달려들어 전단을 뿌렸고, 짧은 치마를 입은 여성들이 스낵바 홍보를 했다. 에리카는 뭐가 즐거운지, 계속 웃음을 터트렸다. 그리고 자연스럽게 그의 팔짱을 꼈다. 처음에 정민은 부담스러웠지만, 어느새 익숙해졌다. 이 동네에서 유명하다는 라멘 집에서 교자와 라멘을 먹고, 카페로 갔다.

그는 예전에 아내와 왔던 그 자리를 찾았다. 에리카는 모든 게 신기한 듯, 눈을 크게 뜨고 구석구석을 훑어봤다.

"롯폰기에서 알바를 몇 달 한 적이 있어요. 그런데도 이런 곳이 있다는 것을 처음 알게 되네요."

"매니아들이 찾는 곳이야. 당연히 숨어있지."

"아, 이런 곳에서 알바하면 좋겠네요."

"오늘은 손님으로 온 거야. 그런 생각은 일단 접어둬."

"아, 무대에 사람들이 보여요."

난생처음 보는 재즈 공연에 에리카는 무척 즐거워했다. 누구보다 열심히 환호를 하고 또 박수를 쳤다. 나중에 디지가 왔을 때 인사를 시켰는데, 그는 한눈에 두 사람의 관계를 알아차렸다. 그의 눈을 누가 속일 수 있나.

"실력이 대단하네요, 형님."

그녀가 화장실에 간 사이, 그가 웃으며 말했다.

"학생이에요?"

"아니, 뭐…."

그가 말끝을 흐렸다.

"그냥 순진하게만 봤는데…. 역시…."

"그만 좀 해."

"신수가 훤해요. 눈이 부실 정도라고요. 같은 남자로서 질투가 나지 않으면 이상한 것 아니에요?"

"그만하래두. 내 일을 돕는 조교 정도로 생각해. 그래서 고마워서 데려온 거야."

"하하하…."

디지가 웃다가 정색을 하며 물었다.

"형님, 아직도 쇼코 생각해요?"

"응?"

"쇼코 말이에요. 그렇게 찾았잖아요."

주저하다가 디지가 물었다. 애매하다. 답변하기가 곤란하다.

"실은 다음 달 말에 2주 정도 에스코트 할 수 있냐고 연락이 왔어요. 근데 그때 저는 연주 여행을 떠나거든요. 규슈 쪽에 있을 거예요. 근데 이런 제안을 거절하면 앞으로 제 일에도 문제가 있고 해서…."

다음 달 말이면, 크리스마스 즈음이다. 그때는 학교 일이 모두 끝난다. 귀국을 연기하면 시간을 만들 수 있다.

"언젠 쇼코를 조심하라고 해놓고선, 왜 지금에 와선 말이 바뀌는 거야?"

"오늘 에리카랑 온 모습을 보니 안심이 되었거든요."

"뭐라고?"

"전혀 다른 사람이 되었어요. 형님은 잘 모르겠지만."

"일단 생각해볼게."

결심한 듯 그가 말했다.

"빨리 알려줘요. 다른 사람도 물색해놔야 하니까요."

"알았어."

"그래도 조심해야 돼요. 에리카와 같은 아가씨를 만나는 게 아니니까요."

"그래."

"이거 괜히 형님을 끌어들이는 게 아닌지 모르겠네요."

"알았어. 알았다고."

에리카가 자리에 돌아왔으므로, 둘은 빨리 화제를 다른 데에 돌렸다.

그날 밤, 침실에서 잠을 자던 정민은 묘한 꿈을 꾸게 되었다. 어느 산속에 있는 절 같은 곳에서 그는 무녀를 만났다. 그녀의 얼굴은 보이지 않았다. 대신 알몸으로 격하게 굿을 벌였다. 마치 접신을 한 듯, 온몸을 뒤틀고, 비명을 지르고, 마구 뛰어다녔다.

그러다 어느 순간, 그녀와 한 몸이 되었다. 누가 먼저랄 것도 없이, 둘은 발작적으로 서로에게 탐닉했다. 그녀의 얼굴은 순간순간 변했다. 쇼코가 되었다가, 순짱이 되었다가, 에리카가 되었다. 그러다 갑자기 도깨비가 되었다. 그 흉칙한 얼굴에 놀라서, 그만 그가 잠에서 깼다.

한데 뭔가가 그를 강하게 억누르고 있었다. 놀랍게도 도깨비였다. 그 도깨비가 빨간 속옷 차림으로 그와 섹스를 하고 있었다. 또다시 놀란 정민이 뭐라고 비명을 지르는 찰나, 손이 가볍게 그를 막았다.

"쉿. 조용히 해요."

에리카의 목소리였다. 에리카가 도깨비 탈을 쓰고, 그와 섹스를 하는 것이다.

"지금 뭐 하는 거야?"

"우리만의 의식을 하고 있어요. 이제부터 나는 당신의 수호자예요."

"지금 그게 무슨 말이야?"

정민이 그녀를 밀쳐내려고 했지만, 그녀는 꼼짝도 하지 않았다. 그녀의 뒤에 숨은 어떤 강력한 존재가 그를 압박하는 것 같았다.

"섹스는 신성한 거예요. 우리는 지금 접신을 하고 있어요."

"아니 지금…."

다시 그가 밀쳐내려는 순간 갑자기 엄청난 쾌감이 밀려왔다. 온몸 전체가 뭔가에 휩싸인 듯 강력한 쾌락이 감쌌다. 단순히 성기뿐 아니라 몸

전체가 엄청나게 반응했다. 모든 신경 세포가 살아서 숨쉬는 느낌이었다. 그만 정신이 아득해졌다. 이게 꿈인지 현실인지 가상 공간인지 뭔지 알 수가 없는 상태.

이윽고 강렬한 뭔가가 뜨겁게 분출되었다. 자기도 모르게 윽 하는 신음을 냈다. 그녀의 몸 안에 사정해버린 것이다. 마치 활화산이 폭발하듯 그는 자기도 모르게 비명을 질렀다. 이윽고 둘은 가쁜 숨을 몰아쉬며 나란히 바닥에 누웠다.

"이건…. 강간이야. 알아?"

"아녜요. 의식이에요."

"의식?"

"우리 마을에서는 옛날에 오니와 접신하면, 다른 도깨비들이 피해 간다고 했어요. 도깨비는 밖으로, 복은 안으로."

"그러니까 지금 접신을 했다는 건가?"

"내가 교수님의 오니예요. 다른 도깨비로부터 지켜줄게요."

너무 어이가 없어서 정민은 허탈하게 웃음이 나왔다. 조금 전의 정사에서 느꼈던 격렬한 쾌감과 끝도 알 수 없는 허망함 거기에 불쾌한 감정까지. 문득 그녀가 입고 있는 속옷이 보였다. 빅토리아 시크릿이었다. 그는 격분했다.

"그거 어디서 났어?"

"뭐요?"

"그 속옷 말이야?"

"미안해요. 우연히 발견했어요. 예뻐서 한번 입어보고 싶었거든요."

"그건 내 아내 거야. 아무나 입으면 안 되는 거야."

"몰랐어요. 정말."

"도저히 나는 이런 행위를 용서할 수 없어. 너는 의식이라고 하지만, 실제로는 강간이야. 아마 사람들은 교수인 내가 지위를 이용해서 학생인 너를 강간했다고 볼 거야. 나는 도저히 용납이 되지 않아."

"교수님, 그런 게 아니잖아요…."

"아침에 나가줬으면 좋겠어. 다시는 자네를 보고 싶지 않아."

너무나 단호한 정민의 표정을 보고, 에리카는 나직이 훌쩍이기 시작했다.

III

롯폰기 힐스의 미행자

I

하네다 공항의 전광판에 인천발 KAL의 도착을 알리는 알람이 떴다. 정민은 쇼코의 이름이 적힌 피켓을 들고, 천천히 자리에서 일어났다. 아무도 그에게 눈길을 보내지 않았지만, 그는 자신의 복장이나 표정이 영 어색하기만 했다. 그도 그럴 것이, 누가 봐도 영락없는 운전기사의 차림이었으니까. 정식으로 모자를 쓰고, 단정한 검정색 싱글 톤의 슈트를 걸쳤다. 그것도 모자라 검정색 넥타이와 검정색 옥스퍼드 슈즈와 흰 장갑까지. 영락없는 전용 기사 차림이 아닌가.

고민 끝에 디지의 제안을 수락하고, 정말 짧은 시간 내에 나름대로 준비는 했다. 2주간의 일정에 불과하지만, 아무튼 그에겐 새로운 모험이자 도전이었다. 이전까지 했던 것과 전혀 다른 일이다. 이름도 바꾸고, 신분도 바꾸고, 과거도 바꿨다. 대략 "자니(Johnny)"라는 영문 이름과 함께, 어쩔 수 없이 이곳에서 불법체류 할 수밖에 없는 시나리오를 만들었다. 나름대로 그럴듯했다. 나중에 디지에게 설명하니, '대단합니다'라는 칭찬까지 들었다. 나름 으쓱했다.

슈트는 〈양복의 아오야마〉라는 곳에서 샀다. 대중적인 브랜드라, 이런 일을 하는 사람들에게는 별 위화감이 없었다. 무엇보다 사이즈가 다양해서, 고르는 데 그닥 어렵지 않다. 정민의 키는 177Cm 정도지만, 별로 군살이 없고, 팔다리가 긴 편이라, 이런 기성복 메이커의 제품이 잘 어울렸다. 바지의 기장이나 손보는 정도로 간단하게 마무리되었다.

하지만 아무리 자신의 경력을 속이고, 양복으로 감췄어도, 어딘지 모르게 어색했다. 갑자기 누가 나타나서 자신의 정체를 폭로할 것 같은 불안감도 느꼈다. 무슨 죄라도 지은 것처럼 되도록 타인과 시선을 마주치려고 하지 않은 것도 그런 이유일까? 하지만 상대는 쇼코다. 그녀를 지근거리에서 볼 뿐 아니라, 함께 2주간 생활한다. 아무리 생각해도 꿈만 같다.

마침 방학도 시작되었고, 지루한 채점도 마쳤으며, 행정적인 수속도 완료했다. 집에다가는 논문 관계로 좀 더 체류하겠다고 알렸다. 대신 스가노 씨에게는 귀국한 것으로 속였다. 어쩔 수 없다. 함께 만주를 방문할 날만 기다리는 그에게 미안했지만, 지금은 쇼코 외에 아무것도 눈에 들어오지 않았다.

이런저런 생각을 하는 사이, 승객들이 쏟아져 나오기 시작했다. 아마 비즈니스 클래스부터 나올 것이다. 맞았다. 제일 첫 번째 그룹에 속한 쇼코가 보였다. 비록 이번에도 커다란 선글라스로 얼굴을 반쯤 가렸지만, 한눈에 알아볼 수 있었다. 먼저 손을 흔들까 했지만, 대신 피켓을 높이 쳐들었다. 그녀가 알아서 자신을 찾는 편이 자연스럽다. 그래야만 아귀가 맞는다.

다행히 주위를 둘러보던 그녀가 이쪽을 바라봤다. 그리고는 잠시 그를 주시했다. 선글라스 너머로 그녀의 눈동자가 바쁘게 움직이는 모습을 굳이 확인하지 않아도 알 수 있었다. 기본적으로 경계심이 많아 보였다. 아는 길도 몇 번씩 확인하고 가는 스타일 같았다. 그는 애써 환하게 웃으며, 반가운 척했다. 사실 무척 반가웠다. 그제야 안심한 듯 그녀가 고양이처럼 천천히 다가왔다.

"자니?"

그녀의 입에서 짤막한 단어가 나왔다. 마치 무슨 암호라도 던지듯.

"쇼코 상? 반가워요. 자니입니다."

그가 두어 번 고개를 숙이며 말했다. 이런 행동은 미리 여러 번 연습해뒀다.

"한국 사람?"

선글라스를 벗어 머리 위에 꽂으며 그녀가 말했다.

"네. 맞습니다."

"자니라고 해서 외국인이 나올 줄 알았어요. 흑인이나 백인. 아무튼 반가워요."

저쪽에서 한국어로 말하면서 먼저 손이 나왔다. 정민이 그 손을 잡고 과장되게 흔들며 계면쩍은 표정을 지었다.

"헷갈렸다면 미안해요. 그럴 사정이 있어서요…."

"괜찮아요. 지난번에 안내했던 분은 디지였어요. 그런 이름도 있는데요, 뭘."

"그렇죠. 그럼 이리 오시죠."

재빨리 쇼코의 캐리어를 잡아끌면서 주차장으로 안내했다. 겉으로는 웃고 있지만, 속으로는 무척 떨렸다. 선글라스를 벗은 그녀의 얼굴은 그가 롯폰기에서 몰래 찍은 모습과 다름이 없었다. 아니 오히려 더 세련되고, 더 아름다웠다. 뭔가 주위를 압도하는 듯한 기운이 자연스럽게 흘러나왔다. 진하지 않은 고급 향수까지 더해져서, 여전히 그녀의 존재는 신비로웠다. 확실히 그녀는 인화는 아니었다. 그러면서 인화를 연상시키는 뭔가는 있었다. 그게 뭔지 잘 모르겠지만.

이윽고 BMW 740을 빼내서 시내로 진입했다. 주중의 오후 1시. 제일 도로가 한산할 시간이다. 목적지인 롯폰기의 그랜드 하얏트까지 한 시간이면 충분하다. 그래도 혹시 몰라 내비를 찬찬히 살폈다. 중간에 길을 잃거나, 엉뚱한 쪽으로 돌면 안 된다.

사실 나름대로 용의주도하게 준비는 했다. 이미 며칠 전부터 이 차를 몰았다. 대낮이나 야밤의 한적한 도로 상황에서 몇 번이고 동선을 파악해서 최대한 길을 익히려고 노력했다. 디지에게서 미리 리스트는 받아뒀다. 대부분 고급 레스토랑과 헬스장, 호텔, 부티크 등이었다. 미리 답사하면서 전체적인 배열이나 로케이션을 머릿속에 넣어뒀다. 일방통행로가 많아서 한눈을 팔다가는 미로 속을 헤매게 된다. 마치 누군가 요소요소에 함정을 파놓은 듯했다. 물론 이제는 눈을 감고도 찾아갈 정도가 됐지만, 그래도 안심할 수 없다.

문득 백미러로 뒷좌석을 바라봤다. 그녀는 피곤한지 의자에 몸을 파묻고, 헤드 레스트에 머리를 기댄 채, 지그시 눈을 감고 있었다. 하긴 그녀에게 이런 바깥 풍경은 별로 새로울 게 없을 것이다. 앞으로 2주 동안 해야 할 일과 만나야 될 사람 문제로 머릿속이 복잡할 것이다.

실내엔 승용차의 나른한 기계음만 들렸다. 대형차라 그런지 배기음이 무거웠다. 덕분에 분위기도 무거웠다. 난생처음 만난 처지라 따로 할 이야기도 없었다. 문득 입안이 답답해졌다. 이럴 때 캔디라도 먹고 싶었지만, 차내엔 아무것도 없었다.

그는 미리 준비해간 CD 리스트를 살폈다. 이 차에는 희한하게도 CD 체인저가 달려있어서, 10장 정도를 수납할 수 있었다. 그간 자신이 모았던 CD 중에 가벼운 분위기만 골라서 넣었다. 그것도 모자라서 일부러 미우라 상에게 몇 장 정도 추천까지 받을 만큼 만전을 기했다. 마침 스탠 게츠의 보사노바 음반이 보였다. 볼륨을 낮게 하고, 플레이 버튼을 눌렀다. 기분 좋은 리듬이 넘실거리는 가운데, 관능적이며 유혹적인 테너 색스가 나왔다. 잠시 후, 그녀가 반응을 보였다.

"재즈인가요? 분위기가 색다른데요?"

"보사노바 재즈입니다. 브라질의 삼바 리듬을 응용한 재즈입니다."

"좋아요. 아주 좋아요."

그녀의 얼굴에서 가벼운 미소가 흘렀다.

"자니 씨는 브라질에 가본 적 있어요?"

"아뇨. 아직까지."

그의 표정도 좀 밝아졌다.

"하지만 언젠가는 가보려고 합니다."

"왜요?"

"글쎄요…. 보사노바 재즈를 듣다 보니 궁금해졌다고나 할까? 축구 쪽은 아닙니다. 그쪽은 취미가 없어요. 하지만 이파네마 해변이나 코르코바두 언덕이나 코파카바나나…. 뭐 그런 곳도 궁금하고, 삼바 축제에도 가보고 싶고…. 이왕 간 김에 이구아수 폭포도 보고 싶고."

"브라질에 대해 잘 아시네요?"

"그냥 심심해서 찾아본 정도입니다."

"전 딱 한 군데 있어요. 브라질 쪽은 아니고요. 파타고니아라고…."

"거긴 아주 남쪽 아닌가요? 남극이 가깝지 않아요?"

"맞아요. 잘 아시네요. 그래서 가보고 싶어요."

"그렇게 먼 데를 가려는 이유가 있나요?"

"세상의 끝이니까요."

"아하…."

잠시 침묵이 이어졌다. 그녀는 창밖으로 시선을 돌려, 멍하니 도시의 풍경을 바라봤다. 끝도 없이 마천루들이 나타났다가 사라졌다. 가끔 크리스마스 캐럴이 들리고, 트리도 보였지만, 전체적으로는 한산했다.

"자니 씨는 여기에 머무는 특별한 이유가 있어요?"

문득 생각난 듯이 그녀가 말했다.

"꼭 대답해야 하나요?"

그가 되물었다.

"그건 아니구요…. 어딘지 모르게 친근한 인상이랄까? 어디서 한번 본 듯하기도 하구요."

"워낙 평범한 인상이라 그런 말을 가끔 듣습니다."

그는 잠시 움찔하다가 대충 둘러댔다.

"그러는 쇼코 씨는 일본인인가요? 한국어를 꽤 잘하시네요."

그 질문에 그녀는 따로 대답하지 않았다. 오히려 다른 질문을 던졌다.

"근데 디지라는 분과는 친한 모양이네요?"

"형 동생 하는 사이입니다."

"여기서 알게 되었어요?"

"그런 셈이죠."

"그게 무슨 뜻이에요?"

"그냥 그렇다는 것이죠."

"감추고 싶은 게 있는 모양이군요?"

잠시 침묵이 이어졌다. 그러다 그녀의 얼굴에서 가벼운 미소가 흘렀다.

"디지 씨도 재즈를 좋아하죠? 아니, 연주한다고 했나? 그런 음악 관련으로 아는 사이인 모양이네요?"

"그런 셈이죠. 아무튼 그 친구가 느닷없이 부탁하더군요. 미인 한 분을 모셔야 하는데, 자기가 너무 바쁘니까, 대신 일해 줄 수 있냐? 미인이란 말을 듣고, 일단 수락부터 했습니다."

"직접 보니까 어때요?"

"이번 일을 맡지 않았으면, 평생 후회할 뻔했습니다."

그 말에 한동안 그녀가 웃었다.

"여자에 대해서 뭐 좀 아시네요."

"아, 오해하지 마세요. 그쪽은 완전 젬병입니다."

"디지 씨가 또 저에 대해 한 말은 없어요?"

재차 그녀가 물었다.

"한 가지 있죠."

그도 웃으며 말했다.

"팁이 후하다는 것."

2

그 후 일주일 동안 반복되는 스케줄이 이어졌다. 정확히 오후 3시에 하얏트에 가면, 항상 그녀가 정문에서 기다리고 있었다. 복장은 매일매일 달랐다. 어떤 때엔 비즈니스 정장 차림이었지만, 어떤 때엔 캐주얼이었고, 어떤 때엔 기모노였다. 옷이 바뀔 때마다, 분위기도 확 바뀌었다. 덕분에 매일 약속 장소에 갈 때마다 오늘은 어떤 모습일까 즐거운 상상을 하게 만들었다.

오전에 그녀는 호텔에 부속한 짐에서 시간을 보내는 모양이었다. 러닝머신에서 뛰고, 가벼운 필라테스를 하고, 수영으로 마무리짓는 패턴. 대략 두 시간 정도를 보내는 모양이다. 아침은 대개 건너뛰고, 점심은 그때그때 손이 가는 대로 챙겨 먹는 눈치였다. 아무튼 지속적인 관리를 한 덕분에, 몸매도 몸매지만, 혈색과 피부가 무척 좋았다. 때로는 빛이 날 정도였다.

약속은 대부분 저녁과 연결되어있었다. 주로 호텔 커피숍에서 만나 이야기를 나누다가 인근의 레스토랑으로 움직였다. 대부분 뉴 오타니 호텔에서 이뤄졌다. 하얏트에서도 한 번 그런 만남이 있었다. 그럴 때면 그는 멀리 구석에 앉아 커피를 시켜놓고, 다음 이동 때까지 기다렸다. 이것은 무척 지루하고 또 따분했다. 그냥 먼 발치에서 그녀를 바라볼 뿐, 달리 할 일이 없었다.

이윽고 저녁 약속 장소로 이동하면, 그는 뒷좌석에 앉은 쇼코의 상대편을 꼼꼼하게 관찰했다. 디지의 말대로, 정재계의 고위층으로 보였다. 주로 50대가 많았고, 세련된 정장 차림이었으며, 매너도 좋았다. 그에게 후한 팁을 준 사람도 있었다. 사람을 관리하고, 지시하는데 익숙한 모습이었다.

저녁 약속 장소는 감히 정민의 수준에서 넘볼 수 없는 곳들이 많았다. 대부분 쇼코의 상대편이 자주 가는 곳들이었다. 한두 번 그런 곳에 가본 경험이 있는 그는 대략 어떤 시스템인지 상상이 갔다. 하루에 열 명 이하의 손님만 받고, 오마카세의 메뉴만 있으며, 오로지 단골들만 상대한다는 것. 심지어 간판이 없는 곳도 있었고, 겨우 명함만 한 간판을 내걸고 숨어서 영업하는 곳도 있었다.

일단 그곳에 가면, 그는 인근의 음식점에서 저녁을 먹고 기다렸다. 대개 술을 함께 하기 때문에, 9시나 10시가 되어야 끝난다. 이후 두 사람을 태우고 하얏트로 가거나 혹은 쇼코 혼자만 가거나, 둘 중 하나였다.

과연 호텔 방에서 두 사람이 무슨 일을 벌일까 생각하면, 가끔 안에서 불길이 치솟았다. 자신이 질투를 할 입장이 아니라는 것은 분명히 알고 있었다. 그럼에도 정작 두 남녀가 호텔 방으로 사라지는 모습을 확인하면, 어쩔 수 없이 격한 감정이 치솟았다.

그럴 때면 인화 생각이 났다. 그날 그 오후가 떠올랐다. 그녀의 상대는 깡패였다. 나중에 조직에 들어갔다는 말을 들었다. 그리고 자기는 아무런 행동도 취하지 않았다. 생각해보면 정말로 자신이 비굴하고, 한심하게 느껴졌다. 또 무기력했다. 쇼코의 현재도 그와 다를 바 없었다. 하지만 쇼코는 인화가 아니다. 그녀는 비즈니스를 하고 있는 것이다. 그렇게 생각하며 마음을 진정시켰다.

정확히 그녀가 어떤 일을 할까 확인할 수 없지만, 대략 고급 에스코트 서비스가 아닐까 짐작이 갔다. 그럼 하룻밤의 화대는 대체 얼마나 될까? 나도 쇼코를 하룻밤 정도는 살 수 있지 않을까? 예약은 어떤 식으로 돌아갈까? 나 같은 사람도 예약을 받아줄까? 그냥 편하게 마음을 털어놓고, 하룻밤을 보낸 후 아무 일도 없었다는 듯 훌훌 털어버리는 편이 더 낫지 않을까? 구태여 이런 짓거리를 하지 않아도 된다.

아마 어림도 없을 것이다. 설령 돈이 있다고 해도, 받아주지 않을 것이다. 상대편 남성들의 면면을 보자. 그야말로 일본의 상위 1%, 아니 0.1%에 속하는 자들이 아닌가. 거기에는 그들 나름대로의 멤버십과 규칙과 프로토콜이 있다. 아무나 들이밀 수 있는 세계가 아니다. 세상 경험은 많지 않아도, 이런 것은 본능으로 알아챌 수 있다. 왜 디지가 함부로 다가가지 말라고 경고했는지 조금씩 이해가 되었다.

한편으로는 그가 그녀에게서 정확히 원하는 게 뭔지 알 수 없었다. 섹스? 물론 원했다. 그러나 그게 전부일까? 혹시 백마 탄 기사가 되어 위험에 처한 공주를 구하는 것? 우습다. 가당치도 않다. 아니면 인화의 비극에 대한 참회? 보상? 대리 만족?

한 가지 흥미로운 것은, 손님들과 있을 때 보여준 쇼코의 행동이었다. 일단 일어가 능숙했다. 그것도 상류 계층에서나 쓸 직한, 다분히 은유적이고, 간접적인 표현이 많았다. 또 갑과 을이 바뀌었다고나 할까? 마치 쇼코가 접대받는 분위기였다. 그럴 때의 그녀는 무척 권위적이고 또 도도했다. 낮에 그와 단둘이 있을 때와는 완전히 딴판이었다.

대체 그녀의 진짜 모습이 뭘까, 가끔 자문해봤다. 아마 둘 다일 수도 있다. 그런 양면성이 그녀를 지탱하고, 밸런스를 갖게 해주는 힘이 아닐까 싶었다. 하지만 둘 다 아닐 수도 있다. 그냥 상황에 맞게 처신할 따름이다. 진짜 모습은 아마도 어딘가 저 멀리, 말하자면 파타고니아쯤에 있지 않을까?

이렇게 갖가지 공상을 하다 보면 금세 다음날이 찾아온다. 그리고 막상 새로운 모습으로 나타나는 쇼코를 보면, 순식간에 환희에 싸이는 자신을 발견한다. 그냥 좋다. 그녀를 본 것만으로도 즐겁다. 손을 잡거나, 키스를 하거나, 가슴을 어루만지지 않아도, 그는 그녀의 존재감을 충분히 확인할 수 있었고 또 느낄 수 있었다. 함께 있는 것만으로도 족했다. 어쩌다 그녀를 미소짓게 하면, 그 이상의 행복도 없었다. 딱 이 정도가 좋지 않은가? 그게 이번 일을 맡으면서 그가 원했던 레벨이 바로 이 정도가 아니었나?

하지만 정작 그녀가 약속 장소에 도착하고, 새로운 상대를 만나게 되면 그는 다시 질투심에 휩싸였다. 아니 더욱 마음이 아프고, 쓰라렸다. 그냥 바깥으로 튀어나가 어디론가 도망치고 싶었다. 하지만 그의 시야에는 여전히 그녀가 포착되어있었고, 여전히 화사한 빛을 발하고 있었다. 그 존재 앞에 그는 한없이 무력해졌다.

그렇게 일주일이 흘렀다. 이 기간 동안, 둘은 거의 대화를 나누지 않았다. 아니 그럴 틈조차 없었다. 그만큼 그녀는 바빴다. 특히, 손님을 만나러 가는 와중에는 신경이 무척 예민해져서, 그는 기침조차 할 수 없었다.

다행히 지금은 일을 무사히 마치고, 동반하는 남자가 없이 혼자만 호텔로 향하는 중이었다. 어느 정도 술을 마신 듯 약간 취기가 오른 모습이었다. 이번에는 마일스 데이비스의 발라드 넘버를 골라 약하게 틀었다. 싸늘한 뮤트 트럼펫의 음향이 도쿄라는 대도시의 냉랭한 분위기와 더없이 잘 어울렸다.

"오늘은 누구예요?"

뜬금없이 그녀가 물었다.

"누구라뇨?"

그가 힐끔 그녀를 돌아보며 말했다. 오늘 그녀는 세미 정장 차림. 화사한 분홍색 계통이 멋지게 잘 어울렸다.

"지금 연주하는 사람."

"아, 마일스 데이비스."

"처음 들어봐요. 하지만 근사하네요."

"가끔 듣습니다. 외로울 때 좋아요."

"자니는 혼자예요?"

그 말에 그는 대답할 수 없었다.

"혼자인 모양이네요. 그런 분위기가 느껴져요."

"혼자 사는 남자는 어떤데요?"

"그냥 슬퍼 보여요."

"난 슬프지 않아요."

"자니가 그렇다는 게 아니라, 대부분 그렇다는 거죠."

"중년에, 혼자에, 타지에, 돈도 빽도 없고…. 슬프지 않다면 오히려 이상하겠죠."

문득 생각한 듯이 그녀가 몸을 굽혀, 바싹 그에게 다가왔다.

"술 한잔할래요? 오늘따라 술이 당기네요."

느닷없는 제안이다. 하지만 마다할 이유가 없다.

"나 같은 사람도 괜찮다면, 상대해 드리죠."

"자니가 뭐가 어때서요? 친절하죠, 유머 감각도 있죠, 음악도 잘 틀죠…. 그리고 미스터리하고."

"칭찬이 과합니다. 운전에 방해가 돼요."

"암튼 시간 되죠?"

"그럼요."

"꼭 시간 내요. 과외 수당은 두둑이 챙겨드릴 테니까."

"알았어요. 알았어."

이렇게 해서, 호텔에 도착하자마자, 주차장에 파킹한 후, 밖으로 나왔다. 막상 이렇게 나와보니 롯폰기 힐스는 엄청 거대했다. 모리 미술관이니 전망대니 백화점 등이 뒤섞여있어서, 사람도 많았고, 이벤트도 많았다. 특히, 크리스마스 시즌이 겹쳐서 여기저기서 크리스마스 캐럴이 서로 경쟁하듯 달려들었다.

"가만…. 이 부근에 제가 아는 바가 있어요. 그쪽으로 가죠."

그녀의 제안에 그가 잠시 고민했다. 거기는 예전에 그녀를 훔쳐보기 위해 방문한 곳이다. 뉴욕풍의 세련된 인테리어와 여피풍의 손님들이 넘쳐나는 곳. 괜히 거기에 갔다가 그녀에게 그의 정체가 드러날 수도 있다. 안 된다.

"재즈 라이브 어때요? 근처에 아는 데가 있는데…."

황급히 그가 방향을 돌렸다. 재즈 라이브란 말에 그녀는 활짝 웃으며 따라왔다.

3

오늘따라 〈알피〉에서는 뜨거운 재즈 배틀이 벌어졌다. 원래 일본인 중심의 쿼텟으로 공연이 진행되었는데, 중간에 객석에서 트럼펫을 든 흑인이 나타났다. 그가 밴드의 리더인 색소폰 주자와 한판 대결을 요청한 것이다. 흔치 않은 광경이다. 하지만 가끔 이런 일이 벌어진다고 한다.

요행히 정민이 예전에 앉았던 자리를 차지할 수 있어서, 쇼코와 근거리에서 이런 광경을 지켜볼 수 있었다. 이런 공연을 보는 것 자체가 행운이다. 확실히 둘의 연주 스타일이 달랐다. 힘을 바탕으로 쩌렁쩌렁 공간을 올리는 흑인의 트럼펫도 짜릿했지만, 다소 느슨한 듯하면서, 노련하게 받아치는 일본인의 태너 색스도 내공이 만만치 않았다. 덩치라든가 파워만 놓고 보면 일본인은 흑인에 명함도 내밀지 못할 상황. 하지만 막상 배틀이 시작되자, 그 대조적인 스타일이 오히려 묘한 앙상블을 엮어내고 있었다. 재즈만이 연출해낼 수 있는 특이한 광경이었다.

덕분에 쇼코는 완전히 연주에 몰입했다. 두 주먹을 불끈 쥐고, 가끔 환호도 하고 또 한숨도 내쉬었다. 위스키 온 더 록이 계속 사라졌다. 정민 역시 배틀을 보는 틈틈이 그녀를 바라보며, 더 없는 행복감에 휩싸였다. 정말 이곳에 오기를 잘했다. 게다가 평소 볼 수 없는 구경거리까지. 그럼에도 그녀와 이 공간을 함께 점유하고, 함께 숨을 쉬고, 함께 감동한다는 것이 실감나지 않았다.

배틀은 무려 30분쯤 진행되었고, 이윽고 연주가 끝나자 흑인이 박장대소하며 일본인 리더를 껴안았다. 객석을 채운 모든 손님들이 자리에서 일어나 뜨거운 박수를 보냈다. 쇼코도 비명을 지르며 박수를 쳤다. 한동안 클럽이 무너져 내릴 정도의 환호성이 터져 나왔다. 정민도 정말 속이 후련해진 느낌이었다. 이런 연주를 보고 나면 계속해서 재즈를 좋아할 수 있다.

"고마워요. 덕분에 묵은 체증이 다 씻겨 내려갔어요."

쇼코가 건배를 제안한 후, 쭉 잔을 비웠다. 그리고 두 병의 맥주를 추가로 시켰다.

"오늘 운이 좋았어요. 이런 공연을 보기가 쉽지 않은데."

"무슨 고수들의 한판 대결을 본 것 같았어요. 흑인도 대단했지만, 역시 일본인이 노련하더군요. 잘은 모르겠지만, 느낌으로 알 수 있었어요. 재즈라고 하면, 어떤 형태가 뚜렷하지 않고, 알 수 없는 음이 그냥 흘러가는 느낌이었는데, 오늘 확실히 뭔가가 잡히는 느낌이에요."

"나도 마찬가지예요. 바로 이런 맛에 재즈를 듣는구나 싶더군요."

"그러니 연주하는 사람은 어떻겠어요? 말 그대로 짜릿짜릿하지 않을까요?"

"그렇겠죠. 경험해보지 않아서 잘 모르겠지만."

"악기 연주하는 건 없어요?"

"없어요. 예전에 피아노 학원 몇 달 다닌 게 전부죠. 그땐 음악에 별 관심도 없었고, 억지로 배우다 보니 매번 제자리걸음이었죠."

"부모님 중에 누군가 음악을 좋아하니까 피아노 학원에 보낸 것은 아닐까요?"

"실은 부친이 음악을 좋아했습니다."

"역시."

"처음에는 날 과대평가했죠. 어떤 음악적인 재능이 있으리라 기대한 겁니다. 자신이 지독한 레코드 컬렉터에다 음악광이었으니, 그런 피를 타고난 아들은 충분히 베토벤이나 모차르트 정도는 연주할 수 있을 것이다. 뭐 그렇게 믿은 거죠. 하지만 석 달도 되지 않아서 그 꿈이 헛된 망상이었단 걸 깨달았죠."

"세상에…."

"더 중요한 것은…."

곰곰이 과거를 회상하며 정민이 말했다.

"그때 이후 나에 대한 부친의 관심이 완전히 끊어졌다는 겁니다. 다시는 상대하지 않았죠. 퇴근하면 곧장 자신의 서재로 가서 줄창 음악만 들었습니다. 손님이 와도 그 방에서 만났고, 때론 잠도 그곳에서 잤어요. 술도 혼자 그곳에서 마셨고요. 피아노 학원 사건 이후, 실제로 내게 부친은 없는 것과 다름이 없었습니다. 덕분에 지금도 악보를 보면 헛구역질이 날 정도예요. 한동안 음악을 기피하기도 했죠."

"세상에…. 안됐어요. 그런 일로 누구를 탓할 상황도 아닌데…."

"하지만 오늘 공연을 보니까 좀 후회는 됩니다. 저 수준까지는 아니어도, 뭔가 개인적인 취미로 발전시킬 여지는 있었거든요. 실은 부친에 대한 반발로 일부러 피아노를 멀리한 탓도 있을 겁니다. 뭐 지금 돌이켜봐야 소용없지만요…."

"저도 악기를 다루진 못하지만, 그림은 가끔 그려요."

종업원에게 맥주를 받아 든 쇼코가 말했다. 그리고 한 병을 그에게 건넸다. 둘은 병째 건배를 하고, 병째 마셨다.

"그림 그리는 것도 역시 부럽습니다. 난 도통 예술 쪽에 소질이 없나 봐요."

"그럴 수도 있죠."

그녀가 가볍게 웃었다.

"아까 공연을 보면서 이런 생각을 했어요. 내가 직접 재즈를 연주할 순 없지만, 그런 연주인들을 그릴 수는 있겠다. 뭐 누구든 상관없어요. 꼭 잘난 연주인만 스포트라이트를 받으란 법은 없잖아요. 그냥 혼을 다해서 연주하는 사람을 만나고, 그 모습을 내 그림에 담아낼 수만 있다면 얼마나 좋을까. 유치한 상상이지만, 뭐 어때요? 누구에게 자랑하려고 그리는 건 아니니까요."

"그럼요. 그림이라도 그릴 수 있으니 얼마나 좋아요?"

"그러는 자니는 글 좀 쓸 것 같은데?"

순간 정민이 뜨끔했다.

"글이라뇨? 당치도 않습니다. 최근 몇 년간 제대로 된 책을 한 권이라도 읽어봤나?"

"지금은 아닐지 몰라도…. 예전에라도…. 그런 생각해본 적 없어요?"

"뭐 생각은 했죠. 신춘문예 같은 데도 응모해봤고…."

"거봐요. 내 말이 맞잖아요."

그녀가 박수를 치며 웃었다. 그도 멋쩍은 듯 웃었다.

"글을 쓴다는 것, 소설을 쓴다는 것, 정말 아무나 하는 일이 아닙니다. 나름대로 글재주는 있다고 생각했는데, 결국 주제 의식이 문제가 되더군요. 세상에 대해 뭔가 할 말이 있는 사람이 작가가 되는 모양입니다. 그런 면에서 나는 지극히 평범하고, 보잘것없어요."

"꼭 뭔가를 이야기해야 하나요?"

"당연하죠. 한때는 운동권이나 페미니즘 계열을 동경하기도 했습니다. 적어도 주제 의식은 명확하니까요."

"빤하잖아요. 무슨 이야기를 할지 미리 알면 재미가 있을까요?"

"예리하군요. 한 방 먹었어요."

"그냥 어느 바보가 아무 이야기나 떠든다고 생각하세요."

"가끔 사진은 어떨까 생각은 합니다."

무슨 고백이라도 하듯 조심스럽게 그가 말했다.

"물론 그쪽 분야도 쉽지는 않지만."

"뭐 어때요? 그쪽도 근사한데요?"

"비비언 마이어라는 여류 작가가 있습니다. 평생 시카고의 사람들을 찍었죠. 한 10만 장 이상을 담아낸 모양입니다. 그러나 한 번도 전시회를 열지 않았고, 사진을 남에게 공개하지도 않았어요. 정말 무명으로 죽었죠. 나중에 우연히 그녀의 유산을 누가 찾아내서 밝히기 전까지 그런 존재가 있었는지도 몰랐어요. 뭐, 그럼 어때요? 찍는 순간의 자기만족이나 자기 성찰 같은 게 있다면, 뭐 그걸로 된 것 아닐까요?

"멋져요. 꼭 그녀의 사진을 찾아볼게요."

이제 분위기가 바뀌어, 조용하게 피아노 트리오가 BGM으로 흘러나왔다.

"근데 왜 여기서 불법 체류하는지, 그 이유 정도는 말해줄 수 없을까요?"

그녀가 나직이 물었다.

"대답하기 싫은데요?"

그러자 그녀가 그의 팔을 붙잡고 흔들면서 투정을 부렸다. 그는 어쩔 수 없이 허허 웃으며 한숨을 내쉬었다.

"체인점인지 뭔지를 해보려다가 쫄딱 망했어요. 그래서 도망쳐온 거죠."

"무슨 체인점이었길래요?"

"돈카쓰."

"돈카쓰?"

다시 그녀가 웃었다.

"도무지 상상이 가지 않아요. 자니가 요리사 복장을 하고 돈카쓰를 튀긴다는 게…."

"내가 직접 튀기진 않아요. 사업으로 하려고 했죠."

"그래도 마찬가지죠."

정민이 시무룩한 표정을 짓자, 그녀가 미안한 얼굴이 되었다.

"미안해요. 괜히 놀린 것 같네요."

"놀려도 돼요. 이젠 무감해졌거든요."

"아무튼 고마워요. 요 근래 이렇게 즐거웠던 적이 없어요. 이렇게 마음껏 웃어본 게 몇 년 만인지 모르겠네요."

갑자기 조용한 침묵이 흘렀다. 돌아보니 주위에 아무도 없었다. 문득 그녀가 가방에서 지갑을 꺼내 만 원권 여러 장을 뽑았다. 그리고 조용히 건넸다. 받고 보니 의외로 묵직했다. 이십여 장은 되어 보였다.

"이게 뭡니까?"

정민이 의아한 표정으로 물었다.

"팁이에요."

슬쩍 쇼코가 윙크하며, 자리에서 일어났다.

"빨리 재기해야죠. 안 그래요?"

4

그 손님은 첫인상부터 나빴다. 약속 장소인 뉴 오타니 호텔의 커피숍에 늦게 나타났을 뿐 아니라, 쇼코를 대하는 태도도 건방지기 짝이 없었다. 대놓고 말을 놨고, 인신공격도 서슴지 않았다. 중간중간 휴대폰이 울렸는데, 대부분 화를 내며 받았다. 늘 뭔가를 지시하고, 꾸짖고, 감시하는 데에 익숙한 인간이다.

이제 정민은 보다 가까운 자리에서 쇼코를 지켜보게 되었는데, 덕분에 그녀가 상대와 나누는 대화를 자세히 들을 수 있었다. 어떤 직업이건 어려움이 있기 마련이지만, 이렇게 여자 혼자의 몸으로 직접 세상과 맞부딪혀 살아간다는 것은 절대 쉬운 일이 아니다. 상대적으로 자신이 얼마나 편하게 지내왔는지 새삼 깨달을 수 있었다.

녀석은 비쩍 마른 몸매에 혈색도 좋지 않았다. 가까이 있으면, 아마 입 냄새가 심하게 났을 것이다. 양쪽으로 찢어진 눈가는 잔인해 보였고, 자기보다 힘이 없는 상대라면 일단 업신여기고 보는 기색이 역력했다. 옷차림은 화려하지 않았지만, 이렇게 자신만만한 것은, 관청이나 정부 관계의 일을 한다는 뜻이리라. 거액의 리베이트가 오가는 청탁이나 이권 개입에 오랫동안 몸담았을 것이다. 접대받는 데에 익숙한 모습이었다.

이런 녀석을 보면 정민은 기본적으로 넌더리를 쳤다. 체질적으로 도저히 어울릴 수 없는 부류다. 하지만 사회 곳곳에 이런 녀석들이 포진하고 있다. 특히, 이른바 실무를 장악하고 있어서, 함부로 윗선에서 해고할 수도 없다. 공무원, 노조, 학교, 관청, 대기업 등에 교묘하게 뿌리박고 있어서, 조직과 인간들의 피를 지속적으로 빨고 있다. 자기들끼리의 네트워크도 대단해서, 누군가 자칫 잘못 건드렸다간 흡혈귀 무리에 에워싸일 수도 있었다. 그래서 그냥 쉬쉬하면서 피할 뿐이다.

그래서 정민의 마음이 편치 않았다. 쇼코 역시 내색은 하지 않았지만, 불편한 기색이 보였다. 하지만 프로답게 되도록 웃음으로 넘기고 있었다. 하지만 녀석은 상대를 불편하게 하면 할수록 힘이 나는 타입이다. 자신의 권력을 최대한 발휘하고 싶은 것이다.

녀석이 단골이라고 들어간 식당에서도, 그런 태도는 변함이 없었다. 노련한 주방장이 카운터에 앉은 예닐곱 명의 단골들을 상대로 그때그때 요리를 내는 방식인데, 되도록 녀석과 눈을 마주치지 않으려고 했다. 아마 속으로 온갖 저주의 말을 퍼붓고 있을 것이다. 그렇다. 녀석은 단골 식당에 가서도 환영받지 못하고 있었다. 하지만 그런 사실을 녀석은 모르는 모양이다. 하긴 그럴 것이다. 누가 감히 내게!

다른 테이블에서 간단하게 식사를 하면서 정민은 최대한 그쪽에 신경을 쏟았다. 뭔가 나쁜 일이 벌어질 것만 같은 아슬아슬한 기운이 이쪽까지 전해졌기 때문이다. 녀석과 주방장의 대화를 통해, 그의 이름이 니시가와고, 대장성의 엘리트라는 사실을 알았다. 자랑처럼 도다이를 몇 번 말했는데, 아마도 자신이 도쿄대 출신이라는 점을 은근히 내세우는 것 같았다. 꽤 맛있는 요리였음에도 불구하고, 중간에 정민은 젓가락을 내려놨다.

이윽고 쇼코와 니시가와가 하얏트 호텔로 사라지고 난 다음에도, 정민은 불안한 마음을 숨길 수 없었다. 나쁜 예감은 꼭 들어맞는다. 좋은 예감이 맞는 경우는 별로 없어도, 나쁜 쪽은 절대 아니다. 이것은 그가 경험으로 깨우친 사실이다. 평소 같으면 곧장 집으로 갔겠지만, 오늘은 절대 그럴 수 없다.

초조한 마음에 그만 그는 1층에 있는 바에 갔다. 무알콜 칵테일을 시켜놓고, 창밖의 풍경을 망연히 바라봤다. 어둠에 휩싸인 도시 곳곳을 화려한 네온사인이 물결치며 뒤덮고 있었다. 그것은 딱히 아름답거나, 매력적이지 않았다. 도시 자체가 갖고 있는 흉폭함과 비정함을 적당하게 가리고 있을 뿐이다. 진한 화장으로 무장한 늙은 창녀와 같았다. 저런 불빛에 혹해서, 수많은 사람들이 수많은 욕망을 갖고, 불나비처럼 날아드는 것이다.

그런 생각을 하니, 더욱 입안이 텁텁했다. 문득 자신이 지금 뭐 하고 있나, 하는 자괴감이 밀려왔다. 며칠째 집에는 연락을 끊었고, 스가노 씨의 안부 문자에도 답하지 않았다. 여전히 에리카는 연락이 되지 않는다. 다음 학기는 어떻게 해야 할지, 만주에 한번 가봐야 하는 것인지, 지금 쓰고 있는 논문을 어떻게 마무리해야 하는지, 아무튼 숙제가 산더미지만, 어디서부터 풀어가야 할지 아무 생각도 떠오르지 않았다.

이렇게 자기 자신의 일만으로도 복잡한데, 여기에 쇼코라니! 한국인인지 일본인인지 정체조차 알 수 없는 여성에게 마음을 뺏긴 나는 대체 뭐란 말인가?

어차피 내가 없어도, 쇼코는 지금까지 살아온 대로 잘 살 것이다. 계약기간은 이제 4일 남았다. 무사히 일을 마치고, 약속된 돈을 받고, 바이바이 하면 된다. 이 정도의 외도만 해도, 내게는 큰 모험이었다. 약간 장막을 올려서 힐끔 다른 세계를 봤다. 그 정도만 보면 된다. 괜히 그 안으로 발을 들이밀었다가, 돌이킬 수 없는 함정에 빠질 수도 있다. 그래, 이 정도면 되는 거야.

이렇게 자신을 납득시키듯 몇 번이고 다짐하고, 결론짓고, 고개까지 끄덕였다. 이윽고 마음의 정리를 마친 정민이 칵테일 잔을 비우고, 계산을 끝낼 즈음 휴대폰이 마구 진동했다. 꺼내보니 쇼코였다. 무척이나 다급한 상황이 바로 감지가 되었다. 확인할 필요도 없다. 물론 그냥 무시해도 된다. 이미 그는 퇴근한 상태고, 그녀의 보호자도 아니며, 괜한 일에 끼어들 마음은 추후도 없다. 그런 그의 결심을 휴대폰이 마구 흔들어놓고 있었다. 그것도 엄청 숨넘어가는 형태로. 문득 인화의 얼굴이 떠올랐다. 자신을 애타게 바라보던 그 처량한 눈길.

주저하다가 결국 그는 통화 버튼을 눌렀다.

5

〈1505호〉. 방 호수를 듣자마자, 정민은 휴대폰을 끌 경황도 없이 냅다 프론트로 달려갔다. 대충 사정을 이야기하자, 나이가 지긋해 보이는 스탭이 따라붙었다. 아무 말도 하지 않고 그는 성큼성큼 엘리베이터를 향해

갔다. 그리고 품에서 카드를 꺼내 센서에 댔다. 15층 버튼을 오르자, 조용하지만 확실하게 위로 올라갔다.

엘리베이터 안에서 정민은 계속 초조했다. 정말 굼뜨게 올라가는 것 같았다. 방안에서 어떤 일이 벌어지고 있는지 상상만 해도 손이 떨렸다. 강한 적개심이 솟구쳤지만, 애써 참았다. 하지만 노련한 스탭은 전혀 눈길도 주지 않았다. 아마 이런 일처리를 수도 없이 했으리라. 그에게는 호텔의 체면이나 명성이 문제일 뿐, 이런 개개의 일에 관심이 없다. 깊게 관여하지도 않는다. 다만 이렇게 한 발짝 떨어져서 사태를 반쯤 관망하고, 반쯤 개입하면 된다. 효과적으로, 신속하게 그리고 확실하게.

엘리베이터에서 내려, 〈1505호〉를 찾아 초인종을 눌렀다. 안에서 아무런 기척이 없었다. 재차 눌렀다. 그제야 느릿느릿 뭔가가 움직이는 소리가 들렸다. 잠시 후, 도어가 약간 열렸다. 체인을 걸어둔 상태에서, 니시가와의 의심에 찬 눈초리가 문틈 사이로 보였다.

그제야 스탭은 한 걸음 뒤로 빠지고, 정민에게 자리를 양보했다. 정민은 험악하게 그를 노려봤다. 잠시 멈짓하는 기색이 보였다. 이후 문을 닫더니, 딸깍 하는 소리가 들렸다. 그리고 체인을 풀고, 천천히 문을 열었다. 가운 차림의 틈으로 빈약한 가슴과 어깨가 살짝 드러났지만, 그는 꽤 당당한 표정이었다. 그러자 스탭은 가볍게 묵례하고 사라졌다. 그사이 정민은 성큼성큼 안으로 들어갔다.

실내는 꽤 널찍했다. 커다란 창문 밖으로 도심의 야경이 한눈에 들어왔고, 세 사람이 누워도 남을 만큼 커다란 침대가 왼편에 보였다. 맞은편에는 소파 세트가 놓여있었다. 3인용 소파는 성인 남자 한 명이 누워도 넉넉할 정도로 거대했다. 하지만 어디에도 쇼코는 보이지 않았다.

"너 뭐야? 여기 왜 들어왔어?"

녀석이 시비조로 정민의 어깨를 쳤다. 순간 그의 눈에, 테이블에 어지럽게 흩어진 약봉지와 딜도 그리고 채찍이 들어왔다. 갑자기 피가 역류했다. 그는 자기도 모르게 녀석을 한 방 먹였다. 학창시절에 싸움깨나 했던 정민에게 이런 녀석 정도는 한주먹감도 안 된다. 이미 꼭지가 단단히 돌은 상태다. 정민의 입에서 마구 욕설이 튀어나오며 주먹이 허공을 갈랐다.

"이 새끼가 어디서 감히…!"

아예 바닥에 쓰러진 녀석을 깔고 앉아 마구 때렸다. 누가 그를 막지 않았다면 큰 사달이 났을 것이다. 정민이 돌아보니, 가운 차림의 쇼코가 눈물범벅이 되어 그를 말리고 있었다.

"그만해요! 제발 그만해요!"

그녀의 등 뒤로 활짝 열린 화장실 문이 보였다. 그렇다. 그녀는 화장실에 숨어서 그에게 전화한 것이다. 외견상 별 상처가 보이지 않았으므로, 일단 정민은 화를 풀었다. 천천히 자리에서 일어나 녀석을 발로 찼다.

"꺼져, 새끼야!"

그 말에 얼른 일어난 녀석은 황급히 옷가지를 챙겨 가운 차림으로 도망쳤다. 이미 얼굴은 피투성이였다. 아마 녀석 평생에 이렇게 맞아본 적은 없을 것이다.

순간 쇼코가 와락 그의 품에 안겨 울음을 터트렸다. 그는 가볍게 그녀의 등을 토닥이며 안심시켰다.

"고마워요. 정말 고마워요."

"괜찮아요. 다 끝났어요. 안심해도 돼요."

그러나 그녀는 계속 흐느낄 뿐이었다. 조금씩 그의 마음도 울적해졌다. 마음 같아서는 함께 울고 싶을 지경이었다. 그러나 꾹 참고 그녀의 등을 가만히 두드렸다.

6

다음 날 오전, 쇼코에게서 연락이 왔다. 오늘은 좀 일찍 와줄 수 없냐고 물었다. 간밤의 일도 있고 해서, 사실 정민은 잠을 잘 이루지 못했다. 분한 마음도 있었고, 후회도 되었다. 하지만 이미 엎질러진 물이다. 늦은 아침을 먹고, 커피 한잔하는 사이 연락이 온 것이다. 아직은 계약 기간이 남았다. 일단 일을 맡은 이상, 끝까지 해야 한다. 그냥 여기서 끝낼 수도 없다. 자신의 폭력 행위는 어떤 식으로든 정리가 되어야 한다. 하얏트로 가는 내내 불안감이 엄습했다.

예의 그 자리에 그녀가 보였다. 항상 활짝 웃으며 마음을 설레게 했던 모습이 아니다. 처음 봤을 때의 선글라스를 끼고 있었고, 표정이 어두웠다. 검정색 계통의 정장 차림이어서 어디 문상이라도 가는 분위기였다. 차 문을 열고 안으로 들어올 때에도 간단히 고개만 숙여 인사했을 뿐이다.

"오늘은 하네다로 가주세요."

짤막한 지시만 할 뿐, 별말이 없었다. 하긴 그럴 것이다. 어쨌든 대장성의 엘리트를 건드렸다. 어떤 식으로든 합의를 봐야 한다. 그 과정에서 자신의 신분이 드러나면 정말 곤란해질 것이다.

"잠은 잘 잤어요?"

침묵을 견디다 못해, 그가 물었다.

"네. 그런대로."

역시 짤막한 대답.

"나는 제대로 못 잤어요. 쇼코 씨 생각을 하면 분이 치밀지만, 어쨌든 폭력을 행사했잖아요. 그 작자가 어떻게 나올지 도무지 상상이 되지 않아요."

"자니가 곤경에 처할 일은 없어요."

단호하게 그녀가 말했다.

"내가 문제를 일으킨 거지, 자니가 일으킨 건 아니잖아요. 안심해요."

"근데 왜 갑자기 하네다로?"

"만날 사람이 있어요. 이 문제를 해결할 사람."

"아하."

"이런 일에는 항상 리스크가 있어요. 그럴 때 등장하는 분이 있죠."

"무슨 영화 보는 것 같군요. 스나이퍼나 암살자가 등장하나요?"

"조심해요. 무척 위험한 사람이에요. 괜히 말 섞지 말고, 눈도 마주치지 말아요. 행여 나한테 무슨 일이 벌어져도 다시는 나서지 말아요. 어젯밤에 얼마나 후회했는지 몰라요. 프로답지 않게 행동했잖아요."

조목조목 맞는 얘기다. 그녀의 말속에는 모종의 명령이 담겨있었다. 절대로 어기면 안 되는 뭔가가 있다. 거기에 절대 대꾸하면 안 된다.

이후 하네다 갈 때까지 그녀는 아무 말도 하지 않았다. 어딘지 모르게 초조하고, 불안해 보였다. 해결사? 그런 친구가 있긴 한가?

하긴 그녀의 뒤에는 뭔가 알 수 없는 조직이 있을 것이다. 그게 위너스일 수도 있고, 뭔가 다른 것일 수도 있다. 한국의 연예 기획사나 중국의 삼합회일 수도 있다. 그러므로 거기에는 이런 식의 문제가 발생했을 때 처리해야 하는 매뉴얼이나 담당자가 있을 것이다. 그래야 조직이 안전하게 운영이 된다.

아무튼 누가 와도 상관이 없다. 그냥 어젯밤의 일을 깨끗이 처리해주면 된다. 자신에게만 불똥이 튀기지 않으면 된다. 정민 역시 그 해결사의 존재가 몹시도 궁금해졌다.

그가 주차하는 동안, 쇼코는 먼저 입국장으로 갔다. 지난번에 그처럼, 그녀도 누군가를 맞이할 것이다. 오늘따라 주차장이 꽉 찼으므로, 꽤 시간을 들여 자리를 찾았다. 그리고 입국장에 가보니, 쇼코 옆에 누군가가 서있었다.

한눈에 봐도 강력한 존재감을 내뿜는 작자였다. 나이를 짐작할 수 없었는데, 약 50대라 봐도 무방했다. 크고 부리부리한 눈에 두껍고 진한 눈썹. 눈빛만으로도 충분히 상대를 제압하고도 남을 모습이었다. 특이하게도 한쪽 귀에 작은 귀걸이를 끼고 있었다. 검정색 슈트 차림이었지만, 안의 셔츠는 무척 화려했다. 전체적으로 노란 톤에 복잡한 무늬가 물결치고 있었다. 그리고 목 주위를 둘러싼 금목걸이. 취향은 세련되지도, 천하지도 않았다. 하지만 강력한 개성을 뽐내고 있었다.

"이분이에요. 어젯밤에 저를 구해준 분이…."

쇼코가 그에게 정민을 소개했다. 그가 활짝 웃으며, 손을 내밀었다. 고릴라처럼 굵고 큰 손이 그를 휘감았다. 악력이 대단했다.

"고맙습니다. 정말 고마워요. 그래도 우리 애기한테 수호천사가 있었네요. 큰일 날 뻔했어요. 정말로. 나는 지미라고 합니다. 지미 한. 그쪽은 자니? 하하하…."

웃는 모습도 호탕했다. 키는 크지 않았지만, 딱 벌어진 어깨에 분명한 이목구비. 전체적으로 고릴라를 연상시켰다. 정민은 자기도 모르게 주눅이 들고 말았다.

"자, 갑시다. 가서 이 족제비 같은 자식부터 처리합시다."

이래서 세 사람은 나란히 엘리베이터를 타고, 주차장으로 향했다. 다행히 엘리베이터 안에는 사람이 없었다. 세 사람 모두 목적지까지 가는 동안 아무 말도 없었다. 약간 무거운 침묵만이 감돌 따름이었다. 이윽고 4라는 숫자에 불빛이 들어오자 문이 열리고, 지미와 쇼코가 먼저 나갔다. 마침 주차장 주변에 아무도 보이지 않자, 냅다 지미가 쇼코의 뺨을 후려쳤다.

"이 병신아, 그러고도 네가 프로냐?"

쇼코는 아무 대꾸도 못 하고 고개를 떨궜다. 정민은 이런 난데없는 상황에 잠시 얼떨떨했다.

"뭐 하고 있어? 차 안 빼?"

갑자기 버럭 지미가 소리쳤다. 깜짝 놀란 그가 황급히 주차해둔 곳으로 갔다. 이윽고 차를 빼서 그들이 있는 쪽으로 갔더니, 여전히 지미가 쇼코를 혼내고 있었다. 그러다 차를 발견하곤, 이쪽으로 다가왔다. 문을 열고 뒷좌석에 나란히 앉았다.

"아카사카."

지미가 지시했다.

"네?"

잠시 정민이 어리둥절했다.

"아카사카도 몰라?"

"아…. 그럼 뉴 오타니 호텔?"

"그래. 일단 거기에 주차를 하자고."

그제야 알아듣고, 정민이 운전을 시작했다.

"비즈니스를 하건, 장사를 하건, 원칙은 똑같아. 항상 상대가 누구인지 파악을 해야 돼. 대체 어느 레벨인가, 그거부터 따져봐야 돼. 아주 간단해. 그리고 그 수준에 맞는 서비스를 제공하든가, 상품을 파는 거야. 근데 말이야, 너는 최고의 상품이야. 아무나 손댈 수 있는 수준이 아니라고. 만일 수준 이하의 손님이 오면, 거절해야 돼. 단호하게 거절해야 돼. 그래서 먼저 바에서 만나 이야기를 나누고, 밥도 먹고, 술도 마시는 거 아냐? 그게 아니면 손님 수준에 맞춰서 과감히 자신의 가치를 내리든가."

가볍게 쇼코의 머리를 쓰다듬으며, 달래듯 지미가 말했다.

"그래도 워낙 배경이 좋고, 관련된 이권도 크다고 해서요…."

변명하듯 그녀가 말했다.

"만일 저 수호천사가 없었으면 어쩔 뻔했어? 결국 너만 손해야. 네 상품 가치만 떨어트린다고. 초반부터 싹수가 노랗다 싶으면, 그냥 박차고 나가라고. 우리에겐 그런 놈한테 어울리는 상품도 많아. 굳이 너까지 동원될 필요가 없는 거야. 알아?"

그 말에 그녀가 가볍게 고개를 끄덕였다. 그러자 그가 정민에게도 물었다.

"자니, 어떻게 생각해? 내 말이 맞지?"

갑작스런 질문에 그는 잠시 멈짓했다.

"왜? 내 말이 틀려? 그렇지는 않잖아. 그렇지?"

"네."

짤막하게 정민이 대답했다.

"그럼, 그럼. 내가 가방끈은 짧아도, 상황 판단은 빨라. 아무리 복잡하게 상황이 얽혀 있어도 핵심을 제대로 짚기 때문이야. 가끔 내 말을 듣고 배우는 게 있을 거라고. 하하하…."

그러더니 입을 다물고, 눈을 감더니 조용히 잠에 빠져들었다. 이내 코 고는 소리가 났다. 할 말을 다 했으면 바로 입을 닫는 스타일인 모양이다. 정민은 조심스럽게 뉴 오타니를 향해 운전했다.

7

정민이 주차하는 사이, 지미와 쇼코는 호텔 커피숍으로 갔다. 거의 매일 이곳에 온 덕분에, 건물의 레이아웃이라든가, 주차장의 위치가 손바닥 보듯 환했다. 늘 대던 곳에 주차를 하고, 커피숍에 갔더니 지미가 한참 통화 중이었다. 쇼코는 심각한 표정으로 통화 내용에 신경을 곤두세우고 있었다. 지미 역시 일어가 능통했다. 세련되진 않았지만, 어감이 강력하고, 설득력이 있는 화법이었다.

"알았어. 알았다고. 심하게 하진 않을게. 뭐, 손님 내쫓을 일이 있나? 어떻게 잡아온 녀석인데? 단물 쓴물 빨아먹을 수 있을 만큼 다 빨아 먹어야지, 안 그래? 하하하…."

긴 통화를 끝내고, 지미가 주위를 둘러봤다.

"뭐 좀 마시고 있어. 여기서 한두 시간 죽 때려야 해."

느긋하게 소파에 몸을 파묻으면서, 능숙하게 웨이터를 불렀다. 각자 음료를 시키고, 물을 마시고 하는 사이, 지미가 물끄러미 정민을 바라봤다.

"자니라고 했나? 가만히 보니까 이 친구 꽤 잘생겼네? 우리 주희가 빠질 만도 하겠어."

하면서 미소지었다. 하지만 쇼코는 주희라는 말에 깜짝 놀랐다.

"뭐, 어때? 우리끼린데. 이 친구는 아직 모르는 모양이군. 쇼코 얘, 한국 사람이야. 이름은 주희고. 내가 일본 국적하고 쇼코라는 이름을 만들어줬지. 사쿠라 쇼코. 어때, 멋지잖아. 일본에서 활동하려면 일본 이름은 당연한 거라고. 안 그런가, 자니?"

"아, 네…."

정민이 머뭇거렸다.

"그러는 자네 이름은 뭔가. 본명 말이야?"

정민이 대답을 못 했다.

"알려주지 않아도 돼. 관심 없으니까. 사람마다 다 사연이 있는 거 아니겠어?”

씩 미소지으며 지미가 주위를 둘러봤다.

“잘 지은 호텔이야. 난 도쿄에서 이곳이 제일 좋아. 물론 제국 호텔도 좋지만, 그런 데 있으면 괜히 불편해. 난 애국하고 담을 쌓은 놈이지만, 제국이라는 말 때문에 진짜 기분이 나빠져. 하지만 여긴 괜찮아. 위치도 좋고, 시설도 나무랄 데 없어. 호텔 자체에 품위도 있고…. 뭔가 좋았던 옛 시절을 생각나게 해.”

한동안 말이 없이, 세 사람은 음료를 마셨다. 그러다 주희가 잠시 화장실에 간 틈에, 지미가 정민에게 말을 걸어왔다.

“자네, 결혼했나?”

“네?”

느닷없는 질문에 정민이 당황했다.

“결혼했냐고?”

“아, 네. 아직 좀….”

정민이 말을 흐렸다.

“이 친구, 뭐 이렇게 흐리멍텅해? 자기가 결혼을 했는지, 안 했는지도 몰라?”

“안 했습니다!”

그러자 씩 지미가 웃었다. 그러더니 뭔가 비밀을 발설하듯 나직이 말했다.

“우리 주희, 좋아하지?”

“네?”

“좋아하냐니까?”

“꼭 대답해야 하나요?”

그 말에 지미가 다시 씩 웃었다.

"그래, 꼭 대답할 필요는 없지. 이미 얼굴에 다 쓰여있는데, 뭐."

그 말에 정민의 얼굴이 약간 붉어졌다. 뭔가 꽁꽁 숨겨놓은 것을 갑자기 들킨 기분이었다.

"돈은 많이 들 거야. 항상 최고급으로만 놀게 해줬으니까. 옷이며 가방이며 먹는 거며, 정말 남들이 부러워할 정도로 해줬어. 근데 말이야, 가끔 난 재 속을 모르겠어. 내가 뭔가 속고 있는가, 하는 생각도 들고 말이야."

마침 주희가 돌아왔으므로, 세 사람은 이내 호텔을 나갔다.

8

정민 일행이 간 곳은, 아카사카의 어느 요정이었다. 정치 일번지답게, 수많은 요정이 밀집해 있었는데, 그중에서도 제일 큰 곳으로 갔다. 지미는 일부러 구석진 곳에 자리를 잡았다. 종업원이 오자 사케와 안주를 능숙하게 시켰다. 마치 이곳을 잘 아는 듯한 태도였다.

"여기에서 일본 수상이 네 명이나 나왔어."

일행의 잔에 직접 술을 따르면서, 지미가 말했다.

"그야말로 여긴 자민당의 소굴이야. 중요할 때마다 각 계파의 수장들이 모여 다음 수상 자리에 누구를 앉힐지 결정해. 지극히 일반적인 관행이지만, 난 이런 방식이 맞다고 봐. 국민은 그냥 지지하는 정당만 찍으면 돼. A는 어떻고, B는 어떻고 뭐 그런 식으로 인물을 따지다가는 한도 끝도 없어. 나머지는 윗대가리에서 알아서 하면 되는 거지. 그렇게 해서 뽑은 사람을 믿고 따르면 되는 거야."

"이렇게 하면 부정부패가 심하지 않나요?"

듣다 못한 정민이 한 마디 던졌다.

"그럼 대통령 중심제는 어떻고? 우리나라 봐. 일단 대통령을 하고 나면, 줄줄이 철장 신세잖아. 뒤를 캐보면 별의별 비리가 다 있고. 난 말이야, 비교적 근거리에서 한국과 일본의 실세들을 알고 지내왔어. 썩은 걸로 따지면 양쪽 다 똑같아. 오십보백보야. 그냥 시스템만 다를 뿐이지. 그럴 바에야 수상이건 대통령이건 제대로 된 놈을 뽑아야 하지 않겠어? 적어도 일본에서는 말이야, 수상이 제멋대로 못해. 여기저기 눈치 보고, 조정하고, 가끔 불려가서 혼나고…. 아무튼 뭘 하나 결정하려고 해도, 여기저기 배려해야 할 게 많아. 한국을 봐. 대통령한테서 불호령이 떨어지면, 다들 오금을 저리잖아. 그게 즉각즉각 정책으로 이어지고. 그게 무슨 민주주의야? 군주하고 뭐가 다르지? 대통령만 직접 뽑았다고 민주주의가 되나?"

"그럼 내각제를 지지하신다는 말인가요?"

"꼭 그렇게 간단하지 않아. 유럽 어느 나라는 아예 정당에만 투표한대. 그래서 나온 숫자 갖고 서로 의원 수를 나눠 가진 다음, 정당 내부에서 심사해서 뽑는다는 거야. 말하자면 정당이 필요한 사람을 적재적소에 선별한다는 거지. 선거 자금도 별로 들지 않고, 특정 인물에 상관할 필요도 없어. 그냥 정당의 판단을 믿어버리는 거야. 그러다 집권 정당이 시원치 않다 싶으면 바로 해산하라고 국민들이 요구하고. 심플하잖아. 어느 지역구에 누가 나오고, 어느 지역구에 누구를 공천하고…. 거기에 검은돈이 오가고, 이권이 개입하고, 그러다 들키면 여론에 뭇매를 맞고…. 그런 짓 하는 게 정말 웃기지 않냐고."

정민은 뭔가 이야기하려다 그만뒀다. 이런 이야기나 하려고 여기에 온 것은 아니잖은가.

"술 마셔."

재차 정민에게 지미가 권했다.

"운전하려면 좀…."

"괜찮아. 오늘은 좀 마시자고. 여기서 택시 부르면, 숙소에 잘 데려다 줄 거야. 주희는 하얏트, 난 뉴 오타니 그리고 자니는 어디 모르는 곳에."

하는 수 없이 정민이 잔을 들어 마셨다. 향이 은은하면서, 깊은 맛이 나는 사케였다. 이 정도의 요정에서 내는 술이라면, 보통의 클래스는 아닐 것이다. 사실 속으로 은근히 마시고 싶기도 했다.

그런 사이, 지미는 계속 한쪽 테이블을 힐끔힐끔 바라봤다. 정민의 뒤편이어서, 그는 의식하지 못했지만, 자꾸 지미가 바라보기에 그도 고개를 돌렸다. 거기엔 카메라맨과 기자 등에 둘러싸인 니시가와가 있었다. 짙은 화장으로 어제의 상흔을 가린 모습이 좀 우스꽝스러웠지만, 역시 자리가 자리인지라 이런 곳에서 폼나게 기자들을 만나고 있었다.

녀석은 꽤 진지한 표정으로, 뭔가 중요한 현안에 대해 발언하고 있었고, 기자들은 연신 고개를 끄덕이며 메모하고 있었다. 확실히 이럴 땐 뭔가 한가락 하는 녀석처럼 보였다.

갑자기 지미가 마마를 불렀다. 일흔 정도는 넘긴 듯한, 자연스럽게 관록이 묻어나는 여인이었다. 지미와는 잘 아는 듯, 반갑게 맞이했다. 그녀에게 그가 뭐라고 귓속말을 말했다. 그러자 그녀가 표정이 변한 뒤, 잠시 생각한 다음 조심스럽게 니시가와에게 다가가 뭐라고 또 귓속말을 했다. 순간 그가 고개를 돌려 이쪽을 바라봤다. 지미와 주희를 발견하고는, 금세 얼굴이 백지장이 되었다. 이어서 잠시 기자들에게 양해를 구하고, 이쪽으로 황급히 건너왔다.

"당신 지금 여기서 뭐 하는 거야?"

니시가와는 다짜고짜 지미에게 화를 냈다. 그러다 옆자리의 정민을 발견하고는 더욱 열이 받았다.

"이 새끼는 왜 여기에 있어?"

"가만있어봐."

지미가 낮은 톤으로 그를 제지했다.

"요즘 화장하고 다니나? 얼굴이 왜 이래?"

지미의 거친 농담에 녀석이 더욱 예민해졌다.

"아니, 정말…."

순간 지미의 표정이 확 변했다. 뚫어지게 그를 쏘아보는 표정이 무척 험악했다. 마치 먹이를 발견한 호랑이와 다름이 없었다.

"니시가와, 너 간밤에 우리 애기한테 뭔 짓 한 거야?"

그 말에 니시가와가 잠시 멈칫했다.

"우리 애기한테 뭔 짓거리를 했냐고 묻잖아, 이 변태 새끼야!"

"…."

"너, 내가 누군지 몰라서 그래? 지금 막가자는 거야?"

"아, 그게 아니라…."

순간 녀석의 기세가 확 꺾였다.

"저기 기자들 있지? 잘됐네. 다들 오라고 해. 네가 간밤에 뭔 짓을 했는지 여기서 밝혀 보자고. 우리 애기한테 말야."

그러면서 지미가 손을 들어 기자들에게 사인을 보냈다. 놀란 니시가와가 얼른 그 손을 잡아 내렸다.

"왜 이래, 말로 하자구. 말로…."

"지금 나하고 맞먹자는 거야?"

"아, 그게 아니구요…."

"그게 아니면. 그럼 너는 네 마누라한테 딜도 쑤시고, 오줌 갈기고, 채찍으로 때리냐? 네 마누라도 한번 불러볼까? 둘이서 그런 짓하고 노는지 좀 알아봐야겠어."

그러면서 정민에게 손짓했다.

"이봐, 자니. 이 변태 새끼 마누라 좀 데리고 와. 대체 집에서 뭔 짓거리를 하는지 들어보자고. 집 주소 줄 테니까 얼른 잡아와."

"아, 그게 아니라요…."

계속 니시가와는 당황한 표정으로 횡설수설했다.

"그게 아니면?"

"어쩌다 술을 마시다 보니까 취하게 되고, 그렇게 취하다 보니…."

"그래서 싫다는 애, 억지로 딜도로 쑤시고, 채찍으로 때렸냐? 그렇게 하는 게 진짜 좋냐? 그럼 내가 해줄까? 그럴 줄 알고 내가 채찍이랑, 수갑이랑, 촛불이랑 다 준비했거든?"

지미가 자신의 가방을 탁자 위에 올려놓았다. 그러자 니시가와가 얼른 가방을 손으로 눌렀다.

"아, 아닙니다. 됐습니다."

이제 녀석은 식은땀까지 흘렸다.

"사죄해."

지미가 주희를 가리키며 말했다. 그러자 얼른 녀석이 고개를 조아렸다.

"죄송합니다."

"이쪽도."

이번에는 지미가 정민을 가리켰다.

"네?"

그 말에 녀석과 정민도 놀랐다.

"사죄하래두."

"아, 예…."

이번에는 녀석이 정민에게 고개를 조아렸다.

"죄송합니다. 깊이 반성하겠습니다."

갑자기 녀석이 사죄하니, 정민의 기분이 묘했다. 어쨌건 때린 건 자신인데, 사죄는 맞은 놈이 하고 있다.

이윽고 거듭 사죄한 녀석이 조심스럽게 자리에서 일어났다.

"그냥 가려고?"

지미가 그를 노려보며 말했다.

"네?"

다시 녀석이 놀란 토끼 눈이 되었다.

"어제 술값도 우리 애기가 냈잖아. 그리고 말로만 사죄하나?"

그제야 떨떠름한 표정으로 녀석이 지갑을 꺼냈다. 골드 카드 한 장이 나왔다.

"적당히 쓰고 돌려줘요."

"그럼, 그래야지."

카드를 품에 넣은 지미가 다른 호주머니에서 지폐 꾸러미를 꺼냈다. 꽤 두툼했다. 그것을 다짜고짜 정민에게 건넸다.

"받아."

"네?"

"받으라고. 주희한테 사정 들었어. 어렵다며."

"그래도 이건 좀…."

"줄 때 받아. 싫으면 관두고."

어쩔 수 없이 정민이 돈을 받아 품에 넣었다.

"그리고 말인데…."

느긋하게 술을 마시던 지미가 정민을 향해 말했다.

"2주일만 더 일해 줘. 여기저기 처리할 일이 많아. 주희 때보다 두 배 더 쳐줄 테니까 시간 좀 내."

명령하듯 그가 말했다. 정민은 아무 대꾸도 할 수 없었다. 문득 주희를 바라봤다. 그녀의 눈빛에는 뭔가 애절한 부분이 담겨있었다. 차마 외면할 수 없었다. 순간 주희가 가만히 그의 손을 잡았다. 그 손은 무척 따뜻했다. 지미의 눈치를 피해 살짝 귓속말을 했다.

"언제 한번 재즈 클럽에 다시 가요. 알았죠?"

9

택시는 먼저 뉴 오타니 호텔부터 갔다. 거기서 지미가 내린 후, 하얏트로 향했다. 꽤 술을 마셨다. 어쨌든 니시가와와 관련된 문제를 풀었고, 안주와 사케가 워낙 훌륭했으므로, 편한 마음에서 즐길 수 있었다. 전혀 연고가 없는 사람들과 합심해서 개인적으로 가장 싫어하는 부류에게 한 방 먹였다는, 일종의 동료 의식이 그를 편하게 만들었는지도 모른다.

무엇보다 주희가 보다 친근하게 다가온 점이다. 자주 웃었고, 농담도 했으며, 가끔 그를 툭툭 쳤다. 웃음이 터져 나올 때에는 아예 그의 품에 안기기도 했다. 그녀도 일단 무거운 짐을 털어낸 모습이었다. 만일 누군가 정민과 주희를 봤다면, 한 쌍의 커플로 착각할 수도 있는 모습이었다.

문득 조수석에 앉은 정민의 어깨를 주희가 두드렸다. 그가 돌아보니, 그녀가 미소지으며 말했다.

"잠깐 들렀다 가실래요?"

어느덧 시야에 하얏트가 보였다. 잠시 그가 고민했다.

"잠깐이면 돼요. 어제 일도 있고 해서, 혼자 들어가기가 무서워요."

이렇게 나오면 어쩔 수 없다. 이윽고 택시가 정문에 도착하자, 그가 먼저 내려 뒷좌석의 문을 열었다. 자연스럽게 두 사람은 안으로 들어갔다.

당연한 일이지만, 호텔 방문을 열었을 때, 마치 처음 들어온 것처럼 실내가 가지런히 정돈되어있었다. 어제의 난장판은 일체 찾아볼 수 없었다. 모든 가구며 침대며 부대 시설이 정확히 제 자리에 베스트 컨디션으로 놓여있었다. 마치 이런 특급 호텔들의 스탭들이 얼마나 훌륭한 솜씨를 갖고 있는지 웅변하는 듯했다.

그녀는 그에게 소파를 권했다. 잠시 그는 고민했다. 이쯤에서 되돌아가야 하는 것 아닐까? 하지만 그녀는 아무렇지도 않게 하이힐을 벗으며 슬리퍼를 신었다. 그리고 그에게 슬리퍼를 건넸다. 자기도 모르게 그는 신발을 벗고, 슬리퍼로 갈아 신었다. 이 하나만으로도 뭔가 편안해졌다. 그녀는 그의 재킷을 벗겨 장에 챙겨 넣었다.

"맥주 괜찮죠?"

냉장고 문을 열면서 그녀가 물었다. 문득 그의 어정쩡한 얼굴을 보며 살포시 웃었다.

"딱 한 병만 해요. 그다음엔 풀어줄게요."

이쯤 되면 어쩔 수 없다. 그는 엉거주춤 소파에 앉았다.

"참, 부탁이 하나 있어요."

잔에 맥주를 따르며 그녀가 말했다.

"우리끼리 있을 때는 말을 놔도 돼요. 그래도 되잖아요?"

"그렇긴 하지만…."

잠시 그가 머뭇거리며 맥주를 마시는 사이, 그녀가 옷가지를 챙겨서 화장실에서 갈아입고 나왔다. 푸른색 원피스 차림이었다. 길이가 짧았으므로, 그의 옆에 앉았을 때는, 맨다리가 훤하게 드러났다. 적절하게 근육이 잡힌, 나무랄 데 없는 각선미다. 그는 자기도 모르게 목이 탔다. 다시 맥주잔을 들었다. 순간 그녀가 잔을 부딪혀 왔다.

"건배."

"건배."

둘은 묵묵히 술을 마셨다. 실내는 고요했고, 창밖으로 보이는 도심은 네온사인이 별처럼 반짝거렸다.

"아까 니시가와 표정 봤어요?"

문득 그녀가 웃으며 말했다.

"봤지. 완전히 똥 씹은 표정이던데?"

"그런 녀석은 더 혼이 나야 돼요."

"그럼."

"아무튼 어젯밤에 고마웠어요. 오빠 아니었으면, 큰 봉변을 당했을 거예요."

"고맙기는 뭐…."

순간 그녀가 그의 어깨에 머리를 기댔다. 그의 가슴이 방망이질 쳤다.

"오빠, 싸움 잘해요?"

"싸움은 무슨…."

"어젯밤에 깜짝 놀랐어요. 오빠한테 그런 면이 있는 줄 몰랐거든요."

"고등학교 때 복싱 학원을 2년쯤 다닌 적이 있어. 원래 복싱도 좋아했지만, 이런 걸 배워놓으면 신체 단련도 되고, 어디 가서도 최소한 일방적으로 맞지는 않겠다 싶었거든."

"남자들에겐 기본적으로 폭력적인 성향이 있나 봐요?"

"그런 건 아니고…. 일종의 콤플렉스라고나 할까?"

"그게 뭐죠?"

"누군가를 죽도록 미워한 적이 있었어. 꼭 이 주먹으로 손보고 싶었어. 결국 그런 기회는 오지 않았지만, 지금도 가끔 녀석이 떠올라. 그럼 나도 모르게 샌드백을 두드리게 돼."

"오빠한테 그런 면이 있는 줄 몰랐어요."

"바보도 앙심을 품을 때가 있는 거야. 복수를 꿈꾸기도 하고."

"무서워요. 그런 말 하지 말아요."

가볍게 그녀가 그의 가슴을 쳤다.

"그런데 복싱 자체에도 매력이 있어. 그냥 아무 생각 없이 샌드백을 두드리다 보면, 어떤 쾌감도 있어. 폭력이란 건 말이야, 일종의 중독성이 있나 봐. 사실 그때 싸움도 많이 했거든. 학원에서는 절대 그러지 말라고 했는데, 현실은 다르지. 자꾸 애들이 덤벼오니까. 하나둘 패다 보니까 우쭐해진 마음도 들었어."

"그래요? 전혀 그래 보이지 않는데…."

가만히 그녀가 그의 손을 잡고 이리저리 살폈다.

"다 어릴 때 이야기지. 지금 생각해보면 겁이 없었던 거야. 실제로 진짜 싸움 잘하는 녀석과 붙은 적이 있는데, 완전히 뻗고 말았어. 나 같은 놈은 아무리 학원을 다녀도 안 되는 경지가 있는 거야. 더구나 내가 노렸던 놈은 레벨이 높아도 한참 높았어. 싸움으로는 도저히 가망이 없었던 거야. 그게 날 더 주눅들게 했고."

"오빠는 내가 왜 이런 일을 하는지 궁금하지 않아요?"

"궁금하지. 하지만 물어볼 순 없잖아?"

"사실 오늘 아침에 오빠가 어떤 사람인지 기억이 났어요."

순간 그가 뜨끔해졌다. 그녀는 계속 그의 얼굴을 만지며 말했다.

"지난번에 뉴 오타니에 투숙할 때, 누군가 나를 강렬하게 바라본다는 느낌이 왔어요. 누군지는 정확히 알 수 없어요. 하지만 선글라스를 끼고도 알아챌 수 있었죠. 여자는 그런 시선에 민감하거든요. 그때는 그러려니 했어요. 하지만 다음번에 요 앞에 있는 바에서 똑같은 시선을 느꼈어요. 슬쩍 둘러봤더니 오빠가 보였어요. 어, 저 사람이 왜 여기 있지, 그런 생각이 들더군요. 어젯밤에 오빠가 왜 그렇게 불같이 화내면서 니시가와를 때렸는지 오늘 아침에 이해가 됐어요."

그런 아무 말도 할 수 없었다. 그냥 어디론가 숨어버리고 싶었다.

"오빠, 난 그런 시선을 받을만한 가치가 있는 여자가 아네요. 그렇게 신비하지도 않고, 그렇게 예쁘지도 않아요. 이제는 나이 먹고 업계에서 퇴물 취급이나 받을 처지예요."

"아냐, 그렇지 않아."

그가 강하게 고개를 내저었다.

"근데 궁금한 게 있어요."

그녀가 진지한 표정으로 말했다.

"나를 어떻게 알았죠? 어디선가 본 적 있나요? 무슨 정보를 갖고 나를 찾은 거예요?"

"그게 말이지…."

난처한 표정으로 그가 말했다. 이윽고 결심한 듯 그녀를 바라봤다.

"우연히 가부키초에 갔다가 전단지에 실린 사진을 봤어. 웬지 마음이 끌리더군. 내 마음을 사로잡은 무엇인가가 있었어."

"전단지 사진요? 그런 걸로 마음이 흔들릴 수 있나요?"

"그럴 수도 있어."

"거짓말."

그녀가 피식 웃었다.

"아마 그 사진에서 누군가를 연상했겠죠. 첫사랑이라든가 아니면 한때 깊이 사랑했던 사람…. 혹시 그게 죽도록 미워한 녀석과 관계가 있나요?"

"누군가 있기는 했지만…. 꼭 그런 것은 아니고…. 전단지 주인공의 실물을 보고는 싶었어. 그래서 시간 날 때마다 조사를 했지."

"그럼 나에 대해 뭘 알고 있어요?"

"글쎄…? 자세한 건 몰라. 그냥 쇼코라는 이름만 알 뿐이야. 출연한 비디오도 본 적이 없고, 무슨 일을 하는지도 몰랐어. 국적이 한국이고, 주희라는 한국 이름을 갖고 있다는 것도 좀 전에 알았잖아."

그러자 그녀의 표정이 누그러졌다.

"고마워요. 솔직하게 말해줘서."

그가 그녀를 지긋이 바라봤다. 그녀의 눈가에 눈물이 약간 고였다. 그 눈빛은 무척이나 맑고 투명했다. 그는 자신도 모르게 그녀에게 키스했다. 그녀도 거부하지 않고, 그 키스를 받았다. 결국 두 사람은 부둥켜안은 채, 서로의 입술을 탐하고, 몸을 더듬었다. 그의 셔츠가 벗겨지고, 그녀의 원피스 자락이 올라갔다. 숨을 내쉴 수 없을 만큼, 거친 숨결과 격정이 밀려왔다. 결국 애무를 중단하고, 둘은 일단 가쁜 숨부터 몰아쉬었다.

"오늘은 여기서 자고 가요."

그녀가 자리에서 일어나, 화장실로 갔다. 반쯤 열린 문틈으로 그녀가 옷을 벗고, 샤워하는 모습이 보였다. 군살 하나 없는, 매끈하고, 볼륨이 좋은 몸이었다. 눈이 부실 만큼 아름다웠다.

하지만 그는 조금씩 숨을 고르고, 마음을 추슬렀다. 분명히 내가 원했고, 상상했던 여자가 저기에 있다. 그녀도 나를 원하고 있다. 지금 옷을 벗고 저쪽으로 가면 된다.

그러나 뭔가가 그를 주저하게 했다. 그의 마음 한구석에 자리잡은 뭔가가 작지만 확실하게 경고 신호를 보내고 있었다. 문득 인화가 생각났다. 마음이 복잡해졌다. 남의 약점을 이용해서 뭔가를 얻어내려는 마당이다. 이런 거래를 하기 위해 여태껏 이렇게 살아왔는가?

갑자기 깊은 절망과 자기혐오가 밀려왔다. 상대는 연약한 존재다. 그 주변을 맴돌다가 틈이 보이자마자 기다렸다는 듯 비집고 들어가 내 욕망을 해결하려고 한다. 이게 과연 정당하고, 옳은 일인가? 인화에게 원했던 것도 이런 유의 섹스였던가?

여전히 귓전에는 샤워 소리가 들렸다. 가벼운 콧노래 소리도 들렸다. 하지만 그의 몸과 마음은 차갑게 식어갔다. 그는 다시 셔츠를 걸치고, 신발을 갈아 신고, 장에서 재킷을 꺼내 걸친 다음, 조용히 문을 열고 나갔다.

10

다음날 그는 하얏트에 가지 않았다. 그냥 이쯤에서 그만두자. 더 이상 개입하면 안 된다.

이 정도 선에서 물러난 것은 정말 잘한 일이다. 이제 인화라든가 주희의 존재를 잊자. 이틀 전에 니시가와라는 작자에게서 주희를 한번 구한 것으로 족하다. 더 이상 콤플렉스에 시달릴 일은 없다.

그렇게 결심하고 나니 뭔가 홀가분해졌다. 여전히 그의 머릿속에는 샤워 중인 주희의 나신이 떠지나 않았지만, 억지로 잊기로 했다.

하지만 쉽게 일상으로 복귀할 수도 없었다. 오전에 책 좀 읽으려고 했는데, 전혀 들어오지 않았다. 대충 점심을 먹고, 창밖을 바라보니 어느새 눈이 내리고 있었다. 왠지 울적한 마음이 들었다.

코트를 걸치고, 이케부쿠로역으로 갔다. 하릴없이 거리를 쏘다녔다. 가벼운 눈발을 맞으며 걷는 것도 나름대로 운치가 있었고, 기분도 묘하게 들뜨게 했다. 쉽지 않겠지만, 예전의 페이스로 돌아가고 싶었다. 잊혀진 일상을 하나둘씩 복기하다 보면, 다시 정상 궤도로 달릴 것이다. 그러다가 〈디스크 유니온〉으로 마음을 정했다. 괴팍하지만 흥미를 끄는 미우라를 만나 CD 몇 장을 추천받을까 싶었다.

하지만 오늘따라 녀석은 자리를 비웠고, 매장 안은 손님으로 가득했다. 뭔가 찬찬히 둘러보고 싶은 생각이 들지 않았다. 숱한 CD와 LP가 함성을 지르며 자신에게 돌진하는 것 같아 너무 부담이 되었다. 하는 수 없이 인근 커피숍에 앉아 아메리카노 더블 샷을 한 잔 했다.

문득 시계를 보니 오후 4시. 놀랍게도 그의 휴대폰엔 전화는커녕, 문자 하나도 오지 않았다. 분명 그들은 나를 기다리고 있다. 특별히 몇 시에 보자고 하지는 않았지만, 이 시간이면 하얏트에서 대기하고 있어야 한다. 그러나 그의 부재에 대한 아무 연락이나 질책이 없다. 아무리 아르바이트라고 해도 일은 일이 아닌가?

조금씩 불안감이 밀려올 무렵, 아니나 다를까 휴대폰이 울렸다. 디지였다. 잠시 망설이다 받았더니 역시 예상했던 반응이 왔다.

“지금 어디예요?”

“집 근처.”

“형님, 돌았어요?”

"무슨 말이야?"

"상대는 지미라고요. 그 뒤에 위너스가 있고요."

"그게 뭐?"

"참, 내…."

디지가 혀를 끌끌 찼다.

"아직도 일본이 어떤 곳인지 몰라서 그래요? 녀석들은 마음만 먹으면 형님에 관한 모든 것을 파악할 수 있다고요. 그리고 언제든지 약점을 터트릴 수 있고요. 형님 같은 분이 사설 운전기사를 했다는 것 자체가 어떤 약점인지 제가 굳이 가르쳐야 돼요?"

순간 정신이 번쩍 들었다. 지미. 위너스. 배후 조직. 폭로 게다가 쇼코!

"일단 형님이 오늘은 몸 상태가 좋지 않다고 지미에게 둘러댔어요. 내일 아침 10시에 뉴 오타니로 오래요. 이것은 명령이에요. 정확히 약속한 기일까지는 일을 마쳐야 해요. 알았죠?"

"…."

"형님."

"아, 알았어."

"저도 경고했습니다."

"알았대두."

식은땀이 흘렀다. 앞으로 연장된 2주가 어떻게 진행될지 벌써부터 눈앞이 캄캄해져왔다.

II

다음 날 아침 뉴 오타니에 갔더니, 지미가 정장 차림으로 맞이했다. 몸은 괜찮냐, 한 마디 묻고 나서는 바로 목적지로 향했다. 어제 왜 결근했냐, 무슨 일이 있었냐, 안색이 좋지 않다, 하는 식의 언급이 일절 없었다. 오히려 그날 벌어질 일정과 비즈니스 때문에 골똘히 생각에 잠긴 모습이었다. 서론, 본론 생략하고 바로 결론으로 가는 스타일이다. 오히려 그 태도가 편했다. 그냥 정민은 정해진 일만 하면 되었으니까.

그 후 며칠 동안, 정민은 주로 지미와 동행했다. 먼저 오전 열 시쯤 지미를 픽업해서 약속장소로 갔다. 거기서 일을 마치면, 함께 점심을 먹고, 하얏트로 갔다. 거기서 주희를 태우고 주로 쇼핑몰로 갔다. 요즘엔 일이 없는 듯, 그녀는 낮 시간의 대부분을 쇼핑이나 영화 관람에 쓰고 있었다. 그날 이후 그녀의 태도는 완전히 딴판이 되었다. 마치 모르는 사람을 대하는 듯했다.

이후 지미는 오후 스케줄을 처리하고 나서 다시 쇼핑몰로 가서 주희를 픽업해서 호텔로 데려갔다. 단둘이 있는 순간에조차 그녀는 창밖을 바라볼 따름으로, 어떤 대화도 나누지 않았다. 그 태도가 어떤 면에서 그를 편하게 만들기도 했다. 또 어떤 날에는 아예 그녀를 만나지도 못했다.

아무튼 그날 밤 이후, 그녀의 태도가 확실하게 변한 것은 충분히 감지할 수 있었다. 정민이라는 존재 자체가 그녀의 뇌리에서 사라진 듯했다. 전혀 시선이 그에게 머무는 법도 없었고, 먼저 말을 걸거나, 웃는 법도 없었다.

사실 그녀의 입장에서 생각해보면 좀 황당할 것이다. 마치 벌레라도 보는 듯 피해버린 것이 아닌가. 자신의 직업에 콤플렉스를 갖고 있는 그녀 입장에선 엄청난 충격을 받았을 것이다. 하지만 그는 어떻게 해명해야 할지 알 수가 없었다. 아니 기회조차 없었다.

"두 사람, 요즘 무슨 일 있어? 왜 이렇게 싸늘해? 사랑싸움이라도 하는 거야?"

지미가 이런 너스레를 떨 정도로 두 사람은 멀어져있었다.

정민도 한편으로는 당황스럽고 또 한편으로는 후회도 되었다. 아니 시간이 지날수록, 그날 밤에 왜 자신이 그렇게 황망히 도망쳤는지 납득할 수가 없었다. 그렇다. 여전히 그는 그녀를 원하고 있었다. 아니 그 욕구는 더 강렬해졌다. 정상의 문턱에서 어떤 이유로 하산한 알피니스트가 계속 재정복을 갈망하는 기분이라고나 할까?

또 한편으로는 어떻게 하든 그녀를 지켜주고 싶다는 생각도 들었다. 디지를 통해 다시 일에 복귀해서 주희를 대면한 순간, 뭔가 뭉클한 마음이 들었다. 이제 성적인 대상이 아닌, 하나의 인간으로 그녀를 바라보게 된 것이다. 하지만 이런 정민의 변화를 그녀는 전혀 눈치채지 못하고 있었다.

그런 사이, 지미와 보내는 시간이 많을수록, 그를 혐오하는 마음도 커져갔다. 어떤 순간에는 내가 왜 이런 인간하고 같은 공간에서 숨을 쉬고, 밥을 먹고 있는가, 한심한 마음도 들었다.

그는 기본적으로 혐한론자다. 그렇다고 마구 일본을 찬양하는 쪽도 아니다. 둘 다 한심하게 봤다. 그리고 이런 나라들의 틈새를 적절하게 공략하는 자신에 대한 자부심이 대단했다. 정민의 눈에는 퀨푸나 사기꾼 정도로밖에 보이지 않았지만, 그렇다고 지적할 마음도, 여유도, 애정도 없었다.

둘이 차를 타고 이동하면, 주로 지미가 떠들고. 그는 들었다. 대부분 한 귀로 듣고, 한 귀로 흘렸다. 일일이 주워 담아 들었다면, 한도 끝도 없었을 것이다. 하긴 그의 머릿속 대부분은 주희가 차지하고 있었으므로, 지미가 끼어들 여지는 별로 없었다.

하지만 가끔 지미는 번뜩이는 아이디어를 냈다. 한일 관계 전문가인 자신이 깜짝 놀랄 만한 관찰이나 지적이 나왔다. 그럴 때는 확실히 비범했다.

무엇보다 지미는 사람을 컨트롤하는 능력이 뛰어났다. 이런 쪽으로 빠지지 않았으면, 정계에 입문해도 좋을 지경이었다. 비교적 근거리에서 그를 보좌했으므로, 정민은 간접적으로나마 다양한 사람들을 만날 수 있었다. 그중에는 관료도 있었고, 정치인도 있었으며, 기업인도 있었다. 모두 난다 긴다 하는 인간들이었다. 하지만 대부분 지미를 어려워했고, 빈틈을 보였으며, 태도가 깍듯했다. 무슨 약점이라도 잡히지 않았다면, 도무지 그럴 리는 없을 것이다. 정민은 그렇게 봤다. 그러나 구체적으로 어떤 약점인지 알 수는 없었다. 아마 자신에게 주희라는 약점이 있듯, 그들도 마찬가지라고 추측할 뿐이었다.

12

한번은 가부키초에 들린 적이 있었다. 거기엔 위너스 프로덕션의 사무실이 있었다. 열댓 명의 직원들 모두 번듯한 차림새였다. 싱글 톤의 정장을 하고, 하얀 와이셔츠에 패셔너블한 넥타이를 맨 채 뭔가 바쁘게 움직였다. 모든 책상마다 컴퓨터가 놓여있었고, 커다란 복사기와 FAX도 보였다. 그냥 남한테 보여주기 위한 사무실은 절대 아니었다.

거기서 지미는 완전히 다른 사람으로 돌변했다. 회의는 짧게 했지만, 요소요소 공략 포인트가 정확했으며, 지시 사항은 간단명료했다. 일 처리 방식이나 업무의 배분 등에 있어서, 상당한 경험이 보였다. 대기업에 오랫동안 몸담은 듯한, 그것도 이사 정도나 되어야 가능한 레벨이었다. 그를 때면 대체 이 인간의 정체가 뭔가 싶었다.

위너스 자체는 군소 AV 제작 업체였지만, 그 밖의 여러 사업을 병행하는 듯했다. 거기엔 단순 매춘부터 고급 에스코트 서비스까지 다양한 메뉴가 준비되어있었다. 그렇다. 에이미부터 주희까지 정말 다양한 클래스의 상품이 완비된 것이다. 남미와 러시아, 동남아 등지에서 발탁한 여성들의 사진도 보였으므로, 일의 범위가 상당히 크다고 추측이 되었다.

"난 말이야, 일본이 옛날에 주창했던 대동아 공영권을 적극 찬양해. 자니가 날 어떻게 보든 상관없어. 이것은 내 신념이니까. 위너스 회의실에서 단둘이 남았을 때, 지미가 갑자기 입을 열었다.

"그때 일본이 저지른 최대 실수가 뭔지 알아?"

"글쎄요…?"

듣는 둥 마는 둥 정민이 말했다.

"중일 전쟁을 일으킨 거야. 간댕이가 부어도 단단히 부은 거지. 아무리 한물갔다고 해도, 중국은 중국이야. 하나의 나라가 아니라, 하나의 대륙이지. 지금 중국만 해도 22개의 성으로 되어있잖아. 그것이 뭔가 하면, 22개의 나라로 구성되었다는 거야. 중국을 친다면, 22개국과 동시에 싸운다는 뜻이지. 절대 무력으로 점령할 수 없는 곳이야. 왜 미국이 영국과 치른 독립 전쟁에서 이겼는지 알아? 이미 그때 13개 주가 형성되어있었어. 즉, 13개국이 뭉쳤다는 거야. 전 세계를 통치해야 하는 영국 입장에선 그게 큰 부담이 된 거야. 똑같아. 그렇게 중국과 싸워서 이기려고 애를 쓰다가 국력을 몽땅 낭비한 거지. 딱 만주까지만 좋았어. 만주에서 멈췄어야 해."

"일단 고기 맛을 봤는데 어떻게 거기에서 멈춥니까?"

"좋은 지적이야."

마치 학생을 다루듯 지미가 칭찬했다. 정민은 다시 기분이 나빠졌다.

"그때 중국에 들어가는 게 아니었어. 정말 중요한 게 뭐였냐 하면, 바로 에너지. 그래, 에너지야. 제국을 건설하려면 기본 동력이 있어야 해. 그것부터 확보한 다음에 사냥이나 약탈을 하는 거지. 일본은 그때 현혹되었어. 중국이라는 거대한 보물 창고에 홀리고 만 거지. 실은 시베리아로 갔어야 해. 거기서 에너지를 충분히 확보한 다음에 중국을 쳐도 늦지 않거든."

"그런 방법도 있었군요."

"사실 일본이 중국에 쳐들어가는 순간, 미국은 내심 좋아했어. 야, 드디어 동아시아에 관여할 일이 생겼구나, 이렇게 본 거지. 그래서 미국이 동아시아로 오면, 자연스럽게 태평양을 먹는 것이 돼. 사실 대동아 전쟁이라는 것도 이런 배경이 있는 거야. 태평양과 동아시아를 두고, 미국과 일본이 필연적으로 한판 붙을 수밖에 없었던 거지. 하지만 만일 일본이 만주에서 멈췄다면? 그리고 시베리아에서 에너지를 확보했다면? 그럼 미국은 일본을 컨트롤할 수 있는 레버리지를 잃게 돼."

"세계사가 새롭게 쓰여지겠군요."

"그런데 일본은 또 한 번 그럴 찬스가 있었어. 바로 1980년대지."

"버블 시대를 말하는 겁니까?"

"버블이 오지 않을 수도 있었으니까."

"그게 무슨 말이죠?"

"일본이 승승장구하니까 미국을 비롯한 선진국이 모여서 강제로 환율을 두 배 올렸잖아. 그게 바로 1985년에 있었던 플라자 합의고. 바로 거기서 기세가 꺾인 거지. 그런데 비슷한 일이 독일에도 있었어. 1990년에 동서독이 함께 되고, 10년간의 고생 끝에 새천년에 오면 내부 정리를 끝낸 독일은 진짜 승승장구해. 서독의 기술력에 동독의 노동자가 합쳐졌으니 당연하지 않겠어. 그래서 미국이 손을 보려고 했지. 한데 환율 갖고 안 되었던 거야. 왜 그런지 알아?"

"유럽 연합."

"이 친구, 생각보다 똑똑하네."

다시 웃으며 지미가 말했다.

"독일이 하나의 국가로서 마르크화를 고집했다면, 제2의 일본이 되었을 거야. 제2의 플라자 합의가 이뤄졌을 것이라고. 하지만 그땐 EU의 일원이었지. 유로화를 쓰게 된 거야. 아무리 미국이 강해도 유로화의 환율을 두 배로 올린다? 그게 가능하기나 해? 독일의 인플레나 여러 금융 상황을 고스란히 유로존이 흡수했기 때문에 지금도 독일이 건재한 거라고."

"그렇네요."

"80년대 일본은 제2의 대동아 공영권을 만들었어야 해. 그때 한국 정부도 일본친화적이었어. 서로 사이가 좋았다고. 최소한 한국, 대만 그리고 태국 정도를 묶어서 엔화 블록으로 만들었으면, 플라자 합의 같은 것을 피할 수 있었지. 일본의 인플레를 엔화 블록이 커버했을 거니까. 애초 플라자 합의도 불가능했을 것이고. 그럼 지금도 미국을 위협하는 강대국으로 자리잡았을 거야."

말을 마치자마자 누가 회의실 문을 두드렸다. 정민이 열어보니 직원이 보였다. 황급히 지미를 찾는 모습이었다. 그러자 후다닥 지미가 나갔다. 혼자 회의실에서 남은 정민은 여러 가지 생각을 했다. 좀 전의 대화는 흥미로웠다. 친일파 입장으로 철저하게 대동아 공영권 중심으로 보면 그런 해석도 가능했다. 점차 그는 지미의 배경이나 인적 사항이 궁금해졌다.

순간 가볍게 문이 열리면서, 커다란 토끼의 귀가 보였다. 돌아보니 주춤거리며 에리카가 들어섰다.

"교수님, 여기서 뭐 하는 거예요?"

에리카가 적잖이 당황한 모습이었다. 그럴 수밖에.

"아, 그게 말야…."

잠시 정민이 당황했다.

"그래, 잘 지냈어?"

"말 돌리지 말아요. 왜 이런 데에 있냐구요? 복장은 왜 그래요?"

"복장이 뭘…?"

"지금 지미란 작자와 함께 있죠?"

"지미? 어떻게 알았어?"

"여긴 제 구역이에요. 누가 들어오고 나가는지 빤히 다 안다고요."

눈썰미 하나는 알아줘야 하는 친구다. 하지만 그는 도저히 진실을 이야기할 수 없었다.

"디지가 문제가 있어서 잠깐 대타로 나왔을 뿐이야."

"그게 말이 돼요?"

"아무튼 사정이 그래. 나중에 설명해줄게."

"조심해요. 여긴 위너스예요. 상대는 지미구요."

"지미가 뭘 어쨌길래?"

"악마. 악귀. 그래요, 오니. 오니예요."

"설마."

"오니는 밖으로 내쫓아야 해요. 그렇잖아요."

그 말에 그는 아무 대꾸도 할 수 없었다. 에리카는 거듭 경고하고 바깥으로 나갔다. 순간 동시에 지미가 들어왔다. 그는 힐끔 에리카를 바라봤다. 그리고 자니를 쏘아봤다.

"누구야?"

"뭘요?"

"저 친구 말야."

"잘 몰라요. 여기서 뭔가 찾으러 온 모양이에요."

"그래?"

"여기 일정은 다 끝났나요?"

"그래. 그럼 나가지."

디지는 계속 찜찜한 표정으로 정민을 노려봤다.

13

뭔가 개운치 않았다. 속이 더부룩하고, 헛배가 부르고, 방귀조차 나오지 않는 상황이었다. 지미는 이렇게 현재 위치에 온 것에 진심으로 자신에게 감사했다. 항상 조심하고, 항상 체크하고 항상 미래를 대비한 덕분이다. 남들은 그에게 뒤통수에도 눈이 달렸다고 했다. 실제로 그렇다. 어떤 공간이든, 어떤 상황이든 그는 단박에 사건의 본질을 꿰뚫는다. 쓸데없이 시간을 끄는 것을 제일 싫어한다. 빨리 결론을 얻어야 다음을 대비할 수 있기 때문이다.

뒷좌석에 앉아 묵묵히 운전하는 정민의 뒤통수를 바라보면서 그는 여러 가지 생각을 했다. 일단 녀석을 너무 몰랐다. 그냥 사람 좋아 보이고, 순수해 보여서 데리고 있었다. 기본적으로 주희에 빠진 녀석이라 갖고 놀기가 편했다. 그런 약점은 정말 보약이나 다름없다. 설령 주희가 녀석에게 몸을 허락한다고 하면, 이쪽에선 완전 대박이다. 내 손에 움직이는 마리오네트가 된다.

또 자신이 하는 말을 적당히 알아듣는 모습도 좋았다. 기본적으로 그는 지적인 대화를 원했다. 나름대로 책도 읽고, 연구를 하는 편이다. 어떤 상대가 있으면, 아카데믹한 부분을 배경으로 갖고 있어야 승산이 높아진다. 일본에서 밥을 빌어먹으려면, 당연히 일본에 대해서 알아야 한다. 일반 시정잡배와 자신이 근본적으로 다른 것이 바로 이 부분이다.

많은 사람들은 그냥 돈에 현혹되어 사업이나 장사에 달려든다. 지미는 절대 그렇게 하지 않는다. 차곡차곡 책을 읽고, 조사를 하고 가능하면 전문가의 의견도 듣는다. 그다음에 어디를 공략해야 하는지 판단해도 늦지 않다. 즉, 결론은 빠르게 내지만, 그 배경에는 신중한 R&D가 존재하는 것이다.

하지만 현실적으로 주위에 지적인 대화를 나눌 수 있는 사람이 없었다. 모두 일 관련으로 연결되어있다. 설령 지식인을 만난다고 해도, 그에게서 금품이나 이권을 갈취할 뿐, 역사나 정치를 논할 여지가 없는 것이다. 그러다 자니를 만났으니 얼마나 즐거운가.

아무튼 늘 상황을 체크하는 버릇은 자신의 치명적인 실패와 관련이 있다. 그 실패는 자기 책임이 아니지만, 결과적으로 자기 책임이었다. 산골 마을의 찢어지게 가난한 집에서 태어난 그는, 어떻게 하든 출세하고 싶었다. 공부는 곧잘 했으므로, 여기서 승부를 보고 싶었다. 답은 하나. 고시뿐이다. 결국 행정 고시를 선택했다. 법관이나 변호사보다는 고급 관료가 되고 싶었던 것이다.

정말 고생고생해서 2차까지 합격했지만, 3차 면접에서 떨어졌다. 가까운 친척이 김일성 대학의 교수였기 때문이다. 어떻게 이 사실을 모를 수 있었을까? 연좌제라는 제도도 미웠지만, 그런 기본적인 체크도 하지 않고 달려든 자신이 더욱 미웠다. 혐오스러웠다. 다시는 그런 우를 범하지 말자고 스스로 맹세했다.

빈손에, 빈 경력에, 빈털터리. 가용할 수 있는 자원은 자신의 몸뚱아리뿐이다. 그래서 폭력 조직에 들어갔다. 정말 야비하게 상대의 뒤통수를 치는 전략을 구사했다. 1 대 1 싸움에 승산은 없지만, 상대가 방심할 때엔 찬스가 있다. 그는 철저하게 그 부분을 노렸다. 중간 보스까지 순탄하게 올라갔다.

하지만 중간 간부가 되자 진짜 살벌한 세계가 펼쳐졌다. 여기서 자기는 몸이 아닌 머리를 써야 한다고 결심했다. 처음에는 사회에 대한 불만, 자신의 하찮은 배경에 대한 콤플렉스 등이 뭉쳐서 폭력에 빠졌지만, 점차 이쪽 세계를 경험하면서 자신의 길이 아니라는 것을 깨달은 것이다.

그때 주희를 만났다. 그에겐 구명줄이나 다름없었다. 이 친구를 통해 전혀 다른 비즈니스를 할 수 있다. 그것도 아주 우아하게. 그는 미련 없이 주먹 세계를 떠나, 머리를 쓰는 세계로 바꿔탔다. 그리고 지금에 이른 것이다. 지금 생각해도 잘한 결정이다.

그런데 바로 이때에 뭔가 강력한 경고등이 켜졌다. 본능이 강력하게 빨간 신호를 보내고 있는 것이다. 이것을 그냥 묻어두면 안 된다. 아무리 어수룩하고, 사람 좋아 보이는 자니지만, 왜 이런 일을 하는지, 어떻게 살아왔는지, 어떤 욕망을 갖고 있는지 자초지종을 파악하고, 새롭게 전략을 수립해야 한다. 저 자니라는 작자를 종단에 어떻게 처리해야 할지.

일단 중간에 그는 일이 있다며 차에서 내렸다. 그리고 주희를 픽업하라고 보냈다. 정민이 시야에 사라지자, 바로 택시를 타고 위너스 사무실로 돌아왔다. 아까 본 아가씨는 길에서 여전히 전단을 뿌리고 있었다. 사람을 시켜서 회의실에 데리고 오라고 지시했다.

이윽고 회의실에서 잠시 서성거리는 사이, 쭈뼛거리며 문제의 아가씨가 들어왔다. 그는 험악한 표정으로 그녀를 노려봤다.

"이름이 뭐야?"

"네?"

그녀가 놀란 토끼 눈을 떴다. 커다란 귀까지 가세해서 영락없는 토끼다.

"자기 이름도 기억하지 못해?"

"에리카요."

"아까 만난 녀석은 누구야?"

"네?"

순간 그가 강하게 따귀를 때렸다. 에리카가 저 멀리 나가떨어졌다. 여전히 영문을 모르겠다는 표정으로 볼을 만지며, 당황스럽게 뒤로 움찔했다. 그가 천천히 다가가 그녀를 일으켜 세웠다. 몸을 탁탁 털어서 먼지를 벗겨냈다. 그리고 다시 그녀를 쏘아보며 물었다.

"아까 그자가 누구야?"

"누구를 말하는…."

다시 따귀를 갈겼다. 이번에도 털썩 바닥에 쓰러졌다. 길게 눈물을 흘리며 그녀가 울기 시작했다. 그 앞에 쪼그리고 앉으며 지미가 계속 쏘아봤다.

"너, 죽고 싶어?"

"교, 교수님이에요."

다급하게 그녀가 말했다.

"뭐?"

"교수님이라고요."

"아까 그자가 교수라고?"

"네."

"교수가 왜 이런 일을 하지?"

"디지가 일을 하지 못하게 되어서 대타로 나왔대요."

"뭐? 디지는 누구야?"

점차 흥미진진해졌다. 교수라니? 자기도 모르게 지미가 활짝 웃었다. 그리고 다시 그녀의 몸에 묻은 먼지를 털어내기 시작했다.

15

주말에 커다란 행사가 있으니 꼭 참석해야 한다는 말을 지미는 여러 번 했다. 꼭 정장을 하고, 기본적인 액세서리와 장신구를 챙기고, 제대로 와꾸를 맞춰야 한다고 틈만 나면 환기시켰다. 그것은 비단 주희뿐 아니라 정민에게도 해당되었다.

그래도 못 미더웠는지, 하루는 모든 스케줄을 뒤로 하고, 오로지 파티 준비만 했다. 우선 아오야마의 고급 양복점에서 제대로 된 턱시도를 맞췄다. 지미뿐 아니라 정민 것도 맞췄다. 그 비용은 지미가 계산했다. 이런 씀씀이가 정민에겐 불편하지만, 지미의 성향상 뭔가 꿍꿍이가 있으니 이러지 않을까 싶었다. 즉, 투자의 일환인 것이다. 뭐, 입고 나서 줘버리면 되지 않은가, 이런 생각도 들었다. 그러고 보니 어느새 그도 지미처럼 세상을 바라보고, 해석하는 쪽으로 가는 게 아닌가 싶었다.

당연히 주희의 드레스도 맞췄다. 어깨와 가슴골이 대담하게 드러난 형태였는데, 여기서 그는 그녀의 오른쪽 어깨에 나비 문신이 그려진 걸 처음 발견했다. 큼지막하고, 강렬한 색상으로 우아하게 날갯짓하는 모습이 그려져있었다. 덕분에 그녀가 움직일 때마다, 나비도 팔랑팔랑 날아가는 듯했다. 진홍빛 색깔의 드레스는 색상 자체도 도발적이었고, 라인도 대담했으므로, 정민의 상상력을 한껏 자극했다.

며칠 후, 드디어 파티 날짜가 되었을 때, 세 사람은 함께 예약해둔 인근의 미장원에 갔다. 정성스럽게 머리를 깎고, 다듬고 또 영양제까지 듬뿍 발랐다. 게다가 얼굴을 비롯한 전신 마사지와 피부 케어, 마지막으로 손톱까지 다 정리했다. 그렇게 서너 시간을 보내고 나니, 거울 앞에 번듯한 남자가 나타났다. 피부는 팽팽했고, 윤기가 났으며, 딱 알맞은 크기로 정돈된 헤어 스타일이 적어도 몇 년쯤은 젊어진 느낌을 줬다.

"훤하구먼. 배우로 나가도 되겠어. 생각 있으면 말해. 나한텐 연줄이 있잖아."

계산하면서 지미가 웃었다. 정민도 기분이 좋았다. 이런 케어는 난생 처음이지만, 왜 연예인들이 이런 곳에서 많은 시간을 보내는지 이제 이해가 되었다. 그러다 모든 케어를 끝낸 주희를 바라봤다. 그녀는 풍성하게 파마를 해서, 한층 화려한 모습으로 변신해 있었다. 정민은 자기도 모르게 가벼운 탄성을 질렀다.

16

오후에 승용차에 셋이 동승하고 출발할 때부터, 실내엔 야릇한 기운이 감돌았다. 약간의 긴장감도 있었고, 뭔가 설렘도 있었으며, 정체를 알 수 없는 에로틱한 분위기도 흐르고 있었다. 오늘따라 과감한 드레스 차림으로 무장한 주희의 존재 때문일 수도 있다. 파마를 하고, 짙은 화장으로 변신한 그녀는, 확실히 관능적이었다. 그간 여러 차례 다양한 차림으로, 다양한 모습을 보였지만, 지금처럼 섹시한 느낌은 처음이었다. 어쩌면 이 모습이 그가 처음 전단지를 받고 쭉 상상해왔던 이미지일 수도 있다. 정민은 되도록 그녀를 보지 않으려고 노력했다. 하지만 백미러로 향하는 시선을 억제하기가 쉽지 않았다.

오늘따라 지미는 기분이 무척 좋아 보였다. 마치 소풍이라도 떠나는 어린아이처럼, 설렘을 감추지 않았다. 하긴 오늘밤의 이벤트를 위해 그가 쓴 돈은 상당할 것이다. 옷값이며, 미용비며, 액세서리까지. 심지어 정민에게 시계까지 선물하려고 했다. 그런 모습을 보면, 정민을 단단히 신뢰하는 듯했다. 이대로 가다가는 위너스의 중역 자리 하나를 제안할 것만 같았다. 갈수록 난감해진 정민이었다.

이번 행선지는 이즈 반도의 어느 별장이었다. 후지산에서 멀지 않은 곳이 멀지 않은 곳에 숨어있는 곳으로 주변 경관이 엄청 수려하고 웅장했다. 여기는 옛날부터 돈 있는 사람들의 세컨드 하우스가 많았고, 온천 관광으로도 이름이 높았다. 하코네와 니코와는 다른, 다소 예스럽고, 운치있는 고장이다. 그런 곳에서 벌어지는 프라이비트한 파티에 초대된 것이다. 정민 역시 기대가 되었다. 일본 상류층 사람들의 내밀한 생활을 근거리에서 관찰할 수 있는 기회가 아닌가.

하지만 주희는 표정이 밝지 못했다. 두터운 화장으로 전혀 내색하지 않았지만, 그 속내는 충분히 짐작할 수 있었다. 사실 이런 파티는 그녀에게 낯설지 않을 것이다. 여러 차례 참석해서, 중요한 인사들과는 안면을 튼 상황일 것이다. 그녀의 주요 비즈니스 중 하나일 것이다.

하지만 오늘따라 주희는 불안해 보였다. 점심도 대충 먹고, 커피도 마시다 마는 등, 어디 다른 데에 정신이 팔려있는 듯했다. 그 이유를 정민은 도저히 짐작할 수 없었다.

도쿄 시내를 빠져나가 고속도로를 타니, 꼬불꼬불한 해안가가 나왔다. 아마도 태평양 연안을 따라 건설된 도로로 내비가 안내하는 모양이다. 어쨌든 멋진 풍경이 연달아 나왔다. 한쪽은 바다이고 그 반대편은 산이다. 서로 대비되는 풍경이 도로를 사이에 두고 전개되어, 가끔 탄성을 자아낼 만한 절경을 번갈아가며 연출했다.

"일본이라는 땅은 말이야, 일본 애들하고 비슷한 구석이 있어. 뭔가 숨겨진 데에 절경이 많거든. 관광 책자나 유튜브 같은 데에는 절대 나오지 않아. 현지인들만 알고 있지. 아무튼 뭘 꾸물꾸물 숨기는 데에 일가견이 있는 놈들이라, 제대로 일본을 보려면, 현지인의 도움이 없으면 안 돼. 비즈니스도 마찬가지야. 항상 '나카마'라 부르는 중개인이 나타나. 당연히 비용을 지불해야지. 어떻게 보면 낭비 같기도 하고, 아깝기도 해. 나도 처음에 그랬어. 근데 조금 시간이 지나고, 경험이 쌓이다 보니까, 왜 나카마가 필요한지 알겠더군. 자니, 왜 그런 것 같아?"

"인맥 때문이 아닌가요?"

정민이 대충 얼버무렸다. 늘 그랬듯이. 그냥 장단만 맞춰주면, 지미는 알아서 묻고, 알아서 대답한다.

"이것은 일종의 신용과 관련되어있어. 섬나라 놈들이라, 기본적으로 폐쇄적이야. 절대 남을 신뢰하지 않아. 하지만 비즈니스라는 건, 결국 남하고 하게 되어있거든. 그러다 보니, 누군가가 신원 보증을 해줘야 돼. 이 놈 믿을 수 있다, 뭐 그런 보증 말이야. 그래도 사기치는 놈은 사기치지만, 적어도 모르는 놈한테 당한 것은 아니니까, 좀 위안은 되지. 안 그래?"

"네. 맞아요."

듣다못해 이번엔 주희가 맞장구쳤다.

"지금 내가 주로 하는 일도 나카마야. 이게 얼마나 짭짤한 일인지 잘 모를 거야. 이런 인맥 쌓느라 정말 고생 많았지. 지금은 본궤도에 올랐어.

일단 내가 보증하면 모두 믿어줘. 물론 나도 소개만 해주고 끝내지 않아. 일이 시작되면, 꼼꼼하게 관리를 해. 양쪽 모두를 지나치다 싶을 만큼 체크하지. 그래서 잔인하다는 말도 듣지만, 뭐 어쩔 수 없어. 나 역시 신용이 생명이라, 절대 실수하면 안 되거든. 중간에 아니다 싶으면, 차라리 이야기를 해. 여기서 그만둡시다. 이놈이 사기치고 있습니다. 제가 실수한 것 같습니다. 그럴 땐 중개료를 반환해. 그런 거 탐내면 절대 안 돼. 이렇게 관리해왔어. 그러다 보니 이런 프라이비트한 모임에도 초대받는 거라구."

뭐 틀린 말은 아니다. 하지만 별로 듣고 싶은 말도 아니다. 결국 자기 자랑이니까. 그래서 한 귀로 흘려들으며, 정민은 운전에 열중했다. 되도록 백미러에 신경 쓰지 않으면서.

17

목적지인 별장에 도착한 것은, 저녁 7시경이었다. 딱 제시간에 도착한 셈이다. 별장 자체는 도저히 상상도 할 수 없는 곳에 숨어있었다. 구불구불한 숲길을 한참이나 달리고, 거의 막다른 곳에 다다랐다 싶을 때, 갑자기 거대한 저택 하나가 모습을 드러냈다. 어두컴컴한 숲속에, 절벽을 뒤로하고 우뚝 선 그곳은 묘한 분위기를 자아내고 있었다. 마치 현실이 아닌 다른 세계에 속한 건물 같았다.

건물 자체는 일식과 양식이 교묘하게 혼합되어있었다. 전체적으로 검은 톤에, 지붕은 거대했고, 벽면은 시멘트와 목재가 적당히 섞여있었다. 총 3층짜리 건물이지만, 마치 10층은 되어 보일 정도로 위압적이었다. 중세 시대에 성으로 사용한 것이 아닐까 싶을 정도였다.

주차를 하는 사이, 지미가 품에서 뭔가를 꺼냈다. 검정색 아이 마스크였다. 눈 주위만 가려서 일종의 신분이나 정체를 숨기는 종류의 기구였다. 세 사람은 말없이 그것을 쓰고, 입구로 향했다. 이상하게도 마스크를 쓰자, 자신의 아닌 다른 사람이 된 듯한 기분이 되었다. 정말 모를 일이었다.

차츰 정민은 이번 파티가 심상치 않다는 것을 느꼈다. 일반인이 도저히 찾을 수 없는 숨겨진 공간에서 벌어진다거나, 일부 멤버들에게만 허용된 모임이라거나, 아이 마스크로 철저하게 신상을 감춘다거나, 뭔가 석연치 않은 구석이 많았다. 그러나 이런 미스터리한 구석이 많으면 많을수록, 그 한편으로 기대감 또한 높아갔다. 뭔가 은밀하면서, 유혹적인 일이 벌어질 것만 같았다.

입구에는 정장 차림의 건장한 사내 여럿이 검문을 하고 있었다. 한눈에 봐도 덩치가 산만 했고, 특별한 훈련을 받은 모습이었다. 멤버가 아닌 사람들은 아예 얼씬도 할 수 없는 살벌한 기운이 흘렀다.

지미는 품에서 세 장의 초대장을 꺼내서 보여줬다. 덩치 하나가 세 사람을 샅샅이 살피고 또 뒤진 다음, 입장을 허용했다. 정민은 자기도 모르게 마른침을 삼키며 안으로 들어갔다.

별장은 크게 두 개의 블록으로 구분되어있었다. 하나는 본채로, 밖에서 본 것처럼 3층짜리 거대한 건물로 지어졌다. 또 하나는 일종의 별채로 온천으로 만든 수영장에 부속되어있었다. 원래 수영장은 오픈된 공간인데, 이번 파티를 위해 특별히 거대한 텐트로 덮어놨다. 밖에서는 절대로 내부를 볼 수 없게 해놓은 것이다.

이 두 공간으로 가는 길목에는 감시 카메라가 있었고, 작은 스피커들도 여럿 보였다. 거기서 감미로운 클래식 음악이 나직이 흐르고 있었다. 하지만 공간 안에는 아무런 감시 장치가 없었다. 오로지 외부에서 들이닥칠 사람만 관리할 뿐, 완벽하게 내부의 프라이버시는 보호하는 것이다.

세 사람은 절벽을 따라 설치된 계단을 따라 내려갔다. 난간이 있어서 크게 위험하진 않았지만, 점차 행사장에 다가갈수록, 뭔가 알 수 없는 에로틱한 기운이 강하게 밀려왔다. 여기저기서 사람들이 떠들거나, 웃는 소리도 들렸다.

우선 수영장 쪽으로 향했다. 텐트로 뒤덮여 내부를 볼 수 없었지만, 막상 안으로 들어가니, 알몸의 여성들부터 보였다. 밖의 찬 기운을 헤치고 온 터라, 따뜻한 열기와 함께 그 나신들이 보여준 인상은 강렬했다. 마치 다른 세상에 온 듯했다.

그들 역시 아이 마스크로 얼굴을 가렸다. 그밖에는 뭐 하나 걸친 것 없는, 그냥 맨몸으로 서빙을 하고 있었다. 난생처음 보는 이런 모습에 정민은 적잖이 당황했다. 여자들은 모두 몸매가 좋았고, 적절한 살집도 있어서 꽤나 육감적이었다. 잔을 집거나, 접시를 치우는 동작 하나하나에도 유방의 흔들림과 엉덩잇살의 꿈틀거림이 함께 믹스되어, 잠시라도 눈을 뗄 수가 없었다.

"이봐, 얘들은 공짜야. 마음에 들면 아무나 건드려도 돼. 장소도 가릴 필요 없어. 그냥 남들이 보는 데서 해도 괜찮다고. 이곳 호스트가 손님에게 주는 선물이지. 대단하지 않아? 동시에 몇 명하고 해도 괜찮다구."

지미가 실실 웃으며 말했다.

"관심 없습니다."

애써 외면하며 정민이 말했다.

"과연 그럴까? 내기 한번 하지. 자네가 오늘밤 내내 정말 목석처럼 군다면, 선생님이라고 받들어 모실게. 정말이야."

"저는 두 분을 에스코트하러 왔습니다. 그뿐입니다."

"오늘밤은 우리를 신경 쓰지 않아도 돼. 지금부터 자유 시간이야. 내일 아침에 여기서 만나면 된다고. 그러니 뭘 하건 자기 마음이야. 그간 안에 숨겨뒀던 욕망을 활짝 풀란 말이야."

"저는 단지 운전사라니까요."

"가면 쓰고, 옷을 벗으면 다 똑같아. 인간은 기본적으로 같아. 옷을 입고, 밖에 나가면 다르지만, 이렇게 벌거벗으면 다 같다고. 나만 다르다고 생각하지 마. 정말 구역질이 난다고."

지미가 경멸이 담긴 눈길로 쏘아보며 말했다.

"내 장담하지. 오늘밤에 자네는 지금껏 한 번도 경험해보지 못한 쾌락을 즐길 거야. 내가 약속해. 암."

넓은 노천탕에는 아직 사람들이 보이지 않았다. 이제 조금씩 약속 장소에 모이는 터라, 본격적인 파티는 아직 시작되지 않은 모양이다.

이어서 수영장을 빠져나와 본채로 들어가니, 1층 거실에 성대하게 마련된 뷔페가 보였다. 이미 도착해 있는 남녀들이 식사를 하고 있었다. 모두 아이 마스크로 얼굴을 가렸고, 남자들은 턱시도 차림이었으며, 여자들은 드레스를 걸치고 있었다. 왜 지미가 그에게 일부러 턱시도를 맞춰줬는지 이제 이해가 갔다.

"식사부터 해. 일단 잘 먹어두라고. 밤은 기니까 말야."

먼저 접시를 든 지미가 말했다. 상에 올라간 요리들은 한결같이 훌륭했다. 전혀 흠잡을 데가 없었다. 랍스터라든가 가리비 등 고급 해산물도 많았다. 당연히 스테이크도 보였다. 정민도 접시를 들고 음식을 골랐다. 와인도 한 잔씩 마셨다. 빈티지가 좋은 와인이었다.

"여기 호스트는 누구입니까?"

정민이 주위를 둘러보며 말했다. 그사이 주희는 어디에 갔는지 보이지 않았다.

"일체 나서지 않는 사람이야."

식사에 열중하며 지미가 말했다.

"어쩌다 한번 이런 파티를 여는데, 나도 실제로 본 적은 없어. 건설업을 크게 한다고 들었어. 아마 여기 어딘가에 있겠지만, 이렇게 마스크로 가리고 있는데 어떻게 알겠어?"

"그렇군요."

"아마 정부 관련 일을 주로 맡아서 할 거야. 일본은 재해가 많아서 늘 건설 쪽 일이 끊이지 않거든. 방파제를 쌓거나, 도로를 보수하거나, 조그마한 아파트 단지를 짓거나, 아무튼 내수 쪽이 괜찮다고."

"그런 여기에 정부 쪽 사람들도 있나요?"

"당연한 거 아냐?"

"그렇군요…?"

"이런 데는 처음이지?"

"정체를 숨기고 하는 파티는 처음입니다."

"그럴 거야. 기본적으로 놀고는 싶지만, 아무하고 놀 수는 없고, 그렇다고 정체는 밝히기 싫고. 가진 것이 무척 많지만, 마음껏 쓸 수 없는 사람들. 마음껏 놀 수 없는 사람들. 그런 작자들이 모이는 곳이야. 특정 장소에서, 특정 날짜에, 특정한 놈들이, 특정한 연락을 받고 모여서 정말로 특정하게 놀지. 앞으로 가관일 거야."

지미 특유의 미소가 떠올랐다. 음흉하기도 하고, 섬뜩하기도 했다.

"주희가 안 보이는데?"

다시 주변을 둘러보며 정민이 말했다.

"그 친구도 오늘은 즐겨야지. 우리하고 있어 봐야 뭐 재미있겠어? 자,

온천이나 하자고."

지미의 재촉으로, 정민은 본관을 빠져나와 노천탕으로 갔다. 이제 조금씩 열기가 오르고 있었다. 이미 여러 남녀가 알몸으로 탕에 들어가있었다. 일부 남녀는 벌써 흠뻑 달아올라, 키스를 하거나, 진한 애무를 하고 있었다. 점차 소돔과 고모라처럼 변해가고 있었다. 정민은 자기도 모르게 얼굴이 상기되었다. 막상 남들이 섹스하는 장면을 대하자 심장이 콱 막혔다.

"좋지? 잠깐 이리 와 봐."

지미가 그를 한쪽 구석으로 데려갔다. 거기엔 둥근 테이블이 하나 놓여있었고, 여러 사람들이 그 주위에 모여있었다. 가까이 다가가서 보니, 다양한 환각제와 코카인, 대마초 등이 보였다.

"이런 거 해봤어?"

코카인을 집어 들고 지미가 말했다.

"아뇨."

멋쩍게 정민이 말했다.

"이 친구, 인생 헛살았구먼. 이렇게 좋은 걸 놔두고, 대체 뭐 하고 산 거야?"

작은 쟁반에 코카인을 올려놓고, 힘껏 숨을 들이마시며 콧속에 넣었다. 잠시 후, 비틀거리면서 활짝 웃었다.

"역시 최고급이구먼. 한번 해봐."

지미가 쟁반을 건넸지만, 그는 가볍게 사양했다.

"이 친구, 생각보다 쑥맥이구먼. 뭐 찔리는 게 있어?"

"이런 데에는 별 관심이 없어서요."

"그래 갖고 어떻게 주희를 상대하려고 그래?"

"예?"

"그 속마음, 내가 모를 줄 알아?"

지미가 야비한 눈빛으로 웃었다. 그는 아무 대꾸도 하지 못했다.

"오늘 제대로 한번 해봐. 주희도 어딘가에서 코카인 빨고 있을 거야. 걔도 이런 거 좋아하거든. 또 이런 거 하면 백 배, 천 배의 쾌감을 맛볼 수 있어. 자네는 말야, 머릿속이 너무 복잡해. 체면도 너무 많이 차리고. 뭐, 그렇게 사는 게 정상이라고 배웠겠지. 그러다 보니 맨정신으로는 아무것도 못 해, 그냥 속만 태우지. 다 좋아. 다 좋다고. 차라리 그럴 바에야 약의 힘을 빌어보는 게 어때? 인생에서 이런 기회가 얼마나 오겠어? 다시는 오지 않을 수도 있다고. 안 그래? 오늘밤을 즐기란 말야."

지난번의 일을 아는 모양이다. 주희가 왜 이리 냉랭해졌는지, 지미는 완전히 감을 잡고 있었다. 그러자 갑자기 오기가 생겼다. 지미가 가르쳐 준 대로, 쟁반에 코를 갖다 대고 힘껏 들이마셨다. 잠시 후, 뭔가 머리를 탱 하고 강타하는 느낌이 왔다. 갑자기 그동안 숨죽이고 있던 모든 감각들이 일거에 살아나는 듯했다. 온몸이 전기에 감전된 듯 부르르 떨리면서, 오로지 본능과 감각만이 그를 사로잡았다.

"자, 일단 탕으로 가볼까?"

하면서 지미가 옷을 모두 벗어던지고, 탕으로 돌격했다. 정민도 주저하다가 옷을 벗고, 탕으로 갔다. 옆에서 지켜보던 스탭들이 바닥에 떨어진 옷을 집어서 조심스럽게 정리하는 모습이 보였다.

탕의 온도는 아주 적당했다. 적절하게 몸을 데우는 정도. 거기에 약까지 더해져, 조금씩 온몸이 달아올랐다. 점차 주변으로 뜨거운 김이 모락모락 가득해져서, 불과 1미터 앞의 상황이 전혀 보이지 않았다. 마치 짙은 안개에 휩싸인 듯했다.

정민은 이리저리 탕 안을 돌아다녔지만, 지미는 보이지 않았다. 어느 순간 온몸에 힘이 빠지면서, 노곤해졌다. 잠시 구석에 있는 돌멩이 위에 앉아 배꼽 정도에 수면을 맞추고 쉬는 사이, 돌연 안개를 뚫고 좌우 양편에서 여자가 한 명씩 나타났다. 둘 모두 아이 마스크로 위장했지만, 나이는 들어 보이지 않았다. 커다란 젖무덤이 눈앞 가득 흔들렸다. 마치 지구 전체가 흔들리는 듯 다가왔다.

그들은 정민 양옆에 자리한 후, 그를 애무하기 시작했다. 순간 그는 난생처음 느끼는 쾌락의 늪으로 빠져들고 말았다.

18

얼마만큼의 시간이 흘렀을까? 아니, 시간 자체가 의식되지 않았다. 주위는 짙은 어둠에 휩싸였고, 사방에서 뜨거운 숨소리와 격정적인 절규만이 들어올 뿐이었다. 시간도 또 공간도 모두 사라져버린, 오로지 쾌락만 갈구하는 몸부림과 아우성만 가득 차있었다.

문득 정민은 눈앞에 펼쳐지는 모습이 비현실적으로 느껴졌다. 자신이 읽었던 사드의 《소돔의 120일》이나 틴토 브라스의 영화와 전혀 다를 것이 없었다. 오히려 그런 소설이나 영화가 리얼하고, 지금의 풍경은 일종의 환각 같았다.

순간 한 여자가 그에게 다가와 키스를 했다. 그녀의 혀 위에는 알약이 하나 있었다. 자신도 모르게 그는 삼켰다. 더욱 알 수 없는 환각의 세계로 빠져들었다. 조금씩 영상이 뒤틀어지고, 소리는 간헐적으로 들릴 뿐이었다. 때로는 크게, 때로는 작게 들렸다가 어느 순간에는 윙윙 360도로 그의 주변을 휘감았다.

탕에서 나와보니 바닥에도 알몸의 남녀가 뒹굴고 있었다. 그들 사이를 조심스럽게 헤쳐가는 순간, 갖가지 환영이 그를 할퀴듯 닥쳐왔다. 어린 시절에 처음 본 포르노부터, 대학 시절에 갔던 이발소, 최초의 섹스, 숱한 AV 영상들이 한꺼번에 달려들었다. 그 모든 것들은 심하게 일그러지거나 혹은 뒤틀렸다.

그러다 그는 주저앉고 말았다. 바로 요 앞의 여성이 인화로 바뀌었다. 그녀는 알몸으로 두 명의 남자를 상대하고 있었다. 그 얼굴은 쾌락의 절정에 달해 있었다. 알 수 없는 신음과 꿈틀거림과 몸부림. 그는 눈을 감고, 머리를 마구 흔들었다. 급기야 엉엉 울고 말았다. 하지만 아무도 그를 신경 쓰지 않았다.

여기를 빠져나가야 한다. 무조건 빠져나가자. 그는 더 이상 여기에 있을 수가 없었다. 하지만 마치 이상한 나라의 앨리스처럼, 그는 뚜렷이 갈 곳도, 아니 어디로 가야 할지도 몰랐다. 완전히 미아가 되어 바닥에서 마구 뒹구는 인간 무리들의 틈을 헤집고 다닐 뿐이었다.

이때 누가 그의 발목을 낚아챘다. 덕분에 앞으로 벌러덩 쓰러지고 말았다. 순식간에 두 명의 여자들이 달려들었다. 스탭이 아니라 손님들이었다. 둘은 모두 나이가 들어 보였고, 비만이었다. 유방과 뱃살이 축 늘어진 상태였다. 그는 끔찍했다. 비명을 지르려고 했지만, 목이 잠긴 듯 아무런 소리도 나오지 않았다. 그들은 엄청난 압력으로 그를 짓눌렀다. 그중 하나가 그의 성기를 찾았다. 막 입에 넣으려는 찰나, 억지로 그가 밀쳤다. 재빨리 벌떡 일어서 도망치듯 거기서 빠져나왔다. 등 뒤로 두 여자가 커다랗게 웃는 소리가 들려왔다.

순간 본채에서 뭔가 환각적인 음악이 흘러나왔다. 중동 지방의 음악 같았다. 피리 소리가 뱀처럼 그의 몸을 휘감았다. 그는 좀비처럼 그 소리를 따라 안으로 들어갔다. 1층엔 여전히 뷔페가 차려져있었다. 2층에는 여러 개의 방으로 나뉘어있었는데, 숱한 남녀가 어우러져있었다. 단테가 이런 모습을 봤다면, 《신곡》을 새로 썼을 것이다. 그는 계속 소리 나는 쪽을 향해 위로 올라갔다.

3층은 커다란 거실이 하나 있었고, 그 중앙에 두 명의 남녀가 춤을 추고 있었다. 한편 그 주변으로 알몸의 남녀들이 잔뜩 에워싸고 있었다. 주희는 바로 그 가운데에 있었다. 상의가 반쯤 벗겨진 드레스 차림으로 알몸의 건장한 남자와 춤을 추고 있었다. 아니 춤을 가장한 애무와 키스와 접촉이 에로틱하게 이뤄지고 있었다.

남자는 잔뜩 흥분해 있었고, 춤을 추는 와중에 그녀는 교묘히 그를 자극했다. 드레스 틈으로 맨다리가 드러났는데, 관능적인 움직임에 따라, 진홍색 옷자락에 휘감겨 더 없이 성욕을 자극했다. 갑자기 남자가 드레스 자락을 찢었다. 그러자 하체가 온통 드러났다. 땀에 온통 젖은, 희고 눈부신 피부가 보였다.

그는 자기도 모르게 사람들을 헤치고 그쪽으로 다가갔다. 이미 주희는 누워 있었고, 남자가 그녀를 공략하기 위해 무릎을 꿇고 있었다.

자기도 모르게 정민은 달려가서 그 남자를 밀어젖혔다. 순간 사람들 사이에 동요가 일어났다. 화가 난 남자가 정민에게 달려들려고 했다. 이때 상황을 깨달은 주희가 손을 뻗어 그 남자를 제지했다. 남자는 씩씩거리다 어디론가 사라졌다.

이제 주희와 정민만 남았다. 주변 사람들은 다음 장면을 기대하며, 자리에서 떠나지 않았다. 여전히 주희는 바닥에 누워 무릎을 세운 채, 두 다리를 활짝 벌리고 있었다. 그리고는 정민에게 다가오라는 손짓을 했다. 그녀의 몸은 펄펄 끓었고, 그를 받아들이기 위해 자신을 활짝 열어젖혔다.

정민은 천천히 무릎을 꿇었다. 이제는 더 이상 생각하거나 머뭇거릴 필요가 없었다. 이 세상에 그저 단둘만이 남겨져있을 뿐이다. 주변 사람들은 그냥 나무나 돌멩이다. 전혀 신경 쓸 대상이 아니었다.

둘은 키스를 하고, 애무를 하며 거친 숨을 내쉬었다. 그래, 바로 이 순간을 기다려오지 않았는가? 하지만 약 기운 탓에 그녀가 과연 주희인지 아니면 다른 여자인지 알 수가 없었다. 몇 개의 얼굴이 오버랩이 되어 또렷한 형상을 파악할 수가 없었다. 다시 살펴보니 인화였다.

"인화!"

그가 소리치자 상대가 움찔했다. 그러자 그 얼굴은 다시 주희로 바뀌었다.

바로 그 순간, 그의 뒤쪽에서 내부 깊숙한 곳으로 뭔가 뜨겁고 단단한 것이 불쑥 들어왔다. 생각하지도 못한 공격이었다. 그것은 그의 몸을 마비시켰고, 사고 기능을 멈추게 했다. 아니 시간 자체가 갑자기 정지해버렸다. 그의 몸 중앙, 가장 핵심 부분이 누군가에 의해 장악된 것이다. 어마어마한 쾌감과 고통이 동시에 밀려왔다. 한 번도 맛보지 못한 감각이었다.

이윽고 그 뜨거운 불덩이가 서서히 움직였다. 그에 따라 쾌감과 고통의 강도도 함께 올라갔다. 갑자기 뜨거운 눈물이 흘러내렸다. 입에서 이상한 굉음이 나왔다. 그것은 비명도 아니고, 함성도 아니었다. 정체를 알 수 없는, 무슨 정체를 알 수 없는 짐승이 내는 소리 같았다.

대체 누가 그의 뒤에 있는지 얼른 고개를 돌렸다. 상대는 무릎을 꿇은 상태에서 상체를 드러낸 채 그를 내려다보고 있었다. 그는 여전히 아이 마스크를 쓰고 있었다. 그러다 정민의 시선을 느끼자 천천히 아이 마스크를 벗었다. 거기엔 지미가 있었다. 아니, 악마가 있었다.

19

차가운 바람이 머리카락을 흔들었다. 약간의 물기를 머금은 듯, 볼이 약간 따가웠다. 머리카락을 젖히자, 낯선 풍경이 드러났다. 끝도 없이 펼쳐진 잔디밭과 희뿌연 하늘. 어디선가 파도 소리가 들리지만, 시야에는 오로지 벌판만 보일 뿐이었다. 한 번도 가본 적이 없는 곳이다. 대체 여기가 어디란 말인가?

조금씩 이슬비가 내려, 가벼운 한기마저 느낄 정도였다. 하지만 미숙이 걸치고 있는 것은 얇은 잠옷뿐이었다. 그녀는 추위에 질린 데다가 길까지 잃어버린 상태였다. 다시 강한 바람이 불어왔다. 덕분에 몸이 휘청거렸다. 갑자기 극심한 공포가 밀려왔다. 물안개가 낀 듯, 모든 게 불투명했다. 조금씩 어둠이 밀려오는 낌새도 느낄 수 있었다. 어디로 가야 이곳에서 빠져나갈 수 있을까?

그녀는 연신 주위를 두리번거렸지만, 이곳이 어떤 곳인지 아무런 단서도 찾을 수 없었다. 문득 그녀는 자신이 맨발임을 깨달았다. 갑자기 발바닥이 아팠다. 뭔가에 찔린 모양이다. 잔디밭 곳곳에 돌멩이가 숨어있었다. 그중 하나를 밟은 모양이다. 피는 나지 않았지만, 발바닥 한 곳이 계속 욱신거리며 아팠다.

하지만 이런 상황을 신경 쓸 때가 아니었다. 어떻게든 여기서 벗어나야 했다. 하지만 도무지 어디로 가야 할지 알 수가 없었다. 안개는 점점 짙어졌고, 파도 소리는 커져만 갔다. 그녀는 울고 싶은 심정이 되었다.

왜 내가 여기에 있을까? 도무지 알 수가 없었다. 가만히 둘러보면 한국에 있는 풍경도 아니었다. 어느 외국에 온 듯했다. 양이나 소를 한가롭게 키우는 곳일 것 같았다. 하지만 이 장소를 추측할 만한 것은 하나도 없었다. 그냥 널따란 벌판이 펼쳐져있었고, 어딘가에서 파도 소리가 들릴 뿐이었다.

일단 그녀는 저 파도 소리를 향해 가기로 마음먹었다. 일단 이런 벌판을 벗어나자. 해안이라도 찾으면 뭔가 방법이 있지 않을까? 그래서 계속 걷다 보니 조금씩 이 풍경이 익숙해졌다. 그래, 바로 이곳이었어.

하지만 점차 바람이 강해졌고, 빗줄기까지 동반했다. 온몸은 꽁꽁 얼어붙었다. 조금이라도 움직일 수 있을까 싶을 만큼 강력한 추위가 밀려왔다. 해안가로 갈수록 기온이 뚝뚝 떨어졌다. 조금 있으면 완전히 냉동될 것만 같았다.

이때 그녀 앞에 희뿌연 그림자가 보였다. 불현듯 소름이 돋았다. 자세한 형상은 알 수 없지만, 그것은 사람의 모습이었다. 꼿꼿하게 허리를 세우고 이쪽을 향해 걸어오고 있었다. 역광인 상태라, 오로지 실루엣만 보였다. 그녀는 잠시 망설였다. 그 사람을 향해 아는 체를 해야 하는지, 아니면 도망가야 하는지.

정말 어찌할 수 없는 상황에서, 그녀는 어중간하게 멈춰서고 말았다. 그를 향해 가는 것도 아니고 또 도망치는 것도 아니었다. 아니, 이미 온몸이 냉동되었는지도 모른다. 그래서 꼼짝할 수도 없게 된 것이다. 잠시 후, 점차 그림자는 형태를 갖추고, 조금씩 모습을 드러내기 시작했다. 영국식 정장을 제대로 입은 남자가 곧 눈에 들어왔다. 조끼와 넥타이까지 제대로 갖춰 입었다. 그는 정민이었다.

그녀는 자신도 모르게 눈물이 왈칵 쏟아졌다. 그래, 이 남자가 나를 찾아낸 것이다. 지금 여기가 어딘지는 모르지만, 그가 이 황량하고, 텅 빈 공간을 헤맨 끝에 나를 찾아낸 것이다. 속에서 울컥 뜨거운 뭔가가 솟구쳤다.

하지만 그의 눈길이 공허했다. 그는 그녀를 바라보고 있지 않았다. 아니, 기계적으로 묵묵히 앞으로 전진할 뿐이었다. 그녀에게 눈길 한 번도 주지 않고 휙 지나쳐서 저쪽으로 걸어갈 뿐이었다. 이것은 말도 안 된다. 갑자기 그녀는 화가 치밀었다. 대체 그는 날 보기라도 한 것일까? 왜 나를 무시하고 저쪽으로 뚜벅뚜벅 걸어간단 말인가!

그러고 보니 정민의 모습도 낯설었다. 길게 턱수염을 기르고 있고, 걸음걸이도 엉망이었다. 좌우로 뒤뚱거리는 폼이 흡사 혼이라도 빠진 듯했다.

그녀는 황급히 그를 뒤쫓았다. 하지만 몸이 말을 듣지 않았다. 앞으로 묵묵히 걸어가는 그를 도저히 따라잡을 수 없었다. 그녀의 발바닥에서 계속 통증이 밀려왔다. 어딘가에 찔린 듯 피도 나는 것 같았다. 그러나 그녀는 그런 데에 신경 쓸 틈이 없었다. 왜 그가 나를 무시하고 저 멀리 걸어가는지 꼭 알아내야만 했다.

순간 눈앞이 환해졌다. 갑자기 벌판이 끝나고 넓은 바다가 펼쳐졌다. 무지막지한 기세로 파도가 치는 모습이었다. 벌판의 끝에 정확히 낭떠러지가 이어져있었고, 그 밑으로 파도가 출렁이는 해안가가 펼쳐져있었다. 파도는 마치 이쪽으로 오라는 듯 사정없이 아우성을 치고 있었다. 하지만 그쪽으로 가면 엄청난 절벽을 만난다. 추락할 경우 몸뚱이조차 흔적도 없이 사라질 것이다.

그런데 정민은 뭔가에 홀린 듯 오로지 절벽을 향해 걸어갈 뿐이었다. 파도의 속삭임에 넋을 잃고, 혼이 빠져서 오로지 앞으로만 걸어갈 뿐이었다. 이윽고 그녀가 안간힘을 써서 정민을 불렀지만, 그는 전혀 대꾸가 없었다. 그냥 계속 벌판을 가로질러 파도를 향해 나아갈 뿐이었다.

"안 돼! 안 돼!"

있는 힘껏 소리를 쳤지만, 어느 순간 그는 휙 밑으로 꺼졌다. 순식간에 시야에서 사라져버렸다. 그녀가 있는 힘을 다해 달려가서 밑을 봤지만, 그냥 출렁이는 파도만 보일 뿐이었다. 정민은 형체도 없었다. 갑자기 눈물이 쏟아지고, 현기증이 쏟아졌다. 자기도 모르게 힘껏 비명을 질렀다. 하지만 그 비명조차 제대로 나오지 않았다.

순간 미숙이 잠에서 퍼뜩 깨어났다. 온몸이 땀에 젖어있었다. 눈에는 눈물이 가득 고였고, 머리카락은 잔뜩 헝클어져있었으며, 온몸이 부르르 떨렸다. 냉기가 그녀의 몸을 가득 에워싸고 있었다.

꿈이란 것을 알았지만, 너무 리얼했다. 바로 좀 전에 벌어진 일 같았다. 이렇게 생생하게 꿈을 꾼 적은 한 번도 없었다. 흡사 누군가의 몸에 들어가서 그곳의 상황을 본 다음 다시 이쪽으로 돌아온 듯했다.

얼마나 시간이 흘렀을까? 이제 조금씩 현실감을 느끼면서, 다시금 체온이 정상으로 돌아왔다. 밖에서 약한 햇살이 창을 통해 들어오자, 자기도 모르게 안도의 숨을 내쉬었다. 그렇게 춥게 느꼈지만, 실내 온도는 정상이었다. 그녀가 추위를 느낄 이유는 전혀 없었던 것이다. 겨울이라고 하지만, 보일러가 꺼지거나, 갑자기 한파가 밀려온 것이 아니다.

한데 왜 조금 전까지 그렇게 추웠을까? 또 대체 왜 이런 꿈을 꾼 것일까? 아무리 생각해도 알 수가 없었다. 꿈에서 경험했던 모든 것이 지금도 생생했다. 발바닥을 찌르는 자갈의 감촉, 넓게 펼쳐진 잔디밭 그리고 무섭게 몰아치는 파도까지. 게다가 급작스런 정민의 출현과 추락.

순간 설움이 복받쳤다. 자기도 모르게 두 손으로 얼굴을 가리고 엉엉 울고 말았다. 이토록 거대한 상실감은 대체 뭐란 말인가. 그런 상태로 그녀는 아침이 올 때까지 울음을 멈추지 않았다.

IV

하코네의 아름다운 괴물

I

사람이 자신의 삶을 지탱하는 기둥은 무엇일까? 무엇이 자신을 자신으로 존재하게 만드는 것일까? 과연 그런 무엇인가가 있기나 한 것일까?

그게 무슨 거창한 종교적 도그마나 철학적인 디시플린은 아니더라도, 뭔가 자신을 움직이는 동력이나 원칙 같은 것은 있다. 혼이라 부를 수도 있고, 기라고 칭할 수도 있다. 아마도 의지 정도로 해석해도 좋다. 최소한의 의지만 있으면, 어쨌든 잠에서 깨어난 순간부터 자신이 주체가 되어 무엇인가를 한다. 그 일을 원했든 혹은 원치 않았든. 하지만 그것마저 없다면 어떻게 될까?

요즘의 정민이 그랬다. 그는 완전히 의지를 상실했다. 아니, 여태껏 그를 지탱했던 뭔가가 순식간에 소멸되어버렸다. 눈은 초점을 잃었고, 몸에서 기는 다 빠져 버렸으며, 행동은 했지만 누군가 조종하는 것처럼 움직였다. 뭔가 물어보면 그냥 고개를 끄덕일 뿐, 그 이상의 답변이 없었다. 실성을 했다고 해도 좋다. 아니, 마네킹이나 마리오네트가 되었다고 해도 좋다.

리모컨은 지미가 갖고 있었다. 그가 버튼을 누르면, 정민이 작동한다. 밥을 먹고, 운전을 하고 또 기다린다. 저기로 가라면 저쪽으로 가고, 여기에 앉으라고 하면 여기에 그냥 앉는다. 사고 체계 자체가 붕괴되어, 누군가 구체적으로 지시하지 않으면 일절 움직임이 없다. 아니, 자발적으로 뭔가를 하겠다는 의지가 완전히 사라져버린 것이다.

무(無). 무념무상(無念無想). 무화(無化). 이것은 어떤 체념이나 달관의 경지도 아닌, 그냥 있는 그대로일 뿐, 그 이상도 그 이하도 아니다. 그날 밤, 그는 철저하게 붕괴되어버린 것이다.

그리고 언제부턴가 구타당하는 것이 상습화되었다. 지미는 틈만 나면 정민의 머리통을 때리든가, 정강이를 걷어찼다. 호되게 따귀를 때린 적도 있다. 그리고 불같이 화를 냈다. 하지만 그러면 그럴수록, 그는 어떤 안도감을 느꼈다. 적어도 뭔가에 반응하는 자신의 육체가 있지 않은가? 정신은 몽롱하고, 아무런 탈출구도 보이지 않았지만, 이 육체는 최소한의 반응을 한다. 이것은 어떤 의미에서 일종의 알람이다. 그래, 넌 아직 살아있는 것이다.

그사이, 자신이 대체 무슨 존재인가, 처음으로 정민은 느끼기 시작했다. 아니 이성적으로 사고하는 것이 아니다. 그냥 감으로 깨달아가고 있었다. 지미에게 구타당하고, 지시받고, 기계적으로 움직이는 가운데, 사고 회로는 파괴되고, 능동적인 연산 작용이 중지되었다. 오로지 본능만이 남은 가운데, 완전한 포맷을 이루고 새롭게 프로그램을 까는 상황이 된 것이다.

그날 밤 온천에서 벌어졌던 일이 가끔 생각이 났다. 과연 현실인지 꿈인지 환상인지 아니면 무엇인지, 도무지 종잡을 수가 없다. 과연 대체 그날 밤에 무슨 일이 있었던 것일까? 머릿속에 그 끔찍했던 경험을 지우려고 할수록 더욱 생생해졌다. 반대로 그 또렷한 기억을 다시금 떠올리려고 하면 갑자기 안개처럼 흩어져서 저 멀리 사라져버렸다. 실체도, 느낌도, 감각도 없는 환영과 같았다.

"이봐, 징용 문제로도 시끄럽지? 한국 내 일본 기업의 자산을 압류한다며? "

시부야를 향해 가는 차 안에서 갑자기 지미가 물었다.

"…."

정민은 아무 대꾸가 없었다.

"진짜로 일본 애들 한 방 먹이려면, 비장의 카드는 따로 있어. 왜 이런 걸 모르는지 모르겠어. 아니, 알면서 일부러 모른 체하는 것일 수도 있고."

"그게 뭡니까?"

정민이 퉁명스럽게 물었다.

"야마시타 골드."

지미가 당당하게 말했다.

"네?"

"처음 듣지?"

물론 들은 적은 있다. 그냥 음모론에 불과하다고 단정한 적이 있다. 그러나 지미는 다른 모양이다.

"일본이 왜 대동아 전쟁이며 뭐며 크게 일을 벌였을 것 같아?"

"글쎄요?"

"영토? 천만의 말씀. 식민지를 건설하려면 정말 천문학적인 돈이 필요해. 만주부터 중국, 동남아 심지어 호주까지 대체 무슨 돈으로 식민지를 건설한단 말야? 실은 돈이야. 돈을 벌기 위함이지. 아니, 약탈이라고 하는 편이 좋아. 그런데 그 과정이 정말 험악하고, 야만적이며 또 살벌했어. 일본의 황실에서 직접 감독한 거야. 여기에 정부, 군대, 재벌 심지어 야쿠자까지 동원되었다고. 정말 일사불란하고, 체계적으로 아시아 각국을 약탈한 거야."

"그런 말은 있지만…. 무슨 증거가 있나요?"

"워싱턴 포스트의 기자 스털링 시그레이브는 이걸 테마로 책까지 냈어. 또 당시 아시아를 다니면서 총지휘하던 천황의 친동생 다케다 쓰네요시의 필리핀 하인 벤 발모레즈의 증언도 있고. 1970년대에 필리핀에서 발견된 금괴과 마르코스의 실각 등 여러 가지 일이 만천하에 드러났지. 하지만 그 배후에 미국이 있기 때문에 지금까지 조용한 거야."

"…."

"믿을 수 없다는 표정이군. 그래, 그럴 만도 해. 맨날 정부의 감독하에 통제된 언론과 TV만 보는 녀석들은 조금만 자기 상식에 벗어나면 음모론이다 뭐다 무시하지. 정말 상상력이 없는 녀석들이야. 그러니까 개돼지 소리를 듣잖아."

"정말 야마시타 골드를 믿는 겁니까?"

듣다 못한 정민이 물었다.

"2차 대전이 끝날 때까지 일본이 최대의 마약 생산국이었던 것 알아? 무려 90%를 독점했어. 아시아는 물론 전 세계에 마약을 푼 거야. 그게 무슨 뜻이겠어?"

"돈을 벌기 위함이다?"

"대동아 공영권이니 내선일체니 오족협화니 다 웃기는 소리야. 처음부터 돈밖에 관심이 없었다고. 물론 영토에 대한 욕심도 있었겠지. 하지만 돈이 없으면 그 넓은 영토를 어떻게 관리하냐고?"

"…."

"당시는 금본위제야. 달러가 중심이 된 것은 늑은 때부터야. 그러니까 어떻게 하든 돈이 되는 금이며 은이며 문화재를 약탈해야 하는 거야. 무슨 뜻인지 알아? 그래서 황실의 감독하에 직접 다케다 왕자가 아시아 각국을 돌면서 진두지휘한 거라고. 뭐, 그냥 왕실의 보물과 금과 문화재만 약탈한 것이 아냐. 돈 좀 있는 작자들을 수소문해서 사기, 납치, 협박, 갈취 심지어 암살까지 자행했어. 그런 것은 야쿠자가 발 벗고 나섰지."

"음모론처럼 들리는군요."

"음모론이라고 해도 좋아. 일단 들어봐. 일의 선후가 있고, 뚜렷한 증거가 있으면 안 봐도 비디오 아니냐구? 혹시 고다마 요시오라고 알아? 그 자는 중국에서 그런 일을 하면서 모은 돈으로 나중에 자민당의 성립에 크게 이바지했지. 더 놀라운 게 뭐냐면 말야, M 펀드라고 알아? 요쓰야 펀드, 키난 펀드…. 다 처음 들을 거야. 그게 말야, 일본에서 미국에 바친 돈 갖고 미국이 운용한 펀드야. 전후에 냉전 질서를 확립하고, 소규모 전쟁의 자금을 대고, 일부 우호적인 국가들을 지원하고, CIA의 공작 자금으로 두루두루 썼지. 그래서 전쟁 전범의 재판 때 고작 몇 사람만 솜방망이 처벌에 그치게 된 거야. 그럴 수밖에. 거액을 받았으니 말야."

"정말 그런가요?"

"믿을 수 없을 거야, 특히 자네 같은 친구는 말야. 그냥 고지식하고, 일정한 틀에 얽매여있잖아."

순간 정민을 바라보는 지미의 눈초리가 사나워졌다. 바로 그날 밤, 온천에서 봤던 그 눈빛 그대로였다. 정민은 잠깐이지만 모골이 송연해졌다.

"일본은 골든 릴리 작전으로 아시아 각국을 약탈했고, 미국은 그 돈을 받아 블랙 이글 트러스트라는 작전을 세웠지. 결국 그 덕분에 일본이 아시아 각국에 저지른 만행들, 그러니까 강제 징용, 위안부 동원, 전쟁 포로 학살 등이 모두 유야무야 넘어간 거야. 만일 이런 것을 진짜 밝히고 싶다면, 아시아 각국이 일치단결해서 일종의 공동체를 만들고 진상 조사에 나서야 해. 그런데 과연 어떤 정치인이 그런 일에 발 벗고 나서겠어? 저 뒤에 서슬 퍼런 미국이 있는데 말야. 또 우리나라는 입장이 좀 묘해. 어쨌든 이런 냉전의 희생양으로 내전을 겪었지만, 또 한편으로는 그 혜택도 입었거든. 한강의 기적이 오로지 박정희라는 지도자의 개인기로만 이뤄졌다고 봐? 천만의 말씀."

그리고는 입을 닫았다. 갑자기 실내가 조용해졌다. 정민은 멍하니 핸들을 돌리며 기계적으로 운전에 임할 뿐이었다.

2

그래, 바로 그곳이었어. 며칠간 잠을 설치던 미숙이 드디어 숙제를 푼 듯 놀란 가슴을 쓸어내렸다. 왜 그곳이 꿈에 나왔을까? 마치 현실에서 벌어진 듯한 생생함이 아직도 온몸에 강하게 남아있다. 뭔가에 찔린 발바닥의 감촉, 할퀴듯 쏟아진 차가운 빗줄기, 볼을 스치는 스산한 바람, 시야를 가득 채운 황량한 풍경. 이 모든 것이 아직도 그녀의 기억과 몸과 감각에 남아있었다. 아니, 직접 방문한 것보다도 더 리얼했다.

그곳은 바로 세븐 시스터스(Seven Sisters). 예전에 어느 여행 프로에서 본 적이 있는 곳이다. 영국의 남쪽 해변에 길게 이어진 그곳 건너편에는 프랑스가 있다. 평평하고, 목가적인 목초지가 이어지다가 어느 순간 칼로 잘라낸 듯한 절벽이 나오고, 그것은 바다와 이어져있다. 계속해서 파도가 밀어닥치면서 조금씩 육지가 깎여져간 결과다. 그러므로 언젠가 이 언덕은 소멸될 것이다.

하지만 아직까지는 길게 이어진 낭떠러지가 위태롭게 존재한다. 그 풍경에는 어떤 상실감이나 여운이 있다. 또 잠시 한눈을 팔았다간 밑으로 추락한다는 위험도 있다. 그래서 한동안 그녀는 그곳에 가보고 싶었다. 발아래 펼쳐진 절벽을 살피면서, 그 아슬아슬한 길을 따라 걸으면 어떤 느낌이 올지 궁금했다.

그러다 불현듯 꿈에 나타났다. 그리고 거기에 정민이 있었다. 지금도 그의 표정을 잊을 수 없다. 완전히 영혼을 상실한, 주체를 잊어버린, 공허함만이 맴도는 표정. 멘탈에 심각한 데미지를 입어 어떤 식으로 해도 추스를 수가 없는 상태. 그가 어떤 충격을 받았는지 구체적으로 알 길은 없다. 중요한 것은 결과다. 그게 뭐가 되었는지 모르겠지만, 어떤 돌이킬 수 없는 정신적 위해를 받고 지금 실성한 상태가 되어있는 것이다.

물론 이것은 그냥 꿈일 뿐이다. 현실과는 아무런 관련이 없다. 그냥 그녀의 지나친 걱정과 염려가 그날따라 몸의 나쁜 컨디션과 만나 빚어진 촌극일 수도 있다. 그래, 그냥 꿈이야. 이렇게 치부해도 무방하다. 아니, 그런 편이 온당하다. 이치에 맞다.

하지만 정민은 남이 아니다. 오랜 기간 함께 살아온 남편이다. 그 누구보다 많은 정성을 쏟고, 온 신경을 기울인 존재다. 그러므로 그녀와는 어떤 식으로든 연결이 되어있다. 그게 이렇게 한국과 일본이라는 물리적 공간의 차이를 넘어 어떤 시그널이 보내져온 것이다. 그것을 무시하기란 쉽지 않았다. 어떤 식으로든 이 꿈이 상징하는 것이 무엇인지 밝혀내야 한다. 설령 지금 아무런 문제가 없다고 해도, 언젠가는 드러날 수 있지 않은가?

그렇다고 무작정 전화를 걸거나, 이메일을 보내고 싶지 않았다. 정기적으로 그에게서 문자가 오기 때문에, 그냥 그러려니 했다. 그 문자에 별다른 정보는 없었지만, 적어도 무사히 지내는 정도는 충분히 알 수 있었다. 그러므로 갑자기 안부를 묻거나, 신변의 변화를 추궁할 수는 없는 노릇이다. 하지만 그냥 이대로 있을 수는 없다. 뭔가 자신이 나서야 한다. 그게 맞다.

그녀는 일단 정민의 주변부터 조사하기로 했다. 가까운 이 조교부터 만나고, 릿쿄대학도 방문해 보자. 그렇게 차근차근 정민의 주위를 탐색하다 보면 뭔가가 나올 것이다. 정기적으로 보내오는 문자 이면의 뭔가가 있을 것이다. 그 느낌은 점점 확신으로 바뀌어갔다.

3

뭔가가 노려보고 있다. 뭔가 기척이 느껴진다. 정확히는 알 수 없지만, 뭔가 강렬한 것이 나를 지켜보고 있다. 문득 잠에서 깨어난 정민은 살며시 눈을 떴다. 아직 주변은 캄캄했다. 건너편 침대에서 깊이 잠든 지미의 코 고는 소리만 그의 존재를 조용히 알릴 뿐이었다. 그날 밤 이후 정민은 지미의 포로가 되어 이제는 잠도 같은 방에서 자는 처지가 되었다. 그러므로 그의 존재는 별로 새롭지 않았다. 하지만 그 말고 누군가가 이 방에 있다. 그 기척이 느껴져서 잠에서 깬 것이다.

사실 정민은 밤 귀에 밝다. 덕분에 낯선 환경에선 잠을 잘 못 자는 편이다. 남들은 비행기나 버스 안에서도 잘 자는데, 그는 통 그렇지 못하다. 되도록 혼자 자는 편이 좋다. 다행히 아내가 숨소리 하나, 행동 하나에 신경 써서 그를 편하게 해주기에 그동안 함께 잤던 것이다. 그러나 지금은 다르다. 뭔가가 있다.

천천히 몸을 일으켜서 주변을 둘러보니, 건너편 소파에 누군가 앉아 있다. 어둠 속에서 그 존재는 분명히 느낄 수 있었다. 하지만 어떤 강력한 적의나 공포를 안겨주는 존재는 아니다. 마치 대리석 조각처럼 그냥 그렇게 꼼짝 않고 앉아있을 뿐이다. 왜 저기에 저런 오브제가 있을까?

"일어났어요?"

문득 주희의 음성이 들렸다. 그렇다. 그녀는 주희였다. 어떻게 들어왔는지 모르지만, 언제부턴가 저 자리에 앉아있었던 것이다.

"나가요. 커피 한잔해요."

주희가 일어나며 말했다. 그녀가 방을 나간 후, 그는 간단히 옷을 걸치고 따라 나갔다. 여전히 지미는 깊은 잠에 빠져있었다.

이제 서서히 아침이 밝아오고 있었다. 로비에 부속된 커피숍에서는 이미 브렉퍼스트 메뉴를 시작하고 있었다. 부지런한 손님 몇은 벌써 자리를 차지하고, 잔에 커피를 채우고, 음식을 고르고 있었다.

둘은 창가에 앉았다. 잠시 후, 종업원이 빠르게 나타나 말없이 커피 잔을 채우고 사라졌다. 천천히 그녀가 잔을 들었다. 그녀는 그를 추궁하듯 바라보지 않았다. 대신 창밖으로 서서히 형체를 드러내는 풍경을 바라볼 뿐이었다. 저 멀리 펼쳐진 빌딩군이 서서히 형체를 드러내고 있었다. 그도 가만히 잔을 들어 커피를 입에 댔다. 채 잠이 깨지 않아, 무슨 맛인지 도무지 알 수 없었다.

"갑자기 커피 마시자고 해서 놀랐죠?"

그녀가 가볍게 미소지으며 말했다. 그는 아무 대꾸도 하지 않았다.

"우리가 투숙하게 되면, 두 개의 키를 받아서 하나씩 교환해요. 만일 누군가 일이 생기면, 다른 누군가 돕기 위해서죠. 그런 시스템을 만들었어요. 알다시피 제 일이 좀 그렇잖아요."

그제야 이해가 된다는 듯, 그가 가볍게 고개를 끄덕였다.

"두 사람 사이에 벌어지고 있는 일에 대해 말하고 싶지 않아요. 그것은 제가 상관할 일이 아니죠. 당신이 내 직업에 대해 아무 말도 하지 않는 것처럼."

"…."

"안 그래요, 교수님?"

순간 정민이 깜짝 놀랐다. 이제 그녀의 시선은 정면으로 그를 향해 있었다. 그 눈길은 매우 강력한 불꽃을 담고 있었다. 그 기세에 눌려 정민은 자기도 모르게 움츠러들었다.

"지금 왜 여기에 있는 거죠, 교수님?"

"…."

"한일근현대사 전문. 현 릿쿄대학 교환 교수."

그녀가 또박또박 말했다.

"어떻게 이런 사실을 알았는지 궁금하죠? 그래요. 궁금할 거예요. 실은 당신을 처음 만날 때부터 알고 있었어요. 적어도 내가 고용한 운전기사가 뭐 하는 사람인지 정도는 알아야 하는 것 아닌가요?"

"…."

당황한 탓인지 커피 잔을 든 그의 손이 가볍게 떨렸다.

"대체 지금 여기서 뭐 하는 거죠? 왜 내 운전기사를 자청한 거예요?"

"…."

여전히 할 말이 없다.

"날 원해서요?"

"아, 아니…."

정민의 이마에서 식은땀이 흘렀다.

"거짓말하지 말아요. 첫 대면부터 날 어떻게 바라봤는지 모를 것 같아요? 여자는 직감으로 알아요. 저 남자가 날 좋아하는지 혹은 싫어하는지?"

대답 대신 그가 가볍게 고개를 끄덕였다.

"지금 그것을 추궁하려고 부른 것 아니에요."

다시 창밖으로 그녀가 시선을 돌렸다. 그는 조금씩 차가워지는 커피를 입에 댔다. 완전히 쓴맛이었다. 하지만 조금씩 의식이 돌아오고 있었다. 커피가 혈관을 타고 온몸을 휘저으면서 그의 정신을 다시금 리셋시키는 느낌이었다.

"모르겠어. 뭐가 어떻게 된 건지…. 왜 내가 여기에 있는지…. 모르겠어. 뭔가에 홀린 것 같아. 온통 뒤죽박죽이야."

변명하듯 그가 말했다.

"이해해요."

그를 바라보는 그녀의 시선은 조금씩 온화해졌다.

"실은…. 저도 교수님을 원했어요. 저도 반했다고요. 같이 재즈를 듣고, 클럽에 가고, 변태한테서 보호받고 하면서 처음으로 누군가에게 사랑받고 있다는 느낌을 받았어요. 그래서 당신과 밤을 보내고 싶었죠. 내가 너무 적극적이었나요? 방종한 여자처럼 보였나요? 아니면 천한 여자라 상대할 가치가 없었나요?"

말없이 정민이 고개를 내저었다.

"자신이 없었을 거야. 예전에도 그런 적이 있었어. 그때도 나는 망설이고 뒷걸음질 쳤지. 지금도 같아. 하지만 또 다른 이유도 있어."

"무슨 이유죠?"

"당신은 나한테 너무나 귀중하고, 특별한 존재였거든. 함부로 품을 수 없는 존재였어. 애초에 그런 의도도 없었고. 그냥 보호해주고 싶었거든. 그런데 약간의 호의로 당신을 품는다는 게 뭔지 부당하다고 생각했어."

순간 조금씩 그녀의 눈에서 눈물이 흘렀다. 정민이 깜짝 놀라 그녀를 바라봤다. 볼을 타고 눈물이 길게 흘렀다. 하지만 입가엔 가벼운 미소가 감돌았다.

"미안해요. 난 교수님을 오해했어요. 날 그냥 더러운 창녀라고 무시하고 가버렸다고 생각했죠. 수치심에 얼마나 몸을 떨었는지 몰라요."

"아냐, 아냐. 그런 뜻이 아냐. 맹세코 그렇지 않아."

갑자기 그녀가 그의 손을 꽉 쥐었다. 순간 충격을 받은 듯, 그의 정신이 빠릿해졌다. 전원 버튼을 넣은 것처럼, 일시에 시스템 전체가 활성화되어 갔다. 주변의 소음, 냄새, 공기감, 공간감 등이 한꺼번에 밀려왔다. 너무나 많은 정보의 홍수에 당황할 정도였다. 그래, 여긴 뉴 오타니 호텔의 커피숍. 아침 7시. 지금 주희와 있다. 그녀가 내 손을 잡고 있다. 조건반사처럼 그가 그녀의 손을 꽉 쥐었다. 그녀가 눈물을 훔치며 어쩔 줄 몰라 했다.

"미안해요. 지미가 이렇게 나올 줄 알면서 그냥 방치했어요. 아니 도왔죠. 그래요, 도왔어요."

"그렇지 않아."

"아니에요. 지미가 당신을 이렇게 만들도록 나도 음모에 가담한 거예요. 그래요. 정말 미안해요."

"…."

"당신이 왜 이런 상태가 되었는지 잘 알아요. 그냥 지미에게 포획당한 거예요. 그는 노련한 사냥꾼이에요, 그한테 걸리면 대부분 이렇게 되어버려요. 그러다 싫증나면 버리죠. 아무 데나 휙 하고 던져버리고 난 다음 바로 잊어버려요. 그런 일이 한두 번이 아니에요. 그런 작자한테 당한 것이니 교수님은 절대 자책하지 말아요. 운이 없었을 뿐이에요."

"교수님이라고 하지 말아줘."

"그래요. 정민 씨."

다시 소름이 끼쳤다. 당연한 일이지만, 그의 본명을 듣자, 다시 당황스러웠다.

"왜요? 정민 씨는 내 본명도 알잖아요."

"그렇지…."

"나는 주희, 당신은 정민."

"그래. 쇼코와 자니가 아니지."

"지금부터 내 말을 똑똑히 들어요."

그의 손을 풀고, 주희가 표정을 바꿨다.

“내 말을 듣고 그대로 행동해요. 부탁해요. 정민 씨를 위해서 그러는 거니까 꼭 따라줘야 해요. 알았죠?”

그 말에 정민은 가볍게 고개를 끄덕였다.

“저 밖에 택시가 있을 거예요. 얼른 그것을 타고 집으로 가요. 그리고 다시는 여기로 돌아오지 말아요. 지금까지 벌어졌던 모든 일들을 다 잊어버려요. 나도 잊고, 지미도 잊고, 이즈의 별장이며 여기 호텔 방에서 벌어진 모든 것을 잊어버려요.”

“….”

“당신을 위해서예요. 여기는 당신이 있을 곳이 아니에요. 나는 당신의 연인도 아니고, 와이프도 아니고, 여동생도 아니고, 그냥 아무것도 아니에요. 무엇보다 인화가 아니에요.”

순간 정민은 얼어붙었다. 그녀의 입에서 인화가 나왔다. 바로 별장에서 벌어졌던 일이 빠르게 뇌리를 스쳤다. 그때 그는 분명히 인화를 입에 올렸다. 분명히.

“인화가 정민 씨에게 어떤 의미가 있는지 난 잘 몰라요. 아마 외모가 비슷할 수도 있겠죠. 혹은 인화에게 하지 못했던 호의를 내게 베풀어서 일종의 보상을 하려는 것일 수도 있고요. 하지만 나와는 아무 상관이 없어요. 이제 이해가 가요?”

정민은 대답 대신 가볍게 고개를 끄덕였다.

“원래부터 우리는 타인이었고, 서로 알거나 만날 일 자체가 없었어요. 아니 스칠 일조차 없었죠. 그냥 인연 자체가 없는 거예요. 무슨 뜻인지 알아요?”

“하지만….”

자기도 모르게 정민의 눈가에 눈물이 고였다. 뭔가 뜨거운 기운에 눈가 주변에 가득 퍼졌다.

"알아요, 정민 씨 마음. 나도 정민 씨 좋아하고요. 그래서요? 그래서 어쩔 건데요? 날 책임질 수 있어요? 가정은 어떡하고요? 아이도 하나 있다면서요? 그것 다 팽개치고 나와 함께 파타고니아로 도망갈까요?"

그 말에 대답 대신 그가 깊은 한숨을 내쉬었다. 이미 식은 잔에는 커피 한 방울조차 남겨져있지 않았다. 말라버린 잔만큼, 두 사람 사이에도 아무런 연이 남아있지 않았다.

"자, 일어나서 가요. 택시를 타고 집에 가요. 다시는 돌아오지 말아요."

그녀는 단호하게 명령하듯 말했다. 그 표정은 싸늘하기까지 했다. 아예 시선을 그에게서 거두고 창밖으로 돌릴 정도였다.

"미안해."

자기도 모르게 정민이 말했다.

"미안할 것 없어요. 나는 인화가 아니에요."

잠시 후, 그는 자리에서 엉거주춤 일어나 천천히 호텔 정문으로 향했다. 도중에 잠깐 돌아봤는데, 그녀는 여전히 창밖을 바라볼 뿐이었다. 거기엔 아무런 미련이나 감정이 없었다. 오히려 무척이나 화가 난 듯했다.

그래, 여기서 끝내는 거야. 다짐하듯 정민은 로비를 가로질러 정문을 나선 후 택시에 탔다. 집으로 향하는 와중에 서서히 잠이 밀려왔다. 나중에 기사가 깨울 때까지 비몽사몽 상태였다.

4

집에 돌아와서 바로 잠자리에 들었다. 입고 있던 옷을 벗지도 않고 그대로 잠이 들었다. 정말 죽은 듯이 잤다. 시간이 멈추고, 온 세계가 정지한 듯했다. 아무 빛도 없는 깊은 심연에서 태초의 생명체가 웅크리고 있는 듯한 잠이었다. 아무런 꿈이나 기척도 없이 그렇게 잤다. 1년간은 동면한 듯한 느낌이라고나 할까?

이튿날 오후 세 시경이 되어야 비로소 잠에서 깨어났다. 무슨 냉동 인간이 먼 미래에 불현듯 해동이 되어 의식을 차린 것처럼 느껴졌다.

한동안 정신을 차릴 수 없었다. 여전히 잠의 기운이 남아, 온몸이 무기력하고 또 몽롱했다. 그렇게 10분쯤 지나고 나자, 비로소 익숙한 풍경이 눈에 들어왔다.

대체 몇 시간이나 잔 것일까? 도무지 감이 오지 않는다. 꼬박 하루도 넘게 잠에 빠진 것 같다. 여태껏 살아오면서 이렇게 긴 잠에 빠져든 적이 있을까? 없다. 아무리 생각해도 없다.

아마도 약물 때문인지도 모른다. 다시는 주희를 볼 수 없다는 상실감 때문인지도 모른다. 지미라는 악마에게서 벗어나면서 받은 해방감 때문인지도 모른다. 어쨌든 이제 다시 살아났다. 잠에서 깨면서, 그전까지의 상황이 한 100년 전쯤에 벌어진 느낌이 들었다. 정신이 돌아오면서 조금씩 몸에서 기가 통하기 시작했다. 조금씩 과거의 자신으로 돌아가고 있었다.

그렇다. 완전히 재탄생한 기분이었다. 여기는 내 집이다. 낡은 가구와 책상이 있고, 작은 스테레오 장치와 100장 정도의 재즈 CD가 있는 곳이다. 다시 내 공간으로, 내 자신으로 돌아온 것이다.

그런데 뭔가가 낯설다. 처음에는 오랜만에 집에 왔기 때문이라고 생각했다. 하지만 찬찬히 둘러보니 이상하게도 집안 전체가 잘 정돈되어있었다. 모든 물건이 있어야 할 자리에 있었고, 소파며 책상 등이 질서정연하게 배치되어있으며, 바닥엔 먼지 한 톨 보이지 않았다. 구석구석 사람의 손길이 정성스럽게 가해진 모습이었다.

하지만 아무리 생각해도 최근에 청소한 기억이 없다. 아니 본인이 청소한다고 해도 이 정도까지는 불가능하다. 몽유병 환자가 되어 자신이 밤새 청소할 리는 더욱더 없다. 그렇다면 누가?

아하, 에리카! 아마 그럴 것이다. 그가 없는 사이에 그녀가 와서 청소를 해둔 것이다. 그것밖에 해명할 거리가 없다.

어쨌든 좋다. 지금 에리카를 생각할 상황이 아니다. 무엇보다 배가 고팠다. 찬장을 뒤지니 라면이 나왔다. 대충 끓여서 먹었다. 정말 게걸스럽게 먹었다. 그리고 커피를 끓였다. 시간을 들여 꼼꼼하게 드립을 해서 만들었다. 방안 곳곳에 고소한 커피 향이 맴돌았다. 아무 음반이나 걸으니, 친숙한 재즈가 흘러나왔다. 피아노 트리오였다. 재킷을 보니 레이 브라이언트. 꽤 쌩쌩하고 또 블루시하다. 뭐, 누구라도 좋았다. 그냥 재즈면 되었다. 무엇보다 다시 내 자신으로 돌아왔다는 것이 중요했다.

문득 핸드폰을 살펴보니 아내에게서 온 메시지가 보였다. 틈날 때 전화하라는 문자였다. 신기하게도 지미나 주희에게서 온 것은 없었다. 아마 다시는 내게 연락하지 않을 것이다. 그렇지 않은가. 일단 아내에게 전화부터 했다. 누구보다 그녀의 목소리가 듣고 싶었다.

"잘 지내요?"

정말 반가운 목소리다.

"그럼. 잘 지내지."

자연스럽게 본래의 목소리가 나왔다.

"뭐 부족한 것은 없고요?"

"지금 냉장고가 터질 지경이야."

그러자 저쪽에서 가벼운 웃음이 터져나왔다.

"무슨 일 있어? 갑자기 전화하라고 해서."

"그냥. 그냥…. 목소리가 듣고 싶었어요."

"별일이군."

"그런가요?"

다시 가벼운 웃음.

"지금 어디예요?"

"집이야. 오늘은 좀 쉬려고."

"연구는 잘 되어가요?"

"그럼."

잠깐 움찔했다. 그러나 일단 시작한 거짓말은 멈출 줄 모르고 술술 나왔다.

"스가노 교수가 여간 적극적이지 않아. 꼭 만주에 같이 가야 한다는 거야. 함께 조사할 게 많대. 벌써 몽골어를 배우고 있다니까."

"대단하네요."

"그러게."

"그럼 언젠간 울란바토르대학에 가는 건가요?"

"그럴지도 모르지."

"그래요. 아무튼 목소리 들으니 좋네요."

"나도 그래. 아이는 어때?"

"혼자 잘 놀잖아요. 아침도 알아서 챙겨 먹고, 숙제도 알아서 해요. 이제 내가 걱정할 단계는 지난 것 같아요."

"다행이군."

"그럼 건강 조심하고요."

이윽고 딸깍 신호음이 났다. 그와 동시에 그는 휴대폰을 껐다. 그리고 창가에 갔다. 뭔가 안도감이 들었다. 아내의 목소리가 큰 힘이 되어주었다. 그래, 꿈을 꾼 거야. 정말 이상한 꿈을. 그렇게 생각하며 두 잔째의 커피를 만들기 시작했다.

막상 지미와 관계를 끊고 나자, 홀가분한 것까진 좋은데, 정말 할 일이 없었다. 아니, 아무런 계획이 없었다. 어딘가를 가고 싶지도 않고, 식당가를 서성이기도 싫었고, 쇼핑으로 시간을 때우기는 더욱 싫었다. 이참에 며칠간 집에 있으면서 재즈나 들어보자, 그런 생각이 났다. 하긴 요 얼마간 앰프 전원을 켠 적이 없지 않은가?

일단 테너 색스 위주로 듣자, 그런 마음이 들었다. 이 악기 특유의 남성적이면서, 관능적인 느낌이 좋았다. 또 연주자에 따라 개성이 확확 바뀌는 부분도 마음에 들었다. 만일 진짜 이 악기에 빠진다면, 언젠가는 직접 연주법을 배울 수도 있다. 피아노는 중도에 포기했지만, 테너 색스는 다르지 않은가.

처음 튼 것은 존 콜트레인의 〈My Favorite Things〉. 영화 〈사운드 오브 뮤직〉에 나온 곡으로 유명하지만, 실제로 녹음 연대를 보면 영화 개봉 이전이다. 즉, 뮤지컬로 한참 주가를 올릴 시기에 연주한 셈이다.

그런데 어딘지 음색이 이상하다. 좀 더 몽환적이면서, 고음역 쪽으로 치우친 느낌이다. 재킷을 보니 소프라노 색소폰이다. 아하, 색소폰에는 여러 종류가 있다. 테너는 그중 하나고, 소프라노와 알토도 많이 쓰인다. 그런데 콜트레인이 부는 소프라노도 꽤나 매력이 있다. 중간중간 리듬이 계속 바뀌고, 복잡한 프레이즈가 절묘하게 처리된다. 계속 리프가 반복되는 구조라, 하루 종일 연주해도 지칠 것 같지 않았다.

이어서 같은 콜트레인의 〈Say It〉을 골랐다. 정말 나른하다. 한밤에 도심의 휘황한 야경을 바라보며 듣는 느낌이다. 남성적인 고독과 노스탤지어가 밀려온다. 아마도 테이블 위에는 반쯤 마신 위스키 온 더 락 잔이 있을 터이고, 손에는 모락모락 연기가 피어나는 담배가 들려있을 것이다. 지금 자신의 심정을 정말로 이 곡이 제대로 표현하고 있다고 느꼈다. 그는 세 번이나 반복해서 이 곡을 듣고 또 들었다.

이후 소니 롤린스의 〈You Don't Know What Love Is〉. 콜트레인과 비슷한 느낌이다. 이쪽은 좀 더 감정을 강하게 표출한다. 같은 고독이라고 해도 보다 호방하고, 파워가 넘친다. 그 에너지가 너무 뜨거워 귀가 얼얼할 지경이다. 상대를 압도하는 듯한 기세로 듣는 내내 옴짝달싹할 수 없게 했다. 이쯤 되면 즐거운 마음으로 골랐다가 결국 자살 충동에 빠질 수도 있겠다.

이번에는 방향을 바꿔 스탠 게츠의 〈Stella by Starlight〉을 들었다. 같은 테너 색스인데 왜 이리 느낌이 다를까? 보다 부드럽고, 애잔하며, 감각적이다. 관능적인 면도 돋보인다. 상대를 압도하기보다는 조용한 어투로 설득하는 듯하다. 벨벳 터치라는 별명이 절대 과하지 않다. 이런 게츠 특유의 묘한 음색은 일종의 중독성도 있었다. 정말 특별한 느낌의 연주였다.

이어서 이리저리 CD를 뒤지다가 벤 웹스터를 만났다. 아직 들어본 적은 없다. 콜트레인이며 롤린스가 활동하던 모던 재즈 시대의 전 세대 사람이다. 하지만 실력이 출중해서 이 시대에도 살아남은 양반이다.

〈Soulville〉을 트는 순간, 정말 깜짝 놀랐다. 관능미를 넘어 색정광의 느낌이라고나 할까? 카사노바나 돈 후안이 연주하면 바로 이런 느낌이리라. 처음부터 흐느끼고, 애원하고 또 달래는 톤인데, 그 강력한 성적 에너지는 도저히 주체하지 못할 정도였다. 처음에는 혼비백산했지만 차츰 듣다 보니 매력이 있었다. 자신의 내면에 숨어있는 어떤 어둠이 바로 이런 모습이 아닐까 하는 생각도 들었다.

이후 덱스터 고든도 들어봤다. 〈Don't Explain〉. 이쪽은 이쪽대로 신선했다. 뭐 말을 많이 하는 스타일이 아니다. 좀 과묵하다고나 할까? 하지만 음 하나하나에 힘이 담겨있다. 정말 남성적이고, 뚝심이 있으며, 멋지다. 할리우드 영화에 등장하는 히어로의 느낌이다. 말 대신 행동으로 보여주는 캐릭터. 어딘지 모르게 느슨하면서, 대충대충 부는 것 같지만, 확실하게 정곡을 찌르고 있다. 구수하면서, 친근하고 또 소박하다. 다소 거친 듯하지만, 그 안에 세련됨도 분명히 있다.

이렇게 음악을 듣다 보니 어느새 밤이 되었다. 갑자기 추위가 밀려왔다. 그와 동시에 외로웠다. 오늘따라 시간은 천천히 흘러갔지만, 피할 수 없는 감정의 소용돌이를 마주쳐야 한다. 보고 싶다. 정말로 보고 싶다. 지금 이 시간에 주희는 뭐 하고 있을까?

5

"그래서 운전기사를 해고했단 말야? 나하고 한 마디 상의도 없이?"

어이가 없는 듯, 지미가 말했다.

"이젠 싫증날 때도 됐잖아요?"

주희가 신경질적인 태도로 말했다.

"아직 그 단계는 아니었어."

"그래봤자 며칠 정도 더 연장했겠죠. 그렇지 않아요?"

"그렇게 보면 안 돼. 놈은 내게 특별했어. 너한테도 마찬가지고."

"갑자기 나를 공격하더라고요. 생명의 위험을 느꼈어요. 그런 사람과 어떻게 일하란 말이에요?"

"그럴 수도 있지. 그래. 갑자기 폭발하는 스타일이라. 다 좋은데, 그런 녀석은 그런 게 문제야."

둘은 야경이 멋지게 보이는 스카이라운지에 있었다. 테이블엔 레드 와인과 샐러드와 스테이크. 지미 쪽은 다 비었지만, 주희는 반쯤 먹다 만 상태였다. 주변엔 거의 사람이 없었다. 덕분에 두 사람은 큰 소리로 이야기해도 아무 거리낄 게 없었다.

"기사는 됐어. 내가 가끔 쓰는 녀석을 고용하면 돼."

디지가 빠르게 결론을 냈다. 주희는 속으로 안도했다. 하지만 전혀 내색하지 않았다.

"그나저나 이제 변신을 준비할 단계야."

주희의 잔에 레드 와인을 따르며 그가 말했다. 사실 이런 곳에서 단둘이서 식사하자고 할 때, 그녀는 뭔가 감이 안 좋았다. 그는 기본적으로 음흉했다. 뭔가 꿍꿍이가 있을 때, 오히려 잘 대해준다. 화를 내고, 손찌검을 할 때가 오히려 낫다. 하지만 이렇게 친근하게 다가오면 무섭다. 그런 작자다. 이제 본론이 나올 것이다.

"변신이라뇨?"

"자네 나이를 생각해야지. 언제까지 청춘일 줄 알아?"

"이제 유효 기간이 다한 건가요?"

"그렇게까지 표현할 필요는 없잖아."

"그럼 할머니가 될 때까지 쓰려고 했어요? 이젠 놔줄 때가 되지 않았나요?"

"과장하지 마. 그만둘 생각이면 벌써 그만뒀을 처지에 이거 왜 이래? 이런 생활 하다가 일반 평민으로 돌아갈 수 있을 것 같아?"

"…."

"어디 샐러리맨 하나 소개해줄까? 공무원이나 초등학교 교사는 어때?

가끔 마트에 가서 장 보고, 시어머니한테 잔소리 듣고, 애 낳아서 유치원 보내고…. 이제 와서 그런 생활이 가능할 것 같냐고?"

"놔줄 생각 자체가 없잖아요."

"독립하고 싶으면 말해. 난 늘 준비되어있어. 하지만 이것 하나만 명심해."

그녀를 쏘아보며 지미가 잔인한 미소를 지었다.

"누구도 나만큼 널 위해주지 못할 거야. 그간 누려온 호화롭고, 풍요로운 삶을 그 누구도 해주지 못할 거라고. 안 그래?"

그녀는 대답 대신 창밖으로 시선을 돌렸다. 눈물이 나오려고 했지만, 억지로 꾹꾹 참아냈다.

6

며칠이 지나도 지미 쪽에서 연락이 없었다. 당연히 주희에게서도 전화가 걸려오지 않았다. 아직은 방학 중이고, 이쪽에서도 달리 할 일이 없었다. 조금씩 시간이 흐르면서, 그들과 어울렸던 시간과 사건들이 점차 비현실적으로 여겨졌다. 마치 전혀 존재하지도 않았던 일처럼 느껴졌다. 일종의 가상 현실의 세계나 패러렐 월드에 들어갔다가 빠져나온 기분이 들었다.

천국과 지옥을 동시에 맛봤고, 심장이 뛰는 설렘과 도무지 기억하기도 싫은 경험이 혼재되었다. 어쩌다 지미의 손길이 희미하게나마 느껴지는가 하면, 주희와 나눴던 키스의 향도 되살아났다. 그러나 그것은 그냥 짤막한 순간에 지나지 않았다. 그냥 그렇게 그의 감각을 깨운 후, 빠르게 사라질 뿐이었다.

어쨌든 그간 받은 돈이 꽤 두둑했다. 급료나 팁을 받을 때마다 냉장고 위에 숨겨놓은 작은 박스에 담아놨는데, 막상 꺼내보니 그 액수가 상당했다. 이 돈만이 그가 잠시 어떤 세계에 발을 들여놨다가 빠져나온 증거로 존재할 뿐이었다. 이런 돈은 빨리 써버려야 한다. 그런데 어디다 쓸지 막막했다. 책이나 음반 같은 것에 쓰고 싶지는 않았다. 옷이나 구두도 사양. 고급 시계에도 관심이 없다.

문득 이참에 본격적인 하이파이를 해볼까 싶었다. 물경 100만 엔이 넘는 예산이 확보되었으므로, 잘하면 꽤 근사한 시스템을 장만할 수 있다.

그런 차에 디지에게 연락이 왔다. 오랜만에 미우라와 만나기로 했다는 것이다. 미우라가 쉬는 날이어서 낮에 수다 좀 떨다가 한잔 꺾을 참이란다. 정말 잘됐다. 자신의 처지를 설명하니 쾌히 승낙했다. 아니, 미우라 쪽에서 더 적극적이었다. 자신이 아는 오디오 전문점이 있으니 그곳으로 오라고 한다.

이렇게 일사천리로 이야기가 전개되어 그는 빠르게 JR을 타고 아키하바라에 갔다. 다이내믹 오디오라는, 신품과 중고를 골고루 섞어서 파는 거대한 하이파이 숍이 보였다. 디지와 미우라는 이미 도착해서 제품을 훑어보고 있었다. 그 얼굴빛이 무척 밝았다. 얼마나 음악과 오디오를 좋아하는지 묻지 않아도 될 정도였다.

반갑게 인사를 하고, 차분히 매장을 훑었다. 정말 다양한 제품들이 질서정연하게 정리되어있었다. 가격대별로 최선의 매칭을 해놨다. 디자인, 퍼포먼스, 사운드 퀄리티 등이 모두 다르기 때문에, 미우라가 큰 도움이 되었다.

일단 미우라는 꼼꼼하게 다양한 제품을 보고 또 시청도 하면서 메모를 했다. 그리고는 여러 차례 정민의 소감을 물었다. 이윽고 스피커는 JBL

의 L100 클래식을 골랐다. 꽤 덩치가 컸지만, 나중에 한국에 가져갈 생각을 하니 별로 부담이 되지 않았다. 또 지금 쓰고 있는 L82와 연장선상에 있는, 그보다는 일종의 상급 모델이라서 쉽게 적응할 것 같았다.

여기에 앰프는 당연히 바쿤. 이번에는 스피커에 맞춰 좀 큼직한 7511 MK3 앰프를 골랐다. CDP는 고심 끝에 에소테릭의 SACD 플레이어를 조합하기로 했다. 일본에는 SACD 타이틀이 많아서 컬렉션하다 보면 결국 이런 소프트가 들어오게 되어있다. 아니, 이미 여러 장 소유하고 있을지도 몰랐다.

미우라가 나서서 직접 협상을 했다. 정민의 시스템을 내놓고 웃돈을 얹어서 사는 방식이었다. 꽤 좋은 제품들을 골랐는데도 돈이 남았다. 케이블까지 사면서 결국 아낌없이 써버렸다. 단 1원도 남기지 않겠다고 생각한 대로 된 것이다. 옆에서 바라보는 디지는 연신 부러운 표정이었다. 하긴 그럴 것이다.

이후 저녁과 술은 정민의 몫. 아키하바라의 후미진 곳에 이자카야가 하나 보였다. 100년은 넘어 보이는 낡은 건물이 일단 마음에 들었다. 안을 보니 한쪽 벽에 메뉴가 가득했다. 그곳 구석에 자리를 잡고, 생맥주와 사케를 마시면서 다양한 안주를 시켰다. 이런 젊은 친구들과 함께 있다 보니 절로 정민도 마음이 들떴다. 새로 오디오를 장만했겠다, 마음이 맞는 녀석들을 만났겠다, 당연히 즐거울 수밖에 없었다.

"한 가지 질문이 있습니다."

정민이 미우라에게 사케를 따라주며 말했다.

"재즈의 고수로서, 재즈는 대체 어떤 음악인지 제대로 한 수 가르쳐줄 수 있을까요? 남들은 재즈가 저항의 음악이라고 하고, 또 흑인의 한이 담긴 음악이라고 하는데, 그게 맞는 말입니까?"

그 말에 미우라가 씩 웃었다.

"일부는 맞고, 일부는 틀린 말입니다."

"그게 무슨 뜻이죠?"

"사실 재즈를 한마디로 정의한다는 것 자체가 넌센스라 봅니다. 그럼 디지는 재즈를 뭐라고 생각합니까?"

미우라의 질문에 디지는 뒤통수를 가볍게 긁었다.

"글쎄? 별로 진지하게 생각한 적이 없어서…. 그냥 자유롭다고 할까요? 연주자에게 많은 재량권이 있잖아요?"

"재즈는 자유다, 뭐 그런 인식이 보편적인 것은 사실입니다."

고개를 끄덕이며 미우라가 말했다.

"나도 재즈는 자유다, 뭐 이렇게 생각해요."

정민도 한마디 거들었다.

"하지만 그렇게 단정짓는 것도 문제라고 봅니다. 사실 재즈 역사 전체를 놓고 보면, 우리가 즐기는 모던 재즈는 역사가 짧습니다. 2차 대전이 끝날 무렵에 시작되었죠. 그전까지 재즈는 일종의 파티 음악이라고나 할까? 전쟁의 특수를 겪으면서 스윙의 붐이 일었고, 많은 빅 밴드가 나와 주로 댄스 음악을 연주했습니다. 그 열기가 대단했죠. 엄청나게 큰 극장에 모여 술을 마시고, 춤을 추는 식으로 스윙 재즈가 대유행을 했습니다."

"영화에서 본 기억이 납니다."

정민이 고개를 끄덕이며 말했다.

"하지만 2차 대전이 끝나고, 사회가 제모습을 갖게 됨에 따라 이제 그 뜨거운 열기는 사라졌죠. 그런 가운데 연주인 자신의 목소리를 내려는 움직임이 벌어집니다. 이른바 비밥이죠. 그리고 비밥을 필두로 쿨 재즈니 하드 밥이니 모드 재즈니 다양한 장르가 나옵니다. 이렇게 2차 대전 이후부터 1960년대 말에 이르는 시기를 이른바 모던 재즈라고 부릅니다. 우리는 대부분 이 모던 재즈 시대에 관심을 두고 있죠. 하지만 이 모던 재즈도 전체 재즈 역사에서 일부분에 불과하답니다."

"아, 그렇군요."

정민이 가볍게 고개를 끄덕였다.

"재즈가 다른 장르의 음악에 비해 연주자들에게 많은 자유를 부여하는 것은 사실입니다. 하지만 이런 자유를 누리려면, 어느 정도의 기량이 뒷받침되어야 합니다. 전문 연주인들은 아침에 일어나면 많은 시간을 재즈의 스케일을 연습하는 데에 보냅니다. 그만큼 어려운 음악입니다. 이렇게 비유하면 될 것 같군요. 까마득한 낭떠러지가 있는 언덕을 생각해보죠. 여기서 자기 멋대로 놀아도 누가 뭐라고 하지 않습니다. 하지만 절벽 아래로 추락하는 것은 막아야죠. 그런 위험을 방지하기 위해 일종의 방책을 두릅니다. 재즈가 자유로운 형식을 갖고 있지만, 최소한의 룰이란 게 있습니다. 그게 바로 방책이죠. 축구로 치면 오프사이드라고나 할까요?"

"정말 정확한 비유네요."

디지가 탄복하며 무릎을 쳤다.

"이제 이해가 됩니다."

문득 정민은 자신의 처지를 생각했다. 그간 정말 자유를 만끽하며 살았다. 아내의 눈치가 있었지만, 가볍게 무시할 수준이었다. 그러다가 어느 순간 그 방책을 넘어간 것이다. 디지와 주희가 있는 세계로. 정말 추락 직전에 주희가 구원의 손길을 내밀었다. 그때 그녀가 자신을 구하지 않았으면 과연 어떻게 되었을까? 절벽 아래로 추락하는 것은 시간문제였을 것이다. 그 생각을 하자 갑자기 온몸에 소름이 돋았다.

"막상 재즈를 들으려고 하니 쉽지 않더군요. 어디서부터 시작해야 할지 막막합니다. 요즘엔 그냥 색소폰 중심으로 듣고 있습니다."

정민이 솔직히 고백했다.

"뭐, 어떻습니까? 시간 나는 대로 듣다 보면 어느새 내 삶에 재즈가 들어와 있을 겁니다. 그런 게 자연스럽죠. 안 그래요?"

미우라가 활짝 웃으며 말했다. 그 말에 모두 동의하며 큰 박수를 쳤다. 그리고 건배한 후 일제히 잔을 비웠다.

"재즈가 쉽지 않은 것은 사실입니다."

미우라가 골똘히 생각하며 말했다.

"아도르노라는 미학자는 처음에 재즈를 듣고는 불같이 화를 냈습니다. 저급하고, 상투적이며, 한심한 음악이라고 본 것이죠. 이런 음악은 대중의 마음을 몽환적으로 만들고, 비판 의식을 상실하게 한다, 그렇게 주장했습니다. 당연합니다. 한데 그때 그가 들었던 재즈는 빅 밴드 재즈입니다. 그땐 그냥 달콤한 춤곡에 불과했어요. 하지만 2차 대전이 지나고, 비밥이 나타나면서 매우 복잡하고, 전문적인 음악으로 진화했습니다. 만일 아도르노가 이런 음악을 들었다면, 재즈에 대한 견해를 바꿨으리라 생각합니다."

이튿날 점심 무렵 스탭들이 와서 새롭게 시스템을 세팅해줬다. 오디오, 특히 스피커가 바뀐 탓인지, 실내 분위기가 확 변했다. 좀 더 재즈 애호가다운 느낌이 났다. 솔직히 폼도 좀 났다.

이윽고 첫 음반을 듣는 순간 정민은 온몸이 전율하는 느낌을 받았다. 마치 이 공간에 뮤지션들이 출몰한 느낌이라고나 할까? 악기를 다루는 그들의 체취와 숨결까지 파악이 되었고, 각 악기가 갖고 있는 질감과 음색이 여축없이 표현되었다. 파괴적인 드럼과 숨 쉴 틈 없이 몰아치는 더블 베이스 그리고 천장을 찢을 듯이 솟구치는 관악기들의 돌진. 여태껏 들어왔던 음반들을 다시 듣고 싶을 만큼, 어마어마한 세계가 펼쳐졌다.

아, 그래서 이런 데에 돈을 쓰는구나. 비로소 그는 깨달았다.

덕분에 며칠 동안 재즈를 듣느라 바빴다. 가끔 디스크 유니온에 가서 중고 음반을 구하거나, 재즈 입문서를 몇 권 사서 읽으면서 시간을 보냈다. 이왕 이렇게 된 것, 턴테이블까지 구할까, 하는 생각이 들었다. 그런 기색을 알았는지 눈치 빠른 미우라가 슬슬 LP를 권해왔다. 이런 레퍼토리는 CD로 나오지 않았다고 하면서. 역시.

이렇게 음악에 빠지다 보니, 더욱더 주희라는 존재는 잊혀져갔다. 아니, 어떤 면에서 이런 탐닉이 주희라는 존재를 빠르게 뇌리에서 지웠는지도 모르겠다. 동시에 인화라는 존재도 사라졌다. 둘 다 동시에 사라진 것이다. 그래, 그냥 잊자. 덕분에 이른 아침부터 늦은 밤까지 재즈를 듣는 데에만 몰두하게 되었다.

7

이렇게 시간이 흐르고, 점차 개강이 다가올 즈음, 스가노 상에게서 연락이 왔다. 함께 저녁이나 하자는 것이었다. 특별히 마다할 이유가 없었다. 이케부쿠로역에서 릿쿄대학으로 빠지는 지역에 로망스 거리가 있다. 여기에 수많은 식당들이 몰려있으므로, 일단 이곳에서 만나기로 했다.

약속한 시간은 저녁 6시. 집에서 나와 어슬렁어슬렁 걷다 보니 약속 장소에 다 왔다. 주위를 둘러보는 순간 스가노 상이 활짝 웃으며 나타났다. 밝은 톤의 외투와 중절모가 더없이 잘 어울렸다. 그리고 그 옆에는 순짱이 보였다. 낮 시간에 그녀를 보는 것은 처음이다. 화장을 거의 하지 않은 그녀의 얼굴은 의외로 앳되어 보였다. 바에서 볼 때보다 적어도 다섯

살은 어려 보였다. 나름 순진한 구석도 보였다. 둘은 마치 부녀 사이처럼 다정해 보였다. 그 모습이 정민을 또한 안도하게 했다.

"박 교수를 만난다고 하니 순짱이 가만히 있지 않더군요. 그래서 하는 수 없이 데리고 나왔습니다."

특유의 사람 좋은 웃음. 뭐, 나쁘지 않다. 아니, 이럴 땐 오히려 눈물이 날 정도로 반갑기만 했다. 비로소 자신이 교수라는 것이 실감났다.

세 사람은 인근의 호르몬 가게에 갔다. 각종 살코기와 내장을 파는 곳이다. 네기탄, 와규, 호르몬 등을 적절하게 시켰다. 두 팔을 걷어붙이고 순짱이 구운 덕분에, 정민과 스가노 상은 편하게 술을 마시며 이야기를 나눌 수 있었다.

화제는 주로 이번에 맡을 강의에 관한 것이었다. 그사이 스가노 상은 만주에 대해 상당히 연구한 듯했다. 몽골어 실력도 꽤 좋아졌다. 정말 대단하구나, 속으로 정민은 감탄했다.

"박 교수, 만주국에 대한 연구는 잘 되고 있습니까?"

"그럭저럭 진행하고 있습니다."

"뭐 좀 흥미로운 점이 있으면 알려줄 수 있겠어요? 이참에 공부 좀 합시다."

"잘 아시겠지만, 제국주의 시대의 일본에 의해, 일종의 괴뢰국으로 만주국이 만들어졌죠. 하지만 실제 만주국을 운영한 사람들은 생각이 달랐습니다. 그게 특이한 점입니다. 단순 식민지가 아니었다는 것이죠. 새로 만주국을 건설한 주역들은 일본과는 다른, 뭔가 새롭고, 효율적인 국가를 지향했습니다. 당시 일본, 조선 등과 교역하면서도 따로 관세를 받았습니다. 그만큼 자신만의 아이덴티티를 갖고자 한 것이죠. 물론 나중에 중일전쟁, 대동아 전쟁 등으로 그 의도가 퇴색하긴 했지만."

"그 만주국의 주역들이 박정희 정권과 관련이 깊었고요."

"맞습니다. 대한민국이라는 국가가 정확히는 박정희 정권하에서 새롭게 만주국을 건설하는 개념으로 만들어졌다고나 할까? 하지만 나는 좀 더 시야를 넓혀서 바라봐야 한다고 생각해요."

"어떤 식으로 말이죠?"

"국가가 경제 계획을 수립하고, 한정된 예산과 재산을 효율적으로 투입하고, 관료가 그려준 계획표에 따라 경제인들이 움직이는 모습. 이것을 이른바 국가 사회주의라고 하죠. 그럴 때 제일 먼저 등장하는 나라가 있습니다."

"독일. 비스마르크."

"맞습니다. 이런 모델을 적극적으로 수용한 나라가 메이지 유신 이후의 일본입니다. 그 주역이 바로 이토 히로부미고요."

"그렇죠."

"실제로 이토는 일본의 비스마르크를 자처했습니다. 철저하게 독일을 모방했죠."

"결국 오리지널은 독일이다, 이거군요."

"그렇죠. 하지만 대한민국 제3공화국의 직접적인 판본은 독일도 일본도 아닌 만주국입니다. 그 점이 흥미로운 거죠. 이 부분을 이해하려면 애초 만주국을 만들려고 했던 일본의 아웃사이더들부터 이해해야 합니다. 당시 일본 정가와 군대와 산업계는 메이지 유신의 주역인 조슈, 사쓰마번 사람들로 채워져있었습니다. 이쪽 바깥의 사람들에겐 출세의 길이나 발언의 기회가 막혀 있었습니다. 나름대로 탈출구가 필요했던 것이죠. 그래서 눈을 돌린 것이 만주입니다. 여기에 만주국을 건설하면서 황제를 옹립하고, 새롭게 국가주의를 시작한 것입니다."

"그 핵심이 뭐라고 생각합니까?"

"관료주의입니다."

"관료주의?"

"권위나 앞세우는 철밥통을 말하는 것은 아닙니다. 오히려 테크노크라시에 가깝다고나 할까요? 전문성을 지닌 관료들이 국가 정책을 설정하고 또 성취하는 방식이죠. 기업이나 민간 쪽은 그 설정된 목표를 향해 움직이는 실무적인 조직들이고요."

"관이 중심이 된 국가를 말하는군요."

"그렇죠. 실제로 박정희 정권 때 모든 분야가 일정한 계획을 갖고 움직였습니다. 경제 개발 5개년 계획이 대표적이지만, 실제로 수많은 기획이나 목표 설정이 이뤄졌습니다. 심지어 보건 체조를 도입한다거나 국기에 대한 경례를 한다거나, 아무튼 디테일한 부분까지 모두 만주국의 정책을 따랐죠."

"이해가 갑니다."

"박 정권이 원했던 것은 효율적인 관료 체제였습니다. 이렇게 관이 튼실해야 국가의 기본 계획을 제대로 설정하고 또 실행할 수 있으니까요. 실제로 1960년대에 무려 5회에 걸쳐 공무원 시험을 실시해서, 이른바 친일파라는 세력이 대부분 물러나게 됩니다. 이때 흔히 말하는 친일파가 처리되는 거죠. 그 이유는 간단합니다. 이념 문제로 짜른 게 아닙니다. 무능해서 짜른 거죠. 이승만 정권 때 친일파 문제와 좀 다른 차원입니다. 그리고 이렇게 건실한 관이 설정되고 나자, 엄청난 에너지가 발휘됩니다. 한강의 기적에는 바로 이런 관료주의가 있다는 것이죠."

"친일파 이야기가 나오면 이야기가 복잡해지는데?"

"그렇죠. 술 마시며 나눌 화제는 분명 아닙니다. 하지만 한 가지는 꼭 짚고 넘어가야 합니다. 바로 국가 내지는 정권의 테마라는 겁니다. 박정희 시대 때의 테마는 경제입니다."

"아니, 경제를 중시하지 않은 나라가 어디 있습니까?"

"요즘의 이란이나 사우디를 보세요? 국가가 경제를 최우선으로 한다면 군이 반미를 하거나, 이슬람 원리주의로 가지 않겠죠. 조선 후기의 상황을 보세요. 이때 내세운 테마는 소중화입니다. 즉, 중국의 위대한 유산이 청나라에 의해 짓밟혔으니 우리라도 그 철학과 문화를 보존하겠다. 그래서 주자학 이외에는 어떤 것도 허용하지 않잖아요."

"생각해보니 그렇군요."

"박정희 시대에는 경제가 최우선 과제였기 때문에, 여기에 방해가 되는 것은 모두 치우는 쪽으로 갔습니다. 그 과정에서 10월 유신이 나오고, 통일주체국민회의가 나오고 그러면서 독재 정권으로 변해갔죠. 정치적으로는 할 말이 많지만, 적어도 경제 하나만큼은 확실하게 무슨 종교처럼 신봉한 점을 간과하지 말아야 한다고 봅니다."

"좋은 의견입니다."

둘은 술잔을 비우고, 순짱이 건네주는 안주를 먹었다. 무척 지루한 소재일 텐데, 그녀는 아무런 내색도 하지 않고 고기 굽는 데에 열중했다. 그 모습에서 정민은 잔잔한 감동을 받았다. 천성이 좋은 친구라고 다시 한번 생각하게 된 것이다.

"고대사 연구라는 것이 정말 끝이 없더군요. 그것은 우리 일본의 정체성과도 관련된 문제니 마냥 손을 놓고 있을 분야는 아니지요. 그런데 이 고대사에서 그간 해왔던 방식에 큰 문제가 있다는 것을 깨달았습니다."

갑자기 스가노 상이 진지한 표정으로 말했다.

"어떤 부분이 말입니까?"

정민이 순짱이 집어준 고기를 먹으며 말했다.

"몽골어를 익히면서 깨달은 것인데…. 그간 우리 학계에서는 주로 사료에 의존해서 연구해왔죠. 그러다 보니 중국과 일본의 고서에 집중한 경향이 있습니다. 하지만 이런 사서들은 승자의 기록이라고나 할까, 어쨌든 자기네 민족이나 국가의 관점에서 쓰이기 마련입니다. 그 한편으로 존재하는 기마민족 내지는 동이족에 관한 부분에선 일종의 폄하나 평가절하의 시선이 개재하는 것입니다. 그게 누적되다 보면 사실관계가 이상하게 되는 것이죠. 굳이 역사 왜곡이라는 표현을 쓰지 않아도 말이죠."

"이해가 갑니다."

"예를 들어 천자(天子)라는 개념을 보죠. 중국에서 황제를 천자라고 칭합니다. 하늘의 아들이란 뜻으로, 구체적으로 하늘의 선택을 받은 사람 정도로 해석이 되겠죠. 여기서 하늘이 뭘까요? 중국 철학에서 천(天)이라는 개념을 어떤 신으로 떠받들지 않지만, 이 세상에 존재하는 어떤 원리나 원칙 정도로는 해석할 수 있을 겁니다. 그 배경이 뭔지 아십니까? 바로 천문학입니다."

"별자리나 혜성의 움직임을 보고 앞날을 예측한다는 부분을 말씀하시는 겁니까?"

"좀 더 설명하죠. 일단 천자가 뭐냐부터 알아보죠. 일식이라는 것은 고대인에게 상당히 의미심장한 이벤트였습니다. 그도 그럴 것이, 갑자기 아무 이유도 없이 해가 사라져버리니까요. 그래서 어떻게 생각했냐 하면, 이것을 해와 달이 교접한다는 의미로 해석했습니다. 고대는 모계 사회였으므로, 이때 달은 남자, 해는 여자가 됩니다. 그리고 일식이 끝나면 태양 주변에 작은 행성이 빛을 내며 등장합니다. 이것을 고대인들은 해와 달이 섹스를 해서 낳은 자식으로 봤습니다. 그게 과연 뭘까요?"

"도무지 짐작이 가지 않습니다."

"바로 금성입니다. 이것을 천자라고 부른 것이죠. 한편 이것은 지역에 따라 다르게 불렸습니다. 루시퍼가 대표적이죠. 또 기마 민족 사이에서는 주몽, 졸본 등으로 불렸고, 중동에서는 살만, 서양에서는 솔로몬으로 불렸습니다."

"아하."

"굳이 고구려를 창건한 주몽을 소환하지 않아도 이게 무슨 의미인지 짐작이 가죠?"

"재미있군요."

"이제 우리의 고대사를 연구하려면, 한중일의 문헌뿐 아니라, 몽골과 중앙아시아 등의 언어도 공부해야 하고, 그쪽 자료도 살펴봐야 합니다. 그러면서 언어학, 문화인류학, 천문학 등도 두루두루 갖춰야 하죠."

"사실 그뿐이 아닙니다."

정민이 맞받아쳤다.

"중국 사서만 해도 그렇습니다. 주로 정식으로 인정된 책만 보는데, 실상은 다른 사료도 봐야 합니다. 망한 나라에서 기록한 사료가 또 적지 않거든요. 승자뿐 아니라 패자의 기록도 살펴보면, 역시 새롭게 알려질 사실이 꽤 많습니다."

"그간 우리의 시야가 얼마나 좁았는지 새삼 돌아보게 하는군요."

"정말 공부할 게 한둘이 아닙니다."

"그래서 기쁩니다."

스가노 상이 활짝 웃었다.

"평생 죽을 때까지 공부할 게 있다는 건 행운 아닐까요?"

"맞습니다. 그렇죠."

두 사람이 이렇게 대화하는 사이, 순짱이 한 마디 던졌다.

"그럼 저는 평생 고기만 구워야겠네요?"

그러자 두 사람이 파안대소했다.

8

갑작스런 초인종 소리에 정민은 잠에서 깼다. 매우 다급하고, 뭔가 재촉하는 느낌의 울림이 반복적으로 터졌다. 눈을 뜨고 자리에서 일어나 보니, 어느새 주위가 밝아있었다. 그리고 그 옆에 누군가 있었다. 자세히 보니 알몸의 순짱이 잠에 빠져있었다. 순간적으로 어젯밤의 일들이 빠르게 스쳐갔다.

스가노 상과 함께 〈보헤미아〉에 갔던 일, 순짱과의 긴 키스, 연이은 건배 그리고 먼저 스가노 상이 사라지고, 남은 둘은 이곳으로 왔다. 너무나 취한 탓에 둘은 바로 잠들었고, 동이 틀 무렵 깨어나 누가 먼저라 할 것 없이 서로 몸을 탐닉했다. 그리고 다시 깊은 잠의 나락으로 떨어진 것이다.

이것은 마치 미리 예정되어있는 시나리오 같았다. 보기 좋게 스가노 상의 계략에 말렸지만, 한편으로는 그도 바라던 바가 아니었던가. 마음의 빈구석을 뭔가로 메우고 싶었던 차였으니까.

정민은 대충 가운을 걸치고 거실로 갔다. 여전히 초인종은 요란하게 울리고 있었다.

"누구세요?"

정민이 물었지만 저쪽에선 대답이 없었다. 재차 물었지만, 돌아온 것은 초인종 소리뿐. 하는 수 없이 문을 열어보니, 오니 가면을 쓴 에리카가

서 있었다. 아침부터 이런 가면을 보면 흠짓할 수밖에.

그가 뭐라고 말할 사이도 없이, 에리카가 쑥 들어왔다. 정민은 얼른 안방 문을 닫았다. 아직도 잠에 빠진 순짱의 알몸이 잠깐 스쳐가듯 보인 후, 문 너머로 사라졌다.

에리카는 여전히 가면을 쓴 채 탁자에 앉았다. 정민은 약간 머쓱해졌다.

"커피?"

어차피 커피를 마시고 싶었다. 말없이 에리카도 고개를 끄덕였다.

일단 물을 끓이고, 원두를 찾고, 드리퍼를 준비했다. 잠시 후, 물 끓는 소리가 정적에 잠긴 실내를 채워갔다. 점차 그 소리가 커질 무렵, 가스레인지를 끄고, 드립 커피를 시작했다. 얼마 후, 김이 모락모락 나는 커피 잔 두 개가 테이블 위에 놓여졌다.

먼저 정민이 커피를 마셨다. 에리카도 잔을 든 순간, 안방 문이 열렸다. 옷을 차려입은 순짱이 잠시 에리카를 보고 멈짓했다. 정민에게 누구냐, 라는 눈치를 줬다. 정민이 안심하라는 듯 고개를 끄덕였다.

"다음에 봐요."

순짱이 정민의 이마에 살짝 입을 맞춘 후, 밖으로 나갔다. 이윽고 에리카와 정민 두 사람만이 남게 되었다. 문득 정민은 생각난 것이 있어서 에리카를 바라봤다. 그제야 그녀는 가면을 벗고, 커피를 마시기 시작했다.

"어젯밤에도 왔었나?"

말없이 순짱이 고개를 끄덕였다.

"저 여자랑 함께 들어온 것도 봤겠네?"

역시 긍정의 끄덕임.

"새벽까지 있었어?"

"좀 전에 잠시 나갔다가 다시 와서 초인종 누른 거예요."

할 말이 없었다. 이제 조금은 기억이 나지만, 새벽에 순짱과 정사를 나눌 때 누군가 지켜본다는 느낌을 받았다. 물론 그것은 터무니없는 생각이어서 아예 무시했다. 하지만 사실이었다. 다시 침묵이 이어졌다.

"놀랐어요. 교수님이 누구랑 자건 상관없지만, 아무튼 놀랐어요."

"뭘 갖고 놀란 거야?"

"사람이 바뀌었다고나 할까? 이젠 아무 거리낌이 없더군요."

"…."

잠시 생각해봤다. 그렇다. 순짱과의 정사에서 그는 어떤 망설임이나 동요가 없었다. 그냥 몸이 이끄는 대로 행동했다. 암컷과 수컷, 이렇게 두 마리의 짐승이 교미를 했을 뿐이다. 그 이상도, 그 이하도 아니었다.

한데 그게 그에게 상당한 해방감과 기쁨을 안겨줬다. 여태껏 나눴던 모든 섹스 중에 가장 만족감이 높았다. 의기양양한 느낌마저 받았다. 그 모습을 에리카는 숨어서 낱낱이 지켜본 것이다.

"그럴 수도 있지."

수긍하듯 고개를 끄덕이며 정민이 말했다.

"그간 어떻게 지냈어?"

"별다른 일이 있었겠어요? 학교 도서관에 가고, 가끔 알바 나가고, 틈날 때 여기 와서 청소하고, 음악 듣고…."

"그렇군."

"다음 학기에도 강의해요?"

"그럴 생각이야."

"강의 준비는 좀 된 거예요?"

"지금 추궁하려 온 거야?"

"그런 뜻은 아니고요…."

"그럼?"

"실은…."

잠깐 망설이다가 이윽고 결심한 듯 에리카가 말했다.

"혹 다크 웹이라고 알아요?"

"다크 웹?"

"예."

"글쎄? 그냥 범죄의 온상이 아닌가? 성 착취물이나 아동 포르노가 범람하는…."

"최근에 알게 되었는데, 위너스에서 이런 다크 웹을 여럿 운영하고 있더라고요."

"돈이 되면 뭐든지 하는 놈들 아닌가?"

"그런데…."

에리카가 주저주저하다가 말했다.

"그 사업을 강화할 모양이에요. 그것도 엄청."

"그래?"

지미 같은 작자라면 환장하고 달려들 사업이다. 이제 나와는 무관한 존재지만.

"그전까지는 알게 모르게 좀 맛이 간 애들을 썼는데…. 이제는 정상적인 배우들도 동원하고 있어요. 일부러 약을 먹이거나 협박하거나 해서요…."

"그럴 리가?"

"사실 정상적인 포르노 시장은 죽은 거나 마찬가지예요. 온라인이 성행하고, 불법 다운로드가 일반화되다 보니, 정품 DVD를 제 돈 내고 사는 사람이 없어요. 게다가 에스코트 서비스도 포화 상태고요. 가마타 역 부근에 가 봐요. 온통 매춘을 권유하는 사람들 천지예요. 동남아는 물론이고 멀리 러시아, 남미 여자들까지 원정 와요."

"그렇지."

"그러니 위너스에서 다른 비즈니스 모델을 개발할 수밖에요. 실은 저도 얼마 전에 그런 일을 당할 뻔했어요. 내 학생 신분을 이용해서, 도서관에서 알몸으로 돌아다니거나, 버스 안에서 누군가를 만나 섹스를 한다거나 아무튼 말도 안 되는 아이템을 제시하더군요. 그 뒤로 바로 빠져나왔어요. 근데 말이죠…."

"…?"

"교수님이 좋아하는 여자 말이에요…. 사쿠라 쇼코가 아마 이런 일에 동원될 모양이에요. 우연히 그런 얘기를 들었거든요."

순간 정신이 번쩍 들었다. 덕분에 들고 있던 잔이 흔들려 그만 커피를 테이블에 쏟고 말았다. 황급히 휴지로 닦으며 그가 말했다.

"그게 사실이야?"

"그러니까 여기에 왔죠."

잠시 가벼운 한숨이 나왔다. 그리고는 멍하니 창밖을 바라봤다. 이제 아침이 완전히 밝아서 온통 주위가 환했다. 창밖으로 아직은 겨울의 황량한 풍경이 펼쳐져있었다. 건조하고, 차갑고, 외로운 기운이 주택가 주변을 가득 채우고 있었다.

"한때 지미의 운전기사를 했잖아요. 아마도 쇼코 때문이었겠죠. 지금은 어떤 사이인지 모르겠지만…."

"그랜드 하얏트에도 왔었나?"

그녀는 긍정도 부정도 하지 않았다. 아마 그를 따라 쫓아왔을 것이다. 수호천사를 자처하는 친구에게 그 정도는 당연지사.

"우연히 교수님이 쇼코와 함께 있는 것을 봤어요. 그때 그녀를 바라보는 눈빛, 한없이 자애롭고, 따스한 분위기는 절대 잊을 수 없어요. 교수님이 저 여자를 정말로 아끼고, 사랑한다는 것을 멀리서 지켜본 나조차 파악할 수 있었어요. 그래서 이런 정보를 알려드리는 거예요."

"고마워."

자리에서 일어나 정민이 거실을 이리저리 걸으며 생각에 잠겼다.

"그렇다고 백마 탄 기사 노릇 하라는 것은 아니에요."

"무슨 뜻이지?"

"그쪽 세계엔 다시 눈길도 주지 말라는 거예요."

"…."

"세상에는 넘지 말아야 할 선이라는 것이 있어요. 그것을 넘어가면 다시는 돌아올 수 없죠. 쇼코가 그렇게 된 거예요."

"…."

"내 말이 무슨 뜻인지 알잖아요."

순간 정민이 힘없이 소파에 주저앉았다. 둘 사이에 깊은 침묵이 맴돌았다. 아무도 누가 뭐라고 말을 꺼낼 수가 없었다.

"저…."

다시 조심스럽게 그녀가 운을 뗐다.

"이거 받아요."

그녀가 색에서 DVD 한 장을 꺼냈다. 정민이 살펴보니, 주희가 주연한 작품이었다.

"이것은 어디서 났지?"

"실은 몰래 지미의 방에 들어가서 찾아냈어요."

"무슨 말이야, 그게?"

"어떻게 조사하다 보니 그렇게 되었어요. 청소부가 가진 카드 키를 잠시 빌려서 지미의 방을 뒤졌죠. 그랬더니 이게 있더라고요. 교수님이 오랫동안 찾았잖아요. 그래서 이것만 들고 나왔어요."

정민은 물끄러미 DVD를 바라봤다. 표지의 그녀는 그가 그토록 찾던 모습 그대로 있었다. 그의 마음을 사로잡았던 에로틱하고, 몽환적인 눈길과 포즈. 갑자기 그녀와 지냈던 모든 순간 순간이 리얼하게 온몸의 감각과 신경을 자극했다. 자연스럽게 콧등이 아려왔다. 그리고 눈물이 길게 쏟아졌다. 그러자 에리카가 다가와 그를 안았다. 그 품에 그는 조용히 파묻혔다.

9

그날 오후부터 조용히 비가 내리기 시작했다. 한겨울인데도 눈이 아닌 비가 내리는 게 특별했지만, 겨울 기온이 높은 도쿄에는 일상적인 풍경이었다. 그리고 그것은 마치 그의 격한 감정을 차분히 달래주는 듯했다. 덕분에 그는 외출하지 않고 하루 종일 집에서 보냈다. 에리카도 집에 머물렀다. 그녀는 피곤한지 침실로 들어가더니 계속 잠에 빠졌다. 아마 며칠 밤을 새운 모양이었다. 그럴 만도 하리라.

다크 웹, 지미, 주희, SM, 에스코트…. 여러 상념이 머리를 흔들었지만, 비가 오면서 조금씩 정리가 되었다. 그리고 조금씩 자신이 처한 현실을 인식하게 되었다.

어차피 나는 저쪽 세계 사람은 아니다. 그냥 잠시 발을 들이밀고, 힐끔 살펴보고 황급히 떠났을 뿐이다. 일종의 여행자에 지나지 않는다. 이제 그 세계에서 어떤 일이 벌어지든 나와는 상관이 없다. 그냥 잠시 꿈을 꿨다고 치자. 그게 맞다.

뭐 이런 마음으로 정리를 했지만, 마음 한구석이 불안한 것은 사실이었다. 논리나 현실적인 계산으로는 맞는 결론이지만, 이런 불길한 감정은 어쩌란 말인가.

에리카의 말대로, 주희에 대한 그의 마음과 동경은 사실이었다. 이것은 지금도 마음 한쪽에 강하게 남은 감정이고 또 현실이었다. 다시 마음을 먹으면 그녀를 볼 수 있다. 운이 좋으면 잠자리를 가질 수도 있다. 아예 모든 것을 다 떨쳐버리고 둘이서 파타고니아로 사라질 수도 있다. 그게 말이 되지 않는다고? 누가 확신할 수 있는가?

그 일말의 가능성이 그를 초조하고 또 애타게 만들었다. 억지로 꾹꾹 누르면 누를수록, 그런 욕구는 틈을 보면서 기회가 되면 튀어나오려고 했다. 마치 자신의 마음 한쪽에 헐크나 하이드 씨가 존재하는 것 같았다.

그런 마음으로 집에 틀어박혀 커피를 마시거나, 책을 읽거나, 재즈를 들으면서 오후 시간을 보냈다. 한데 도무지 뭘 읽었는지, 뭘 들었는지 머릿속에 남은 게 전혀 없었다. 그래도 겨울비 덕분에 마음은 좀 가라앉았다. 사실 욕망이라는 놈은 무척이나 강렬하지만, 그 지속 시간이 짧다. 정말 잠깐만 참으면 된다.

저녁이 되어 냉장고를 뒤지니, 어느 틈에 에리카가 넣어뒀는지 몇 가지 반찬과 요리가 발견되었다. 아마 지난밤에 준비했으리라. 자신이 잠이 들었을 때 박쥐처럼 방문한 다음, 그가 계속 있을 거라는 확신이 들자 이렇게 몰래 음식을 장만한 것이다.

일단 감사하는 마음으로 그녀가 준비한 요리를 식탁에 올려놓은 사이, 눈을 비비며 에리카가 나왔다. 그리고는 그를 탁자에 앉히고 자신이 저녁 준비를 했다. 이 또한 익숙한 풍경. 한때 둘은 동거 비슷한 것을 하지 않았던가?

둘은 말없이 저녁을 먹었다. 들리는 것은 오로지 창밖의 빗소리뿐이었다. 식사를 하면서 정민은 맥주를 한 병 마셨다. 이상하게도 취기가 올라왔다. 소파에 앉아 다시 음악을 듣는 사이 잠깐 잠이 들었다. 에리카는 빠르게 설거지를 마친 후, 다시 침실로 들어갔다.

요란하게 핸드폰의 벨이 울린 것은 한참 후였다. 이제 막 잠에서 깨려는 순간 강력한 진동과 함께 벨 소리가 크게 울렸다. 순간 그는 뭔가 불안한 기운을 느꼈다. 누가 전화하는지 알 수도 없고, 내용도 확인할 수 없지만, 이런 유의 예감은 틀리지 않는다. 발신인을 본 순간 그는 잠시 고민했다. 쇼코라는 이름이 떴기 때문이다. 정말 눈을 질끈 감고, 휴대폰의 전원을 끄고 싶었다. 하지만 벨이 계속 울려댔으므로, 어쩔 수 없이 통화 버튼을 눌렀다.

"미안해요. 달리 전화할 데가 없어서요…."

누군가를 피해 거는 듯, 목소리를 최대한 낮춘 주희가 나왔다.

"무슨 일인데?"

"미안해요…."

가볍게 울먹이는 기척이 들렸다. 그는 가만히 그녀가 진정하기를 기다렸다. 조금씩 불안감이 엄습해왔다.

"지금 어디야?"

"하얏트에요."

"무슨 일 있어?"

"네. 정말 미안한데…. 이런 전화 걸지 않으려고 했는데…. 날 한번만 도와줄 수 있어요? 정말 미안해요."

잠깐 고민이 됐다. 내용은 자세히 모르겠지만, 그녀가 큰 곤경에 처한 것은 분명했다.

"어떻게 도와주면 되지?"

"이리 와요. 내 방 번호 알죠? 문 아래쪽에 카드 키를 숨겼으니 꺼낼 수 있을 거예요. 여기서 날 좀…."

하는 순간 딸깍 전화가 끊겼다. 그가 다시 통화 버튼을 눌렀지만 상대쪽에선 응답이 없었다. 그는 안절부절하지 못하고 일어나서 집안을 서성였다. 이때 방문이 열리고 에리카가 나왔다.

"무슨 일이죠?"

정민의 표정을 살피며 그녀가 말했다. 그는 아무 대꾸도 하지 않았다.

"쇼코가 전화했죠?"

마치 그런 전화가 걸려올 줄 알았다는 태도였다.

"가지 말아요. 그냥 여기 있어요."

"좀 조용히 해줄래?"

갑자기 짜증이 일었다. 문득 창밖을 보니 조금씩 빗줄기가 거세어졌다. 갑자기 마음이 급해졌다. 더 이상 이러고 있을 수 없었다. 그는 후다닥 옷을 챙겨 입고, 우산을 챙겨서 밖으로 나갔다.

"같이 가요!"

어느새 에리카가 따라붙었다. 그녀를 밀치고 어쩌고 할 틈이 없었다. 다행히 집 밖을 지나치던 택시를 붙잡을 수 있었으므로, 두 사람은 하얏트까지는 빨리 갈 수 있었다. 비가 온 덕분에 거리는 대체로 한산했다. 교통량도 많지 않았다. 나이가 좀 들어 보이는 운전사는 엔카를 틀어놓고 흥얼거리면서 어디 마실이라도 가는 듯 핸들을 잡고 있었다. 참, 태평한 모습이다. 언젠가 내게도 저런 편한 시간이 올까?

다시 통화를 시도했지만, 여전히 받지 않았다. 점점 속이 타고, 입안이 말랐다.

"경찰에 연락하죠."

보다 못한 에리카가 말했다.

"안 돼!"

자기도 모르게 그가 소리쳤다.

"안 돼. 경찰이 오면 어떻게 될지 알면서 그래."

"그렇다고 교수님이 경찰 노릇을 할 필요는 없잖아요."

"내게 도움을 청했어. 그냥 눈감아줄 수 없다고. 안 그래?"

"그렇지만 지금 이러는 게 무슨 도움이 되겠어요?"

"만일 자네가 내게 도움을 청했다고 봐. 그때 내가 어땠으면 좋겠어?"

"할 말이 없네요."

"주희만 빼오면 돼."

"네?"

"아니, 쇼코."

"…."

"쇼코만 빼내면 돼. 어디론가 보내버리면 되는 거야. 에리카 말대로 한계에 온 것 같아. 그 선을 넘지 못하도록 도울 수는 있잖아. 안 그래?"

"정말 그렇게 생각하세요?"

"그렇지 않으면?"

잠시 침묵이 이어지는 사이, 눈앞에 익숙한 풍경이 나타났다. 두 사람은 빠르게 택시에서 내려 로비를 가로질렀다. 마침 누군가 엘리베이터를 타고 있었다. 재빨리 함께 타고는 그가 카드 키를 댈 때, 원하는 층을 빠르게 눌렀다.

엘리베이터 안에서도 정민은 초조한 기색을 감출 수 없었다. 에리카도 이제는 뭔가 결심한 듯 표정이 비장해졌다. 이윽고 목적지에 도착하자 문이 열렸다. 두 사람은 얼른 복도로 나갔다.

천천히 복도를 가로지르며 정민은 다시 생각에 잠겼다. 지금 내가 이러는 것이 온당한 짓일까? 에리카 말대로 경찰을 부르는 편이 낫지 않을까? 저 안에 어떤 일이 벌어지는지 자세히 할 수는 없지만 대충 짐작은 갔다. 저 문을 여는 순간 나는 다시 이상한 세계로 발을 들이밀 것이다. 그 정도는 감수해야 한다. 한데 이런 데까지 에리카를 대동한다? 이것은 아니다.

잠시 멈춰 서서 정민이 뒤따라온 에리카를 바라봤다. 그리고는 엄숙한 표정을 지으며 그녀를 막았다.

"에리카. 더 이상 따라오지 마."

"네?"

"그냥 돌아가. 이런 일까지 관여하지 말라고."

"안 돼요."

"왜?"

"전 교수님을 지켜야 해요."

잠시 말문이 막혔다. 무슨 말을 해도 통하지 않을 것 같았다.

"큰일은 없을 거야. 그냥 잠깐 말만 하고 나올 거야. 그러니까 로비에서 기다려. 곧 내려갈 테니까."

"교수님 혼자 보낼 순 없어요."

"좋아, 이렇게 하자."

정민이 뭔가를 결심한 듯 말했다.

"로비에서 10분을 기다려도 내가 내려오지 않으면, 경비원을 불러서 다시 이쪽으로 와."

"네. 알았어요."

이렇게 타이르자 하는 수 없다는 듯 에리카가 뒤돌아섰다. 그리고는 엘리베이터를 타고 내려갔다.

IO

에리카가 사라지자마자 정민은 몸을 돌려 룸으로 조심스럽게 다가갔다. 가까이 가면 갈수록 뭔가 음침하고, 무거운 기운이 주변을 감쌌다. 본능적으로 저 안에 뭔가 심각하고, 나쁜 일이 벌어지고 있음을 알 수 있었다. 다시금 그는 멈짓했다.

그냥 돌아가자. 그냥 가자고. 이런 일에 관여할 필요는 없어. 이런 마음과 함께 그 반대의 욕구가 마음속에 마구 물결쳤다. 그때 내가 손을 내밀었다면, 인화는 어떻게 되었을까? 물론 나는 죽도록 얻어맞았겠지만, 적어도 인화에게 뭔가는 증명했을 것이다. 그래, 또 도망치지 말자. 이것은 운명이다. 내가 헤쳐나가야 할 장애물이다. 그럼에도 경고 사인이 심하게 번쩍거렸다.

하지만 막상 문 앞에서 무릎을 꿇고 카드 키를 집는 순간, 거짓말처럼 평온이 왔다. 그렇다. 이제 결정했다. 혹시 카드 키가 없으면, 그 탓을 하며 돌아갈 수 있었다. 하지만 지금 내 손에 이게 들려있지 않냐.

조심스럽게 출입구에 키를 댄 순간 딸깍 하며 불빛이 들어왔다. 문에다 손을 열고 조심스럽게 돌린 순간 환한 빛이 그의 시야를 가득 채웠다. 너무나 갑작스런 빛의 돌격에 잠시 눈이 아팠다. 이윽고 적응이 된 다음에 펼쳐진 풍경은 너무나 특이해서 종잡을 수가 없었다. 마치 이 세상이 아닌 어떤 다른 차원의 공간으로 이동한 듯했다.

저쪽 벽에 꽁꽁 묶인 여자가 보였다. 머리는 온통 풀어헤치고, 입에는 구슬이 물려있었으며, 손은 위로 추켜올라간 상태였다. 온통 알몸인 상태에서 로프로 정교하게 결박이 되어있었다. 그 앞에 통통한 사내가 검은 마스크를 쓰고, 검은색 팬티만 입고 있었는데, 손에는 채찍과 촛불이 들려있었다. 촛농을 여자의 몸에 뿌려서 괴롭히거나 때로는 채찍으로 때리는 식이었다. 전형적인 SM 플레이. 마치 실황 중계를 하듯, 이들 앞에 삼각대에 받친 카메라가 보였다.

직감적으로 이것은 하나의 징벌이라는 느낌이 왔다. 그렇다. 주희는 자신을 탈출시킨 죄로 이런 꼴을 당하고 있는 것이다. 그가 받아야 할 형벌을 그녀가 대신 받고 있다는 생각이 들자 온몸에 불길이 치솟았다.

마침 그를 발견한 그녀가 눈을 크게 떴다. 설마 여기에 와줄까 놀란 모습이었다. 그런 그녀의 변화를 감지한 듯, 복면을 한 사내가 뒤돌아봤다. 하지만 정민이 한발 더 빨랐다. 본능적으로 그의 턱을 날리고, 무릎으로 배를 몇 방 박았다. 이윽고 쓰러지는 그의 복부에 올라타 연달아 안면을 강타했다. 그의 온몸이 분노에 싸여 무자비한 폭력을 상대에게 행하고 있었다. 그의 눈빛을 본 사람은 온통 살의에 휩싸였다고 생각할 것이다. 그게 맞았다. 상대는 계속 비명을 질렀다.

반면 주희는 어떻게든 소리를 내며 그의 주의를 끌려고 했다. 이리저리 발버둥치며 연신 신호를 보냈지만, 구슬로 막힌 입에선 제대로 된 소리가 나지 않았다. 당연히 상대에 올라타 연신 주먹을 날리는 정민에게 전달되지 않았다.

문득 번쩍하고 불꽃이 터졌다. 그리고 정민은 바닥에 굴렀다. 어느새 나타난 지미가 손에 든 야구 배트로 그의 머리를 강타한 것이다. 동시에 주희가 비명을 질렀다. 하지만 구슬 때문에 가냘픈 소리만 나올 뿐이었다.

"너, 여기서 뭐 하는 거야?"

씩씩거리며 지미가 소리쳤다. 정민이 머리를 어루만지며 올려다보니, 분노에 싸인 지미가 서 있다. 재차 배트가 허공을 갈랐고, 이번에는 어깨를 강타당한 정민이 데굴데굴 굴렀다.

"죽어라, 이 새끼! 내가 널 어떻게 아껴줬는데 이런 행패를 부려! 너 죽고 싶어 환장했냐!"

고래고래 고함을 치며 여러 차례 배트를 휘둘렀다. 그때마다 강력한 충격에 정민의 몸이 마구 휘었다. 그때마다 주희는 죽을 듯 비명을 질렀다. 마치 그녀가 맞는 듯했다.

"이 새끼, 맞아 죽는 게 뭔지 알려주지."

이미 짐승의 얼굴이 된 지미가 허공에 배트를 올리고 막 그를 내려치려고 했다. 이게 끝인가? 정민은 자기도 모르게 눈을 감았다. 하지만 그에게 아무런 통증이 가해지지 않았다. 이상해서 다시 눈을 떠보니, 어느새 나타났는지 에리카가 지미의 등을 올라타고 귀를 물어뜯고 있었다. 그녀 역시 악귀같은 표정이었다.

"악!"

덕분에 지미가 배트를 팽개치고, 비명을 지르며 에리카를 떼어놓으려고 했다. 하지만 그에게 찰싹 달아붙은 에리카는 기어코 그의 귀를 물어뜯어 저 멀리 뱉어냈다. 순간 허공에 핏줄기가 확 뿌려졌다.

이런 처참한 광경이 오히려 정민을 자극했다. 얼른 바닥에 던져진 배트를 집어 들고 지미에게 다가갔다. 그리고 이번에는 역으로 그를 가격하기 시작했다. 퍽퍽 하는 소리가 온 방을 강타했다.

이상하게도 그를 때릴 때마다 그는 마음이 평온해졌고, 일종의 쾌감마저 느꼈다. 연신 비명을 지르며 바닥을 나뒹구는 지미는 이제 하나의 고깃덩어리에 지나지 않았다. 그는 마구 소리쳤다.

"죽어버려! 너 같은 쓰레기는 죽어야 해!"

"이러지 마! 이러지 말라고!"

정민은 지미의 손이 감싸지 않는 구석을 골라 골고루 가격했다. 녀석은 온통 피투성이였다. 그리고 이번에 마지막으로 머리를 내려칠 찰나, 에리카가 가까스로 그를 제지했다.

"그만 해요. 이 정도면 됐어요. 살인까지 할 작정이에요?"

그때야 정신을 차리고 정민이 가쁜 숨을 몰아쉬었다.

"빨리 주희 씨를 데리고 나가요. 여긴 내가 정리할 테니까요."

그 말에 그가 주위를 둘러봤다. 퍼뜩 정신이 들었다.

"어서요!"

II

"아니, 갑자기 무슨 일이세요?"

벌컥 문을 열고 미숙이 안으로 들어서자 깜짝 놀란 이 조교가 벌떡 일어났다. 여기는 정민의 교수실. 그가 교환 교수로 일본에 가 있는 동안, 이 조교가 지키고 있는 터였다. 하지만 한밤에 득달같이 나타난 미숙의 존재는 확실히 의구심을 자아내기에 충분했다.

"찾아볼 게 있어서 왔어요."

그를 쳐다보지도 않고, 그녀는 곧장 정민의 책상으로 다가갔다. 그리고 컴퓨터를 켜고, 서랍을 뒤지고, 사물함을 살폈다.

"사모님, 대체 무슨 일로…?"

잠시 이 조교가 그녀를 만류했지만 곧 멈짓했다. 평소의 그녀답지 않은 뭔가 강력한 기운이 뿜어져 나왔기 때문이다. 그 때문에 자기도 모르게 얼어붙고 말았다. 그사이 그녀가 책상 주변을 세세하게 조사하다가 이윽고 뭔가를 발견했다. 그녀의 손에는 쇼코의 사진이 박힌 전단지가 들려있었다. 그녀는 꼼짝도 않고, 그 전단지를 바라보며 가쁜 숨을 몰아쉬었다.

이 조교는 도무지 어찌할 바를 모르고 그녀를 빤히 바라봤다. 자세한 내막은 알 수 없었지만, 무슨 불길한 기운은 감지할 수 있었다. 이내 그녀는 그를 쳐다보지도 않고 휙 교수실을 빠져나갔다. 화가 잔뜩 난 표정이었다. 잠시 후, 그는 안도의 숨을 내쉬며 정민의 책상을 정리하기 시작했다. 마치 폭풍우가 휩쓸고 지나간 듯했다.

12

이제 빗줄기는 잦아들었다. 덕분에 시야도 넉넉하게 확보되었다. 도쿄를 빠져나오자 조금씩 마음이 가라앉으면서, 주변의 풍경이 조금씩 눈에 들어왔다. 운전대를 쥔 정민은 한숨을 내쉬며 옆자리에 앉아있는 주희를 바라봤다. 그녀의 얼굴은 엉망이었다. 눈은 퉁퉁 부었고, 입술은 부르텄으며, 전체적으로 각종 화장이 뒤범벅이었다. 흡사 삐에로 같았다. 그렇지만 그녀 역시 차분한 모습이었다.

"고마워요."

가만히 그녀가 그의 손을 잡았다. 그는 가볍게 고개를 끄덕이고 전방으로 시선을 돌렸다. 어느새 시골길이 나왔다. 무척 어두웠지만, 중간중간 가로등이 환하게 켜져있어서 운전에 지장은 없었다. 조금씩 높은 산들이 나왔고, 그 사이로 작은 들판이 보였다. 가끔 인가가 드문드문 나타날 때도 있었다. 아련하게 반짝이는 불빛이 나타났다가 이내 뒤로 사라졌다.

"지금 어디로 가는 거죠?"

문득 그녀가 물었다.

"하코네."

그가 짤막하게 말했다.

"하코네는 왜요?"

"그냥. 일단 머릿속에 여기밖에 떠오르지 않아."

하얏트 호텔의 주차장에서 주희가 렌트한 차에 갈 때만 해도 그에겐 별다른 계획이 없었다. 일단 이곳을 벗어나고 싶었다. 하지만 막상 시동을 거니, 정말 막막했다. 일단 도쿄는 그 어느 곳도 싫었다. 자신의 거처를 생각했지만, 지미가 이미 알고 있을 것 같았다. 어딘가 외진 곳으로 가고 싶었다. 이때 예전에 아내와 함께 여행했던 하코네의 여관이 떠올랐다. 마침 휴대폰에 그곳 연락처가 있어서 통화해보니 예약이 가능하다고 했다. 그래서 이곳으로 향한 것이다.

"예전에 한번 가본 적이 있어. 그래서 일단 가보는 거야."

"그렇군요."

더 이상 그녀는 캐묻지 않았다. 그도 별로 말할 기분이 아니었다. 어쨌든 온몸이 쑤셨다. 조금 전만 해도 생사의 갈림길에 서 있지 않았던가.

"미안해요. 이런 일에 끌어들여서…. 하지만 지미가 이런 식으로 보복할 줄 꿈에도 몰랐어요."

"이해해. 어쨌든 무사해서 다행이야."

"진작부터 낌새는 있었어요. 다크 웹이 황금 알을 낳는 거위라고 자주 말했거든요. 지금이야 극단적 취향을 가진 소수가 쓰지만, 곧 대중화가 될 거라고. 그래서 위너스는 이런 시장에 대비해야 한다고. 이쪽 세계의 메이저가 되겠다고…. 맞는 말이겠죠. 지미의 주장이니까. 그렇지만 나 같은 사람도 동원될 줄 몰랐어요."

"그 작자는 사람을 도구로만 생각해. 필요할 땐 쓰고, 필요 없으면 버리는 거지. 이용가치가 있으면 간 쓸게 다 빼줄 것처럼 굴다가, 일단 사용기간이 지나면 뒤도 돌아보지 않고 폐기 처분해버려."

순간 한숨을 쉬며 그녀가 고개를 절레절레 흔들었다.

"이제 내 차례군요. 용도가 없어졌으니 말예요."

"…."

"그렇다고 슬프거나 억울하지는 않아요."

"왜?"

"쓸모가 없어졌잖아요. 이제 그 지긋지긋한 마수에서 벗어나게 된 거예요. 일종의 명예 퇴직당한 거죠."

"하긴 그렇군."

"그래요. 아무튼 평생 이런 일만 하고 살 수는 없잖아요."

"이제 다시 돌아갈 수는 없어. 그것은 알고 있지?"

"네."

그녀가 가만히 고개를 끄덕였다.

"다시는 돌아가고 싶지 않아요."

"정말 그러길 바래."

13

자정이 지난 김포 공항은 무척 한산했다. 대부분의 비행 편을 모두 소화한 터라, 더 이상 〈Welcome〉이나 〈00을 찾습니다〉라는 따위의 푯말이 보이지 않았다. 당연히 환송객이나 환영객도 없었다.

물론 이 공항 자체가 국제노선을 별로 갖고 있지 않아, 예전의 모습과는 확연히 달라진 것은 사실이다. 그나마 가끔 중국이나 일본에서 오는 손님들이 이런 공백을 채워주는 정도. 바로 그런 점이 이렇게 급하게 도쿄로 향하는 미숙에게 큰 도움이 되었다.

사실 정민의 교수실에서 나온 다음, 조금은 절박한 심정으로 항공사에 연락했다. 다행히 다음날 이른 새벽에 출발하는 항공편이 있어서 빠르게 예약할 수 있었다. 새벽 6시 출발이며, 하네다 도착 코스. 적어도 아침 9시부터는 움직일 수 있다. 혹시나 싶어서 좀 전에 핸드폰에 연락을 했지만, 정민은 받지 않았다. 두 번이나 걸었지만, 답장이 오지 않았다. 그것이 무슨 불길한 신호로 여겨졌다. 그래서 그녀는 더욱 조바심이 났다.

이렇게 그녀를 도쿄로 몰아세운 것은 한 장의 전단 때문이다. 그냥 광고지라고 치부할 수도 있다. 하지만 그녀에겐 단순한 쪽지 한 장이 아니었다. 무엇보다 그것을 정민이 소중하고 간직하고 있었다는 점이다. 그것은 그녀를 매우 불안하게 만들었다. 어쨌든 현장에 가야 했다. 직접 가서 확인해봐야 했다. 그래서 되도록 빨리 공항에 도착한 것이다. 집에서 초조하게 안절부절못하다가 잠을 설치는 것보단, 아예 공항에 와서 기다리는 편이 나았다.

자정 가까운 시각이라, 로비에는 손님도 별로 없었다. 일부는 의자에 누워 가벼운 담요를 덮거나, 아니면 아예 바닥에 두툼한 요를 깔고 자는 모습도 보였다.

당연히 그녀는 전혀 잠을 잘 수 없었다. 오히려 시간이 흐르면 흐를수록 머리가 맑아지고, 엔돌핀이 올라갔다. 늘 정해진 시간에 자고 일어나는 패턴이 습관화된 그녀에게 이런 현상은 정말 이례적이다. 하지만 지금은 비상시국이 아닌가? 이럴 때 잠이 오는 것이 이상한 것이다.

그녀는 천천히 자리에서 일어나 자판기로 갔다. 그리고 블랙커피 한

잔을 뽑았다. 탑승하려면 아직도 여섯 시간 이상이 남았다. 그때까지 깨어있어야 한다. 그래, 정신을 집중하자.

14

공교롭게도 정민이 배정받은 방은 예전에 아내와 왔던 곳이다. 그에 대한 기록이 여관에 남아있는지 모르겠지만, 아무튼 좀 묘한 느낌을 받았다. 또 한편으로는 이런 상황에서 그래도 낯익은 공간이 나타나자 조금은 마음이 편해졌다.

종업원이 문을 열고, 열쇠를 건네고 사라지자, 달랑 두 사람만 남았다. 순간 어색한 기운이 감돌았다. 그간 함께 붙어다닌 시간이 많았지만, 막상 단둘이 있었던 적은 거의 없었다. 게다가 한쪽은 피에로, 다른 한쪽은 부상병. 서로를 바라보다가 가볍게 웃고 말았다.

"얼굴이 가관이야."

정민이 농담을 건넸다.

"그쪽은 어떻고요? 전쟁터에서 돌아온 모습이라고요."

서로 얼굴을 만지고, 머리를 정리하고, 옷매무새를 고쳐줬다. 그리고는 누가 먼저랄 것도 없이 껴안고, 입술을 맞췄다.

"입술에서 피 맛이 나요."

잠시 후, 주희가 말했다. 그러면서 정민의 입술을 조심스럽게 만졌다.

"고마워요. 저 때문에 이렇게까지 될 줄은 몰랐어요."

"괜찮아. 주희가 무사한 것만으로 족해."

마치 놓칠세라, 이번에는 강하게 정민이 그녀를 껴안았다. 너무나 강하게 껴안은 덕분에 그녀의 온몸이 밀착되어왔다. 그녀도 그를 꼭 안았다. 입에서 가벼운 신음 소리가 나왔다. 잠시 후, 그녀가 떨어지면서 말했다.

"일단 씻고 싶어요."

그리고는 아무렇지도 않게 옷을 벗었다. 한구석에 차곡차곡 옷가지를 정리한 후, 베란다에 설치된 노천탕으로 갔다. 서너 명이 입욕해도 충분할 정도로 공간이 컸다. 지난번에 왔을 때에도 아내와 함께 목욕했던 기억이 났다.

먼저 자리를 잡은 그녀가 얼굴을 씻어내리다가 문득 돌아봤다. 갑자기 환한 미소를 보였다.

"목욕 생각 없어요?"

누가 그런 유혹을 마다할 수 있을까? 자연스럽게 정민도 옷을 벗었다. 이미 서로의 나신을 본 상태다. 여기서 머뭇거리면 오히려 이상해진다. 그는 그녀의 반대편에 자리잡았다. 조금씩 뜨거운 기운이 올라오면서 온몸이 훈훈해졌다. 그에 따라 마음도 조금씩 가라앉았다. 아까 맞았던 부위도 자연스럽게 치유가 되는 듯했다.

"아까 정말 놀랐어요. 함께 따라온 아가씨가 말리지 않았으면 지미를 죽였을지도 몰라요."

화장을 다 지운 그녀는 다시 예전의 신비하고, 고혹적인 모습으로 돌아가있었다. 순간 그의 마음이 철렁했다. 그렇다. 그녀가 바로 내 앞에 있는 것이다. 서로 벗은 몸으로.

"그랬을 거야. 정말 죽이고 싶었으니까."

"그러면 안 되죠. 신세 망칠 일 있어요?"

"그 작자는 악마야. 살아있는 것 자체가 공해야. 이 세상에 해만 끼칠 놈이라고."

"잘 알아요."

그녀가 수긍했다.

"누구보다 잘 알아요."

"어떻게 그런 작자한테 걸렸지?"

문득 그가 진지하게 말했다. 잠시 한숨을 내쉬던 그녀가 천천히 말했다.

"정말 이야기가 길어요. 짧게 말하면, 날 지옥에서 빼낸 사람이에요. 그 점에선 지금도 감사해요."

"지옥에서 빼내다니?"

"혹 김만수라는 매니저 알아요?"

"알지. 연예인 지망생들 갈취하고, 소속 연예인들을 성 접대시키고, 각종 정재계 로비에 동원하고, 폭로하지 못하게 마약을 주사하고, 그룹 섹스 비디오를 촬영하고…. 그러다 비참하게 살해되었잖아."

그러다 문득 그녀를 바라봤다. 그녀가 가볍게 고개를 끄덕였다. 그가 놀란 듯 허탈한 웃음을 지었다.

"김만수 살해범은 지금도 잡히지 않았잖아요? 그게 이유가 있어요."

"그럼 지미가?"

"지미 뒤의 세력이 청부 살인한 거예요. 김만수가 너무 나갔거든요. 너무 큰 상대한테 협박한 게 빌미가 되었죠."

"그럼 어떻게 김만수를 만났지?"

"여고 시절에 동창 하나가 탤런트가 된 적이 있어요. 우연히 공채에 응모했다가 당선이 된 것이죠. 나보다 그리 예쁠 것도 없는 애가 갑자기 주목을 받으니까 속으로 부아가 치밀더군요. 모두가 그 아이만 우러러본다고나 할까? 내가 보기엔 한참 모자란 애가 그런 대우를 받는 게 정말 미웠어요. 그래, 내가 진짜 본때를 보여주지. 실은 그 친구와는 초등학교부터 쭉 같은 학교를 다녔어요. 항상 경쟁 관계였죠. 그래도 내 나름 팬클럽을 거느리고 있던 처지라, 그 친구가 우쭐대는 꼴을 못 보겠더군요. 지금 생각해보면 유치하기 짝이 없지만, 당시엔 심각했어요."

"이해가 돼."

"어찌 보면 자의 반, 타의 반이라고나 할까? 어느 날 제 친구들이 김만수가 주최하는 공모 행사 팸플릿을 가져왔더군요. 당시 그는 상당수의 톱스타들을 확보하고 있었어요. 왠지 욕심이 생기더군요. 저 애가 각광받을 정도면, 나라고 못 할 것 없지. 그래서 주저하지 않고 응모했어요. 그래도 워낙 난다긴다하는 애들이 다 모여서 가까스로 3등으로 당선되었어요. 그리고 그때부터 지옥이 시작되었죠."

"그랬군."

"사실 전 연기나 노래 쪽에 재능이 아예 없어요. 수줍음도 많고, 끼도 없고, 욕심도 없으니 말예요. 그러니 회사에서 시키는 각종 연기 트레이닝이나 발성 수업에서 항상 꼴찌였어요. 그래도 내 수준에 불과한 친구들이 하나둘씩 TV에 나가고, 단역이라도 영화에 출연하는 것을 보니 조금씩 욕심이 나더군요. 그러다 깨달았어요. 여기는 그냥 실력만으로 통하는 세계가 아니구나. 그런 낌새를 눈치채고, 어느 날 로드 한 명이 제안을 하더군요. 내일 저녁에 누구 접대할 일이 있는데 함께 가지 않겠냐? 방송국에서 실세로 알려진 국장님이다."

"뻔한 스토리군."

"일단 이런 쪽으로 풀리자 별별 일이 다 들어오더군요. 점차 망가져갔죠. 고등학교를 졸업하고 나니 아예 본격적으로 이런 일에 동원되었어요. 도망가지 못하게 마약도 주사하고, 섹스 비디오도 찍고…. 악몽이었죠. 그러다 지미가 나타난 거예요. 우연히 누굴 접대하는 자리에서 만났는데,

날 보더니 이렇게 말하는 거예요. 널 보니 죽은 내 조카 생각이 난다."

"그게 무슨 말이지?"

"지금까지도 그게 무슨 뜻인지 모르겠어요. 한 번도 자기 이야기를 한 적이 없으니 말이죠. 그 이후 김만수가 피살되고, 기획사는 해체되었죠. 그런 나를 데려다가 본격적인 프로페셔널로 만든 게 지미예요."

"은인도 되고, 원수도 되고…. 그런 사이군."

"보호자 역할도 하고, 어떨 땐 부모님보다 더 엄할 때도 있었어요. 그러다 창녀처럼 마구 다루기도 하고. 정말 종잡을 수 없는 인간이에요."

"그래도 용서할 수 없어."

"그래요. 마찬가지예요."

"근데 왜 도망치지 않았지? 김만수가 죽었으면, 어쨌든 자유를 얻은 거잖아."

"섹스 비디오."

"섹스 비디오라니?"

"약에 취해서 김만수와 섹스를 했어요. 아니, 강간당했죠. 지미가 무슨 수를 썼는지, 그 증거를 갖고 있었어요. 이것을 인터넷에 풀겠다고 협박하더군요."

잠시 침묵이 감돌았다. 어느 정도 반신욕을 하다 보니 온몸이 노곤해졌다.

"이런 이야기는 처음 해요. 그냥 마음속에 꽁꽁 감춰뒀죠. 그런데 막상 뱉어버리고 나니 홀가분하네요."

살짝 미소짓던 그녀가 천천히 몸을 움직여 그에게 다가왔다. 그리고 그의 품에 안기다가 입술을 맞춰왔다. 그도 그 키스를 받아들였다. 점차 뜨거워졌다. 너무나 탐닉한 나머지 숨이 넘어갈 정도였다. 잠시 키스를 멈추고 가쁜 숨을 몰아쉴 정도였으니까.

"언젠가는 남미로 간다고 했잖아요? 정말이에요. 거기서 혼자 살 거예요. 사람도 없고, 문명도 없는 그런 곳에서 말이죠."

"과연 그런 곳이 있을까?"

"우수아이아. 세상의 끝. 거기서 삼바를 추는 사람들을 그리면서 살고 싶어요."

"그렇군."

천천히 그녀가 일어났다. 정민도 따라서 일어났다.

"오늘은 도망가면 안 돼요."

의미심장한 눈길로 그를 쏘아보며 그녀가 말했다.

"도망갈 데가 어디에 있다고?"

정민이 웃으며 말했다.

15

입국 심사를 마치자마자, 미숙은 빠르게 공항을 빠져나갔다. 이른 아침이라 승객은 많지 않았다. 반대로 출국하려는 사람들이 길게 줄을 선 상황이었다. 덕분에 아무 택시나 쉽게 잡을 수 있었다. 일단 정민의 숙소로 행선지를 향했다.

러시아워 타임에 걸려서 도로가 꽉 막혔다. 가는 쪽도, 오는 쪽도 모두 제자리걸음이었다. 속은 새까맣게 타들어 가는데, 도로 상황은 이쪽 사정을 봐주지 않았다. 대체 내가 왜 이러는 걸까? 고작 전단지 한 장을 갖고 이렇게까지 난리를 쳐도 되는가?

갑자기 이 모든 일이 허망하게 느껴졌다. 대체 이게 뭐 하는 노릇이람. 괜한 걱정으로 여기까지 와버린 것은 아닐까? 그녀는 고개를 절레절레 흔들었다.

아마 숙소에 가면 소파에 나른하게 파묻혀 책을 읽고 있는 정민이 나타날 것이다. 아니면 진지하게 학교 연구실에서 논문을 쓰고 있을지도 모르고. 스가노 교수와 무슨 토론을 하고 있을지도 모르지. 아마 뭔가 바빠서 내게 답장하는 것을 깜빡할 수도 있다.

그런 쪽으로 해석하고 싶지만, 핸드백 속에 숨겨져있는 저 전단지는 도무지 설명할 길이 없다. 물론 전단지와 남편의 연락 두절이 무슨 관계가 있을 리는 없다. 세상에 그런 일은 있을 수 없다. 우연도 그런 우연은 있을 수 없다.

하지만 또 모른다. 세상에는 그런 우연이 필연처럼 발생할 수도 있다. 행여 일어날 수 있는 난관이나 문제는 미리미리 제거해야 한다. 솔직히 지금도 아슬아슬하지 않은가?

이렇게 혼자 고민하는 사이, 택시는 느릿느릿 숙소 앞에 멈췄다. 그녀는 계산을 마치고 빠르게 계단을 올라갔다. 마침 안에서 세탁기 돌아가는 소리가 들렸다. 순간 자기도 모르게 웃고 말았다. 그래, 아무 일도 없잖아. 느긋한 일상의 풍경이 그녀 눈앞에 어른거렸다.

하지만 그 소음 속에 섞인 어느 여자의 흥얼거림은 대체 뭐란 말인가? 무슨 일본의 유행가를 콧노래로 부르는 모양이다. 혹시 다른 곳에서 나오는 소리는 아닐까?

다급하게 초인종을 눌렀다. 하지만 응답이 없었다. 재차 눌렀다. 그래도 답이 없었다. 아마 세탁기 소리에 묻힌 모양이다. 하는 수 없이 문을 세게 탕탕 두드렸다. 당장이라도 문짝을 부술 듯한 기세였다.

그 때문일까? 잠시 후, 자물쇠 돌리는 소리와 함께 문이 열렸다. 짧은 핫팬츠를 입고, 한쪽 눈두덩이가 퍼렇게 멍든 여자아이가 나타났다. 나이는 대학생 정도? 왜 이런 여학생이 남편 집에? 미숙은 그녀를 제치고 얼른 안으로 들어갔다.

빠르게 거실과 침실 그리고 화장실을 뒤졌지만, 정민은 없었다. 갑자기 온몸에서 힘이 빠졌다. 힘없이 식탁 앞에 앉았다.

"누구세요?"

의아한 표정으로 다가와 에리카가 물었다.

"찬물 있어?"

차갑게 그녀가 말했다. 잠시 머뭇거리다 그녀의 기세에 눌려 에리카가 냉장고 문을 열고 차가운 생수를 꺼내 컵에 따랐다. 컵을 건네자마자 단숨에 그녀가 들이켰다. 그리고 주위를 둘러봤다. 베란다에 설치된 빨래 건조대에 정민의 옷가지와 더불어 젊은 여자의 속옷이 보였다. 놀랍게도 빅토리아 시크릿 속옷 세트도 걸려있었다.

"대체 누구세요?"

이제는 에리카가 화가 나서 말했다.

"그건 내가 물을 말이야. 너는 누구야?"

"그걸 왜 물어요? 당신 정체부터 밝혀요."

"아내다."

"예?"

"이곳 주인의 아내란 말야. 그런 넌 누구냐?"

그 말에 에리카가 엉거주춤, 당황한 빛이 되었다.

"넌 누구냐고?"

"학생이에요."

잠시 주저하다가 에리카가 말했다.

"학생이 여기 왜 있어?"

"교수님을 도우려고요."

잠시 미숙이 허탈하게 웃고 말았다.

"여기서 내 남편과 동거하고 있니?"

"…."

"저 속옷의 주인이 누군지 한 번이라도 생각해봤어?"

미숙이 빅토리아 시크릿을 가리키며 말했다.

"죄…. 죄송해요. 너무 예뻐서 가끔 입어봤어요. 그게 다예요."

"얼마나 됐어?"

"네?"

"동거한 지 얼마나 됐냐고?"

"동거라뇨? 당치도 않아요. 가끔 여기에 와서 선생님을 챙겼을 뿐이에요. 제가 수호천사거든요."

"뭐라고? 수호천사?"

"너무 닦달하지 말아요. 제가 아니었으면, 선생님은 큰 화를 입을 수도 있었어요."

"그건 또 무슨 말이야?"

"말할 수 없어요."

"뭐라고?"

"이제 아무것도 묻지 말아요. 더 이상 할 말이 없어요."

"대단하구나, 너."

잠시 미숙은 현기증을 느꼈다. 그러자 에리카가 다시 찬물을 준비했다. 이번에는 천천히 마셨다.

"내 남편 어디에 있어?"

"그게 글쎄…. 나도 잘 몰라요."

"동거하면서 그런 것도 몰라?"

"동거가 아니라니까요."

"아무튼 수호천사라며? 그럼 내 남편이 어디 있는지 알 것 아냐?"

"어제까진 함께 있었는데, 밤에 사라졌어요."

"무슨 말이야, 그게?"

"아무튼 그래요. 자세한 거 묻지 말아요."

"지금 사람이 실종되었는데, 자세한 것을 묻지 말라니, 지금 제정신이야?"

"제정신이니까 그렇게 말하는 거예요."

"아니, 얘가 점점…?"

"난 미치지 않았어요. 흥분은 그쪽에서 한 것 같은데, 일단 진정해요. 그리고 내 말을 똑똑히 새겨들어요."

에리카가 표정을 바꾸며 말했다. 미숙은 뭔가가 자꾸 속에서 끓었다. 하지만 일단 화를 참고 에리카를 바라봤다.

"지금 교수님은 몹시 곤란한 상황에 처했어요. 이것은 아줌마가 나선다고 해결될 일이 아녜요. 경찰은 더더욱 아니고요. 경찰한테 연락하면 사태만 악화시킬 뿐이에요. 무슨 뜻인지 알아요?"

"잘 모르겠는데?"

미숙은 점점 더 미궁에 빠지는 느낌이었다. 대체 남편이란 작자가 도쿄에서 무슨 일을 하고 다녔단 말인가?

"몰라도 하는 수 없어요. 일일이 설명하고 싶지 않으니까. 하지만 진짜 남편 걱정이 되면 지금 당장 한국으로 돌아가요. 여기서 본 것, 나와 만났던 것 아니 도쿄에 온 것 자체를 잊어버리고 그냥 집에서 지내요. 때가 되면 남편 분은 돌아갈 거예요. 그럼 아무런 일도 없다는 듯 다시 예전으로 돌아갈 수 있어요. 무슨 뜻인지 알겠어요?"

"지금 무슨 말 같지 않은 소리야?"

그러자 에리카가 한심한 표정이 되었다.

"교수님이 그렇게 방황한 것, 이제 이해가 되네요."

"뭐라고?"

"대체 한국 여자들은 왜 그런 거예요? 뭘 그렇게 세세하게 알아야 하는 거죠? 남편이 잠깐이라도 숨을 쉴 수 있게 해줄 수 없나요?"

가만히 자리에서 일어나 가방을 챙기며 에리카가 말했다.

"바보예요, 당신은. 나름 똑똑하다고 생각하지만 정말 바보예요."

그리고는 휙 나가버렸다. 순간 한 대 맞은 듯, 그녀는 멍한 상태가 되어버렸다.

16

정민과 주희는 낮 12시 정도가 되어서야 눈을 떴다. 이미 체크 아웃 타임을 지났다. 일본은 어느 숙소든 대개 아침 10시를 데드라인으로 두고 있다. 그 이상 지체하면 페널티를 물린다. 하지만 지금 당장 어디 갈 곳이 없다. 일단 하루 더 연장 신청을 하고, 아침 식사 서비스를 뒤늦게나마 받았다. 원래는 가능하지 않지만, 이쪽에서도 할 말은 있다. 지난밤에 너무 늦게 들어온 탓에 원래 포함되어있는 저녁 식사 서비스를 건너뛰지 않았는가? 아침 정도는 이렇게 점심시간에 제공받아도 되는 것 아닌가? 다행히 인심이 좋은 주인 덕분에 제대로 된 상을 받을 수 있었다.

알몸에 달랑 가운 하나만 걸친 채, 방 한가운데에 놓인 탁자에 차려진 정성스런 요리를 대면했다. 생선구이와 계란찜, 각종 쓰케모노 등이 보기 좋게 배치되었다. 갑자기 허기가 물밀 듯이 밀려왔다. 두 사람은 허겁지겁 식사에 몰두했다.

생각해보면 정말 격한 밤이었다. 상상 이상으로 두 사람의 궁합은 완벽했다. 두 번째 정사부터 마치 오랜 기간 알아온 것처럼 요소요소를 제대로 공략했고, 페이스를 조절해가며, 함께 절정에 올랐다. 섹스가 이렇게 재미있고, 흥미진진한 것인지 처음 아는 사람들처럼 탐사를 멈추지 않았다. 인간에게 주어진 모든 쾌락과 관능과 열정이 이날 하룻밤에 완벽하게 허락된 것 같았다. 덕분에 세 번째 정사 후에는 정말 기진맥진, 혼절한 것처럼 잠에 빠져들었다.

"이제 어떻게 하죠?"

식사를 하다 말고, 문득 주희가 한 마디 던졌다.

"글쎄…."

정민도 아무 생각이 없었다. 그냥 이 순간이 지속되었으면 하는 바람뿐이었다.

"일단 여기서 며칠 지내며 생각해보지."

"한 달이건 두 달이건 상관없어요. 당신만 곁에 있으면 돼요. 하지만…."

그녀가 말끝을 흐렸다. 그도 더 이상 할 말이 없었다.

식사가 끝나고, 상을 물린 다음, 두 사람은 다시 목욕을 했다. 함께 탕에 들어가 껴안은 상태에서 멍하니 바깥 풍경을 바라봤다. 깊은 산중에 위치한 덕에 주변에 보이는 것이라곤 온통 눈에 덮인 나무와 풀과 온천뿐이었다. 공기 하나는 폐를 청소할 정도로 맑았고, 적절하게 차가운 기운이 오히려 정신을 가다듬게 했다. 손님이 별로 없는 듯 사방이 적막하기만 했다. 마치 두 사람만이 이 세상에 달랑 남은 것 같았다.

"정말 묻고 싶은 게 하나 있었는데…."

조심스럽게 주희가 말했다.

"혹시 인화가 누구죠? 정말로 날 닮았어요?"

정민은 주저했다. 그냥 멍하니 풍경만 바라볼 뿐이었다.

"말하고 싶지 않으면, 안 해도 돼요. 어쨌든 나는 인화가 아니니까."

"맞아. 주희는 주희야. 절대 다른 누구가 아니지."

"그래도 인화라는 분과 통하는 면은 있죠?"

"실은 어릴 적부터 좋아했던 친구였어."

"그렇군요."

"어릴 때 어머님 때문에 교회를 가게 되었지. 초등학교에 들어갈 때부터 다녔어. 그때부터 인화를 알게 되었고. 실은 목사님 딸이었어. 교회에 자주 가게 된 것도 오로지 그녀를 보기 위함이었어."

"짝사랑?"

"그런 셈이지."

"그런데요?"

"중3 때였어. 그해 가을에 교회에서 큰 행사가 있었지. 일종의 시화전 내지 페스티벌이라고나 할까? 그때 나는 피아노를 배우고 있었어. 처음으로 대중 앞에서 뭐 하나를 치기로 했지. 아마 〈아드리느를 위한 발라드〉였을 거야. 나름대로 준비는 많이 했어. 매일 밤마다 몇 시간씩 연습했으니까."

"처음 듣는 곡이에요."

"그럴 거야. 아무튼 행사 당일, 너무 긴장한 나머지 완전히 망치고 말았어. 사방에서 야유와 비웃음이 쏟아졌지. 정말 죽고만 싶었어. 하지만 인화만은 감동한 표정이었어. 날 바라보며 살짝 눈물짓고 있더라고."

"멋져요, 정말."

"만일 그때 정식으로 프로포즈 했으면, 인화와 좋은 친구나 연인 사이가 되었을 거야. 하지만 나는 부끄러웠지. 더구나 그렇게 좋아했던 인화 앞에서 행한 연주였는데. 그때부터 피아노를 포기한 거야."

"그런 일이 있었군요. 그게 단가요?"

"그러다가 고교 2학년 때, 잊고 싶은 일이 벌어졌어. 그때까지도 나는 인화 주변을 맴돌았어. 혹 기회가 되면 다시 접근하고 싶었지. 하지만 그녀는 변해 있었어. 아니, 누군가에 의해 망가진 상태였지."

"그 누군가가…. 깡패?"

"그런 부류야. 그 친구한테 강간을 당하고 나서 애가 변했어. 옷차림도 바뀌었고, 눈빛도 변했어. 그래도 계속 교회를 다녔지. 그 자식하고. 아무 데서나 진한 애정 표현을 하는가 하면, 교회 뒤쪽에 가서 정사도 벌였던 거야. 하루는 내가 있는 줄 알고도 그런 짓을 하더군. 바로 고2 때였지. 그때 정말 어찌할 바를 몰랐어. 심장이 마구 뛰고, 다리가 후들거리고…. 그래도 남자와 그 짓거리를 하는 인화를 보면서 강하게 흥분했어. 정말 그런 내가 추하고, 창피하고 또 혐오스러웠지."

"어렸잖아요, 그때."

"나중에 생각해보면, 그때 그녀는 내게 구조 신호를 보냈던 것 같아. 일부러 그런 상황을 연출하면서 내가 다가오기를 바랐던 거지. 그런 생각이 들어."

"그다음에 어떻게 되었죠?"

"그 사건 이후 교회에 발길을 끊었어. 더 이상 인화가 보고 싶지도 않았고, 믿지도 않는 신을 찾고 싶은 생각도 없어졌어. 몇 년 후, 우연히 누군가에게 들었는데, 인화가 자살을 했다는 거야. 고3 무렵에 말야. 정말 후회가 되었지. 그때 내가 나섰더라면 그렇게까지 상황이 악화되지는 않았을 거야."

"그래서 복싱을 배웠고, 누군가를 강렬하게 미워했군요."

"그래. 그런 셈이야."

"안 됐네요, 정말."

"잊어야지. 이제 잊어야지."

두 사람은 포옹을 풀고, 다시 침실로 향했다.

"우선 짐부터 찾지."

뭔가 마음을 정리한 듯 그가 말했다.

"어떻게요?"

그녀가 의아한 듯 물었다.

"디지가 있잖아."

"아하…."

"디지에게 부탁하지. 짐 속에 여권이 있을 것 아냐. 여권부터 확보하자구."

"좋은 생각이네요."

"진짜 남미에 가고 싶어?"

문득 한 마디 던졌다. 대답 대신 그녀가 가볍게 고개를 끄덕였다. 그리고는 그의 손을 꽉 움켜쥐었다. 순간 그는 가슴이 답답했다.

"함께 갈 수 없으면…. 나중에 와도 돼요. 기다릴게요."

"…."

"돈 걱정은 마요. 악착같이 모았으니까. 우리 둘이 아무 일도 안 해도 먹고 살 정도는 있어요."

"돈 문제가 아니라…."

"아내 때문이군요?"

"아내, 아이, 교수라는 직업, 사회적 위치…. 물론 다 포기할 수도 있어. 일단 지금은 나랑 이렇게 며칠이고 지내자. 그사이 남미에 가는 비행기 편도 알아보고, 구체적인 계획도 짜자고. 한 가지 확실한 것은 꼭 네 곁에 있을 거야. 너하고 잠깐이라도 떨어져 산다는 것은 도무지 상상할 수 없어. 지금은 그 생각뿐이야."

"고마워요."

가볍게 그녀가 키스해왔다. 두 사람은 한동안 키스에 몰두했다. 이윽고 그녀를 떼어내고 그가 말했다.

"일단 정리는 확실하게 해두고 싶어. 지미라는 작자와 해결을 봐야 돼. 무슨 해코지를 하지 않겠냐고. 물론 무섭지 않아. 그깟 녀석 완력으로 제압하는 것은 일도 아냐. 그보다는 좀 스마트하게 처리하고 싶어. 사실 아내 쪽 집안이 든든한 편이야. 그쪽 라인을 이용하면 별문제는 없을 것 같아. 아무튼 그런 자식을 처리하려면 시간이 걸려. 1년이 될지, 2년이 될지 모르지. 이것을 확실히 해야만 내가 자기한테 넘어갈 수 있어. 물론 동시에 내 신변 정리도 해야겠지. 이렇게 하자. 우선 먼저 가서 자리를 잡아. 그다음 서로 연락을 주고받자고. 최대한 빨리 지미 녀석을 처리한 다음, 정식으로 이혼하고 그쪽으로 갈게."

"당신 하라는 대로 할게요."

"내 계획에 동의하는 거야, 그럼?"

"당연하죠."

"그럼 호텔에 먼저 전화해. 디지라는 사람이 체크아웃하고, 물건을 빼낼 거라고. 그사이 난 디지에게 연락해둘게."

두 사람은 탕에서 나와 수건으로 몸을 닦은 후, 다시 가운을 걸쳤다.

그리고 각자 핸드폰을 꺼내서 호텔과 디지에게 각각 연락했다. 아내가 여러 번 전화한 기록이 보였지만, 그는 무시했다. 다행히 디지가 흔쾌히 돕기로 했으므로, 그가 짐을 갖고 이쪽으로 오는 것만 기다리면 되었다. 아마 저녁 무렵에는 이쪽에 올 것이다. 디지가 안내한 온천이라, 여기까지 오는 데 아무 문제가 없을 것이다.

"잘됐어요. 처음으로 해방된 기분을 느껴요."

주희가 활짝 미소지으며 말했다.

"당신을 만나서 기뻐. 왜 지금까지 살아왔는지 그 이유를 찾은 것 같아."

"너무 과장이 심한 것 아니에요?"

가볍게 그녀가 눈을 흘겼다. 그 모습이 너무나 매혹적이었다.

"디지가 오려면 시간이 남는데, 뭐 하면서 기다릴까?"

그의 말에 그녀가 가볍게 미소지었다.

"이미 결심한 것 같은데요?"

어느새 발기한 성기를 만지며 그녀가 말했다. 두 사람은 허겁지겁 가운을 벗어 던지고 다시 깊은 포옹을 시작했다.

17

거의 절망적인 심정으로 미숙은 디지를 찾아갔다. 사실 연락처를 알면 쉽게 찾을 수 있었지만, 가진 정보가 없었다. 그냥 자포자기의 심정으로 한때 디지가 일했던 재즈 카페 〈알피〉를 찾은 것이다. 대개 이런 쪽 일하는 사람들은 자신들만의 아지트가 있다. 디지에게는 이곳인 것 같았다. 그가 사는 곳이나 낮 시간에 뭘 하는지 알 길이 없으니, 그냥 무턱대고 이곳을 찾은 것이다.

하지만 놀랍게도 입구에서 디지를 맞닥트렸다. 엘리베이터 문이 열리고, 마치 기다렸던 것처럼 디지가 나왔던 것이다. 그녀는 거의 울 것 같은 심정으로 그에게 달려갔다. 마치 구세주라도 만난 듯했다. 그 역시 상당히 놀란 표정이었다.

"아, 안녕하세요…? 어떻게 여길…?"

"긴히 상의할 일이 있어서 왔어요. 설마 했는데 이렇게 만나게 되는군요."

"무슨 일로…."

디지가 당황한 기색이 역력했다. 그녀는 뭔가 감이 왔다. 강하게 밀어붙이기로 결심했다.

"정민 씨가 연락이 안 돼요. 아마 실종된 것 같아요. 그래서 도움을 받으려고요."

"교수님이 실종되었다고요?"

"네."

"글쎄요…. 그럴 리가 있나요?"

여전히 그가 애매하게 말했다. 그 태도에서 그녀는 뭔가 확신을 얻었다. 얼른 핸드백에서 전단지를 꺼내 그에게 보여줬다.

"지금 이 여자랑 있죠?"

"네?"

"다 알고 있어요."

"…."

"지금 나한테 털어놓는 게 좋아요. 나중에 무슨 일 생기면 그쪽에서 책임질 거예요?"

"…."

디지는 계속 갈등했다. 사실 정민의 전화가 느닷없기는 했다. 갑자기 쇼코의 짐을 빼달라니, 대체 무슨 뜻인가? 게다가 그 장소가 자신이 예전에 안내했던 하코네의 온천이 아닌가. 그렇다면 문제의 여자와 함께 있는 게 명확했다. 왜 둘은 그런 곳에 함께 있을까? 그리고 갑자기 이쪽 호텔을 체크 아웃? 뭐가 어떻게 돌아가는 건지 도무지 짐작할 수 없었다. 그게 궁금해서라도 그는 정민의 제안을 받아들였던 것이다.

그런데 지금 불쑥 미숙까지 나타났다. 그녀의 눈치를 봐서, 상황이 정말 묘하게 돌아가는 듯했다. 자칫 발을 잘못 내디뎠다간 큰 봉변을 당할 수도 있다. 그래. 적당한 시점에서 빠지자. 이렇게 결심한 디지가 고개를 끄덕이며 알았다는 신호를 보냈다.

"함께 가시죠. 교수님이 어디에 있는지 압니다."

그때야 그녀는 마음이 놓였다. 드디어 남편이 어디에 있는지 알아낸 것이다.

"하지만 잠깐 들릴 데가 있어요."

그러면서 디지가 자신의 승용차로 그녀를 안내했다. 이윽고 하얏트를 향해 출발했다. 가는 도중 미숙은 세세한 내용을 캐묻지 않았다. 오히려 혼자서 많은 생각에 빠졌다. 디지로서는 그편이 나았다. 최대한 자신은 개입하지 않아야 한다.

일단 하얏트 지하 주차장에 차를 세운 다음, 두 사람은 빠르게 내렸다. 일단 로비로 갔다. 디지가 리셉션에 가서 스탭에게 자신을 증명했다. 그러자 방 호수와 카드 키가 나왔다. 종업원이 따라붙으려 했지만, 그가 한사코 사양했다.

두 사람은 다시 엘리베이터를 타고, 방으로 향했다. 대낮에 남녀 둘이 호텔에 투숙하는 듯한 모습이어서 약간 쑥스럽기는 했다. 하지만 그런 부분에 신경 쓸 상황이 아니었다. 조심스럽게 복도를 가로질러, 해당 호수에 카드 키를 대니 방문이 열렸다.

정말 내부가 난장판이었다. 바닥에는 결박에 사용된 로프와 마스크 등이 어질러 있었고, 저 멀리 배트도 나뒹굴고 있었다. 핏자국도 보였다. 그야말로 살풍경했다.

난생처음 보는 광경에 가볍게 미숙이 입을 막았다. 각오는 했지만, 이 정도일지는 몰랐다. 대체 남편은 어떤 곤경에 처했단 말인가? 깊이 관여하지 말라고 경고했던 저 여학생의 얼굴이 갑자기 떠올랐다. 순간 몸이 가볍게 떨렸다. 디지도 마찬가지. 뭔가 기분나쁜 기운이 방안에 가득했다. 괜히 이런 일에 관여했다고 가벼운 후회가 밀려왔다.

일단 짐을 찾아 꼼꼼하게 캐리어에 넣었다. 옷이며 구두, 화장품 등 뭐 하나도 놓치지 않았다. 전화상으로 당부했던 여권도 꼭 챙겼고, 심지어 치약과 칫솔까지 잊지 않았다. 그사이 미숙은 넋을 잃고 멍하니 소파에 앉아있었다. 충격을 단단히 받은 것 같았다.

이윽고 디지가 짐을 다 꾸렸다. 미숙이 힘없이 일어나서 디지와 함께 문밖을 나서니 복도에 두 개의 그림자가 보였다. 자세히 보니, 한쪽 귀를 붕대로 감싼 지미와 꽤 덩치가 큰 사내 하나였다. 둘 다 얼굴 여기저기에 반창고가 붙어있었다. 그 부분이 좀 코믹한 이미지를 연출했다. 하지만 좀 전에 본 살풍경한 이미지가 그대로 두 사람에게 오버랩이 되어, 바로 가슴을 철렁하게 만들었다.

한데 미숙과 지미가 서로 쏘아보는 모양이 특별했다. 둘은 아무 말도 안 했지만, 서로 강렬한 적의를 드러내고 있었다.

“지금 쇼코한테 가고 있지?”

지미가 다 안다는 표정으로 말했다. 디지는 아무 대꾸도 못 했다. 순간 지미가 상의 호주머니를 잠깐 열었다. 그 속에 작은 피스톨이 숨겨져 있었다. 디지와 미숙은 주춤했다. 피스톨이라면 이야기는 달라진다.

"함께 가지. 아주 즐거운 파티가 될 것 같군."

잔인하게 지미가 웃었다.

결국 네 사람이 디지의 승용차에 올라탔다. 디지가 운전을 하고, 그 옆에 미숙이 앉았다. 지미와 덩치는 뒷좌석에 앉았다. 무거운 침묵이 좁은 공간을 더욱 답답하게 만들었다. 문득 지미가 한 마디 던졌다.

"우리는 모두 운명의 노예야. 아무리 발버둥 쳐도 소용없어."

18

오후 4시가 지났는데도, 정민과 주희는 여전히 알몸 차림이었다. 점심을 먹고, 한 차례 뜨거운 정사를 나눈 후, 잠시 목욕을 하고 자리에 드러누웠다. 두어 시간 자고 나니, 몸과 마음이 무척 상쾌했다. 그녀는 한시라도 떨어지지 않으려는 듯, 그의 품에 파고든 채 쌔근쌔근 잠들어있었다.

문득 그는 그녀를 바라봤다. 완벽했다. 모든 면에서 그의 상상과 욕망과 기대를 만족시켰다. 세상을 살면서 이런 파트너를 만날 수 있다는 것 자체가 행운이 아닌가? 잃어버린 반쪽을 찾아 헤매는 동그라미 이야기를 떠올리지 않더라도, 그녀의 존재 자체가 그에게 어떤 완벽성과 일체감과 해탈을 선사했다.

고대 종교에서는 섹스를 매우 신성시 여겨서, 신과 조우하는 것으로 해석했다. 접신한다고 본 것이다. 섹스가 종교의 차원이 될 수 있다는 것을 정민은 이제야 이해할 수 있었다. 또 그것이 자신의 삶에 어떤 의미를 갖고 있는지 비로소 이해하게 되었다.

"일어났어요?"

잠시 몸을 뒤척이더니 그녀가 눈을 떴다. 창밖의 햇살을 받아, 그 눈동자가 더없이 밝고 영롱하게 빛났다.

"아름다워. 세상 그 무엇보다."

그는 진심이었다.

"알고 있어요."

가볍게 그녀가 웃었다.

"우리 미쳤나 봐요."

그의 가슴을 가볍게 쓰다듬으며 그녀가 말했다.

"이렇게 말해서 뭐하지만…. 당신과 섹스하면서 처음으로 절정을 느꼈어요. 정말이에요. 이렇게 섹스가 좋고, 훌륭한 것인지 처음 알았어요."

"나도 마찬가지야."

"만일 우리가 함께 지낸다면…. 별다른 오락거리가 필요없을 것 같아요."

"그럼. TV도 PC도 게임기도 다 필요없어. 오로지 체력만 필요하지."

"어차피 남미에 가면 고기만 먹잖아요. 그럼 충분하지 않을까요?"

"아무 할 일도 없으니 낮에는 운동하고, 밤에는 섹스하고, 중간중간에 고기 먹고, 오로지 섹스를 위해 살아도 되지. 그냥 본능에만 충실하는 거야."

"남들이 우리를 보고 짐승이라고 하지 않을까요?"

잠시 두 사람이 웃었다.

"문명에서 멀어질수록 사람들은 본능에 더 기대는 것 같아. 그런데 말야, 생각이 단순하고, 삶이 심플하면, 성욕이나 성력은 더 증가해. 스트레스가 많고, 과로할 경우 발기 자체가 안되는 것과 같은 이치지."

그는 다시 그녀의 온몸을 손가락으로 훑었다. 완벽한 허리 라인을 지나 제법 풍만한 엉덩이가 느껴졌다. 아무리 마셔도 해갈이 되지 않는다. 아무리 탐구해도 여전히 미스터리하다. 그녀도 가만히 그의 성기를 매만졌다. 풀이 죽어있었지만, 그녀의 터치가 그 나름대로 쾌락을 전해줬다. 조금씩 반응하려고 하자 그녀가 얼른 손을 떼어냈다.

"오늘은 참죠. 우리 죽을지도 몰라요."

"그래. 그럴 수도 있어."

두 사람은 천천히 옷을 찾아서 입었다. 한동안 알몸으로 지내다 보니 옷 입는 것 자체가 생경할 정도였다.

"우리 두 사람이 함께 살면 옷값도 절약되겠네요. 그렇죠?"

"이래저래 돈 들 일은 없겠어."

"근데 언제 온다고 했죠?"

"곧 올 거야. 요 앞에 도착하면 문자한다고 했거든."

"당분간 여기에 더 있을까요?"

"일단 비행기표 예약부터 하고. 날짜 잡히는 것에 따라 결정하자고."

"계속 여기에 있고 싶어요."

"나도 그렇고 싶어. 하지만 일단 여기서 벗어나야 해. 나리타 공항 가까운 데가 좋을 거야. 그편이 안심이 돼. 좀 서두를 필요도 있어. 나도 빨리 귀국해서 뒷정리를 해야 하니까."

그는 핸드폰을 집어서 바라봤다. 여전히 아내의 발신 정보가 보였다. 시간을 보니 어젯밤을 끝으로 더 이상의 시도는 없었다. 찜찜하긴 했지만, 지금 통화하고 싶지는 않았다. 그냥 모든 게 귀찮고, 하찮을 뿐이었다. 어떻게 이런 여자와 10년을 살았는지 생각할수록 신기했다.

"우수아이아에 도착하면 엽서를 보낼게요. 그곳 우체국에서 삼바 춤을 추는 무희가 그려진 엽서를 보낼 테니, 그럼 알아서 찾아와요."

"우수아이아의 우체국에 당신 주소를 남길 작정이군."

"아무 메시지도 없을 거예요. 그냥 키스 마크 정도?"

"그래. 그편이 좋아. 흔적을 남길 필요가 없지."

"벌써부터 기대가 되어요."

그녀가 배시시 웃었다. 두 사람은 다시 껴안고 깊은 키스를 나눴다. 정말 잠시라도 떨어지고 싶지 않았다.

이윽고 옷을 입은 후, 두 사람은 탁자에 마주 앉아 커피를 마셨다. 드립 세트가 준비되어있어서, 그가 시간을 들여 꼼꼼히 만들었다. 한 잔 맛을 본 그녀가 가볍게 탄성을 질렀다.

"우수아이아에서 커피숍을 해도 되겠어요."

"그 정도인가?"

"그럼요."

"괜히 추켜세우지 마."

"커피 맛 정도는 저도 잘 알아요. 도쿄나 서울의 어지간한 명소는 다 가봤어요. 그 기준으로 놓고 봐도 훌륭해요. 절대 과장이 아니에요."

"괜히 우쭐해지는군."

"자부심을 가져도 좋아요."

"뭔가 먹고 살 기술이 있다니 아무튼 기쁘군."

"왜 이제야 우리가 만났을까요?"

문득 그녀가 그를 바라보며 말했다.

"운명이라는 생각이 들어."

깊은 한숨을 쉬며 그가 말했다.

"바로 여기서부터 시작한 것 같아. 그리고 전단지를 보고 당신을 알게 되었고, 우연히 위너스를 찾게 되고…. 그러다 디지를 통해 운전기사까지

한 것을 보면, 흡사 뭐에 홀린 것 같아."

"세상에는 우연이 없는 모양이죠?"

"모든 게 다 필연이라 생각하진 않지만, 어떤 일은 꼭 그런 식으로 전개되도록 예정되어있는 것 같아."

"그럼 우리가 남미에서 함께 사는 것도 예정된 수순일까요?"

"최선을 다해야지. 운명만 믿을 순 없잖아. 안 그래?"

"그야 그렇지만…."

그녀가 말끝을 흐렸다. 그도 더 이상 덧붙이지 않고 천천히 음미하듯 커피를 마셨다. 이렇게 시간을 보내는 사이 핸드폰에서 문자가 떴다.

"왔네."

하지만 그녀는 멍하니 자리에 앉아있을 뿐이었다. 문으로 향하던 그가 의아해서 돌아봤다. 그녀는 가볍게 눈물을 흘리고 있었다.

"실감나지 않네요. 지금부터 내가 자유라는 게…."

그는 다시 그녀에게 다가와 꼭 안아주었다. 그녀는 가볍게 그의 품에서 흐느꼈다.

19

주차장에 차가 별로 없어서, 정민은 디지의 승용차를 금세 찾을 수 있었다. 하긴 주차장이라고 해봐야 숲으로 둘러싸인 작은 공터고, 네다섯 대 정도의 차량만 주차할 수 있었다. 온천 자체가 꽤 높은 산 중턱에 위치해 있고, 그 밑에 주차장이 있어서 정민의 위치에서는 그곳의 전경이 한눈에 들어온다. 지금은 디지의 승용차 외에 다른 차량이 하나만 보였다.

정민과 주희를 발견한 디지가 운전석에 나와서 손을 흔들었다. 둘은 얼른 주차장으로 내려가 디지를 환영했다.

"고맙네. 바쁠 텐데 말야…."

정민이 멋쩍게 말했다.

"뭘요…. 이런 일 갖고…."

디지가 웃는 표정이 왠지 어색했다. 그게 뭔지 모르게 떨떠름한 기분을 주었다.

그사이 주희가 뒷좌석에서 캐리어를 찾아냈다. 얼른 지퍼를 여니 안에 여권이 있었다. 하나가 아니라 여러 개였다. 황급히 그것들을 품에 넣었다. 오로지 여권만 찾으면 된다는 뜻이리라. 그리고는 돌아서서 디지를 향해 환하게 웃었다. 하지만 그것도 잠시. 그녀의 표정이 묘하게 일그러졌다. 아니 시간이 정지된 것처럼 그녀가 굳었다.

의아한 정민이 뒤를 돌아보니 미숙이 서 있었다. 그는 깜짝 놀라 그만 뒷걸음치고 말았다. 뭐라고 말조차 나오지 않았다. 이때 주희가 비명을 질렀다. 돌아보니 어느 틈에 왔는지 지미와 덩치가 그녀의 양팔을 붙들고 있었다. 놀란 정민이 달려가려는 찰나, 미숙이 뒤에서 붙잡았다.

"가만히 있어요."

미숙이 차갑게 주희를 쏘아보며 말했다.

"안 돼…. 안 돼!"

자기도 모르게 정민이 그녀를 밀쳤다. 그리고 지미에게 다가가는 순간, 그가 품에서 권총을 꺼냈다.

"죽고 싶어? 응?"

총을 보자 미숙이 얼른 정민을 가로막았다. 그녀가 대신 총알이라도 맞을 듯한 기세였다.

"미…. 미안해요."

디지가 고개를 떨구고 어쩔 수 없다는 듯 뒤로 발을 뺐다. 미숙에게 붙잡힌 정민은 꼼짝도 할 수 없었다. 주희는 거의 공황 상태에 빠진 듯 멍한 표정이었다. 신속하게 지미가 그녀를 뒷좌석에 앉히고, 자신은 조수석에 탔다. 그사이 덩치가 운전석에 앉았다. 그 녀석은 계속 정민을 죽일 듯이 쏘아봤지만, 별다른 액션을 취하지는 않았다.

"너무 나갔어, 교수님!"

차창을 열고, 지미가 정민을 쏘아보며 말했다.

"아내한테 감사해. 안 그랬으면…."

순간 자신의 손으로 목을 긋는 시늉을 했다. 그리고 싸늘하게 웃었다. 사람을 죽여 본 녀석만이 낼 수 있는 섬뜩하고, 냉랭한 미소였다. 순간 정민은 얼어붙고 말았다. 그렇다. 여기까지다. 더 이상 전진했다간 끝이다. 죽음이 바로 저 앞에 있다.

이윽고 차에 시동이 걸리고 천천히 출발했다. 정민과 미숙이 서 있는 곳을 지나 밑으로 내려갔다. 그사이 정민은 뒷좌석에 앉아있는 주희를 바라봤다. 그녀는 고개를 떨구고, 모든 것을 체념한 듯 괴로워하고 있었다. 정민 쪽은 쳐다보지도 않았다. 그리고 여전히 싸늘하게 미소짓는 지미의 얼굴이 확 나타났다가 사라졌다.

정민은 온몸이 힘이 빠져 그만 땅바닥에 털썩 주저앉고 말았다. 이 갑작스런 사태에 아무 일도 할 수 없다는 절망감이 엄습해왔다. 미숙은 아무 말도 하지 않고, 그냥 뒤에 서 있을 뿐이었다.

이때 저 멀리 차 안에서 주희의 비명이 들렸다. 아니, 큰 소리로 오열하고 있었다. 적막한 주변의 분위기를 잘라내는 듯한 고통스럽고, 절망적이고, 처절한 외침이었다. 정민은 자기도 모르게 벌떡 일어났다. 그리고 무작정 차를 향해 달려갔다. 미숙이 막았지만, 그냥 뿌리치고 차를 향해 내려갔다.

차 안에서 주희는 덩치를 향해 달려들고 있었다. 손톱으로 목덜미를 할퀴고, 입으로 닥치는 대로 물어뜯었다. 그녀는 완전히 광기에 휩싸여있었다. 야생 동물이 최후의 몸부림을 치는 것과 같았다. 당황한 지미가 만류했지만 오히려 손을 물어뜯기고 말았다. 덩치는 주희를 제어하려 고개를 돌려 손으로 막는 사이, 차량은 계속 이리저리 흔들렸다. 가까스로 좁은 길을 따라 어렵게 밑으로 내려가는 중이었다. 게다가 얇게 얼음이 끼어있어서 도로 사정도 엉망이었다.

순간 뭔가가 전면에 확 등장했다. 도깨비를 한 형상이 불쑥 튀어나온 것이다. 마치 지옥에서 바로 출몰한 듯했다.

"오니는 밖으로!"

엄청나게 큰 소리가 터져 나왔다.

그 바람에 덩치가 놀란 나머지 비명을 질렀다. 덕분에 운전대를 잘못 돌렸다. 순간 차량은 길을 벗어나 옆으로 갸우뚱했다. 그 밑으로 낭떠러지였다. 놀라서 다시 덩치가 비명을 지르며 핸들을 돌렸지만 이미 늦었다.

차량은 밑으로 추락해서 떼굴떼굴 한참이나 굴렀다. 그 뒤를 쫓던 정민이 멈춰서서 밑을 바라봤다. 저 멀리 전복이 되어 완전히 고철덩어리가 된 차량만 보일 뿐이었다. 게다가 갑자기 불길이 확 치솟았다. 검은 연기가 무시무시한 기세로 솟구쳐 올라왔다. 놀란 나머지 아무 말도 나오지 않았다. 그러다 옆을 보니 여전히 오니 가면을 쓴 에리카가 보였다.

"오니는 밖으로, 복은 안으로."

마치 주문을 외우듯 그녀가 중얼거렸다.

20

여전히 하네다 공항은 혼잡했다. 커피숍도 마찬가지여서, 10여 분을 기다렸다가 구석에 겨우 자리를 잡을 수 있었다. 정민은 미숙과 함께 귀국하는 중이었다. 이미 대략의 짐은 이삿짐센터를 통해 보냈으므로, 그에겐 작은 가방 하나 정도만 남았다. 미숙 역시 별다른 짐을 갖고 오지 않았으므로, 핸드백 하나면 충분했다. 디지는 계속 미안한 표정으로 정민을 살피고 있었다.

일단 전복된 차량이 디지의 소유였으므로, 정민과 미숙은 경찰의 수사망에서 제외시킬 수 있었다. 그냥 디지가 지미의 협박을 받아 하코네 온천에 숨어있던 주희를 만났던 것으로 둘러댈 수 있었다. 수사 또한 간단하게 종결되었다. 현장에서 지미와 덩치의 시체를 찾은 것으로 마무리된 것이다.

"정말 이상한 것은 말이죠…."

여전히 디지는 흥분을 감추지 못했다.

"쇼코, 아니 주희 씨의 시체를 찾아내지 못한 겁니다. 분명 차가 전복되는 과정에서 상당한 충격을 받았을 텐데, 흔적조차 없는 겁니다. 경찰이 수색견을 동원해서 인근을 샅샅이 뒤졌지만, 도무지 찾을 수가 없었답니다. 오히려 내 진술의 신빙성을 의심하더라니까요."

그 말에도 정민은 표정의 변화가 없었다. 그래, 그게 뭐 어떻다고?

"아무튼 지미가 죽으면서, 위너스에 대한 대대적인 압수 수색이 시작되었어요. 담당 형사한테 물어보니 다크 웹이니 매춘이니 마약이니 정말 온갖 추잡한 것들이 다 드러났답니다. 이렇게 범죄의 온상이 된 회사는 여태껏 본 적이 없대요."

"그럴 거예요. 그런 작자들이니까요."

무심한 표정으로 미숙이 말했다.

"일단 귀국하시고 한동안 일본에 오지 마세요. 수사가 완전히 종결되면, 그때 연락드릴게요."

여전히 디지가 걱정스런 표정으로 정민을 바라보며 말했다. 그는 멍하니 창밖으로 펼쳐진 풍경을 바라볼 뿐이었다. 거대한 비행기 여러 대가 천천히 움직이는 광경이 마치 슬로 모션처럼 보였다.

이윽고 벨이 진동했다. 미숙이 커피를 찾으러 간 사이, 디지가 나직이 그에게 말했다.

"하얏트 호텔에서 쇼코의 짐을 정리하다 발견한 것이 하나 있는데요…."

그 말에 정민이 물끄러미 그를 바라봤다.

"여권이 여러 개더라고요. 한 개가 아니었어요."

"그래?"

"지금에 와서 그게 무슨 의미가 있나 싶지만…."

"도망치고 싶었던 거야."

"네?"

"도망치려고 많은 계획을 세웠던 거지. 그러자면 신분 세탁도 필요하고 또 만약의 경우에도 대비해야 하고."

"위너스가 얼마나 무서운 조직인지 충분히 알았다는 이야기군요."

"지금 생각해보면 다 헛짓거리였지만…."

정민은 매우 슬퍼보였다.

"벗어날 수 없어. 그런 조직에 들어가면 결코 빠져나올 수 없다고."

"그렇네요. 맞아요."

이때 미숙이 커피를 가져왔다. 그러자 얼른 디지가 자리에서 일어났다.

"그럼 전 이만…."

디지가 재빨리 사라지고, 한동안 미숙과 정민은 아무 말도 하지 않은 채 그대로 앉아있었다. 넓은 창 너머로 여러 대의 비행기가 보였다. 국적이 다양하고, 디자인이 달라서 별생각 없이 바라보며 시간을 때우기 좋았다.

아무튼 사건 이후 3일 동안, 심지어 함께 숙소에서 보내고, 이삿짐센터를 불러서 이런저런 처리를 하고, 학교에 가서 강의 취소 계획을 설명하는 사이, 두 사람은 일절 말을 섞지 않았다. 잠은 각자 거실과 침실에서 나눠서 잤고, 식사 중에도 서로를 바라보거나, 뭘 요구하지 않았다. 철저하게 남으로 일관했다. 이쯤에서 헤어지자고 해도 이상할 것이 없는 상태였다.

어느 순간 안내 방송이 낭랑하게 나왔다. 일본 여성 특유의 발랄하고, 명랑한 톤이었다.

"아…."

갑자기 깊은 한숨을 내쉰 후, 먼저 정민이 자리에 일어나 허청허청 밖으로 나갔다. 요 며칠 사이에 몇 년은 늙은 듯한 고독하고, 허탈한 뒷모습이었다. 미숙도 천천히 자리에서 일어났다.

정민과 미숙이 카운터에서 체크인을 하는 사이, 멀리서 누군가 그들을 바라보고 있었다. 인파에 묻혀 자신의 존재감을 전혀 드러내지 않은 에리카였다. 그녀는 차분하고 또 침착했다. 정민이 티켓을 받고, 아내에게 끌려가다시피 출국장으로 가는 모습을 그냥 담담히 지켜봤다. 마치 보호자가 자신의 동생이나 아들을 바라보는 눈길이었다. 이윽고 그가 시야에서 사라지자, 들고 있던 가방에서 오니 가면을 꺼냈다. 그리고는 옆의 쓰레기통에 넣은 후, 인파 속으로 들어갔다. 어느 틈에 그녀는 흔적조차 보이지 않았다.

V

우수아이아 여인

I

오랜만에 〈블랙 캣〉에 모인 정민 일행은 이야기꽃을 피웠다. 각자 개성이 다르고, 배경도 다르지만, 역사와 정치에 대한 관심이 지대해서 공통의 화제를 찾기가 쉬웠다. 또 조금씩 다른 견해를 갖고 있어서 가끔 논쟁도 벌어진다. 그게 더욱 뜨겁게 분위기를 달아오르게 만든다.

이 조교가 자신이 쓰고 있는 논문에 대해 설명했다.

"전 한때 안중근 의사의 행동이 잘못되었다고 생각한 적이 있습니다. 이토 히로부미를 암살했으니까요. 이토는 조선을 병합하면 안 된다고 봤습니다. 조선에 식민지를 건설할 경우, 사실 돈과 시간이 많이 듭니다. 피지배인들을 교육시켜야 하고, 사회 안전망도 확보해야 하고, 기간 산업도 설비해야 합니다. 그래야 여기서 어느 정도의 이익을 얻을 수 있으니까요. 이토는 일본에 그럴 만한 여력이 없다고 봤습니다. 일종의 위성 국가 정도로 조선을 다루는 편이 낫다고 본 것이죠. 조선 왕조를 그대로 존속시키면서 왕가와 사대부 계층만 조종하는 쪽으로 생각한 것이죠. 그런 이토를 죽였으니까요."

"이토를 죽이지 않았으면, 조선은 계속 존립할 수 있었다, 뭐 그런 입장이군."

송 교수가 말했다.

"물론 이토의 죽음과는 상관없이 조선을 병합하려는 움직임은 계속 되었을 겁니다. 이미 일본 정계는 이토가 아닌 야마가타 아리토모가 휘어잡고 있었으니까요. 왜 그는 이런 구상을 했을까요? 거기엔 이토의 무능이 숨어있었습니다."

"이토가 무능했다고?"

"이토가 담당한 부문은 외교입니다. 아리모토는 국방을 책임졌고요. 쉽게 말해, 군대가 청나라와 러시아를 각각 격파했음에도 불구하고, 외교적으로는 실패를 거듭했던 겁니다. 청나라를 이긴 후 요동 지역을 점령할 수 있었지만, 결국 독일의 술수에 놀아나서 도로 내주고 말았습니다. 러시아와는 어땠을까요? 보상금을 한 푼도 챙기지 못했습니다."

"그렇긴 하지."

"그러니 국민의 분노를 잠재울 뭔가가 필요했다는 겁니다. 거기다 사실 일본은 수차례에 걸쳐 조선의 개화를 요구했습니다. 두 차례에 걸친 조선 수신사에 대한 환대가 그 증거죠. 스스로 알아서 성장하길 바랐던 것이죠. 하지만 정작 조선은 어땠나요? 아니, 당시 수신사를 이끌던 김기수와 김홍집의 행적을 보면 정말 화가 날 정도입니다. 그냥 방에 앉아 유교 경전만 읽다 왔으니까요. 당시 조선은 성리학 원리주의 국가에 불과했습니다. 바깥세상이 어떻게 돌아가는지, 조선의 앞날이 어떻게 전개될지 아무런 관심도 없었습니다. 오로지 공자, 주자만 찾았던 것이죠."

"그런 시절을 생각하면 화가 나기는 하지."

송 교수가 인정하듯 잔을 단숨에 비웠다.

"물론 거기에는 새로운 국제 질서, 이른바 그레이트 게임이라고 일컫는 영국와 러시아의 100년간에 걸친 패권 경쟁이 숨어있기는 합니다. 이런 큰 그림을 놓친 조선의 실책이 크죠. 그런데 만일 이토의 구상대로 조선이 운영되었으면 어떻게 되었을까요?"

"조선의 국가적 존립은 그대로 지속되지 않았을까?"

"그 내용을 보셔야죠. 그 부분을 알려면 이토가 일본에서 행한 정책을 보면 압니다. 사실 메이지 유신, 메이지 유신 하지만, 유신 이후에 일본이 근대화, 공업화 과정을 거치면서 그 알짜는 기존의 영주 계층에 대부분

돌아갑니다. 즉, 농업에서 공업으로 산업만 변했을 뿐, 그 실세는 과거 도쿠가와 막부 시절의 권력에게 그대로 승계된 것이죠. 저는 지금도 현대의 일본과 막부 시대가 대체 뭐가 다른지 알 수가 없답니다. 만일 이 제도를 조선에 그대로 도입하면 어떻게 되었을까요?"

"자네 의견이 궁금하군."

"아마 조선은 일본에 의해 공업화의 길로 갔을 겁니다. 단, 그 주역이 기존의 지배 엘리트 계층이 되었겠죠. 나머지 노비와 농민은 신분 해방은 되겠지만, 실제로는 공장 노동자로서 피지배 계층으로 계속 남아있을 겁니다. 그럼 지금의 일본과 다를 바가 없죠. 교수님이 그토록 미워하는 일본의 제도와 극우파 세력이 그대로 이양되었을 겁니다."

"그렇군."

"그래서 요즘은 저는 안중근 의사가 정말 큰일을 했다고 생각합니다. 비록 조국이 분단이 되고, 지금도 좌우가 나뉘어서 싸우긴 하지만, 미국식의 자유주의에 따른 신분상의 차별은 존재하지 않으니까요."

"자네는 좀 긍정적이군."

"그렇게 봐야 하는 것 아닌가요?"

그러자 곰곰이 듣고 있던 정민이 입을 열었다.

"저는 우리가 지켜야 할 유일한 가치관이 바로 자유 민주주의라고 봅니다."

"그것은 당연하지 않은가?"

송 교수가 흥미를 갖고 물었다. 그사이 정민의 잔에 정 마담이 천천히 위스키를 따랐다. 그러면서 슬쩍 그의 손을 잡았다 놨다. 워낙 짧은 순간이라, 송 교수와 이 조교는 전혀 눈치채지 못했다. 오로지 정민만 그 신호를 감지할 뿐이었다.

2

"실은 정보화 시대가 도래하면서 어마어마한 일이 잔뜩 벌어질 겁니다. 산업 구조만 해도 자본주의냐 공산주의냐 뭐 그런 것과 전혀 다른 형태가 등장하고 또 그에 따른 가치관이나 세계관도 바뀌겠죠. 이제 4차 산업 혁명이 시작하는 터라, 내가 뭐라고 단정지을 수 없지만, 큰 변화가 올 것은 확실합니다."

정민이 이야기를 시작했다.

"무슨 뜻인지 알겠습니다. 종교가 농업 시대에 나왔고, 이데올로기가 산업 시대에 나왔으니, 다음 정보화 사대에는 그에 맞는 또 다른 사상이 나온다는 이야기 아닙니까? "

송 교수가 말했다.

"그럼 앞으로는 흔히 말하는 PC파, 즉 폴리티컬 코렉트니스(Political Correctness)쪽으로 가지는 않을까요?"

이 조교가 물었다.

"나는 이미 PC파의 시대라고 봅니다. 극단적인 개인주의에 소수자를 보호하고, 외국인의 문화와 정체성을 인정하고, 동성애에 관대하고…. 기존의 좌파와는 전혀 다른 사상이잖아요. 이미 IT 쪽 사람들이나 미국의 민주당 쪽은 몽땅 PC파라고 해도 과언이 아니죠. 그런데 과연 그럴까 하는 생각도 들어요. PC파가 정보화 시대의 이념에 과연 맞는 것일까요?"

"현재 대세는 그렇지 않아요?"

송 교수가 물었다.

"사실 우리가 지금 향유하는 자유 민주주의는 결코 역사가 짧지 않습니다. 그리고 여러 요소로 구성되어있죠. 저 멀리는 고대 그리스식 직접 민주주의가 있고, 로마와 베니스에서 실시했던 공화정도 있습니다. 영국의 의회 민주주의와 미국식 삼권 분립 및 대통령제도 빼놓을 수 없죠. 이 대목에서 우리의 민주주의 제도를 보죠. 대통령과 국회가 있고, 선거 제도가 있습니다. 경우에 따라선 국민들이 들고 일어나서 정권을 바꾼 사례도 있습니다. 즉, 집행관과 공화정과 대의 민주주의에 직접 민주주의까지 혼합되어있다는 것이죠. 물론 이 제도는 시대가 바뀌면서 역시 변화하겠죠. 하지만 이런 자유 민주주의야말로 인류가 여태껏 수많은 시행착오와 혁명과 전쟁을 겪으면서 발전시킨 가장 위대한 유산이라는 생각이 듭니다. 따라서 4차 산업혁명 시대에도 어떤 식으로든 변화해서 계속 유지될 것이라는 낙관적인 전망도 해봅니다."

"그 의견에는 동감합니다."

송 교수가 고개를 끄덕이며 말했다.

"저도 전적으로 동감합니다."

이 조교도 웃으며 말했다. 세 사람은 가볍게 건배하고, 모두 잔을 비웠다.

"마지막으로 꼭 언급하고 싶은 테마가 있습니다."

정민의 말에 모두 그를 주시했다.

"과연 우리나라의 미래는 어떤 모습일까? 그간 진보와 보수의 수많은 대립과 논쟁을 지켜보면서 느낀 것은, 아무도 우리의 미래를 이야기하지 않는다는 것입니다. 과거사에는 그렇게 많은 정력을 쏟으면서, 정작 우리에게 중요한 미래에는 왜 별로 관심이 없는 걸까요?"

"비단 정치계뿐 아니라, 학계라든가 시민단체라든가 정말 합심해서 연구해야 할 분야지."

"교수님은 아직도 정계 쪽에 생각이 있죠?"

"솔직히 그렇다네."

"그렇다면 누구 편을 드실 겁니까?"

"좌파, 우파를 말하는 건가?"

"그 배후 세력이죠. 19세기부터 20세기 초까지 자본주의 시대에는 기업 측이 갑이었죠. 그들만의 카르텔로 민중에 대한 숱한 착취와 억압이 자행되었습니다. 그 과정에서 자연스럽게 공산주의가 나왔습니다. 덕분에 이들의 힘을 제어하기 위해 다양한 시도가 정부를 통해 이뤄집니다. 반독점법이라든가 공정거래위원회 등. 그래서 기업 카르텔의 힘을 어느 정도 약화시키죠. 이후 20세기 후반에는 이런 카르텔에 대항한 노동자들의 연합, 즉 노조 카르텔이 형성됩니다. 이게 우파와 좌파의 진영을 가르게 되고요."

"그야 그렇지."

"하지만 21세기에 들어오면서, 이 두 개의 카르텔이 교묘하게 연합을 합니다. 예를 들어 일본의 춘투를 보죠. 매년 봄에 노사가 대립하는 듯 보이고 또 실제로 시가행진이나 데모도 벌입니다. 하지만 결국 어느 선에서는 늘 화합을 하죠. 한국도 비슷합니다."

"기업 카르텔과 노조 카르텔이 한통속이다?"

"그런 셈입니다. 그 와중에 또 다른 계급이 등장합니다. 이른바 비정규직과 소상공인 집단입니다. 이들은 아직 아무런 조직이나 카르텔이 없습니다. 따라서 기업과 노조에 의해 늘 착취당하고 또 억압당하고 있습니다. 이들을 대변할 세력은 아직 없습니다. 두 카르텔은 그냥 진영 논리에 따라 싸움만 할 뿐, 실제로 국민 대다수를 형성하고 있는 이들에 대한 배려나 대우가 전혀 없는 것입니다. 그게 결국 정치적 무관심 내지는 회의주의로 연결될 공산이 크고요."

"맞습니다."

이 조교가 끼어들었다.

"바로 이들을 포섭한 정치인이 트럼프죠. 지금은 마가(MAGA) 트럼프 진영이 되어 공화당 내에서 커다란 세력을 형성하고 있죠."

"좋은 지적이야."

정민이 웃으며 말했다.

"정통적으로 미국의 공화당은 기업 카르텔 편이었습니다. 그러다 트럼프가 나오면서, 비정규직과 소상공인 중심으로 가자 당연히 반발이 나왔습니다. 기업 측에서 지원금을 끊겠다는 협박도 했죠. 하지만 공화당은 요지부동이었습니다. 결국 기업이 지원을 중단했지만, 오히려 자금 사정이 좋아졌습니다. 왜냐고요? 일반 개인들의 기부금이 늘었기 때문입니다. 이래서 공화당은 확실하게 이쪽 세력을 포섭하는 데에 성공했습니다."

"이것을 MTR 동맹이라고 합니다. 마가(MAGA : Make America Great Again)와 트럼프(Trump)와 공화당(Republican)에서 따온 용어죠."

이 조교가 거들었다.

"앞으로 우파 쪽은 이런 움직임으로 가지 않을까 예상해봅니다."

"사실 비정규직과 소상공인은 대기업에 반대되는 입장이니, 좌파 쪽으로 흡수되는 것이 맞지 않은가요?"

송 교수가 고개를 갸우뚱하며 물었다.

"아닙니다. 실은 비정규직의 전투 대상은 정규직입니다. 절대로 기업이 아닙니다. 오히려 기업이 없어지면, 자신의 직장도 없어진다고 생각합니다. 친기업적인 성향이 강합니다. 대신 철밥통이라 부를 수 있는 노조 카르텔에 대해 적대적이죠. 자신을 정규직으로 올려주든가 아니면 아무런 보상이 없이 일을 하는 만큼 임금이라도 올려주든가. 뭐, 그런 입장에서 노조 카르텔과 대립각을 세우고 있죠."

"이들을 제3지대라고 불러도 좋지 않을까요?"

"대통령 중심제는 양당제를 기본으로 합니다. 의회중심제라고 하면 제3, 제4 정당도 가능하지만, 대통령제에서는 불가능합니다. 여태 제3지대를 베이스로 하려고 했던 수많은 시도들이 결국 다 무산되지 않았습니까? 그것은 한국뿐 아니라 미국도 마찬가지였죠. 그래서 트럼프는 기존 공화당을 이용해서 이들 세력을 포섭했던 거고요."

"절묘하군. 결국 나는 어떤 진영을 택하느냐, 그런 문제에 봉착한 셈이군."

"우파를 택하건, 좌파를 택하건 선택은 교수님 몫이죠. 하지만 일단 들어가면 그 조직의 지원 세력과 이익 집단을 대변해야 합니다. 그게 프로 정치인입니다. 또 그게 교수나 평론가 집단이 다른 이유입니다."

"기업 카르텔이냐 노조 카르텔이냐…."

"다음 정권에서는 두 진영 간의 싸움이 치열해질 것입니다."

"왜 그런다고 봅니까?"

"4차 산업혁명."

"아…!"

"기존에 볼 수 없었던 새로운 노동력이 대거 투입될 겁니다. AI로 무장된 로봇 집단이 노동 시장의 주역이 되는 것이죠. 당연히 기업과 노조 간에 살벌한 전쟁이 터지지 않겠습니까?"

"박 교수는 누가 승자가 될 거라 봅니까?"

"혹시 이런 말 아세요?"

이 조교가 슬쩍 끼어들었다.

"미래에는 오로지 3가지 직업만 남는다. 자본가, 엔지니어 그리고 정치인.”

“얼른 교수 자리를 때려치우고 정가로 가야겠구먼.”

송 교수가 너털웃음을 터트렸다.

“그 전쟁이 끝나고 나면 본격적으로 비정규직, 소상공인에 대한 담론이 심화될 겁니다.”

가만히 술잔을 기울이며 정민이 말했다.

“결국 노조 카르텔이 사라지고, 대부분 이런 일용직 근로자로 전락할 확률이 높기 때문이죠.”

“정치적으로는 어떻게 이들을 붙잡냐가 관건이 되겠군요. 그게 우파가 되었건, 좌파가 되었건.”

“맞습니다.”

3

“이 기회에 드리고 싶은 말씀이 하나 있습니다.”

이 조교가 조심스럽게 송 교수와 정민을 살펴보며 말했다.

“조심하지 않아도 돼. 어차피 할 말은 하면서.”

송 교수가 씩 웃었다.

“그럼 결례를 무릅쓰고 한 말씀 올리겠습니다.”

지나치게 예의를 차리는 바람에, 분위기가 약간 심각해졌다.

“지금까지 공부를 하면서 가끔 느끼는 겁니다만, 아무래도 역사라는 학문의 성격상 우리는 주로 과거에 많이 사로잡혀 있는 것 같습니다. 현재 어떤 사건이 발생하면 그 레퍼런스를 주로 과거에서 찾는 버릇이 있다는 거죠."

"역사학자의 숙명이지."

정민이 가볍게 수긍했다.

"그러다 보면 항상 과거의 어떤 인물이나 사건을 기준으로 현재를 파악하는 버릇이 생기게 됩니다. 말하자면 현재가 과거에 종속이 되는 것이죠. 학계에선 이런 경향이 강합니다. 따라서 누군가 어떤 이론을 내세우고 일단 인정을 받으면, 후학 입장에선 절대로 반대할 수 없습니다. 그 노선을 벗어나면 안 되는 것이죠."

"그렇긴 해."

정민이 인정했다.

"감히 지도 교수의 이론이나 학문적 업적을 후학이 거스를 수 없으니까."

송 교수도 거들었다.

"그 결과, 우리는 때론 어떤 검증이나 의문이 없이 특정한 이론이나 사관을 그대로 받아들이는 경향이 있습니다. 예를 들어 이런 말이 대표적입니다. 원래 우리는 지독하게 못 살았다. 언제나 외부 세력의 핍박을 받았고 또 침략을 당했다. 하지만 어찌어찌 근근이 버티다가 20세기에 들어와 지도자 한 명 잘 만나서 지금은 기적적으로 잘살게 되었다. 모두 박정희의 덕분이다. 산업화의 신화가 바로 이런 내용입니다. 과연 그럴까요? 우리가 원래부터 가난하고 힘이 없었을까요?"

"하긴…. 통일 신라부터 고려 중기까지는 전혀 그렇지 않았지."

송 교수가 깜짝 놀라며 말했다.

"맞습니다. 멀리 고구려까지 갈 필요도 없죠."

정민도 맞장구를 쳤다.

"통일 신라가 성립한 7세기 후반부터, 몽골의 침입이 일어나기 전인

12세기까지, 대략 500년 정도는 우리나라의 황금기에 속합니다. 이 시기는 동아시아 전체가 태평성대라고 해도 좋았습니다. 중국엔 당송의 문명이 있었고, 일본도 통일 국가를 향해 체계적인 시스템을 정립해갔습니다. 발해가 있었을 무렵엔 4개국이 서로 싸우지 않고, 자유롭게 무역을 전개하며, 눈부시게 농업과 공업과 상업에서 발전을 이룩했죠."

"그렇지. 당시 동아시아 문명권을 보면, 인도라든가 아랍에 견줘도 전혀 손색이 없었어."

송 교수가 뭔가 깨달은 듯 미소지었다.

"당나라 때부터 본격적인 실크 로드도 시작했죠. 동서양의 교류가 이 시기에 본격화되었던 것이죠."

정민은 뭔가 놓친 것을 되찾은 듯한 표정이었다.

"그다음에 몽골이 나옵니다. 철저한 문명의 파괴자. 이들의 약탈과 방화와 살육이 얼마나 대단했는가 하면, 그 최대의 희생자가 바로 아랍입니다. 정말 철저하게 파괴되었습니다. 유럽의 르네상스에 지대한 영향을 끼쳤던 저 찬란한 아랍 문명이 삽시간에 잿더미가 되었습니다. 이후 투르크족에게 권력을 빼앗기고, 그다음엔 서방 세계의 지배를 받게 되었죠. 전혀 자립의 근거를 찾지 못한 겁니다. 지금에 와서는 오일 달러로 좀 살게 되었지만, 몽골에 의한 역사 말살과 문명의 몰락은 아직도 전혀 복구되지 않았습니다."

"그래서 지하드라든가 IS라든가 여성 학대라든가…. 그런 일들이 코란이란 이름하에 아무렇지도 않게 자행되고 있고…."

"그럼 우리는 어땠을까요?"

"아랍이 저 정도라면…."

"약 30년에 걸쳐 무려 여섯 차례의 침략을 받았습니다."

"한 번도 아닌 여섯 번이나."

"게다가 무리한 일본 정벌까지 나서서, 그 이후 일본과 돌이킬 수 없는 적대 관계를 만들고 말았죠. 그게 나중에 임진왜란으로 연결되고요…."

"고려 말기부터 조선 시대 전체에 걸쳐 그 후유증이 지속되었다는 이야기군."

"약 700여 년의 암흑기를 거친 후, 박정희로 상징되는 산업화의 결과는 어떤 면에서 원래 우리가 있었던 자리, 우리가 당연히 차지해야 하는 위치로 복귀시켰다고 해도 무방합니다. 그런 뜻에서 현재의 우리는 아직 완전하지는 않지만, 그래도 일정 부분 제자리에 왔다고 봐도 좋습니다."

"맞아. 그렇게 보는 것이 마땅해."

"문제는 지금부터입니다. 바로 민주화에 대한 부분인데…."

"자네가 어떻게 바라보는지 궁금하군."

언제부터인지 송 교수와 이 조교만의 대화로 바뀌었다. 하지만 정민 입장에선 별다른 반대 의견을 낼 필요가 없었다. 대부분 동감하는 터이니까.

"지금 국제 정세를 보면, 민주주의의 총체적인 난국이랄까? 정통적인 민주주의의 가치와 미덕이 심각하게 훼손당하는 있는 상황입니다. 쉽게 말해, 부르주아 독재의 시대라고 해도 좋습니다. 자본주의의 나쁜 면에 지속적으로 강화된 것이 바로 현재의 모습이라 생각합니다."

"빅 테크, 빅 머니, 빅 미디어…. 이자들의 손에 전세계가 장악된 상황이지."

"공산주의가 프롤레타리아 독재를 내세운다면, 민주주의는 부르주아 독재의 위험성을 갖고 있습니다."

"하긴, 그렇군."

"우리나라는 가장 이상적인 민주주의 국가를 구현하기 위해 UN의 설계로 만들어졌습니다. 이 과정에서 6.25를 거쳤고, 자유를 열망하는 많은 나라의 젊은이들이 우리 땅에서 희생되었습니다. 이것을 우리는 당연하다고 생각하는데, 정말 착각입니다. 우리는 그들의 빚에 의해 건국된 겁니다. 따라서 그 빚을 갚을 의무가 있습니다."

"어떻게 갚아야 한다고 생각하나?"

"교수님은 어떻게 해야 한다고 보십니까?"

이 조교의 질문에 송 교수는 잠시 생각을 했다.

"에티오피아라든가 필리핀이라든가…. 이런 못 사는 나라엔 경제 원조도 해야 할 것이고, 적극적인 교육이나 의료 봉사도 필요할 것 같고…."

"그것은 당연한 것이고요…. 실은 한류가 이런 나라에 널리 보급된 데엔 문화적인 면만 있다고 보지 않습니다."

"그럼 뭐가 더 있다는 건가?"

"있죠. 바로 잘 사는 한국. 전쟁의 참화를 겪은 후 짧은 시간에 한강의 기적을 이룩한 나라. 바로 그 제도와 노하우를 배우고 싶은 마음도 있다는 겁니다."

"그렇지. 단박에 영국이나 독일의 레벨에 도달할 수는 없으니까. 어찌 보면 한국은 좋은 롤 모델이 될 수 있지."

"우리나라의 강점이 뭘까 생각해봅니다. 제 생각으로는 어떤 틀이나 형식에 구애받지 않고 그때그때 상황에 맞춰 적용시키는 부분에 있다고 봅니다. 분명 우리는 원천 기술이나 순수 과학에선 밀리지만, 그 기술을 새롭게 발전시켜 남들이 상상하지 못한 물건을 만들어내는 부분은 탁월합니다."

"그렇지."

"이제 우리가 만들어야 할 것이 바로 민주주의입니다. 그리스에서 탄생해서 영미를 거쳐 우리에게 도입된 이 제도. 사실 2차 대전 이후 100여 개가 넘은 신생 독립국에 민주주의를 적용했지만, 가장 성공적으로 이식

한 것은 대한민국, 바로 우리나라입니다. 이제 우리는 이 제도를 다가오는 미래에 맞춰 새롭게 변화시켜야 합니다. 이게 바로 우리에게 주어진 과제입니다."

"가히 세계사적인 과제로군."

"너무 거창하네요. 우리가 과연 그런 막중한 사명을 감당할 만한 능력이 있을까요?"

조용히 듣고 있던 정 마담이 절레절레 고개를 흔들었다.

"처음 우리가 제철을 한다고 할 때 어느 나라가 수긍했나요? 승용차? TV? 반도체? 모두 안 된다고 했잖습니까?"

"그런 물건과 민주주의는 전혀 다르지."

송 교수가 한마디 했다.

"아닙니다. 우리는 실은 엄청난 과제를 해낸 적이 있습니다. 바로 6.29입니다."

"6·29? 그거야 뭐 국민의 열망이 워낙 대단했으니까 군부가 마지못해 해준 것이 아닌가?"

"그렇다고 쳐도 대단합니다."

"글쎄…?"

"독일과 일본의 예를 들어보죠. 모두 국가 사회주의 내지는 국가 자본주의로 빠른 시간에 선진국에 도달한 케이스입니다. 그 과정에서 군부의 역할이 컸고요. 강력한 군사 정권으로 국가의 잠재력과 자원과 인력을 효율적으로 통제해서 강대국이 되었습니다. 하지만 어느 순간에 군부가 스스로 권력을 내려놓고, 민간에 이양해야 하는데, 이 부분에서 아무도 성공하지 못했습니다."

"독일은 1, 2차 세계 대전을 벌였고, 일본은 대동아 전쟁을 일으켰지.

패전을 통해서 결국 군부가 권력을 상실한 것이지."

"똑같은 길을 걸었지만, 우리는 6.29를 통해 민간으로 자연스럽게 권력이 이양되었습니다. 이런 극적인 민주화의 사례는 세계사적으로 거의 찾아볼 길이 없습니다. 실제로 중국이나 여러 나라에서 이것을 하나의 모델로 만들어보려는 시도도 하고 있고요."

"그런 이력이 있으니 이제 미래형 민주주의를 만들어보자?"

"4차 산업형 민주주의가 되겠군."

정민이 한 마디 던졌다.

"그럴 때도 됐어. 또 그래야만 하고."

송 교수가 술잔을 들어 건배를 외쳤다. 모두 잔을 들어 천천히, 매우 심각한 표정으로 입에 댔다.

4

이윽고 술자리가 파하면서 밖으로 나갈 때, 정 마담이 정민의 뒤에 따라붙었다. 그리고 손으로 가볍게 엉덩이를 애무했다. 놀란 그가 돌아보자 그녀가 가볍게 윙크했다.

술집을 빠져나와 송 교수는 택시를 잡았고, 이 조교는 전철역으로 향했다. 혼자 남은 정민은 가만히 생각에 잠겼다. 시그널이 본격적으로 왔다. 이 정도라면 굳이 고민할 필요가 없지 않은가?

사실 귀국하고 나서, 정민은 안식년 휴가의 남은 6개월을 그냥 쉬기로 했다. 그리고 주로 교수실에서 시간을 보냈다. 집으로 오면 아내가 차려주는 저녁을 먹고, 각자의 방으로 향했다. 그는 서재에 마련된 싱글 침대에서 잤고, 아내는 안방에서 잤다. 둘 사이가 워낙 냉랭해서 아이조차 움츠러들었다. 되도록 눈에 띄지 않으려고 조심하고 있었다. 집안 분위기는 무거운 공기로 짓눌려있어서, 가끔 숨쉬기조차 불편했다. 섹스? 어림도 없다.

그러나 지금 뭔가 신호가 왔다. 그간 묻혀뒀던 욕망이 조금씩 꿈틀거렸다. 아니, 이제 아무런 거리낄 게 없다. 어차피 자신과 주희 사이는 아내가 알고 있다. 그에 대해 일언반구 언급도 없다. 그냥 외면으로 일관할 뿐이다. 무엇보다 그는 누군가가 필요했다. 누군가를 붙잡고 그냥 욕망을 풀고 싶었다.

이윽고 마음을 다져먹은 정민이 다시 〈블랙 캣〉으로 향하는 계단을 올랐다. 문을 여니 정 마담 혼자 실내 중앙에 서 있었다. 마치 그를 기다렸다는 듯, 바텐더를 퇴근시키고, 나머지 손님들까지 정리한 상태다.

"문을 잠가요."

그녀의 말을 듣고, 정민이 얼른 문을 잠갔다. 그리고 돌아보니 그녀가 서서히 드레스 자락을 올렸다. 의외로 다리가 길었고, 적절하게 물이 오른 허벅지가 드러났다. 이미 팬티를 벗어버린 듯, 무성하게 자란 검은 음모가 그를 말없이 응시할 뿐이었다. 그는 뭐에 홀린 듯 그녀에게 다가가 무릎을 꿇고, 두 다리를 격렬하게 애무하기 시작했다.

5

이제 정 마담을 찾는 일이 일상이 되었다. 오전에 학교에 갔다가 이런 저런 책을 읽고, 자료를 찾고, 컴퓨터로 정리한다. 여태껏 살아오면서 해왔던 일이다. 하지만 딱히 손에 잡히지 않았다. 오히려 멍하니 앉아있는 시간이 많았다. 그럴 때마다 주희 생각을 했다. 여관에서 보낸 뜨거운 밤, 인생 최고의 섹스 그리고 돌연한 실종. 그녀가 살아있는지 죽었는지 지금으로서는 알 길이 없다. 소원대로 몰래 남미 쪽으로 가서 자유롭게 살았으면 하는 바람을 해보지만, 어디까지나 희망사항일 뿐. 너무나 짧고, 황홀했던 시간. 그날 자신의 속에 남겨진 에너지와 생명력이 한꺼번에 연소되어 이제는 아무런 정열이나 관심이 없어졌나 하는 생각도 해본다.

그 사건 이후, 그는 확실히 달라졌다. 좋으면 좋다, 싫으면 싫다 확실한 의사 표시를 했고, 남에게 명령하는 일이 익숙해졌다. 속에 뭔가를 담아두지 않았다. 늘 구석을 찾아 숨는 스타일이었는데. 지금은 어디를 가도 한가운데에 앉았고, 큰 소리로 분명하게 자기주장을 했다. 그런 변화된 모습에 놀랐는지 이 조교도 조금은 뒤로 물러섰다. 어떨 땐 용기를 내서 대체 일본에서 무슨 일이 있었냐 물어볼 정도였다. 물론 답할 이유가 없다. 그냥 무표정으로 일관할 뿐이다.

혹시 이것이 전쟁터에서 돌아온 병사들이 겪는 PTSD, 즉 외상후 스트레스 증후군을 겪고 있는 게 아닐까 하는 생각도 들었다. 그만큼 지미와 주희는 짧지만 강력하게 그의 인생에 큰 임팩트를 남겼던 것이다.

가끔 정 마담을 찾았다. 저녁 늦게 술 한잔하고, 이런저런 이야기를 나눈다. 어떤 순간에는 눈물을 글썽이고 혼자 주절대기도 한다. 그럴 때면 자연스럽게 그녀의 집에 갔다. 짐승처럼 격하게 섹스를 하고, 미친 듯이 울부짖고 그리고는 쓰러졌다. 정오에 눈을 뜰 때도 있는데, 그럴 때 그녀는 이미 외출하고 없었다. 대신 밥상이 차려져있었다. 음식 솜씨가 좋았다. 항상 김치찌개나 된장찌개를 끓여 놨다. 혼자서 브런치 삼아 그것을 먹었다.

뭐, 달리 갈 데가 없으니 혼자서 서점을 배회하거나, 카페에 갔다. 홍대 쪽에 발견한 레코드 숍이 하나 있어서, 별 계획도 없이 재즈 LP를 몇 장씩 사기도 했다. 당장 듣지는 않더라도, 재킷을 만지는 재미가 쏠쏠했다. 커다란 부피와 무게 때문에, 그만큼 안에 담긴 음악도 알찰 거라는 기대를 심어줬다. 하지만 아직 턴테이블을 장만할 생각은 없었다. 어느 정도 LP를 모으고 나서 구매하면 된다.

그런데 이 레코드점의 주인 역시 미우라를 연상케 했다. 별로 말수가 없고, 불친절하며, 태도가 불량했다. 뭘 물어봐도 대꾸가 없다. 일체 디스카운트도 없다. 대신 제품의 퀄리티가 뛰어났다. 중고판이지만 음반 자체는 늘 깨끗했고, 새것처럼 반짝반짝거렸다. 그래서 어느 틈엔가 CD 대신 LP를 사는 재미가 붙었다.

"이제 슬슬 또라이들도 들어야죠."

언젠가 그에게 희한한 LP를 권한 적이 있다. 프리 재즈 계열이었다. 파로아 샌더스, 에릭 돌피, 오넷 콜맨, 롤랜드 커크…. 재킷 자체가 도전적이고 또 험악했다. 얼마나 머릿속을 헤집을지 상상이 갔다. 도저히 들을 엄두가 나지 않아 얼른 손사래를 쳤다. 그랬더니 다시 무관심으로 돌아갔다. 그런 사람이다.

간혹 혼자가 되면, 다시 주희 생각을 했다. 이제 인화 생각은 더 이상 하지 않았다. 그 자리를 주희가 대신한 것이다. 하지만 어느 정도 시간이 지나자, 마치 그녀와 보낸 시간이 한 편의 꿈처럼 느껴지기도 했다. 그녀의 체취, 감촉, 열기 등이 서서히 옅어져갔다. 과연 주희가 이 세상에 존재하는 인간이었던가 하는 생각까지 들었다.

동시에 자신에 대해서도 가끔씩 성찰하게 되었다. 겉으로 보면, 그는 평범한 환경에서 태어나, 큰 사고 없이, 그냥 남의 눈에 띄지 않는 삶을 살았다. 대학이라는 좁은 울타리 속에 안주하며, 책을 읽고, 논문을 쓰고, 강의를 하는, 지극히 일상적인 루틴 속에서 보냈다.

하지만 막연하게나마, 그의 내부에 뭔가가 있다는 것은 알고 있었다. 그게 얼마나 자신을 잠식할지 전혀 상상하지도 못하고 지내왔다. 아니 본능적으로 그 악마를 억누르며 살았는지도 모른다. 그러다 특별한 환경에서 그것이 폭발했던 것이다. 그것은 한편으로 그가 원했던 상황인지도 모른다.

자신이 결국 아돌프 아이히만이 아닐까 하는 생각도 해본다. 2차 대전 때 무려 500만 명 이상의 유대인을 살해한 전범 아이히만은, 사디스트나 정신병자나 성도착자는 아니었다. 물론 그 내부에 어떤 악마가 존재하기는 했지만, 그렇다고 두드러진 적은 없었다. 아니 그런 정도의 어둠을 지니지 않은 사람이 어디에 있을까?

많은 연구가들과 재판 관련자들을 경악시킨 것은, 아이히만이 지극히 정상이었다는 것이다. 차라리 사디스트나 이상성욕자와 같은 괴물이었으면 마음의 위안을 얻었을 것이다. 그냥 악마의 소행이라고 치부했으면 얼마나 편했을까?

한데 나치즘이라는 특별한 환경에서, 수백만 명을 가스실로 보낸 것이 그저 명령을 수행한 데에 불과했다는 그의 변명은 오히려 쇼킹했다. 도저히 받아들일 수가 없었다. 범죄가 정상이 된 것이다. 아니면 정상이 범죄를 낳은 것이다.

만일 자신이 그런 환경에 있었다면? 아침에 일어나 병사들을 독려하고, 가스실을 체크하고, 제대로 명령이 수행되었나 점검하는 일에 충실했을 것이다. 물론 죽어나가는 유태인을 보면서 일부러 외면하거나 혹은 회한의 눈물을 흘릴 수도 있다. 그러나 위에서 명령이 내려오는 이상, 과연 그것을 어떻게 거부한단 말인가?

그러나 꼭 그런 명령이 전부였을까? 그 내부에 있는 악마는 아무도 모른다. 어쩌면 그 자신도 모른다. 그리고 어느 순간에 그놈이 자신을 지배해서, 이런 악행을 저지를 수도 있다. 그것이 정상으로 포장되어 일종의 면죄부를 줄 수도 있다. 그럴 것이다.

6

어느 날 오후, 서점에서 나와 학교로 향하는 길에 정민은 누군가를 발견했다. 막 〈블랙 캣〉에서 나오는 미숙이었다. 그녀의 뒤를 따라 정 마담이 나왔다. 둘은 가볍게 웃으며 담소했다. 마치 오랜 친구처럼 보였다. 그렇게 밝게 웃는 미숙은 처음 본다. 이윽고 두 사람은 손을 흔들며 헤어졌다. 순간 그는 모든 정황이 한눈에 들어왔다.

그래. 그런 거였다. 결국 그는 미숙의 손바닥에서 단 한 걸음도 벗어나지 못했던 것이다. 정 마담조차 관리되어있었다. 이 모든 것이 결국 미숙의 계략이었던 셈이다.

갑자기 얼굴이 붉게 상기되었다. 왠지 모를 수치심이 가득 밀려왔다. 동시에 미숙에 대한 분노도 치밀었다. 아무리 날뛰어봐야 부처님 손바닥을 벗어날 수가 있을까? 한숨도 나오고, 무력감도 느끼고 또 화도 났다.

그러나 현실적으로 그가 할 수 있는 일은 아무것도 없다. 이런 식으로 그녀가 만든 시스템에 굴복하는 것 외에 달리 뭐를 할 수 있단 말인가? 아마 정 마담이 지겨울 때가 오면, 또 다른 여자가 쥐도 새도 모르게 제공될 것이다. 그런 식으로 그는 그녀의 수하에서 관리될 것이다. 여기에서 그는, 지금까지 그래왔듯, 그저 주어진 역할을 충실히 수행하면 된다. 다정한 아빠이자, 충직한 사위고, 번듯한 교수다. 그러면 된다.

원래 계획대로라면, 그는 〈블랙 캣〉에 가야 했다. 거기서 술 한잔하고,

정 마담의 숙소로 갈 예정이었다. 하지만 입안이 텁텁하고, 마음이 심란해졌다. 모든 게 허망하고, 우습기만 했다.

결국 그는 발길을 돌려 집으로 갔다. 다행히 아무도 없었다. 아마 아내는 저녁을 위해 마트에 갔을 것이다. 아들은 무슨 학원에 있겠지.

소파에 누워 한동안 멍하니 허공만 바라봤다. 마치 바람 빠진 풍선처럼, 소파 속으로 자신의 존재가 깊이깊이 파묻혀 점점 소멸될 것 같았다. 이제는 아내에 대한 분노나 증오 따위도 사라졌다. 아니, 그런 감정 자체가 사치처럼 느껴졌다.

실내는 적막했고, 이웃에서도 아무런 기척이 없었다. 그냥 무거운 공기가 짓누를 뿐이었다. 그 공기가 자신을 압착해서 한 장의 종이로 축약시키는 느낌마저 들었다.

여기를 벗어나고 싶지만, 그렇다고 달리 갈 곳도 없다. 우주의 막막한 공간에 아무런 목적 없이 표류하는 것과 뭐가 다를까? 언젠가 극장에서 봤던 SF 영화가 떠올랐다. 우주선을 고치다가 잘못해서 줄이 끊어져 저 멀리 우주 속으로 사라져가는 존재. 다시는 돌아올 수 없다. 아무리 비명을 지르고, 발버둥을 쳐도 말이다. 그냥 거대한 무(無)와 암흑 속으로 사라질 뿐이다.

문득 손에 쥐이는 대로 리모컨을 켰다. 그러자 기다렸다는 듯 TV의 화면이 켜졌다. 이리저리 별생각 없이 돌렸다. 동물의 다큐멘터리나 맛집 탐방, 동남아 여행기, 홈 쇼핑, 정치 토론 등이 빠르게 나왔다 사라졌다. 대부분 그의 관심을 끌지 못했다. 그냥 시시껄렁한 내용뿐이었다. TV란 게 그렇지 않은가.

그러다 아는 얼굴이 나와 채널을 고정시켰다. 요리 프로그램에 나온 이하나였다. 언제 봐도 생기발랄하고, 꾸밈이 없다. 항상 웃고, 농담하고,

상대를 배려한다. 확실히 그녀가 나오면 프로그램이 산다. 늘 주위를 밝게 하는 존재임이 분명하다. 그녀가 내 아내의 동창이라니…. 혹 아내는 이하나와 연락은 하고 지낼까? 동창회 같은 곳에서 우연히 마주칠 수도 있지 않은가.

그러다 문득 뭔가 석연치 않은 느낌이 왔다. 그냥 스쳐가는 의혹이었는데, 이하나가 만드는 요리가 점차 형태를 갖춰갈수록, 그 의혹은 하나의 스토리가 되고 또 음모론이 되었다. 갑자기 온몸에 전율이 왔다.

처음에는 강하게 부정했다. 아냐, 그럴 리가 없다. 그냥 상상일 뿐이다. 혼자 있다 보니 별의별 생각을 다 하는구나. 빨리 PTSD에서 벗어나야 한다. 그렇게 단정했다.

그러나 이렇게 강하게 부정하면 할수록, 그 반대 의견도 만만치 않았다. 아니 본능은 뭔가를 밝혀내라 악을 쓰며 달려들고 있다. 논리적으로, 상식적으로 말이 안 되는 추론이었지만, 어쨌든 이 의혹을 밝혀내야 한다. 평생 이런 찜찜한 생각을 갖고 살 수는 없다. 확인 방법이 있다. 의외로 간단하다.

그는 안방으로 가서, 아내의 책상을 뒤졌다. 이제 안방은 그녀만의 공간으로 바뀐 터였다. 거기엔 더블 침대뿐 아니라 본인이 쓰는 책상까지 놓여있었다. 덕분에 책꽂이나 서랍을 뒤져서 그녀의 소지품을 찾는 일이 수월했다. 문제의 여고 졸업 앨범은 마지막 서랍 안쪽에 거의 숨겨지다시피 파묻혀 있었다.

일단 아내의 사진부터 찾았다. 3학년 3반에 가니 그녀가 나왔다. 거기서 이하나를 찾는 것은 어렵지 않았다. 심지어 아내와 하나는 여러 친구들과 함께 웃으며 한 프레임에 포착되기도 했다. 아마 그녀와 하나는 꽤 친했던 모양이다.

그러나 여기에 그가 찾는 사진은 없었다. 다시 꼼꼼히 인물 하나하나를 찾았다. 1반부터 10반까지 있었으므로, 처음부터 손으로 짚어가며 얼굴을 하나씩 확인했다. 7반에 가니 드디어 그 얼굴이 나왔다. 앳된 표정으로 웃고 있는 여고 시절의 주희가!

갑자기 그의 몸이 부르르 떨렸다. 아니, 그럴 리가 없다고 생각했지만, 심장이 마구 요동치고, 손이 사시나무처럼 떨렸다. 어쩔 수 없이 자신의 방에 가서 몰래 숨겨놓은 DVD를 찾았다. 절대로 보지 않겠다고 다짐했지만, 지금은 피할 수 없다. 거실로 가서 그는 플레이어에 DVD를 넣었다.

처음 화면은 주희의 여러 매력을 다룬 모습이 이어졌다. 섹시한 스커트를 입고 한 바퀴 돌린다거나, 기모노 차림으로 수줍게 웃는다거나, 수영복을 입고 해변을 달리는 등, 활달한 음악과 함께 자신의 아름다움을 빛내고 있었다. 갑자기 화면을 통해 그녀를 보자 그는 자기도 모르게 마음이 찡했다. 손만 내밀면 닿을 것처럼 화면 속의 그녀는 생동감이 넘치고, 활력이 넘쳤으며 또 매우 리얼했다. 그녀와 보냈던 시간과 추억이 다시금 살아났다.

전체적인 콘셉트는 전형적인 아이돌 물이었다. 즉, 주희를 주인공으로 해서 다양한 커스튬으로 매력을 선보이고, 그다음 정사 씬으로 이어가는 것이다. 수도 없이 이런 작품을 봤지만, 정작 주희가 주인공이 되자 정말 생경했다. 그리움과 슬픔이 마구 밀려왔다.

이어서 이런 작품의 기본 콘셉트대로 그녀는 세 번의 정사를 치렀다. 각각 파트너가 달랐고, 장소도 달랐다. 성기는 모자이크 처리가 되어 자세히 보이지 않았지만, 정확히 삽입을 하고, 오르가즘에 달하고, 나중에 질외 사정을 하는 패턴은 여느 다른 작품과 다를 바가 없었다. 어느새 그는 눈물을 멈추고, 조금씩 그녀의 연기에 몰입해갔다.

확실히 아마추어 티가 나는 정사였다. 얼굴에 저항감이 가득했다. 정말 찍고 싶지 않은 장면을 억지로 찍는 것 같았다. 상대 배우들도 그리 매력적이지 않고, 빨리 일을 끝내고 퇴근할 준비나 하는 듯 좀 건성이었다. 하긴 여배우가 억지로 찍는데, 남자 쪽이 흥에 겨울 일이 없다. 이것은 그냥 돈 받고 하는 일인 것이다.

그래도 그는 가끔 얼굴이 화끈 달았다. 그녀가 비명을 지르며 저항하고 그러다 몸을 허락할 때면 자신이 수치심을 느꼈다. 왜 이런 일을 했는지 화가 날 정도였다. 한때 이런 영상을 보고 또 모았던 자신이 혐오스럽기도 했다.

이윽고 본편이 끝났다. 우려했던 일은 벌어지지 않았다. 그럼 그렇지. 단순히 우연일 뿐이다. 하지만 문제는 그다음이었다. 일종의 보너스 영상이 하나 있었다. 그 배경은 일본이 아닌 한국의 어느 오피스였다. 조명도 밝지 않고, 실내 인테리어도 평범했다. 거기서 여고생 복장의 주희가 유린당하고 있었다. 그녀를 유린하는 남자가 나중에 드러났는데, 놀랍게도 김만수였다. 아니, 당연히 김만수였다. 모자이크 처리가 되었지만, 그가 누군지는 충분히 알 수 있었다.

그렇다. 이것은 도촬이었다. 협박용으로 촬영된 것이다. 물론 대충 편집해서, 대략적인 상황만 알게 만들었다. 하지만 실제 벌어진 일을 담은 것이라, 그 상황이나 내용이 무척 쇼킹했다. 진짜로 주희는 강간당하고 있었던 것이다.

하지만 자세히 보면, 그녀의 눈동자가 풀려있었다. 그렇다. 마약을 투여해서 정신을 몽롱하게 한 것이다. 자신이 지금 무슨 일을 당하고 있는지 알 수가 없는 상태였다. 상대가 어떤 짓을 하는지 모르고 당한 것이다. 정말로 화가 치밀었다.

한데 그 옆에 여자 한 명이 더 보였다. 같은 여학생으로, 그녀는 다른 남자에게 당하고 있었다. 아니 당하는 것이 아니라 즐기고 있었다. 매우 적극적으로 남자의 손길에 반응하고, 오히려 남자를 탐하는 모습이 포착되었다. 이윽고 카메라가 그쪽 커플로 다가갔다. 거기서 그는 잠시 프레임을 멈췄다. 그리고는 눈을 질끈 감았다. 바로 미숙이었다. 한참 절정에 달아 비명을 지르는 순간이었다.

문득 그는 뒤에서 인기척을 느꼈다. 돌아보니 미숙이 서 있었다. 그녀는 긴 한숨을 내쉬며 화면을 응시하고 있었다. 둘은 얼어붙은 것처럼 꼼짝도 하지 못했다.

7

"하나가 화근이었어요."

한동안 침묵을 지키던 미숙이 이제 마음이 정리된 듯 천천히 입을 열었다.

"생각지도 못하게 길거리 캐스팅이 된 거예요."

미숙이 담담한 표정으로 말했다. 정민은 마치 꿈을 꾸는 듯했다. 좀 전의 화면에서 봤던 미숙과 지금의 아내가 전혀 매치되지 않았다.

"그래요. 상상한 게 맞아요. 하나와 나 그리고 주희 우리 세 사람은 친구였어요. 남들이 3공주라고 부를 만큼 친했어요. 중학교 때부터 의기투합해서 함께 많은 시간을 보냈죠. 점심도 같이 먹고, 방과 후에도 함께 어울렸어요. 중학교, 고등학교 모두 여학교라 우리끼리 보낼 시간이 많았어요. 사실 우리 셋 모두 용모가 빼어나서 주위 남학생들이 가만히 놔두질 않았죠. 학교 앞에 늘 남학생들이 우리를 선망의 눈초리로 바라보며 기다릴 정도였으니까요. 하지만 친구라고 해도, 하나와 주희는 좀 라이벌 의식이 있었어요. 두 사람은 초등학교까지 동창이었으니까. 겉은 친구지만, 속으로는 경쟁하는 관계라고나 할까? 내가 중간에 없었으면 우리 3공주는 일찍 해체되었을지도 몰라요."

"세 사람이 친구였다…?"

상상도 하지 못한 일이다. 그녀가 가만히 고개를 끄덕였다.

"하지만 하나가 탤런트가 되고, 스케줄이 바빠지면서 자연스럽게 우리 3공주는 해체되었죠. 하지만 주희는 뭔가 억울했던가 봐요. 하나에게 전혀 밀리지 않은 자신이 그냥 평범한 여학생으로 남게 된 것을 용납하지 못했죠. 원래 질투심이 많은 친구였어요. 그러니 분이 날 만도 했죠."

TV 화면에는 여전히 절정에 달해 있는 여고 시절의 미숙이 프리즈 프레임되어서 보였다.

"그러다 마침 김만수라는 작자가 배우 공모를 한다는 것을 알게 되었어요. 당연히 주희는 지원했죠. 나도 주희를 따라갔다가 함께 응모했고, 다행히 우리 둘 다 당선이 되었어요. 그래서 함께 배우 트레이닝을 받았죠. 거기까진 좋았죠. 하지만 그다음이 문제였죠."

"그래서 그런 영상을 찍은 거군."

"그래요."

조금씩 비밀을 밝힘에 따라 그녀는 편해지는 모양이다. 굳었던 표정이 조금씩 풀렸다.

"나중에 정신을 차렸을 때, 대체 우리가 지금 뭐 하는가 절망하게 되었어요. TV나 영화 출연은 고사하고, 맨날 술 접대나 하는 처지였으니까요. 고등학교를 졸업하자 그 요구가 본격화되었죠. 참을 수가 없었죠. 하지만 우리 마음대로 나올 수가 없었어요. 상대는 우리를 협박할 수 있는 카드가 있었으니까요."

"그렇군."

반대로 정민은 점점 절망적인 표정이 되었다.

"우리가 해방되려고 하면, 답은 간단했어요. 문제의 영상을 파기하면 되는 거죠. 이런 지옥에서 벗어날 수 있는 유일한 해결책이었고요. 그래서 계속 염탐을 하다 어느 날 밤에 몰래 사무실에 갔어요. 그날따라 일이 많아 직원들 대부분이 방송국이나 촬영 현장에 나가있었거든요."

"그런데?"

"영상을 찾는 게 쉽지 않았어요. 그럴 수밖에요. 다행히 사장실 책장 뒤편에 숨겨져있는 것을 찾아냈어요. 우리는 만세를 불렀죠. 드디어 해방이다. 비디오테이프 원본이었고, 플레이어에 넣어 확인까지 했어요. 그런데 바로 그만 김만수와 맞닥뜨린 거예요. 술을 마시다가 무슨 일이 있어서 사무실에 온 모양이에요. 그는 노발대발 우리를 마구 때렸어요. 처음에는 무서워서 피했지만, 상대는 만취 상태라 어떤 면에서는 무방비나 마찬가지였어요. 그때 주희가 폭발했어요. 나도 마찬가지였고요. 주변의 아무거나 집어서 마구 그를 때렸죠. 우리는 이성을 잃은 상태에서 바닥에 쓰러진 그를 엄청나게 두들겨 팼던 것 같아요. 그리고 나중에 알았죠. 그가 죽었다는 것을."

"그래서 어떻게 되었지?"

"하는 수 있나요? 아빠한테 연락했죠. 그랬더니 한 시간 후에 해결사가 오더군요. 그가 바로 지미예요."

"…."

다시 말이 나오지 않았다.

"그가 일을 수습하고, 주희를 인질로 데려갔어요. 그게 마지막이죠. 그 다음에 나는 정상인처럼 행동하고, 되도록 정체를 드러내지 않도록 조심했어요. 그래요. 그런 점에서 당신에게 미안해요. 당신의 욕망이나 마음을 잘 알아요. 하지만 나는 그럴 수가 없어요. 최대한 정상적인 삶의 환경에 나를 숨겨야 하니까요. 이것은 아빠와의 약속이기도 했고, 나 자신에 대한 속죄이기도 했어요. 그래서 억지로 참고 지냈던 거예요. 나라고 왜 당신을 받아들이고 싶지 않았겠어요? 당신의 욕구를 왜 모르겠냐고요?"

"어허…!"

정민은 탄식을 했다.

"당신은 지난 10년간의 생활이 정상이었다고 보는 거야? 이게 정상적이었다고?"

"당신이 전단지를 보기 전까진 정상적이었죠."

"그러니까 이게 다 내 책임이라는 거야?"

"그럼 단 한 번의 잘못으로, 나는 평생 죄인처럼 지내야 하는 건가요?"

"나를 속였잖아!"

"속였다고요?"

갑자기 미숙의 표정이 변했다. 화가 잔뜩 치민 듯, 얼굴이 붉게 상기되었다.

"그래요. 맞아요. 이렇게 현모양처 역할을 하면서 당신을 속였어요. 그렇다고 쳐요. 하지만 그렇다고 해서 당신이 손해 본 게 뭐 있어요? 그 많은 연구비며, 출장비며, 각종 지원까지 우리 아빠가 하지 않은 건 뭐가 있죠? 교수? 당신이 진짜 교수가 될 수 있다고 생각하는 거예요? 우리 아빠가 학교에 얼마를 바쳤는지 상상이나 해봤어요?"

"그만 좀 해!"

듣다 못한 정민이 버럭 소리쳤다.

"좋아요. 한 가지만 물어보죠. 대체 당신에게 나는 무슨 존재죠?"

차갑게 쏘아보며 그녀가 말했다.

"…."

그는 할 말이 없었다.

"말해봐요. 당신의 마음속에 나는 대체 무슨 존재예요?"

"사랑했어. 처음 본 순간부터. 모든 것을 잊어버릴 만큼. 그것은 사실이야."

"그런데요?"

"잠자리만 빼고 만족했지. 모든 면에서 완벽했어."

"결국 잠자리가 문제였단 말이죠?"

"그렇게 몰아세우지 마."

"진실을 알려드리죠."

단단히 마음먹은 듯, 미숙이 미소지었다.

8

"좀 전 이야기를 들으면 우리가 피해자였던 것 같죠? 주희와 내가. 그렇죠?"

미숙은 여태껏 보여주지 않은 야비하면서, 잔혹한 미소를 지으며 말했다.

"아니에요. 아니라고요."

그녀가 고개를 절레절레 흔들었다. 그 때문에 정민은 멍해지고 말았다.

"솔직히 말하죠. 우리는 즐겼어요. 마약을 하고, 남자를 만나고, 섹스를 하는 것 자체가 얼마나 즐거웠는지 몰라요. 또 상대는 힘 있는 자들이잖아요. 그런 자들이 우리 앞에서 빌빌거리며 사랑을 갈구하는 모습이 얼마나 재미있었는지 알아요? 맞아요. 우리는 섹스도 좋아했어요. 아니 미치다시피 했죠. 심지어 회사의 매니저나 로드를 맡은 젊은 친구들과 모여서 함께 그룹 섹스까지 할 정도로. 그것도 여러 번."

"아냐. 거짓말하지 마."

정민이 고개를 마구 흔들며 부정했다.

"아무리 부정해도 소용없어요. 그것은 엄연한 사실이니까. 그러다 재수 없게 아빠한테 들킨 거예요. 아빠가 보낸 사람이 우리를 미행해서 이런 상황을 속속들이 알아낸 것이죠. 그래서 하는 수 없이 우리 둘이 영상을 찾기 위해 사무실에 갔다가 그런 일이 벌어진 거예요. 만일 아빠가 몰랐다면 어떻게 되었을 것 같아요?"

이제는 아예 경멸조의 표정이 되었다. 전혀 다른 사람처럼 미숙이 그의 건너편에 앉아있었다. 과연 이 여자가 내 아내란 말인가? 그는 고개를 떨구고, 절망적인 표정이 되었다.

"당신이 주희를 어떻게 생각하는지 알아요. 그게 진짜 주희의 모습일까요? 아마 피해자 코스프레를 엄청 했을 거예요. 그 애는 남자의 동정심을 유발시키는 데에 타고났어요. 그 애한테 걸리면 어떤 남자든 남아나지 않아요."

"그럴 리가 없어!"

정민은 이런 말을 듣고 싶지 않았다. 하지만 미숙은 말을 멈추지 않았다.

"주희는 말이죠, 주변에 남자가 있으면 그냥 놔두지 못해요. 체질적으로 참지를 못해요. 어떡하든 유혹해서 자기 것으로 만들죠. 걔는 남자가 없으면 하루라도 못 견디는 애라구요. 타고난 색정광이에요. 중학교 때부터 그랬어요. 원래 피가 뜨거운 애예요. 나는 그 애가 남자와 정사를 벌이면, 방문 앞에서 보초를 섰어요. 혹 누가 오면 신호를 보내려고요. 그런 관계였다고요. 그거나 알고 그리워하든 말든 하라구요!"

그녀가 언성을 높였다. 그는 아무 대꾸도 하지 못했다.

"지금 이혼하고 싶겠죠. 그렇죠?"

이제는 실실 웃으며 그녀가 말했다.

"우리는 선을 넘었어."

그가 지친 듯이 말했다.

"절대 안 돼요. 절대로."

냉혹한 표정으로 그녀가 말했다.

"교수이자 남편이자 아빠의 역할. 그것은 꼭 지켜요. 특히 우리 아빠한테. 그밖에는 뭘 해도 괜찮아요. 정 마담이 싫증나면 다른 애를 구해줄게요. 얼마든지 이야기해요. 단 내가 정해진 테두리 안에서. 보고서까지 쓸 필요는 없지만, 모든 동선과 교우 관계 등은 앞으로 다 내 소관이에요. 알았죠?"

"뭐라고?"

"다시 확인할까요? 처음부터 다시 시작할까요?"

"됐어. 됐다고!"

그가 큰소리를 치며 고개를 마구 흔들었다.

그러자 그녀는 홀가분한 표정이 되어 침실로 사라졌다. 잠시 후, 샤워하는 소리가 들렸다. 가벼운 콧노래 소리도 들렸다. 하지만 그는 꼼짝도 할 수 없었다. 마치 보이지 않은 뭔가가 그를 단단히 옥죈 듯이. 여전히 TV에는 쾌락의 절정에 달한 미숙의 얼굴이 크게 클로즈업된 채, 정지 화면으로 멈춰 있었다.

9

그렇게 시간이 흘렀다. 무기력하고, 답답하고, 허탈한 시간이 쏜살같이 지났다. 다음 학기가 되자 그는 다시 학교에 갔다. 휴가를 연장할까 싶었지만, 아무 일도 없이 지내기가 너무 무료했다. 지금까지 해왔던 일들을 아니 조금은 바빠졌다. 오히려 생각할 시간이 없어서 좋았다. 강의를 하고, 토론도 하고, 연구를 하면서 되도록 많은 시간을 학교에서 보냈다. 그 와중에 스가노 씨와 구체적인 만주 프로젝트도 가동시켰다. 일주일에 두어 번 진지하게 학술적인 이 메일을 주고받는 단계에까지 이르렀다.

그사이 애인을 바꿨다. 학교 주변에서 카페를 하는 친구였다. 정 마담과 달리 별로 섹시하지도 않고, 몸매도 평범했으며, 말수가 적은 30대 중반의 처녀였다. 그냥 편안했다. 그가 뭐라고 하면 묵묵히 들었고, 필요한 게 있으면 빠르게 처리했다. 그런 무덤덤한 모습이 매력이라면 매력이었다. 가끔 그녀의 집에서 자면서, 학교와 집을 왔다갔다 하는 시간이 계속되었다.

사실 뭘 해도 재미가 없었다. 다시금 혼이 빠져나간 것 같았다. 지난번에 지미가 그의 핵심을 빼앗아 갔다면, 이번에는 미숙이었다. 아니, 원래부터 미숙이 그의 혼을 움켜쥐고 흔들었는지도 모른다. 아니 애초부터 그런 것이 없었는지도 모른다.

그러다가 어느 날 한 통의 엽서가 도착했다. 표지에 흥겨운 삼바 춤을 추는 여인이 그려져있었다. 그리고 당연하게 뒤에는 우수아이아의 소인이 찍혀 있었다. 아무런 메시지나 정보도 보이지 않았다. 그냥 키스 마크 하나. 심장이 고동칠 만도 했지만, 의외로 덤덤했다. 아니, 올 것이 왔다는 느낌이랄까?

그는 시간이 날 때마다 엽서를 바라봤다. 집중해서 보고 있으면, 가끔 삼바 리듬도 들리고, 우수아이아의 황량한 풍경도 떠올랐다. 오히려 엽서 안의 풍경이 현실처럼 느껴지고, 지금 있는 곳이 비현실적으로 느껴졌다.

과연 내가 이 모든 것을 다 포기하고, 우수아이아로 갈 수 있을까? 주희의 소재를 찾아내, 새 인생을 살 수 있을까? 거기서 커피숍을 차리고, 마음껏 고기를 먹고, 원하는 대로 섹스를 하며 지낼 수 있을까?

시계추처럼 긍정과 부정이 왔다갔다 했다. 어떤 때엔 인터넷으로 비행기 티켓을 알아봤다. 우수아이아는 너무 멀었다. 시간도 많이 걸리고, 비행기도 여러 번 타야 한다. 그야말로 지구의 끝에 있었다. 또 어떤 때엔 그 지역의 아파트나 숙소의 시세를 알아보기도 했다. 물가도 체크했다. 도시의 구조를 살펴보기도 했다. 조금씩 정보를 모을 때마다 주희의 모습이 현실화되었다.

하지만 중간중간에 자괴감이 들었다. 과연 내게 그때 그 순간의 정열과 에너지가 남아있을까? 그토록 열정적이고, 순수하게 주희에게 몰입할 수 있을까? 자신이 없었다. 아니, 잘 모르겠다. 때때로 그는 자신도 모르게 힘없이 웃었다. 누가 보면 실성했다고 할 것 같았다. 아니 실성했다. 그래서 뭐 어떤가. 여전히 귀에는 아련히 삼바 리듬이 들리는데….

작가 소개 (상세)

오로지 글쓰기를 업으로 삼았다. 서강대학교 신문방송학과를 졸업한 후, 두 번 취직한 다음 모두 1년 만에 때려치우곤 영화, 추리소설, 재즈 및 오디오 평론, 수필, 비디오 게임 등 온갖 장르의 글을 썼다. 몇 가지로 구분되는 이 시기들을 간단하게 정리해봤다.

1기

첫 직업인 기자로 영화 관련 기사를 송고하다, 영화계로 진출해서 〈추락하는 것은 날개가 있다〉, 〈미스 코뿔소, 미스터 코란도〉, 〈제5의 사나이〉, 〈데카당스〉 등의 시나리오를 집필했다. 〈추락하는 것은 날개가 있다〉는 청룡영화상 각본상을 수상했다.

기타 공모 당선작으로는 영화진흥공사 주최 영화소재 공모 〈처녀의 섬〉, 영화진흥공사 주최 시나리오 공모 〈먼 기다림의 소네트〉, 스포츠 서울 주최 신춘문예 추리 부문 〈쇼팽의 손〉이 있다.

비슷한 시기 추리작가로도 활약하며 추리문학협회에서 사무국장을 맡았다. 3대 스포츠지에 동시 게재한 추리기법 OB 시그램 《시크리트》 외에 《긴 이별의 미소》, 《블루 시크리트》, 《죽은 여인이 보낸 키스》를 썼다.

2기

어릴 적부터 영화를 좋아했기에 영화 각본과 그와 연계한 추리소설을 쓰게 된 것만큼이나, 좋아하던 음악에 대한 글쓰기 역시 자연스러운 결과였다.

처음에는 음반사가 출시하는 라이센스 LP나 CD의 라이너 노트를 썼다. 주된 장르는 록과 재즈로, 롤링 스톤즈를 필두로 마일스 데이비스, 존 콜트레인 등 많은 대가들의 음반평을 기록했다. 비평서 《재즈 속으로》를 히트시킨 후, 재즈에 관한 도서를 여러 권 냈다. 비평서 《나는 재즈가 좋다》, 《재즈 투데이》, 《불멸의 재즈 명반 102선》, 그리고 수필 《길모퉁이 재즈 카페》가 있다.

3기

예상치 못하게 지금의 본업이 된 오디오 비평은 우연히 《하이파이 저널》의 제안을 받아 시작했다. 해당 매체의 〈진검승부〉 칼럼을 시작으로 《풀레인지》, 《스테레오 사운드》, 《월간 오디오》 등에도 평을 쓰고 있다. 다양한 해외 오디오 메이커의 제작자와 마케터들을 인터뷰했으며 세계를 대표하는 오디오 쇼들을 취재했다. 라스베가스 CES, 록키 마운틴 쇼, 뉴 포트 오디오 쇼, 뮌헨 하이엔드 쇼, 홍콩 오디오 쇼, 광저우 오디오 쇼, 상하이 오디오 쇼, 도쿄 오디오 쇼, 쿠알라룸푸르 오디오 쇼 등을 다녔으며, 매킨토시, JBL, ATC, VPI, 옥타브, 오디오퀘스트, VTL 등 숱한 오디오 메이커들의 탐방기를 남겼다. 삼성, LG, 기아 등 여러 회사 제품의 음질 컨설팅을 했으며, LG의 오디오 관련 컨설팅을 위해 뉴욕과 런던에서 취재활동을 하기도 했다.

정식 하이파이 오디오뿐 아니라 카오디오, 헤드폰, 이어폰, TV, 올인원 기기, 휴대폰까지 음이 나오는 모든 기기에 대한 글을 남겼다. 그사이 수필 《이종학의 술과 장미의 나날》을 발표했다. 지금은 전문 오디오 서적 《매킨토시 스토리》, 《탄노이 스토리》 등을 준비 중이며, 《사운드 오브 재즈 JBL 스토리》는 본 소설과 동시에 출판될 예정이다.

4기

지금부터다. 지금까지 써왔던 기사들을 정리 및 출판하고, 본서를 기점으로 새로운 소설에 매진할 예정이다. 독자 여러분의 응원과 관심을 부탁드린다.